Dans la même collection :

Simon
Necronomicon

H.P. Lovecraft
Cthulhu : Le Mythe – Livre I
Cthulhu : Le Mythe – Livre II

www.bragelonne.fr
www.sans-detour.com

H.P. LOVECRAFT

CTHULHU
LE MYTHE
LIVRE II

Traduit de l'anglais (États-Unis) par Arnaud Demaegd

Bragelonne
Sans-Détour

Collection dirigée par Stéphane Marsan et Alain Névant

Azathoth (*Azathoth*), 1922
Paru pour la première fois dans *Leaves*, en 1938

Histoire du Necronomicon (*History of the Necronomicon*), 1927
Paru pour la première fois chez The Rebel Press, en 1938

Nyarlathotep (*Nyarlathotep*), 1920
Paru pour la première fois dans *The United Amateur*, en novembre 1920

Dagon (*Dagon*), 1917
Paru pour la première fois dans *The Vagrant*, en novembre 1919

De l'au-delà (*From Beyond*), 1920
Paru pour la première fois dans *The Fantasy Fan*, en juin 1934

Le Molosse (*The Hound*), 1922
Paru pour la première fois dans *Weird Tales*, en février 1924

La Musique d'Erich Zann (*The Music of Erich Zann*), 1921
Paru pour la première fois dans *The National Amateur*, en mars 1922

Par-delà le mur du sommeil (*Beyond the Wall of Sleep*), 1919
Paru pour la première fois dans *Pine Cones*, en octobre 1919

Le Temple (*The Temple*), 1920
Paru pour la première fois dans *Weird Tales*, en septembre 1925

La Peur qui rôde (*The Lurking Fear*), 1922
Paru pour la première fois dans *Home Brew*, en janvier-avril 1923

La Couleur venue d'ailleurs (*The Colour out of Space*), 1927
Paru pour la première fois dans *Amazing Stories*, en septembre 1927

L'Ombre immémoriale (*The Shadow out of Time*), 1934-1935
Paru pour la première fois dans *Astounding Stories*, en juin 1936

Les Montagnes de la démence (*At the Mountains of Madness*), 1931
Paru pour la première fois dans *Astounding Stories*, en février-avril 1936

ISBN : 978-2-35294-897-1

Bragelonne
60-62, rue d'Hauteville – 75010 Paris
E-mail : info@bragelonne.fr
Site Internet : www.bragelonne.fr

Sans-Détour
14-16, rue Victor-Hugo – 01100 Oyonnax
E-mail : contact@sans-detour.com
Site Internet : www.sans-detour.com

Sommaire

Azathoth

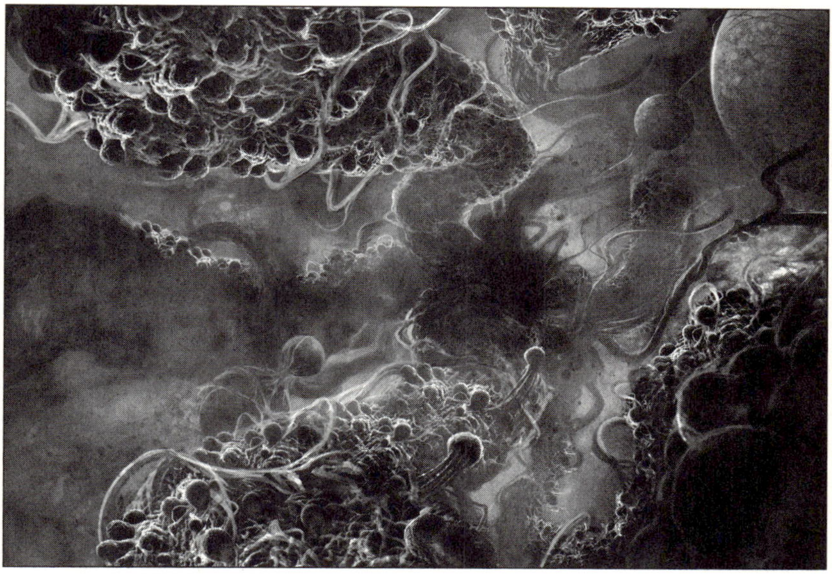

Lorsque la vieillesse tomba sur le monde et que les hommes perdirent leur capacité à s'émerveiller, quand les villes grises dressèrent dans les cieux voilés leurs hautes tours funestes et laides dans l'ombre desquelles on ne pouvait plus rêver ni au soleil, ni aux prés florissants du printemps, quand le savoir dépouilla la terre de son manteau de beauté et que les poètes ne chantèrent plus que les fantômes déformés par leurs regards troubles et tournés vers l'intérieur, quand toutes ces choses arrivèrent, effaçant pour toujours les espoirs enfantins, un homme quitta la vie pour voyager dans l'espace où s'étaient enfuis les rêves du monde.

On sait peu de choses sur son nom et l'endroit où il vécut, car ces questions ne relevaient que du monde éveillé ; toutefois, on raconte que l'un comme l'autre étaient obscurs. Disons simplement qu'il habitait une ville aux hauts murs où régnait un crépuscule stérile, qu'il trimait à longueur de journée dans l'ombre et le tumulte, qu'il rentrait chez lui le soir venu pour retrouver sa chambre dont l'unique fenêtre ne donnait pas sur des champs et des bosquets, mais sur une cour sombre dans laquelle d'autres fenêtres plongeaient leur regard morne et désespéré. Dans sa chambre, si l'on voulait voir passer les petites étoiles au lieu de se contenter de ce panorama de murs et de fenêtres, il fallait se pencher au-dessus du vide. Et comme le sempiternel spectacle des murs et fenêtres ne peut que conduire à la folie un homme épris de lecture et de rêves, l'habitant des lieux avait pris l'habitude, nuit après nuit, de se pencher pour scruter le ciel dans l'espoir d'entrevoir autre chose que ce qui se trouvait dans le monde éveillé et dans les hautes cités grises. Au bout de plusieurs années, il connaissait les étoiles par leur nom et les suivait en imagination lorsqu'elles sortaient, lentement, comme à regret, de son champ de vision. Enfin, son esprit s'ouvrit, et il parvint à distinguer nombre de secrets dont l'œil non averti ne soupçonne pas l'existence. Et une nuit, un pont enjamba le gouffre colossal qui séparait les deux mondes, et les cieux hantés par les rêves rétrécirent jusqu'à entrer par la fenêtre de l'observateur solitaire pour se mêler à l'air confiné de sa chambre et envelopper l'homme dans leur fabuleuse féerie.

Les lueurs violettes du cœur de la nuit, toutes scintillantes de grains d'or, s'engouffrèrent chez lui avec la force d'un torrent. Des tornades de poussière et de feu, chargées des senteurs de par-delà les mondes, jaillirent des espaces infinis. Des océans opiacés se déversèrent dans la chambre, océans éclairés par des soleils que nul humain n'avait jamais contemplés et abritant dans leurs flots d'étranges dauphins et nymphes marines issus d'insondables abysses. L'infini tourbillonna sans bruit autour du rêveur et l'emporta sans même toucher son corps raidi, encore penché à la fenêtre solitaire ; et pendant des jours échappant au décompte des calendriers humains, les courants des sphères lointaines l'emmenèrent avec douceur vers les rêves auxquels il aspirait, ces rêves que les hommes avaient perdus. Et tendrement, au terme de nombreux cycles, ils le déposèrent, endormi, sur le vert rivage d'un lever de soleil ; un vert rivage embaumant la fleur de lotus et constellé de nymphéas rouges.

HISTOIRE DU *NECRONOMICON*

Titre original : *Al Azif*, *azif* étant le nom que les Arabes donnent au bruit nocturne produit par les insectes, et censé être le hurlement des démons.

Rédigé par Abdul Alhazred, poète fou de Sanaa, au Yémen, qui, dit-on, vécut à l'époque des califes omeyyades, soit aux alentours de l'an 700. Il visita les ruines de Babylone, les souterrains secrets de Memphis, et vécut dix ans en ermite dans le grand désert du sud de l'Arabie, le *Roba el Khaliyeh*, ou « Espace vide » des Anciens, ou *Dahna* (désert « écarlate » des Arabes contemporains), désert qui passe pour être défendu par des esprits maléfiques et peuplé de monstres mortels. Ceux qui prétendent s'y être rendus racontent des choses aussi merveilleuses qu'incroyables sur ce lieu. Alhazred passa les dernières années de sa vie à Damas, où il écrivit le *Necronomicon* (*Al Azif*). Sa mort ou sa disparition (en 738) a donné lieu à nombre de récits aussi terribles que contradictoires. Ebn Khallikan (biographe du XIIe siècle) affirme qu'un monstre invisible le dévora en plein jour devant une foule de spectateurs paralysés par la terreur. On a beaucoup parlé de sa folie. Il se vantait d'avoir vu la fabuleuse Irem, ou Cité des Piliers, et trouvé, sous les ruines d'une certaine Cité sans Nom du désert, les annales et secrets épouvantables d'une race plus ancienne que l'humanité. Indifférent à l'Islam, il vénérait des entités inconnues auxquelles il donnait les noms de Yog-Sothoth et Cthulhu.

En 950, l'*Azif*, que nombre de philosophes de l'époque avaient lu en secret, fut traduit en grec par Theodorus Philetas de

Constantinople sous le titre de *Necronomicon*. Pendant un siècle, l'ouvrage inspira d'horribles expérimentations, jusqu'à ce que le patriarche Michel l'interdise et le fasse brûler. Par la suite, on ne trouve que des allusions voilées au livre d'Alhazred. Toutefois, toujours au Moyen Âge, en 1228, Olaus Wormius le traduisit en latin. Sa traduction fut imprimée à deux reprises : la première au XVe siècle (en caractères gothiques et, à l'évidence, dans le Saint Empire germanique), la seconde au XVIIe (vraisemblablement en Espagne). Aucune des deux éditions ne porte de signe distinctif, si bien que seul un examen typographique permet d'en déterminer l'origine et l'époque. Le pape Grégoire IX fit interdire l'ouvrage en latin et en grec en 1232, soit peu de temps après la traduction latine, qui avait attiré l'attention du souverain pontife. L'original en arabe avait déjà disparu à l'époque de Wormius, comme l'atteste la préface de ce dernier ; toutefois, il semblerait, à en croire certaines rumeurs floues, qu'un exemplaire soit apparu à San Francisco au cours de ce siècle, mais qu'il ait par la suite disparu lors d'un incendie. Quant à la traduction grecque (édition imprimée en Italie entre 1500 et 1550), on n'en a plus revu de copie depuis 1692, année où fut brûlée la bibliothèque d'un habitant de Salem. La traduction anglaise du docteur Dee n'a jamais connu d'édition ; du manuscrit d'origine, il ne reste que quelques fragments. On sait que le British Museum conserve sous clé un exemplaire du texte en latin datant du XVe siècle ; la Bibliothèque nationale de Paris, la Widener Library de Harvard, la bibliothèque de l'université Miskatonic d'Arkham et celle de l'université de Buenos Aires en possèdent chacune un de l'édition du XVIIe siècle. Il est probable que de nombreux autres circulent en secret et, d'après une rumeur persistante, un exemplaire du XVe siècle ferait partie de la collection d'un célèbre millionnaire américain. Une autre rumeur, plus vague encore, veut que la famille Pickman de Salem ait eu en sa possession une version grecque du XVIe siècle mais, si c'est le cas, le livre a disparu début 1926, en même temps que le peintre R.U. Pickman. L'ouvrage est systématiquement interdit par les autorités dans la plupart des pays, mais aussi par toutes les religions organisées, ce qui explique que le public en ignore généralement l'existence. Le lire aurait de terribles conséquences. On raconte que les rumeurs auxquelles il a donné naissance ont inspiré R.W. Chambers, qui y aurait trouvé l'idée de son livre de jeunesse, *Le Roi en jaune*.

Chronologie

Al Azif, écrit vers l'an 730, à Damas, par Abdul Alhazred.
Traduit en grec en 950 sous le titre de *Necronomicon* par Theodorus Philetas.
Le texte grec est brûlé sur ordre du patriarche Michel en 1050.
La version arabe est perdue.
Olaus traduit l'édition grecque en latin en 1228.
En 1232, le pape Grégoire IX interdit les éditions latine et grecque.
14… Édition imprimée en caractères gothiques (Saint Empire).
15… Le texte grec est imprimé en Italie.
16… Réédition espagnole du texte latin.

Nyarlathotep

N*yarlathotep... l'inexorable chaos... Je suis le dernier... Je parlerai au vide qui m'écoute...*

Je ne sais plus vraiment quand tout a commencé, mais cela remonte à des mois. Il régnait une tension générale terrible. À cette période de bouleversements politiques et sociaux s'ajouta un pressentiment étrange et troublant, l'appréhension de quelque horrible danger physique, un danger généralisé, global, un danger tel qu'on ne peut le concevoir que dans les fantasmes nocturnes les plus effroyables. Je revois les gens aller et venir, le visage blême et soucieux, chuchotant avertissements et prophéties que nul n'aurait osé répéter consciemment, ni même admettre en son for intérieur qu'il les avait entendues. Le pays était envahi par un insoutenable sentiment de culpabilité et, des abysses interstellaires, soufflaient des vents glaciaux qui faisaient frissonner les hommes lorsqu'ils étaient seuls, dans le noir. Le cycle des saisons connut un changement démoniaque ; les chaleurs automnales s'éternisèrent atrocement, et tout un chacun sentait que le monde, peut-être, était passé des mains de dieux ou de forces connus à celles de dieux ou de forces inconnus.

C'est alors que Nyarlathotep vint d'Égypte. Qui il était, nul ne le savait, mais il portait en lui le sang des antiques Égyptiens et ressemblait à un pharaon. Sans savoir pourquoi, les fellahs s'agenouillaient en le voyant. Il se disait surgi de vingt-sept siècles de ténèbres, et affirmait avoir perçu des messages provenant de lieux extérieurs à cette planète. Nyarlathotep, mince, sinistre, le teint cuivré, gagna les pays civilisés. Sans cesse il achetait d'étranges instruments de verre et de métal qu'il combinait de manière à obtenir d'autres instruments plus étranges encore. Il parlait beaucoup de sciences, surtout d'électricité et de psychologie, et faisait des démonstrations de pouvoir qui laissaient ses spectateurs pantois mais lui apportèrent une renommée exceptionnelle. Non sans frissonner, les gens se conseillaient d'aller le voir. Et partout où Nyarlathotep se rendait, il n'y avait plus de repos ; car les hurlements de cauchemar déchiraient les petites heures de la nuit. Les cris de ce genre n'avaient encore jamais constitué un tel problème ; les savants auraient presque souhaité pouvoir interdire le sommeil à ces heures-là, afin que ne soit plus dérangée de si horrible manière la lune pâle et méprisante qui brillait sur les eaux vertes glissant indolemment sous les ponts et sur les vieux clochers, croulant sous un ciel blafard.

Je me rappelle le jour où Nyarlathotep vint dans ma ville, cette grande cité, vieille et terrible, théâtre de crimes innombrables. Un ami m'avait parlé de lui, de ses révélations infiniment fascinantes et séduisantes, si bien que je brûlais d'explorer ses mystères les plus secrets. Mon ami affirmait qu'ils étaient plus abominables, plus impressionnants que les produits les plus délirants de mon imagination ; il affirmait que les visions projetées sur les écrans des salles plongées dans l'obscurité annonçaient des choses que seul Nyarlathotep aurait osé prédire et que, dans le crachotement de ses étincelles, il prenait aux hommes ce qui ne leur avait jamais été pris. Et que cela se lisait uniquement dans leur regard. À l'étranger, on racontait par ailleurs que ceux qui connaissaient Nyarlathotep voyaient des choses que les autres ne voyaient pas.

C'est au cours de cet automne brûlant qu'un soir, avec les foules surexcitées, j'allai voir Nyarlathotep ; dans l'étuve du dehors, je traversai la nuit, montai d'interminables escaliers et pénétrai dans une pièce suffocante. Là, projetées sur l'écran, je vis de sombres silhouettes encapuchonnées parmi des ruines, et des visages jaunes et mauvais apparaître derrière des monuments effondrés pour jeter des coups d'œil scrutateurs. Et je vis le monde lutter contre les ténèbres ;

combattre les vagues destructrices venues du tréfonds de l'espace ; des tourbillons, des bouillonnements ; une bataille livrée autour d'un soleil à l'éclat de plus en plus faible et froid. Les étincelles entamèrent alors un ballet étonnant autour de la tête des spectateurs, et les cheveux se dressèrent, cependant que des silhouettes d'un grotesque indicible venaient se tapir sur les crânes. Et lorsque, fort de ma nature plus froide et scientifique que les autres, j'osai protester – quoique en marmonnant d'une voix tremblante – qu'il s'agissait d'une imposture à base d'électricité statique, Nyarlathotep nous chassa tous. Nous dévalâmes l'escalier vertigineux pour regagner les rues désertes, chaudes et moites, en plein milieu de la nuit. Je hurlai à qui voulait m'entendre que je n'avais pas peur, que je n'aurais jamais peur ; et d'autres hurlèrent avec moi pour se rassurer. Nous nous jurâmes que la ville n'avait pas du tout changé, qu'elle était toujours vivante ; et lorsque les éclairages commencèrent à faiblir, nous accusâmes la compagnie d'électricité, et la maudîmes à qui mieux mieux tout en riant des drôles de têtes que nous faisions.

Nous devions, je pense, sentir quelque émanation de la lune verdâtre, car, dès que nous commençâmes à nous reposer sur sa seule lumière, nous dérivâmes involontairement en curieuses formations ; nous avions le sentiment de savoir où nous allions sans pour autant oser penser à la destination. À un moment, contemplant la chaussée, nous remarquâmes que les pavés, délogés par l'herbe, étaient branlants, et qu'il ne subsistait guère qu'une ligne de métal rouillé là où passaient habituellement les tramways. Nous vîmes d'ailleurs un wagon solitaire, sans fenêtres, décrépit, et presque renversé sur le flanc. Regardant autour de nous, nous ne vîmes pas la troisième tour près du fleuve. La silhouette de la deuxième, quant à elle, était déchiquetée en son sommet. Nous nous séparâmes alors en minces colonnes dont chacune sembla attirée dans une direction différente. L'une disparut dans une étroite ruelle sur la gauche en ne laissant derrière elle que l'écho d'un atroce gémissement. Une autre s'engouffra dans une bouche de métro envahie d'herbe en poussant des hurlements de rire déments. Ma colonne fut entraînée vers la rase campagne et ressentit un froid étranger à cet automne brûlant ; car en entrant sur la lande sombre, nous vîmes autour de nous la lune infernale se refléter sur des neiges maléfiques, des neiges vierges, inexplicables, formant une traînée coupée par un gouffre que ses parois scintillantes faisaient paraître plus noir encore. La colonne semblait bien maigre lorsque, rêveuse, elle entra dans la faille d'un pas traînant. Je me laissai distancer, car je trouvais effrayante cette crevasse noire dans la neige verdie par la lune, d'autant que j'avais cru entendre au loin une inquiétante lamentation lorsque mes compagnons avaient disparu ; mais je ne pus résister longtemps. Comme en réponse au signal de ceux qui m'avaient précédé, je flottai à demi, tremblant de peur, entre les congères titanesques, et entrai dans le vortex aveugle de l'inimaginable.

Étais-je conscient à en hurler, délirais-je en silence ? Seuls les dieux anciens pourraient le dire. Une ombre sensée, écœurée, se tordant dans des mains qui ne sont pas des mains, et tourbillonnant aveuglément au milieu des épouvantables abysses d'une création pourrissante, des cadavres de mondes dont les villes sont les plaies, des vents de charniers qui soufflent sur les étoiles blafardes et en diminuent l'éclat. Au-delà des mondes, les fantômes vagues de choses monstrueuses ; sous l'espace, les colonnes entraperçues de temples païens juchés au sommet de rochers sans nom et dressés vers des vides étourdissants au-dessus des sphères de la lumière et de l'obscurité. Et à travers le révoltant cimetière de l'univers montent depuis des salles sombres et inconcevables situées au-delà du Temps les battements de tambours sourds, à vous rendre fou, et la complainte fluette et monotone de flûtes blasphématoires ; les rythmes et mélodies détestables sur lesquels dansent lentement, maladroitement, absurdement, les noirs et gigantesques dieux ultimes, gargouilles aveugles, muettes et ineptes dont Nyarlathotep est l'âme.

DAGON

C'est sous l'emprise d'une grande tension que j'écris ces mots, puisque cette nuit sera ma dernière. Sans le sou, je suis au bout de mes réserves de drogue, cette drogue qui, seule, peut me rendre la vie supportable. Je ne saurais endurer plus longtemps cette torture ; je vais donc me jeter dans la rue sordide depuis la fenêtre de ma mansarde. Ne croyez pas, parce que je suis l'esclave de la morphine, que je sois faible ou dégénéré. Lorsque vous aurez lu ces pages griffonnées à la hâte, vous comprendrez peut-être – bien qu'il vous soit impossible d'appréhender l'entière vérité – pourquoi, à défaut d'oublier, je dois mourir.

C'est dans l'une des régions les plus désertes du vaste Pacifique que le paquebot dont j'étais le subrécargue tomba sous les coups d'un contre-torpilleur allemand. La Grande Guerre commençait à peine, et les forces navales ennemies ne s'étaient pas encore abaissées à la barbarie qui finirait par les caractériser ; le destroyer nous arraisonna donc légalement et l'équipage dont j'étais fut traité avec toute la considération et toute l'équité dues aux prisonniers de guerre. D'ailleurs, nos geôliers se montrèrent si tolérants que, cinq jours seulement après notre capture, je parvins à m'échapper, seul, sur un petit bateau, avec d'abondantes provisions d'eau et de vivres.

Lorsque je fus libre et suffisamment loin, je me rendis compte que je n'avais aucune idée de l'endroit où je me trouvais. N'ayant jamais été bon marin, je ne pus que supposer, à la position du soleil et des étoiles, que j'étais un peu au sud de l'équateur. J'ignorais tout de la longitude de ma position, et ne voyais ni île ni côte qui auraient pu m'aiguiller. Le temps était au beau fixe et, pendant de nombreux jours, je voguai sans but sous un soleil de plomb, espérant croiser un navire ou échouer sur les rivages de quelque terre habitable. Mais comme ni l'un ni l'autre ne se produisait, je commençai à désespérer, seul sur les infinies et mouvantes vastitudes d'azur.

Le changement survint alors que je dormais. Je n'en connaîtrai jamais les détails, car, malgré un sommeil troublé et infesté de rêves, je tardai à me réveiller. Quand, enfin, cela se produisit, je m'aperçus que j'étais à moitié enfoncé dans une substance gluante d'un noir infernal. Le bourbier, parcouru d'ondulations monotones, s'étalait à perte de vue dans toutes les directions. J'aperçus mon bateau enlisé à quelque distance.

Contrairement à ce que l'on pourrait s'imaginer, ma première réaction face à ce changement si radical et inattendu dans la nature du paysage ne fut pas la stupéfaction ; je fus plutôt saisi de panique, car l'air et le sol pourrissant avaient quelque chose de sinistre qui me glaçait d'effroi. Les carcasses de poissons en décomposition et les autres formes indescriptibles que je voyais affleurer à la surface de la vaste plaine fangeuse faisaient régner une odeur pestilentielle. Peut-être est-il vain de tenter de mettre des mots sur l'indicible hideur que peut recéler une immensité stérile et absolument silencieuse. Il n'y avait rien à écouter, ni rien à voir à part une infinie étendue de vase noire ; et cependant, l'immobilité et l'uniformité du paysage firent naître en moi une peur si oppressante qu'elle me donnait la nausée.

Le soleil flamboyait dans un ciel cruel qui me semblait presque noir tant il était dénué de nuages ; j'avais d'ailleurs l'impression d'y voir se refléter le marais d'encre qui s'étendait sous mes pieds. Tout en me traînant pour regagner mon bateau échoué, je compris qu'une seule théorie pouvait expliquer la situation dans laquelle je me trouvais. Quelque bouleversement volcanique sans précédent avait dû faire remonter à la surface un morceau de plancher océanique, exposant par là même des régions cachées sous d'insondables profondeurs aquatiques durant des millions et des millions d'années. Cette nouvelle terre était si grande que, même en tendant l'oreille, je ne percevais pas le moindre bruit de vagues. D'ailleurs, nul oiseau marin ne venait se repaître des cadavres.

Je passais plusieurs heures assis à réfléchir dans mon bateau. Comme il était couché sur le côté, il me protégeait quelque peu du soleil qui traversait les cieux. À mesure que la journée avançait, le sol perdait en adhérence. Je fis l'hypothèse qu'il serait bientôt suffisamment sec pour me permettre de m'y aventurer à pied. Cette nuit-là, je dormis peu. Le lendemain, je préparai un paquetage de vivres et d'eau afin de partir en quête de la mer disparue et d'un possible sauvetage.

Le troisième matin, le sol était suffisamment sec pour que je puisse le fouler sans difficulté. L'odeur de poisson pourri était insupportable, mais mon salut m'importait trop pour que je me soucie de ce genre de désagrément ; je partis donc bille en tête vers une destination inconnue. Je marchai toute la journée en direction de l'ouest, guidé par un lointain monticule qui paraissait être le point culminant de ce désert ondoyant. La nuit venue, je campai puis, lorsque le soleil se leva, je repris ma route vers le tertre, même s'il me semblait à peine plus proche qu'au premier jour. Le quatrième soir, j'atteignis le pied de la colline, qui s'avérait bien plus haute qu'elle ne m'était apparue de loin, car une vallée s'étendait en travers de mon chemin, ce qui accentuait le relief du tertre par rapport au reste de la surface. Trop fatigué pour entamer l'ascension, je dormis à l'ombre de la colline.

J'ignore pourquoi mes songes furent si délirants cette nuit-là mais, avant que la lune blêmissante et incroyablement gibbeuse n'ait eu le temps de s'élever de beaucoup au-dessus de la plaine orientale, je me réveillai, couvert d'une sueur glacée. Je pris la décision de ne pas me rendormir. Les visions dont j'avais rêvé étaient trop insoutenables pour que j'accepte de me les infliger de nouveau. Et à la lumière de la lune, je vis combien j'avais été imprudent de voyager de jour. Sans ce soleil aveuglant et brûlant, l'expédition m'aurait coûté moins d'énergie ; je me sentais d'ailleurs en état de faire l'ascension qui, quelques heures seulement auparavant, m'avait semblé impossible. Après avoir ramassé mon paquetage, je me dirigeai vers la crête de la colline.

J'ai dit que l'irrémédiable monotonie de la plaine avait éveillé en moi une horreur sourde, mais je pense que cette horreur devint plus forte lorsque je parvins au sommet de l'éminence ; car, en regardant de l'autre côté, je vis un gouffre ou un canyon insondable, dont les recoins noirs étaient hors de portée de la lune encore trop basse. J'avais l'impression de me trouver au bord du monde et de contempler un chaos sans fond où régnait une nuit éternelle. Étrangement, malgré ma terreur, je me rappelai des passages du *Paradis perdu*, en particulier Satan escaladant les horribles parois brutes du royaume des ténèbres.

Comme la lune continuait de monter dans le ciel, je m'aperçus que les bords de la vallée n'étaient pas aussi abrupts que je l'avais cru. Saillies et autres affleurements rocheux permettaient une descente relativement aisée et, au bout de quelques centaines de pieds, la pente devenait beaucoup plus douce. Poussé par une impulsion indéfinissable, je descendis la paroi avec difficulté puis, arrivé sur la pente moins dangereuse, je scrutai les profondeurs stygiennes où aucune lumière n'avait jamais pénétré.

Tout à coup, un objet gigantesque et singulier qui se dressait sur la pente opposée, à environ cent mètres de moi, attira mon attention : un objet blanc sur lequel se reflétaient les rayons de la lune, désormais assez haute pour l'éclairer. Je fus vite convaincu qu'il s'agissait simplement d'un énorme bloc de pierre, mais j'avais la nette impression que sa silhouette et sa position n'étaient pas tout à fait naturelles. En l'observant plus attentivement, je fus envahi par des sensations que je ne puis exprimer, car, malgré sa taille titanesque et le fait qu'il se fût trouvé depuis la jeunesse du monde dans un abîme béant au fond des mers, je voyais bien que cet étrange objet était un monolithe bien formé, dont la masse imposante avait été travaillée et, peut-être, vénérée par des créatures vivantes et conscientes.

À la fois stupéfait et effrayé mais non sans ressentir le frisson du scientifique ou de l'archéologue au moment de la découverte, j'examinai plus attentivement les alentours. La lune, désormais proche de son zénith, brillait bizarrement, crûment, au-dessus des hauts escarpements qui bordaient la crevasse. Elle révéla la présence d'un cours d'eau perdu que ses méandres soustrayaient à la vue à droite comme à gauche, mais dont les flots arrivaient presque au niveau de mes pieds. De l'autre côté de la crevasse, les vaguelettes léchaient la base du monolithe cyclopéen, à la surface duquel je distinguais à présent inscriptions et bas-reliefs rudimentaires. Les écritures, de type hiéroglyphique, m'étaient inconnues ; je n'avais jamais rien rencontré de semblable dans les livres. Elles se composaient principalement de symboles aquatiques : poissons, anguilles, pieuvres, crustacés, mollusques, baleines et autres animaux de ce genre. Plusieurs caractères représentaient des créatures marines inconnues du monde moderne mais dont j'avais observé les corps décomposés sur la plaine surgie des abysses.

Cependant, c'étaient les bas-reliefs qui me captivaient le plus. Leur taille était telle que je les voyais parfaitement malgré la distance, l'eau m'en tenant éloigné. Les sujets auraient éveillé la jalousie de Doré. Je pense que ces choses étaient censées représenter des hommes ou, en tout cas, des sortes d'hommes, même si les scènes montraient les créatures folâtrant, tels des poissons, dans les eaux de quelque grotte sous-marine, ou en pleine cérémonie dans un sanctuaire monolithique reposant, lui aussi, au fond des mers. Je n'ose décrire en détail leur visage ou leur forme, car au seul souvenir de ces images, je me sens sur le point de défaillir. D'une laideur dépassant l'imagination d'un Poe ou d'un Bulwer-Lytton, elles avaient une allure générale odieusement humaine malgré leurs pieds et mains palmés, leurs lèvres étonnamment charnues et molles, leurs yeux vitreux et globuleux, et d'autres traits plus déplaisants encore. Curiosité supplémentaire, ces créatures paraissaient sculptées sans aucun respect des proportions par rapport aux décors qui les entouraient : une scène, en particulier, montrait l'une d'elles tuant une baleine à peine plus grande qu'elle. Devant l'étrangeté de leur apparence et de leur taille, je décidai qu'il s'agissait simplement des dieux imaginaires de quelque peuplade primitive de pêcheurs ou de marins, une peuplade éteinte bien avant que naissent les premiers ancêtres des hommes de Piltdown ou de Neandertal. Abasourdi par cette vision inattendue d'un passé si reculé que le plus audacieux des anthropologues n'aurait pu le concevoir, je restai perdu dans ma contemplation, tandis que la lune jetait d'étranges reflets sur le cours d'eau silencieux.

C'est alors que je le vis. Il y eut à peine un léger remous, puis il émergea des flots sombres. Ce gigantesque Polyphème répugnant se jeta sur le monolithe et, tel le prodigieux monstre cauchemardesque qu'il était, l'entoura de ses longs bras couverts d'écailles, tout en baissant sa tête hideuse pour cracher des sons articulés. C'est, je crois, à cet instant précis que je perdis la raison.

Je me souviens à peine de l'escalade frénétique de la pente et de la falaise, et du trajet délirant pour retourner au bateau. Je crois avoir beaucoup chanté, et avoir ri bizarrement quand je ne pouvais plus le faire. J'ai le vague souvenir d'un violent orage survenu quelque temps après que j'avais retrouvé mon embarcation ; en tout cas, je suis sûr d'avoir entendu des coups de tonnerre et autres bruits que la Nature n'émet que lorsqu'elle est déchaînée.

Quand je sortis des ténèbres, je me trouvais dans un hôpital de San Francisco, où m'avait déposé le capitaine du bateau américain qui m'avait trouvé en pleine mer. Dans mon délire, j'avais beaucoup parlé, mais on avait peu prêté attention à ce que j'avais dit. Mes sauveteurs n'avaient entendu parler d'aucun tremblement de terre dans le Pacifique. Je n'insistai pas ; à quoi bon leur raconter mon aventure, quand je savais que jamais ils ne me croiraient ? Un jour, j'allai voir un célèbre ethnologue, qui s'amusa de mes drôles de questions concernant l'antique légende philistine de Dagon, le Dieu-poisson. Toutefois, m'apercevant vite que j'avais affaire à un homme désespérément conventionnel, je coupai court.

C'est la nuit, alors que la lune gibbeuse décline, que je vois la chose. J'ai essayé la morphine, mais, la drogue, tout en ne m'offrant que de légers sursis, a irrémédiablement fait de moi son esclave. Je dois donc en finir, à présent que j'ai raconté toute mon histoire pour avertir mes contemporains. Peut-être se riront-ils de moi. Je me demande souvent si tout cela n'était pas un rêve pur et simple, si je n'ai pas été sujet à un délire fébrile alors que j'étais au soleil, dans mon canot, après mon évasion. Je me pose la question, mais la réponse me vient toujours sous la forme d'une vision horriblement réaliste. Je ne puis songer aux profondeurs abyssales sans frémir en imaginant les créatures innommables qui pourraient, en ce moment même, ramper et patauger sur le plancher océanique gluant, vénérer leurs vieilles idoles de pierre, et sculpter leurs portraits écœurants sur des obélisques de granit trempé. Je rêve qu'un jour, elles sortiront des flots pour entraîner dans leurs griffes pestilentielles les misérables restes de l'humanité affaiblie par les guerres, du jour où les terres s'enfonceront et où le fond sombre des mers s'élèvera, dans un chaos universel.

La fin est proche. J'entends un bruit à la porte. Comme si quelque gigantesque créature pesante à la peau glissante se frottait contre le bois. Elle ne me trouvera pas. Mon Dieu, cette main ! La fenêtre ! La fenêtre !

De l'au-delà

Le changement qui s'était produit chez mon meilleur ami, Crawford Tillinghast, était d'une horreur dépassant l'imagination. Il y avait deux mois et demi que je ne l'avais revu, depuis le jour où il m'avait révélé l'objectif de ses recherches physiques et métaphysiques, et avait réagi à mes remontrances sidérées, voire presque craintives, en me chassant de son laboratoire et de sa maison dans un accès de colère fanatique. Je savais qu'il passait désormais le plus clair de son temps cloîtré avec sa maudite machine électrique dans le grenier où il conduisait ses recherches, qu'il mangeait peu et que même les domestiques ne pouvaient entrer ; mais je n'aurais jamais cru que dix petites semaines suffiraient à changer et défigurer à ce point une créature humaine. Il est déplaisant de voir un homme robuste s'amaigrir subitement autant, et plus encore de constater que sa peau lâche devient jaunâtre ou grise, que ses yeux sont enfoncés, cernés, et brûlent d'un éclat inquiétant, que son front est ridé et couvert de veines, et que ses mains sont agitées de tremblements convulsifs. Ajoutez-y une crasse repoussante, une tenue totalement débraillée, une tignasse brune aux racines blanches et une barbe, elle aussi blanche, poussant librement sur un visage jadis rasé de près, et vous obtiendrez au final une vision tout à fait choquante. Et pourtant, telle était l'apparence de Crawford Tillinghast le soir où son message à moitié incohérent m'amena à sa porte après des semaines d'exil ; tel était le spectre tremblant qui me reçut, bougie à la main, en jetant à la dérobée des coups d'œil par-dessus son épaule, comme si d'effrayantes choses invisibles étaient tapies dans sa vieille maison solitaire à l'écart de Benevolent Street.

Crawford Tillinghast n'aurait jamais dû étudier les sciences et la philosophie. On devrait laisser les recherches de ce genre aux esprits froids et impersonnels, car l'homme de sentiment et de passion ne peut en tirer que deux choses : le désespoir s'il échoue dans sa quête, ou une terreur indicible et inimaginable s'il réussit. Tillinghast, jadis, avait été la proie solitaire et mélancolique de l'échec ; ce soir-là, je compris avec une peur qui me souleva le cœur qu'il était désormais victime de sa réussite. Je l'avais pourtant mis en garde dix semaines plus tôt, quand il m'avait dévoilé avec enthousiasme ce qu'il pensait être sur le point de découvrir. Surexcité, le teint rouge, il parlait alors d'une voix aiguë et étrange, où perçait tout de même son habituel ton pédant.

— Que savons-nous, avait-il commencé, du monde, de l'univers qui nous entoure ? Les moyens dont nous disposons pour percevoir les impressions sont ridiculement peu nombreux, et notre vision des objets qui nous environnent est infiniment étroite. C'est la manière dont nous sommes bâtis qui détermine notre point de vue, si bien que nous n'avons aucune idée de la vraie nature des choses. Avec nos cinq sens limités, nous avons la prétention de comprendre l'infinie complexité du cosmos ; cependant, il se pourrait que d'autres êtres dotés d'un éventail sensoriel plus large, plus fort ou différent, non seulement voient la réalité d'une manière très dissemblable, mais perçoivent et étudient aussi des univers entiers de matière, d'énergie et de vie qui, bien qu'ils soient à portée de main, demeurent à jamais indétectables à l'aide des seuls sens dont nous disposons. J'ai toujours pensé que de tels mondes étranges et inaccessibles existaient tout près de nous, et je crois à présent avoir trouvé un moyen d'abattre les barrières qui nous en séparent. Je ne plaisante pas. D'ici à vingt-quatre heures, la machine que vous voyez à côté de la table émettra des ondes qui agiront sur des organes sensoriels oubliés dont nous portons toujours en nous les vestiges rudimentaires ou atrophiés. Ces ondes nous ouvriront à de nombreux panoramas inconnus de l'homme, voire pour certains, inconnus de tout ce que nous considérons comme des formes de vie organique. Nous verrons ce qui fait hurler les chiens la nuit, et ce qui fait dresser les oreilles des chats après minuit. Nous verrons ces choses, mais aussi d'autres qu'aucune créature vivante n'a encore vues. Nous enjamberons le temps, l'espace et les dimensions et, sans un geste, nous scruterons le cœur de la création.

J'avais protesté en entendant ce discours, car je connaissais assez bien Tillinghast pour me sentir plus effrayé qu'amusé ; mais ce forcené m'avait jeté dehors. S'il n'avait rien perdu de son fanatisme, son désir de parler l'avait désormais emporté sur sa rancœur, et il m'avait donc écrit un message impérieux, d'une main que j'avais peine à reconnaître. Alors même que je pénétrais dans la demeure de cet ami si soudainement métamorphosé en gargouille tremblante, je fus contaminé par la terreur qui semblait se tapir partout dans l'obscurité. J'avais l'impression que les paroles et théories exprimées dix semaines auparavant s'étaient matérialisées dans les ténèbres cernant le petit halo de la bougie ; la voix changée et privée de substance de mon hôte me dégoûta. Regrettant l'absence des domestiques, je n'aimai pas m'entendre dire qu'ils étaient tous partis trois jours plus tôt. Il me parut en tout cas curieux que le vieux Gregory eût abandonné son maître sans le dire à un ami aussi fidèle que moi. C'était pourtant lui qui m'avait fourni toutes les informations dont je disposais sur Tillinghast depuis que ce dernier m'avait rageusement éconduit.

Toutefois, ma curiosité et ma fascination grandissantes l'emportèrent bientôt sur toutes mes craintes. Je ne pouvais vraiment savoir ce que Crawford attendait de moi, mais j'étais certain qu'il avait quelque secret ou découverte extraordinaire à me révéler. Si par le passé j'avais protesté devant ses incursions contre nature dans l'impensable, maintenant qu'il avait de toute évidence rencontré une certaine réussite, je partageais presque son état d'esprit, même si le prix de la victoire me semblait terrible. Je montai dans la maison vide et noire à la suite de la bougie qui dansait dans la main tremblante de cette caricature d'homme. L'électricité était manifestement coupée, et lorsque je questionnai mon guide à ce propos, il répondit qu'il y avait à cela une raison précise.

— Ce serait trop…, poursuivit-il en marmonnant. Je n'oserais pas.

Cette nouvelle manie de marmonner me frappa particulièrement, car cela ne lui ressemblait pas de se parler à lui-même. Nous pénétrâmes dans le laboratoire du grenier, où je remarquai la détestable machine électrique, qui émettait une sinistre lueur d'un violet écœurant. Elle était reliée à une puissante batterie chimique mais ne paraissait pas alimentée ; en effet, je me souvenais qu'au stade expérimental, elle crachotait et ronronnait quand elle était en marche. J'interrogeai Tillinghast, qui grommela que cette lueur permanente n'était pas électrique au sens où je l'entendais.

Il me fit asseoir de manière à avoir la machine sur ma droite puis tourna un bouton caché sous l'amas d'ampoules de verre dont elle était surmontée. Les crachotements habituels retentirent et donnèrent lieu à une plainte stridente qui finit par se changer en un bourdonnement si léger qu'on aurait pu croire le silence revenu. En même temps, la luminosité augmenta, déclina de nouveau, puis prit une teinte blême et bizarre, voire un mélange de teintes, que je ne saurais situer ou décrire. Tillinghast, qui m'observait, remarqua mon air perplexe.

— Savez-vous ce que c'est ? murmura-t-il. C'est de l'ultraviolet. (Il émit un drôle de ricanement en voyant ma surprise.) Vous pensiez l'ultraviolet invisible, et il l'est… mais maintenant, vous le voyez, de même que bien d'autres choses invisibles.

» Écoutez-moi ! Les ondes de ce dispositif sont en train de réveiller chez nous un millier de sens endormis ; des sens légués par des millions d'années à évoluer de l'état d'électrons séparés à celui d'organismes humains. J'ai vu la vérité, et j'entends vous la montrer. Vous vous demandez à quoi cela va ressembler ? Je vais vous le dire. (Tillinghast s'assit juste en face de moi, souffla sa bougie et me dévisagea avec une horrible fixité.) Vos organes sensoriels existants – d'abord les oreilles, je pense – vont percevoir nombre de ces impressions, car ils sont étroitement liés à ces organes en sommeil. Puis d'autres prendront le relais. Vous avez entendu parler de la glande pinéale ? Je ris à l'idée de ce qu'en disent les endocrinologues superficiels… des parvenus, tout comme les freudiens qui les dupent. Cette glande – comme je l'ai découvert – est le plus grand des organes sensoriels. En fin de compte, c'est comme la vue : elle transmet des informations visuelles au cerveau. Si vous êtes normalement constitué, c'est de cette manière que vous devriez presque tout percevoir… je veux dire presque toutes les preuves de l'existence d'un au-delà.

Je regardai autour de moi l'immense pièce mansardée au mur sud en pente. Elle était faiblement éclairée par des rayons que l'œil ordinaire ne peut voir. Les coins les plus éloignés étaient plongés dans l'ombre, et l'endroit tout entier était recouvert d'un voile irréel qui cachait sa nature et invitait l'imagination à recourir aux symboles et autres fantasmes. Pendant le long silence de Tillinghast, je me vis dans quelque vaste et incroyable temple consacré à des dieux depuis longtemps morts ; un indéfinissable édifice aux innombrables colonnes de pierre noire dressées sur les dalles humides du sol et qui allaient se perdre dans les hauteurs nuageuses, au-delà de mon champ de vision. Pendant un moment, l'image fut très précise, puis elle fit progressivement place à un concept plus horrible : une solitude totale dans un espace infini n'offrant rien à voir, rien à entendre. Ayant l'impression de me trouver dans un vide absolu, je fus gagné par une peur puérile qui me poussa à sortir le revolver que je gardais dans ma poche la nuit depuis que l'on m'avait détroussé, un soir, dans l'est de Providence. C'est alors que, venu des profondeurs les plus lointaines, le son commença à se faire entendre. Il était extrêmement léger, subtilement sonore et indéniablement musical mais, par-dessus tout, chargé d'une connotation sauvage qui eut sur tout mon corps l'effet d'une délicate torture. Les sensations me rappelèrent ce que l'on ressent en griffant accidentellement du verre dépoli. En même temps monta une sorte de courant d'air froid qui semblait venir de la même direction que le bruit lointain. Alors que j'attendais en retenant mon souffle, je remarquai que le son et le courant d'air gagnaient tous deux en intensité, ce qui me donna l'étrange impression d'être attaché à des rails sur le chemin d'une gigantesque locomotive en approche. Je me mis à parler à Tillinghast, ce qui provoqua la disparition de toutes les impressions inhabituelles. Je ne voyais plus que l'homme, la machine lumineuse et la pièce sombre. Tillinghast souriait hideusement en regardant le revolver que j'avais sorti presque sans m'en rendre compte ; mais à voir son expression, j'étais certain qu'il en avait vu et entendu autant que moi, sinon beaucoup plus. J'évoquai dans un murmure ce que j'avais ressenti, et il m'ordonna de rester aussi calme et réceptif que possible.

— Ne bougez pas, m'avertit-il, car ces rayons, tout en nous permettant de voir, nous rendent visibles. Je vous ai dit que les domestiques étaient partis, mais je ne vous ai pas dit comment. C'est cette idiote de gouvernante... elle a allumé les lumières en bas alors que je l'avais prévenue de ne pas le faire, et les fils électriques ont capté des ondes correspondant aux leurs. Ç'a dû être effroyable... j'ai entendu les cris d'ici, malgré toutes les images et tous les sons qui me venaient d'ailleurs. Plus tard, quand j'ai trouvé des tas de vêtements vides aux quatre coins de la maison, ce fut assez horrible. Ceux de Mme Updike étaient près de l'interrupteur de l'entrée ; c'est comme cela que j'ai su que c'était elle qui avait allumé. Ils ont tous été pris. Mais tant que nous ne bougeons pas, nous ne risquons pas grand-chose. Gardez à l'esprit que nous avons affaire à un monde terrible dans lequel nous sommes pour ainsi dire sans défense... Pas un geste !

Le choc conjugué de cette révélation et de cet ordre brusque me paralysa et, dans ma terreur, mon esprit s'ouvrit de nouveau aux impressions venant de ce que Tillinghast appelait « l'au-delà ». Je me trouvais à présent au cœur d'un tourbillon de bruits et de mouvements, des images confuses devant les yeux. Je distinguais les contours flous de la pièce, mais d'un point de l'espace semblait se déverser une colonne bouillonnante de formes inidentifiables ou de nuages, colonne qui traversait le toit en un point situé devant moi et sur ma droite. Alors j'eus une nouvelle vision du temple, similaire à la première sinon que, cette fois, les piliers montaient vers un océan de lumière qui envoyait vers le sol un rayon aveuglant suivant le même chemin que la colonne de nuages que j'avais vue auparavant. Après quoi la scène devint presque entièrement kaléidoscopique ; et dans ce méli-mélo d'images, de sons et d'impressions relevant de sens inconnus, je sentis que j'étais sur le point de me dissoudre ou, d'une manière ou d'une autre, de perdre ma forme solide. Je me souviendrai toujours d'une brève vision en particulier. L'espace d'un instant, ce fut comme si je contemplais un fragment étrange de ciel nocturne rempli de sphères brillantes et tournoyantes et, comme il s'éloignait, je vis que ces soleils rayonnants formaient une constellation ou une galaxie de forme précise : la forme du visage distordu de Crawford Tillinghast. À un autre moment, je sentis ces choses immenses et animées me frôler ou même traverser, en marchant ou en dérivant, mon corps supposé matériel. J'eus l'impression de voir Tillinghast les regarder, comme si ses sens plus habitués lui permettaient d'en faire une interprétation visuelle. Me rappelant ce qu'il avait dit sur la glande pinéale, je me demandai ce qu'il voyait avec cet œil surnaturel.

Tout à coup, je me retrouvai moi-même doué d'une sorte de sens exacerbé de la vue. Par-dessus le chaos d'ombre et de lumière apparut une image qui, bien qu'imprécise, était dotée de consistance et de permanence. En l'occurrence, elle avait quelque chose de familier, la partie inhabituelle étant superposée à la scène terrestre normale, à la manière d'une image de film que l'on projette sur le rideau peint du cinéma. Je voyais le laboratoire mansardé, la machine électrique, et la silhouette disgracieuse de Tillinghast face à moi ; mais dans tout l'espace entourant les objets familiers, il n'y avait pas une particule de vide. Des formes indescriptibles, vivantes ou non, se mêlaient dans une écœurante confusion, et chaque objet connu était cerné par tout un monde d'entités étrangères et inconnues. Il me semblait aussi que tous les corps habituels entraient dans la composition de corps inhabituels, et *vice versa*. Parmi les êtres vivants, il y avait principalement des monstres noir d'encre et gélatineux qui tremblotaient mollement au gré des vibrations de la machine. Ils étaient atrocement nombreux, et je remarquai avec horreur qu'ils s'interpénétraient ; que ces êtres semi-fluides étaient capables de se traverser les uns les autres, et de traverser les corps que nous considérons comme solides. Ces choses ne restaient jamais immobiles, flottant en permanence de-ci de-là avec quelque intention malveillante. Parfois, elles paraissaient se dévorer entre elles : l'agresseur se jetait sur sa victime, qui disparaissait aussitôt.

Je crus comprendre, non sans un frisson, ce qui avait anéanti les malheureux domestiques ; une idée que je ne pus chasser de mon esprit tandis que, profitant de ce que le monde invisible qui nous entoure m'était devenu perceptible, je m'efforçais de poursuivre l'étude de ses particularités. Toutefois, Tillinghast, qui m'observait, reprit la parole :

— Vous les voyez ? Vous les voyez ? Vous voyez ces choses qui, à chaque instant de votre existence, flottent et s'agitent autour de vous et vous traversent ? Vous voyez les créatures qui forment ce que les hommes appellent l'air pur et le ciel bleu ? Ne suis-je pas parvenu à abattre les barrières ? Ne vous ai-je pas montré des mondes qu'aucun homme vivant n'a jamais vus ?

Je l'entendais crier malgré l'insoutenable chaos, et voyais son visage dément, si déplaisamment près du mien. Des flammes brûlaient dans ses yeux, qui me contemplaient avec ce que je savais désormais être une haine incoercible. Et la machine émettait toujours son détestable bourdonnement.

— Vous croyez que ces êtres qui flottent en tous sens ont anéanti les domestiques ? Imbécile, ils sont inoffensifs ! Et pourtant, les domestiques ont bien disparu, pas vrai ! Vous avez tenté de m'arrêter ; vous m'avez découragé au moment où j'avais besoin de tous les encouragements possibles ; la vérité cosmique vous faisait peur, pauvre lâche, mais maintenant, je vous tiens ! Qu'est-ce qui a balayé les domestiques ? Qu'est-ce qui les a fait hurler si fort ? Ah ! vous ne savez pas ! Mais vous allez bientôt le savoir. Regardez-moi. Écoutez-moi. Croyez-vous qu'il existe vraiment des choses comme le temps et la magnitude ? Imaginez-vous que la forme et la matière sont des réalités ? Vous pouvez me croire, j'ai atteint des profondeurs que votre petite cervelle ne peut se représenter. J'ai vu au-delà des limites de l'infini, et j'ai fait venir des démons des étoiles… J'ai maîtrisé les ombres qui passent de monde en monde pour répandre la mort et la folie… l'espace m'appartient, m'entendez-vous ? Des créatures sont à ma recherche en ce moment même – ces créatures qui dévorent et dissolvent – mais je sais comment les éviter. C'est de vous qu'elles vont s'emparer, tout comme elles se sont emparées des domestiques… On s'agite, cher ami ? Je vous ai dit qu'il était dangereux de bouger. Jusqu'ici, je vous ai sauvé en vous ordonnant de rester immobile ; je vous ai sauvé pour que vous en voyiez encore plus et que vous m'écoutiez. Si vous aviez bougé, il y a longtemps qu'elles vous auraient attrapé. Ne vous inquiétez pas, elles ne vous feront pas de mal. Elles n'en ont pas fait aux domestiques ; c'est de les voir qui a tant fait hurler ces pauvres diables. Mes bêtes ne sont pas jolies, car elles viennent d'endroits où les critères esthétiques sont… différents. La désintégration, ça ne fait pas mal du tout, je vous assure… mais je voudrais que vous les voyiez. Moi j'ai bien failli les voir, mais j'ai su m'arrêter. Vous êtes curieux ? J'ai toujours su que vous n'aviez pas l'esprit scientifique. On tremble, hein ? C'est qu'on a hâte de voir mon ultime découverte ! Alors pourquoi ne bougez-vous pas, dans ce cas ? Fatigué ? Ne vous inquiétez pas, mon ami, elles arrivent… Regardez, regardez, espèce d'idiot… juste au-dessus de votre épaule gauche…

Ce qui reste à raconter est fort bref, et peut-être l'avez-vous déjà lu dans les articles du journal. La police entendit un coup de feu dans la vieille maison de Tillinghast et nous trouva ; lui mort, moi inconscient. Ils m'arrêtèrent parce que j'avais le revolver en main, mais me relâchèrent trois heures plus tard, après avoir découvert que Tillinghast avait succombé à une crise d'apoplexie et que mon coup de feu était dirigé contre la machine néfaste qui gisait, irrémédiablement détruite, sur le plancher du laboratoire. Je ne racontai pas grand-chose de ce que j'avais vu, de peur que le coroner se montre sceptique ; mais en entendant mon récit évasif, le médecin m'expliqua que le dément vindicatif avait dû m'hypnotiser.

J'aimerais pouvoir croire cet homme. Mes nerfs fragiles iraient mieux, si je pouvais cesser de penser à l'air et au ciel autour et au-dessus de moi. Je ne me sens jamais seul ni à l'aise, et quand la lassitude me gagne, j'ai l'odieuse, l'effroyable impression d'être poursuivi. La seule chose qui m'empêche de croire ce médecin, c'est que la police n'ait jamais retrouvé les corps des domestiques, dont elle attribue le meurtre à Crawford Tillinghast.

Le Molosse

I

Dans mes oreilles torturées résonnent sans cesse des bruits de cauchemar, vrombissements, battements d'ailes et, dans le lointain, des aboiements rappelant quelque gigantesque chien de meute. Ce n'est pas un rêve – ni même, j'en ai peur, la folie –, car trop de choses se sont déjà produites pour qu'il me soit permis de me réfugier derrière ces hypothèses rassurantes. Il ne reste de Saint John qu'un cadavre mutilé ; moi seul sais pourquoi, et ce savoir est si effrayant que je me trouve sur le point de me faire sauter la cervelle, de peur de subir le même sort. Dans d'infinis couloirs ténébreux, dignes de l'imagination la plus délirante, rôde la noire, l'informe Némésis qui me conduit à l'anéantissement de moi-même.

Puisse le ciel pardonner l'audace insensée et l'attrait morbide qui nous ont menés tous deux à un destin si monstrueux ! Lassés des préoccupations quotidiennes d'un monde terre à terre où les gens sont même blasés des plaisirs du romantisme et de l'aventure, Saint John et moi nous tournâmes avec enthousiasme vers tout mouvement esthétique et intellectuel promettant de nous soulager, ne fût-ce que momentanément, de l'ennui qui nous accablait sans relâche. Nous fîmes nôtres les énigmes des symbolistes et les extases des préraphaélites dès la naissance de ces courants mais, chaque fois, les approches inédites se vidaient vite, trop vite, de leur nouveauté et de leur attrait rafraîchissants. Seule la sombre philosophie des décadents parvint à nous tenir en haleine. Cependant, pour y trouver notre compte, nous devions nous enfoncer toujours plus loin dans le diabolisme. Baudelaire et Huysmans cessèrent vite de nous passionner, si bien qu'à la fin, il ne nous resta plus qu'à éprouver personnellement les *stimuli* des aventures et expériences contre nature. C'est cette épouvantable quête d'émotions qui finit par nous conduire à la détestable entreprise que, même maintenant, malgré ma terreur, j'évoque timidement, honteusement ; je parle du blasphème le plus innommable, le plus méprisable que l'on puisse commettre envers l'humanité : le pillage de sépulture.

Je ne puis révéler les détails de nos écœurantes expéditions, ni dresser la liste, même partielle, des pires trophées ornant l'épouvantable musée que nous ménageâmes dans la grande maison de pierre que nous occupions ensemble, sans domestiques. Notre musée était un lieu maudit, impensable, où, forts d'un goût satanique de virtuoses névrosés, nous avions rassemblé un univers de terreur et de pourriture afin de réveiller nos sensibilités émoussées. La pièce se trouvait très loin sous terre. D'énormes démons ailés, sculptés dans le basalte et l'onyx, y vomissaient, par leur gueule figée dans un large rictus, une étrange lumière vert orangé ; des tuyaux cachés soufflaient sur de grandes tentures noires dont les lignes de motifs rouges imbriqués évoquant les charniers exécutaient des danses kaléidoscopiques et mortuaires. L'air craché par les tuyaux en question était parfumé au gré de nos humeurs et désirs : parfois, aux effluves de pâles lys funèbres, d'autres fois à l'encens narcotique que nous imaginions être l'odeur des sanctuaires où reposaient les rois d'Orient ; d'autres fois encore – et je frissonne rien qu'en y repensant ! – aux remugles atroces, révoltants, qu'exhale la tombe fraîchement ouverte.

Aux murs de cette salle repoussante, les boîtes contenant d'antiques momies alternaient avec de beaux corps qui donnaient l'impression d'être en vie, tant leur embaumement était parfait, et avec des pierres tombales dérobées dans les plus vieux cimetières du monde. Ici et là, des crânes de formes diverses et des têtes préservées à différents stades de décomposition étaient exposés dans des niches. Il y avait aussi bien des crânes pourrissants et chauves de nobles célèbres que des têtes toutes fraîches, éblouissantes de blondeur, d'enfants tout juste enterrés. Et nous avions aussi des statues et des tableaux, représentant tous des sujets haïssables, et dont certains étaient l'œuvre de Saint John ou de moi-même. Un dossier à serrure relié en peau humaine contenait des dessins inconnus et inavouables qui, d'après la rumeur, avaient été commis par Goya, mais dont ce dernier n'aurait osé reconnaître la paternité. Et il y avait des instruments de musique ; des cordes, des cuivres, des bois, dont le point commun était qu'ils vous soulevaient tous l'estomac. Il nous arrivait, à Saint John et moi, d'en tirer des dissonances d'une exquise morbidité, d'une horreur démoniaque. Enfin, dans une multitude de placards d'ébène marquetée, reposait la plus incroyable, la plus inimaginable collection de trophées recueillis dans des tombes jamais rassemblée par un esprit dérangé et pervers. C'est de ce butin en particulier que je ne souhaite pas parler. Dieu merci, j'ai trouvé le courage de le détruire bien avant d'avoir l'idée de me détruire moi-même.

Les raids au cours desquels nous récoltions nos trésors honteux étaient toujours des événements artistiques mémorables. Nous ne nous conduisions pas en vulgaires goules, mais n'œuvrions que dans des conditions bien précises ; l'état d'esprit était important, tout comme le décor, l'environnement, le temps, la saison et la luminosité de la lune. Notre passe-temps était pour nous la forme la plus raffinée d'expression esthétique, et nous accordions à ces détails techniques un soin pointilleux. Un moment mal choisi, une lumière déplaisante, un coup de pelle malheureux dans la tourbe humide, et c'en était pour ainsi dire fini du frisson extatique qu'engendrait l'exhumation de quelque dangereux et grimaçant secret. Notre quête de décors nouveaux et de conditions excitantes était fébrile, insatiable. Saint John jouait invariablement le rôle du meneur et ce fut lui, en fin de compte, qui nous conduisit jusqu'à cet endroit maudit et moqueur où se scella notre destin aussi terrible qu'implacable.

Quelle maligne fatalité nous attira dans ce lugubre cimetière de Hollande ? Je pense que ce fut la rumeur, la sombre légende selon laquelle, depuis cinq cents ans, y était enterré un être qui, en son temps, avait été une goule, et avait volé quelque artefact de pouvoir dans le sépulcre d'un puissant. Alors même que je vis mes derniers instants, je revois la scène : la pâle lune d'automne brillant sur les tombes en leur arrachant de longues ombres sinistres ; les arbres grotesques se voûtant, maussades, pour aller frôler l'herbe laissée à l'abandon et les stèles croulantes ; les innombrables légions de chauves-souris anormalement grandes voletant devant le disque lunaire ; l'antique église, envahie par le lierre, pointant un doigt spectral vers le ciel livide ; les insectes phosphorescents dansant comme des feux follets, à l'écart, sous les ifs ; les odeurs de pourriture, de végétation et d'autres choses plus inexplicables, se mélangeant discrètement au vent nocturne venu de mers et marais reculés ; et, pire que tout, les lointains aboiements rauques d'un énorme molosse que nous ne voyions pas ni ne situions précisément. Malgré l'éloignement, dès que nous entendîmes ce chien, nous frissonnâmes en nous rappelant les récits des paysans ; car des siècles plus tôt, celui que nous cherchions avait été retrouvé à cet endroit même, déchiqueté et mutilé à coups de griffes et de crocs par quelque bête impensable.

Je nous revois manier nos pelles. Que de sensations nous éprouvions à nous trouver dans cette tombe, sous le regard de la lune blême, au milieu des ombres effrayantes, des arbres difformes, des chauves-souris titanesques, avec cette vieille église, ces feux follets dansants, ces odeurs écœurantes, ce vent de minuit qui gémissait doucement et ces étranges aboiements venus de nulle part, que nous n'étions pas certains de vraiment entendre. Soudain, nos pelles heurtèrent une surface plus dure que l'humus moisi. Nous contemplâmes une boîte oblongue dont le bois vermoulu était incrusté de dépôts minéraux, témoins de son long séjour sous terre. Elle était incroyablement solide et épaisse, mais si vieille que nous parvînmes à la forcer pour nous délecter du spectacle de son contenu.

Son occupant était bien conservé ; étonnamment bien, même, si l'on considérait qu'il avait passé cinq siècles dans son cercueil. Bien que broyé ici et là par les mâchoires de la créature qui l'avait tué, le squelette était d'un seul tenant, ce qui ne laissait pas de nous surprendre ; nous exultâmes en découvrant son crâne propre et blanc, avec ses longues dents et ses orbites vides où, jadis, ses yeux avaient brûlé d'une fièvre morbide semblable à la nôtre. Au fond de la bière reposait une amulette de forme curieuse et exotique. Selon toute apparence, le dormeur l'avait portée autour du cou. Elle représentait, de manière bizarrement stylisée, une créature ailée et tapie ; un chien, ou un sphinx au visage semi-canin. La sculpture du petit bijou de jade vert était exquise, dans un antique style oriental. L'expression de ses traits était repoussante à l'extrême, car elle évoquait à la fois la mort, la bestialité et le mal. Sur le pourtour de sa base étaient gravés des caractères que ni Saint John ni moi ne pûmes identifier ; dessous, tel le sceau d'un fabricant, était dessiné un crâne formidable de difformité.

À peine avions-nous posé les yeux sur cette amulette que nous éprouvâmes le désir ardent de la posséder. Ce butin était notre récompense logique et suffisante pour avoir pillé cette tombe séculaire. Nous l'aurions désirée, quand bien même sa silhouette ne nous aurait rien rappelé ; mais en y regardant de plus près, nous vîmes qu'elle ne nous était pas tout à fait étrangère. Si elle était effectivement inconnue de tout amateur sain et équilibré d'arts et de littérature, nous identifiâmes en elle une chose évoquée dans le *Necronomicon*, ouvrage interdit de l'Arabe dément Abdul Alhazred : l'effrayant symbole spirituel d'un culte nécrophage de l'inaccessible Leng, en Asie centrale. Nous ne reconnûmes que trop bien les sinistres caractéristiques données par le vieux démonologue lorsqu'il décrivait l'obscure manifestation surnaturelle de l'âme des profanateurs et mangeurs de morts.

Nous nous emparâmes donc de l'objet de jade, jetâmes un dernier regard au crâne blanchi et aux orbites vides de son propriétaire, puis remîmes la tombe dans l'état où nous l'avions trouvée. En repartant au plus vite de ce détestable endroit, l'amulette une fois rangée dans la poche de Saint John, nous eûmes l'impression de voir toutes les chauves-souris s'abattre sur la terre que nous venions juste de fouiller, comme pour y chercher quelque nourriture malsaine et maudite. Mais la blême lune automnale brillait faiblement, si bien que nous ne pouvions être sûrs de nous. De même, le lendemain, alors que notre bateau quittait la Hollande pour regagner notre pays, nous crûmes entendre dans le lointain l'aboiement d'un énorme molosse. Mais le pâle vent automnal soufflait tristement, si bien que nous ne pouvions être sûrs de nous.

II

Moins d'une semaine après notre retour en Angleterre, des choses étranges commencèrent à se produire. Nous vivions en reclus ; seuls, sans amis ni serviteurs, nous occupions quelques pièces d'un vieux manoir bâti au milieu d'une lande morne et déserte. Il était donc rare qu'un visiteur vienne déranger notre quiétude. Mais désormais, nous étions fréquemment réveillés la nuit par des bruits de tâtonnements non seulement aux portes, mais aux fenêtres, et aussi bien à l'étage qu'au rez-de-chaussée. Un soir, nous crûmes voir un grand corps opaque obscurcir la fenêtre de la bibliothèque, alors que la lune brillait de l'autre côté. Une autre fois, nous eûmes l'impression d'avoir entendu un bourdonnement ou un battement d'ailes, non loin. Dans tous les cas, nos recherches ne révélèrent rien, si bien que nous commençâmes à mettre ces bruits et visions sur le compte de notre seule imagination qui, par ailleurs, nous faisait toujours entendre les mêmes lointains aboiements que lorsque nous nous trouvions dans le cimetière hollandais. L'amulette de jade reposait dans une niche de notre musée, et il nous arrivait d'allumer devant elle des bougies aux senteurs étranges. Le *Necronomicon* d'Alhazred nous renseigna amplement sur ses propriétés, mais aussi sur les liens entre les âmes de goules et les créatures que le bijou symbolisait. Ce que nous lûmes nous troubla. Puis vint la terreur.

La nuit du 24 septembre 19…, on frappa à la porte de ma chambre. Pensant qu'il s'agissait de Saint John, j'invitai mon visiteur à entrer. Pour toute réponse, j'entendis un rire strident. Il n'y avait personne dans le couloir. J'allai réveiller Saint John, qui jura ne rien savoir de l'incident et se montra bientôt aussi inquiet que moi. C'est au cours de cette même nuit que la réalité des aboiements sur la lande devint aussi certaine qu'effroyable. Quatre jours plus tard, alors que nous nous trouvions tous deux dans notre musée caché, nous distinguâmes un grattement prudent à l'unique porte qui menait à l'escalier secret donnant sur la bibliothèque. Nous en fûmes doublement angoissés, car, en plus de notre peur de l'inconnu, nous avions toujours craint que notre macabre collection soit découverte. Nous éteignîmes toutes les lumières puis, nous avançant vers la porte, nous l'ouvrîmes à la volée ; aussitôt, nous sentîmes un inexplicable courant d'air et entendîmes un mélange insolite de bruissements, de ricanements et de jacassements articulés qui semblait s'éloigner. Nous n'essayâmes même pas de déterminer si ces perceptions étaient le fruit de la folie ou du rêve, car nous nous aperçûmes, avec la plus noire appréhension, que ce bavardage semblant venu de nulle part était, sans l'ombre d'un doute, en néerlandais.

Après quoi nous vécûmes dans une horreur et une fascination grandissantes. La plupart du temps, nous étions d'avis que nos plaisirs contre nature nous faisaient sombrer dans la démence, mais il nous plaisait parfois davantage de nous croire victimes d'un destin sinistre et inévitable. Les manifestations étranges étaient devenues si fréquentes que nous en avions perdu le compte. Notre demeure isolée paraissait habitée par un être maléfique dont la nature nous échappait et, chaque nuit, les aboiements démoniaques se faisaient entendre de plus en plus fort sur la lande venteuse. Le 29 octobre, dans la terre meuble sous la fenêtre de la bibliothèque, nous découvrîmes une série d'empreintes absolument indescriptibles. Elles nous déconcertèrent autant que les hordes toujours plus nombreuses de chauves-souris géantes qui hantaient le vieux manoir.

L'horreur atteignit son apogée le 18 novembre, lorsque Saint John, en rentrant de la gare lointaine à la nuit tombée, fut happé par une horrible chose carnivore qui le tailla en pièces. Entendant ses hurlements depuis la maison, j'accourus sur le lieu du massacre. J'arrivai à temps pour entendre un bourdonnement d'ailes et apercevoir la silhouette noire et vague d'une créature se découpant sur la lune montante. Lorsque je questionnai mon ami, il n'était plus en mesure de me répondre de manière intelligible, car il était mourant. Il ne put que murmurer :

— L'amulette… cette maudite amulette…

Puis il s'effondra, masse inerte de chairs lacérées.

Je l'enterrai à minuit dans nos jardins à l'abandon. Devant sa dépouille, je marmonnai l'un de ces rituels diaboliques qu'il avait tant aimés de son vivant. Et, alors que je prononçais la dernière phrase démoniaque, j'entendis au loin, sur la lande, les aboiements étouffés d'un chien gigantesque. La lune était levée, mais je n'osai la regarder. Lorsque je vis, sur l'étendue mal éclairée, une grande ombre nébuleuse bondir de tertre en monticule, je fermai les yeux et me jetai au sol à plat ventre. Après m'être relevé, sans savoir combien de temps s'était écoulé, je rentrai, tremblant, titubant, pour aller me prosterner comme un impie devant l'amulette de jade que nous avions si précieusement conservée.

Craignant désormais de vivre seul dans notre vieille demeure de la lande, je partis le lendemain pour Londres en emportant l'amulette, non sans avoir au préalable brûlé puis enterré le reste de notre collection blasphématoire. Mais au bout de trois nuits, je recommençais à entendre les aboiements et, moins d'une semaine plus tard, je sentais peser sur moi un étrange regard dès qu'il faisait noir. Un soir que je me promenais sur le quai Victoria pour prendre l'air, je vis une forme noire cacher le reflet d'un lampadaire, sur la Tamise. Sentant souffler une bourrasque plus forte que le vent nocturne, je compris que j'allais bientôt connaître le même sort que Saint John.

Le lendemain, j'emballai soigneusement l'amulette et embarquai pour la Hollande. J'ignorais si le fait de restituer l'objet au dormeur silencieux allait me valoir la clémence de mon poursuivant, mais je devais au moins essayer toute démarche qui me semblerait un tant soit peu logique. Je ne savais toujours pas vraiment ce qu'était ce chien, ni pourquoi il me poursuivait ; cependant, j'avais entendu ses aboiements pour la première fois dans la vieille nécropole, et tout ce qui avait suivi, y compris les dernières paroles de Saint John, avait contribué à relier la malédiction au vol de l'amulette. C'est pourquoi je sombrai dans le désespoir le plus profond en m'apercevant, alors que je séjournais dans une auberge de Rotterdam, que des voleurs m'avaient délesté de mon unique planche de salut.

Les aboiements furent encore plus forts cette nuit-là et, le lendemain matin, je lus dans le journal qu'un acte d'une brutalité sans nom avait été perpétré dans le quartier le plus infâme de la ville. La populace était terrorisée, car s'était abattue sur un taudis une mort rouge qui éclipsait les pires crimes du voisinage. Dans un sordide repaire de voleurs, une famille tout entière avait été déchiquetée par une chose inconnue qui n'avait laissé aucune trace ; toute la nuit, les voisins avaient entendu, malgré la clameur habituelle des ivrognes, les grognements rauques et obstinés d'un énorme chien.

Je me trouvais donc de retour dans ce cimetière malsain, où la pâle lune d'hiver jetait ses ombres hideuses, au milieu des arbres sans feuilles qui se voûtaient, maussades, de l'herbe gelée et des stèles croulantes ; l'église, envahie par le lierre, pointait un doigt moqueur vers le ciel menaçant, et le vent nocturne venu de mers et marais gelés hurlait comme un dément. L'aboiement était redevenu lointain, et cessa tout à fait lorsque je m'approchai de l'antique tombe que j'avais violée et fis fuir la horde anormalement nombreuse de chauves-souris curieuses voletant autour des lieux.

Je ne sais pourquoi j'étais revenu, sinon pour prier ou bredouiller de folles excuses à la chose blanchâtre qui reposait en silence dans la tombe. En tout cas, j'attaquai la terre à demi gelée avec un désespoir qui était à la fois mien et inspiré par une impérieuse volonté extérieure. La tâche s'avéra beaucoup plus facile que prévu. À un moment, cependant, un incident bizarre m'interrompit : un vautour famélique s'abattit du ciel glacé pour picorer frénétiquement la terre retournée. Je dus le tuer d'un coup de pelle. Enfin, j'atteignis la boîte oblongue vermoulue, dont je retirai le couvercle humide et nitreux. Ce fut là la dernière action rationnelle de ma vie.

En effet, tapi dans le vieux cercueil, étreint par d'énormes chauves-souris musclées, cauchemardesques compagnes endormies, se trouvait le squelette que mon ami et moi avions dépouillé ;

il n'était plus propre et tranquille, mais recouvert de sang séché, de lambeaux de chair et de maigres touffes de cheveux, et il me lorgnait de ses orbites phosphorescentes, tout en montrant ses crocs aiguisés et ensanglantés dans un rictus moqueur – sans doute inspiré par mon destin inéluctable. Et lorsque sortit de ses mâchoires béantes un aboiement sardonique semblable à celui d'un énorme chien, lorsque je vis qu'il tenait dans ses griffes sales et sanglantes l'amulette maudite, je ne pus que hurler et m'enfuir comme un dément, mes cris tournant bientôt aux éclats de rire hystériques.

La folie chevauche le vent stellaire… ses griffes et crocs aiguisés par des siècles de cadavres… dégoulinante de mort, à cheval sur une bacchanale de chauves-souris, jaillie des ruines noires comme la nuit des temples à la gloire de Bélial… À présent que les aboiements de ce monstre mort et squelettique se rapprochent, que j'entends les vrombissements et battements furtifs de ses ailes membraneuses, je vais chercher dans la balle de mon revolver l'oubli qui, seul, me permettra de rester hors d'atteinte de l'innommable.

La musique d'Erich Zann

J'ai eu beau étudier les cartes de la ville avec le plus grand soin, jamais je n'ai retrouvé la rue d'Auseil. Je ne me suis pas limité aux cartes modernes, car je sais bien que les noms changent. Au contraire, je me suis longuement plongé dans les vieilles histoires entourant cet endroit, et ai personnellement exploré, quel que soit son nom, chaque voie susceptible de correspondre à cette fameuse rue. Cependant, malgré tous mes efforts, je me vois dans l'obligation d'accepter l'humiliante vérité : je ne parviens à trouver ni la maison, ni la voie, ni même le quartier où, au cours des derniers mois de ma vie désargentée d'étudiant en métaphysique, j'entendis la musique d'Erich Zann.

Rien d'étonnant à ce que ma mémoire soit défaillante ; car ma santé, physique et mentale, fut gravement perturbée tout au long de la période où je vécus rue d'Auseil, et je me souviens d'ailleurs que je n'y invitais jamais mes quelques connaissances. Mais le fait de ne pas réussir à retrouver le lieu est à la fois singulier et déconcertant, d'autant qu'il se trouvait à moins d'une demi-heure de marche de l'université et se distinguait par des particularités difficilement oubliables de quiconque l'a visité. Je n'ai jamais rencontré personne qui connaisse la rue d'Auseil.

La rue d'Auseil se trouvait de l'autre côté d'un cours d'eau noirâtre bordé de gigantesques entrepôts de brique aux fenêtres troubles et enjambé par un gros pont de pierre sombre. Il faisait toujours obscur le long de ce cours d'eau, comme si la fumée des usines du voisinage cachait perpétuellement le soleil. De plus, l'eau dégageait des remugles douteux que je n'ai jamais sentis ailleurs et qui pourraient, un jour, m'aider à retrouver l'endroit, car je les reconnaîtrais instantanément. Après le pont, on passait par d'étroites ruelles pavées et balustrées ; puis venait la montée, tout d'abord progressive, puis incroyablement raide en arrivant rue d'Auseil.

Je n'ai jamais vu rue plus étroite ni plus pentue ; elle était si raide qu'il fallait pour ainsi dire l'escalader. Fermée à tous les véhicules, elle était jalonnée d'escaliers et se terminait à son sommet par un haut mur couvert de lierre. Le revêtement était irrégulier : la rue était parfois pavée, parfois couverte de dalles de pierre, et parfois même en terre battue parsemée de maigres touffes de végétation d'un vert grisâtre. Les maisons au toit pointu étaient hautes, incroyablement vieilles, et follement penchées vers l'arrière, l'avant ou sur les côtés. Quelquefois, deux bâtisses qui se faisaient face et inclinées vers l'avant se rencontraient presque au milieu de la chaussée ; bien assez en tout cas pour que la lumière ait du mal à atteindre la rue sous l'arche ainsi formée. Quelques passerelles permettant de passer d'un bâtiment à l'autre enjambaient aussi la chaussée par endroits.

Les habitants de cette rue me donnaient une impression particulière ; tout d'abord, je crus que c'était à cause de leur mutisme et de leur réserve, mais, plus tard, je compris que c'était parce qu'ils étaient tous très âgés. Je ne sais pas comment j'en suis venu à habiter pareille rue mais, quand j'y ai emménagé, je n'étais pas moi-même. J'avais vécu dans bien des endroits misérables, d'où je m'étais fait expulser faute d'argent ; jusqu'à ce que je finisse par tomber sur cette maison branlante de la rue d'Auseil, maison tenue par Blandot, un vieux paralytique. C'était la troisième en partant du haut de la rue, et de loin la plus haute de toutes.

Ma chambre était au quatrième étage ; c'était la seule qui y fût occupée, la maison étant presque vide. La nuit de mon arrivée, j'entendis une étrange musique provenant de la mansarde, au-dessus de moi. Le lendemain, je questionnai Blandot à ce propos. Il me répondit que c'était un vieux joueur de viole, un drôle d'Allemand muet qui signait du nom d'Erich Zann, et jouait tous les soirs dans l'orchestre d'une salle de spectacle bon marché ; il ajouta que c'était pour pouvoir jouer la nuit en rentrant du théâtre que Zann avait choisi de s'isoler en prenant une chambre tout en haut de la maison, chambre dont l'unique lucarne était le seul point de la rue d'où l'on pût regarder la pente et le panorama au-delà du grand mur.

Par la suite, j'entendis Zann toutes les nuits et, même s'il m'empêchait de dormir, l'étrangeté de sa musique m'obsédait. Je ne connaissais pas grand-chose à cet art, mais j'étais certain que ses harmonies n'avaient aucun rapport avec tout ce que j'avais pu entendre dans ma vie ; j'en conclus que Zann était un compositeur génial et hautement original. Plus j'écoutais, plus j'étais fasciné. Puis, au bout d'une semaine, je pris la décision de faire la connaissance du vieil homme.

Une nuit, alors qu'il rentrait du travail, je l'interceptai dans le couloir et lui fis part de mon désir de le connaître, et d'être présent quand il jouerait. C'était un petit homme mince et voûté aux habits élimés, aux yeux bleus, au visage grotesque de satyre et au crâne presque chauve. Dès mes premiers mots, il parut à la fois furieux et effrayé ; toutefois, il finit par se radoucir devant mon attitude manifestement amicale, et par me faire signe à contrecœur de le suivre dans l'escalier sombre, grinçant et branlant. Sa chambre – il n'y en avait que deux sous le toit fortement pentu – donnait sur l'ouest, du côté du grand mur qui bouchait le haut de la rue. La pièce était d'une taille impressionnante, d'autant qu'elle était extraordinairement vide et négligée. Pour tout meuble, il n'y avait qu'un étroit lit de fer, un lavabo minable, une petite table, une imposante bibliothèque, un pupitre métallique, et trois fauteuils vieillots. Des partitions étaient empilées en désordre sur le sol. Les murs aux planches apparentes n'avaient sans doute jamais connu le plâtre, et l'on aurait pu croire l'endroit à l'abandon tellement il y avait de poussière et de toiles d'araignées. À l'évidence, le monde de beauté d'Erich Zann appartenait à quelque lointain univers imaginaire.

Le muet me fit signe de m'asseoir, ferma la porte, tourna le gros verrou de bois, puis alluma une bougie qui s'ajouta à celle avec laquelle il était monté. Il sortit ensuite la viole de son étui mangé par les mites et, armé de l'instrument, alla s'installer dans le fauteuil le moins inconfortable. Il ne se servit pas du pupitre et ne me fit pas choisir de morceau mais, jouant de tête, m'enchanta pendant plus d'une heure avec des accords que je n'avais jamais entendus, et qui devaient être de son invention. N'étant pas versé dans la musique, il m'est impossible de décrire précisément leur nature. Les accords formaient une sorte de fugue avec des passages récurrents particulièrement captivants, mais je fus frappé de n'y reconnaître aucune des notes insolites que j'avais eu l'occasion d'entendre depuis ma chambre.

Ces notes ensorcelantes, je les avais en mémoire ; je me les étais souvent fredonnées et sifflées à moi-même, bien qu'approximativement. Aussi, quand le musicien posa enfin son archet, je lui demandai s'il pourrait m'en jouer quelques-unes. Dès que je commençai à formuler ma requête, son visage de faune ridé perdit le calme morose qu'il avait affiché alors qu'il jouait, et trahit le même mélange curieux de colère et d'effroi que j'avais remarqué en accostant le vieil homme. Pendant un moment, je fus tenté d'user de persuasion, car je faisais peu de cas des caprices de la vieillesse ; j'essayai même de réveiller son sens du bizarre en sifflant quelques-unes des mélodies entendues la veille. Mais cela ne dura pas, car, en reconnaissant l'air, le musicien muet fit brusquement une grimace défiant l'analyse et tendit sa longue main froide et osseuse pour me clouer le bec et mettre fin à cette grossière imitation. Ce faisant, il apporta une preuve supplémentaire de son excentricité en lançant un regard alarmé en direction de l'unique fenêtre, dont le rideau était fermé. On aurait dit qu'il craignait quelque intrusion. Ce regard était d'autant plus absurde que la mansarde, qui dominait très largement les toits adjacents, était inaccessible ; d'ailleurs, le concierge m'avait affirmé que cette fenêtre était le seul endroit de la rue pentue d'où l'on pouvait voir par-dessus le haut mur.

Le coup d'œil du vieil homme me rappela la remarque de Blandot et, non sans malice, j'eus envie de contempler le large panorama étourdissant s'étendant de l'autre côté de la colline, paysage de lumières de ville et de toits éclairés par la lune que ce vieux grincheux de musicien était le seul de tous les habitants de la rue d'Auseil à pouvoir admirer. Je m'approchai de la fenêtre et m'apprêtais à tirer les rideaux quelconques lorsque le locataire muet, dont la fureur et l'effroi étaient décuplés, se précipita sur moi. Cette fois, il fit des signes de tête en direction de la porte tout en essayant nerveusement de me tirer vers elle des deux mains. Désormais tout à fait agacé par mon hôte, je lui ordonnai de me lâcher et lui dis que j'allais partir sur-le-champ. Il desserra son étreinte et, voyant que j'étais blessé et excédé, se calma. Sa prise se raffermit mais, cette fois, de manière amicale. Il me força à m'asseoir puis, l'air songeur, alla s'installer à la table encombrée, où il écrivit au crayon une longue note rédigée dans le français laborieux d'un étranger.

Le message qu'il me tendit enfin était un appel à la tolérance et au pardon. Zann s'y décrivait comme un vieux solitaire souffrant de peurs étranges et de troubles nerveux liés entre autres choses à sa musique. Il avait apprécié que je l'écoute jouer, souhaitait me voir revenir et espérait que je ne m'offusquerais pas de ses excentricités. Quant à ses harmonies insolites, il ne pouvait les jouer devant personne, et ne pouvait supporter d'entendre un autre les jouer, pas plus qu'il ne supportait qu'un autre touchât quoi que ce fût dans sa chambre. Avant notre conversation dans le couloir, il ne s'était jamais douté que l'on pouvait l'entendre jouer depuis ma chambre ; il demandait donc si j'accepterais de m'arranger avec Blandot pour qu'il me logeât plus bas, ce qui me permettrait de ne plus l'entendre jouer la nuit. Il me paierait la différence de loyer, écrivait-il.

À mesure que je déchiffrais son français exécrable, je sentais ma colère envers le vieil homme s'apaiser. Il souffrait, comme moi, de troubles physiques et mentaux ; de plus, mes études en métaphysique m'avaient enseigné la bonté. Dans le silence, j'entendis un léger bruit en provenance de la fenêtre. Le volet avait dû trembler sous l'effet du vent nocturne mais, pour quelque raison, je sursautai presque aussi violemment qu'Erich Zann. À peine avais-je terminé ma lecture que je serrai la main à mon hôte et le quittai en ami.

Le lendemain, Blandot me donna une chambre moins économique au deuxième étage, entre celle d'un tapissier respectable et l'appartement d'un vieil usurier. Il n'y avait personne au troisième.

Je m'en aperçus bien vite : Zann ne recherchait pas autant ma compagnie qu'il avait bien voulu me le faire croire pour me persuader de déménager du quatrième. Il ne me demandait pas de passer le voir et, quand je lui rendais visite de mon propre chef, il me semblait mal à l'aise et jouait avec apathie. C'était toujours de nuit, car, de jour, il dormait et ne recevait personne. Je n'éprouvais pas plus de sympathie pour lui, mais la mansarde et l'étrange musique exerçaient sur moi une fascination insolite. Je ressentais le curieux désir de regarder par la fenêtre pour contempler les flèches et toits scintillants qui devaient se trouver sur cette pente invisible, de l'autre côté du mur. Un soir, je montai pendant que Zann jouait au théâtre, mais sa porte était fermée à clé.

Je trouvai par contre un moyen d'entendre les mélodies nocturnes du vieux muet. Au début, je montais sur la pointe des pieds jusqu'à mon ancien étage ; au bout d'un moment, ayant gagné en audace, je gravissais le dernier escalier grinçant qui menait à la mansarde, sous le toit pointu. Là, dans le couloir étroit, devant la porte verrouillée dont le trou de serrure était bouché, j'entendais souvent des sons qui m'emplissaient d'un indéfinissable sentiment : cette crainte que l'on ressent face à un vague doute, à un mystère troublant. Ces sons n'étaient pas hideux, bien au contraire ; mais leurs vibrations ne rappelaient rien de connu sur cette terre et, par instants, prenaient un caractère symphonique dont je ne parvenais à imaginer qu'il fût produit par un seul musicien. À n'en point douter, le génie d'Erich Zann dépassait l'imagination. Les semaines passant, son jeu se faisait toujours plus fou, en même temps que le vieux musicien paraissait de plus en plus exténué. Ses tentatives pour passer inaperçu faisaient peine à voir ; il refusait désormais de me recevoir quelle que fût l'heure et m'évitait du regard chaque fois que nous nous croisions dans l'escalier.

Puis une nuit que j'écoutais à sa porte, j'entendis les cris stridents de la viole sombrer dans un vacarme chaotique, un pandémonium qui aurait pu me faire douter de ma santé mentale précaire si, de derrière la porte fermée, ne m'était parvenue une preuve pathétique que l'horreur était réelle : cet horrible cri inarticulé que seuls les muets peuvent émettre et qui ne retentit que dans les pires moments de peur ou d'angoisse. Je frappai avec insistance mais ne reçus aucune réponse. Tremblant de froid et de peur, j'attendis donc dans l'obscurité du couloir. Enfin, j'entendis les tristes efforts du pauvre musicien, qui essayait de se relever du plancher en s'aidant d'un fauteuil. Croyant qu'il venait de reprendre conscience après un évanouissement, je recommençai à frapper tout en m'annonçant d'un ton rassurant. J'entendis Zann gagner la lucarne en titubant, puis fermer le volet et le châssis à guillotine. Ensuite, du même pas incertain, il revint vers la porte qu'il déverrouilla d'une main tremblante pour me permettre d'entrer. Cette fois, son plaisir de me voir n'était pas feint : son visage déformé rayonnait de soulagement tandis qu'il s'agrippait à ma veste comme un enfant s'accroche aux jupes de sa mère.

Pris de tremblements pathétiques, le vieil homme me força à m'asseoir et se laissa lui-même tomber dans un fauteuil, à côté duquel sa viole et son archet gisaient, abandonnés, sur le plancher. Il resta un moment sans rien faire, se contentant de hocher bizarrement la tête d'un air concentré ; étrangement, il semblait tendre l'oreille, craintif. Enfin, paraissant satisfait, il alla s'asseoir à la table, où il rédigea quelques lignes. Il me tendit le message, retourna s'installer à table, et se mit à griffonner sans s'arrêter. Dans son message, il me suppliait, au nom de la compassion et pour ma propre curiosité, de ne pas bouger pendant qu'il écrivait un compte-rendu détaillé de toutes les merveilles et horreurs qui le torturaient. J'attendis donc pendant que le crayon du muet courait sur le papier.

Je patientais depuis environ une heure en regardant le vieux musicien noircir feuille sur feuille lorsque je le vis sursauter comme sous l'effet d'un choc terrible. Impossible de s'y méprendre : il observait la fenêtre aux rideaux fermés et écoutait en tremblant. Je crus alors distinguer un bruit, moi aussi, mais pas un bruit désagréable ; c'était une note de musique exquisément basse et infiniment lointaine, comme si un musicien jouait dans une maison voisine ou depuis quelque demeure au-delà du haut mur par-dessus lequel je n'avais encore jamais pu regarder. Ce son eut un effet terrible sur Zann, qui lâcha son crayon, se leva d'un bond, s'empara de sa viole et entreprit de déchirer la nuit en jouant avec une sauvagerie que je n'avais jamais entendue, sauf quand j'écoutais à sa porte verrouillée.

Il ne servirait à rien de décrire ce que joua Erich Zann lors de cette effroyable nuit. C'était plus insoutenable que tout ce que j'avais entendu depuis ma cachette ; cette fois, voyant l'expression sur son visage, je compris qu'il était mû par la plus extrême des terreurs. Il s'efforçait de faire du bruit, de repousser, de submerger quelque chose... quoi, je ne saurais l'imaginer, mais cela devait être redoutable. Le jeu de Zann se fit fantastique, délirant et hystérique, mais garda jusqu'au bout le caractère suprêmement génial que je savais pouvoir attribuer au vieil homme. Je reconnus l'air, une danse hongroise effrénée, populaire dans les salles de spectacle ; je me fis la réflexion que c'était la première fois que j'entendais Zann jouer un morceau d'un autre compositeur.

Les cris et gémissements de la viole désespérée enflaient, sans cesse plus forts et plus fous. Le musicien ruisselait anormalement de transpiration et s'agitait comme un singe sans cesser de jeter des coups d'œil affolés aux rideaux. Derrière ses mélodies frénétiques, je voyais presque danser des ombres de satyres et de bacchantes dansant et tournoyant follement dans des abîmes bouillonnants de nuages, de fumée et d'éclairs. Puis je crus entendre une note plus stridente et régulière qui ne provenait pas de la viole ; une note calme, délibérée, moqueuse, issue de très loin vers l'ouest.

À ce moment, le vent nocturne qui, comme en réponse aux folles mélodies de Zann, s'était levé d'un coup dans un hurlement, secoua le volet. La viole hystérique se dépassa en émettant des sons que je n'aurais jamais crus possibles. Le volet trembla plus bruyamment, s'ouvrit, et commença à battre contre la fenêtre. Alors, sous ses assauts répétés, les carreaux cédèrent dans un fracas effrayant, et le vent glacial s'engouffra dans la pièce. Les bougies crépitèrent et les feuilles sur lesquelles Zann avait commencé à écrire son effroyable secret bruissèrent. Je regardai le musicien et vis qu'il n'était plus capable d'observation consciente. Ses yeux bleus étaient exorbités, vitreux et aveugles, et sa musique frénétique n'était plus qu'une folle orgie mécanique que l'on ne saurait décrire par des mots.

Une soudaine bourrasque, plus forte que les autres, emporta le manuscrit vers la fenêtre. Je poursuivis les feuilles avec l'énergie du désespoir, mais elles s'envolèrent avant que j'eusse atteint les carreaux cassés. Je me souvins alors de mon ancien souhait de regarder par cette fenêtre, la seule de la rue d'Auseil depuis laquelle on avait vue sur la pente au-delà du mur et sur la ville qui s'étalait au pied de celle-ci. Il faisait très sombre mais les lumières de la cité étaient allumées en permanence, et je m'attendais donc à les voir malgré la pluie et le vent. Et pourtant, lorsque je me penchai à cette lucarne, la plus haute de toutes, lorsque je regardai tandis que les bougies crépitaient et que la viole hurlait avec le vent nocturne, je ne vis aucune ville en contrebas, et nulle lumière amicale ne brillait dans les rues que je connaissais. Il n'y avait qu'un noir néant sans limites ; un espace compact, grouillant de mouvement et de musique, et sans rapport avec un quelconque lieu terrestre. Pendant que je contemplais la vue, terrifié, le vent souffla les deux bougies dans l'antique mansarde, m'abandonnant dans des ténèbres impénétrables, primordiales, avec devant moi le chaos et le pandémonium et, derrière, la folie démoniaque de la viole qui hurlait à la lune.

Je reculai d'un pas chancelant dans le noir sans aucun moyen de rallumer la lumière. Je me cognai à la table, renversai un fauteuil, et finis par regagner à tâtons l'endroit où les ténèbres hurlaient leur effarante musique. Quelles que fussent les puissances auxquelles j'étais opposé, je pouvais tout de même essayer de nous sauver, Erich Zann et moi. Croyant un moment sentir quelque chose de glacial me frôler, je poussai un cri, mais celui-ci fut rendu inaudible par l'insupportable viole. Tout à coup, jaillissant de l'obscurité au détour d'un de ses va-et-vient frénétiques, l'archet me frappa, et je sus que j'étais à côté du musicien. Je tâtonnai devant moi, touchai le dossier du fauteuil de Zann, puis trouvai et secouai son épaule pour tenter de le faire revenir à lui.

Il ne réagit pas, et les hurlements de la viole ne faiblirent pas. Je déplaçai ma main jusqu'à sa tête, dont je parvins à arrêter le hochement mécanique, et lui hurlai à l'oreille que nous devions fuir ces choses inconnues cachées dans la nuit. Mais il ne répondit pas, et son indescriptible musique ne perdit pas en intensité, cependant que d'étranges courants d'air parcourant la mansarde semblaient danser dans le chaos obscur. Lorsque ma main rencontra l'oreille de Zann, je fus pris d'un frisson sans savoir pourquoi… jusqu'à ce que j'eusse touché son visage immobile ; cette figure glacée, raide et morte, dont les yeux vitreux s'écarquillaient inutilement dans le néant. Puis, par quelque miracle, ayant trouvé la porte et le gros verrou de bois, je m'enfuis à toutes jambes loin de cette chose aux yeux éteints qui hantait les ténèbres, et de l'effroyable hurlement de cette maudite viole dont la fureur augmentait alors que je me précipitais dans le couloir.

Je dévalai littéralement les interminables escaliers de la maison sombre ; fis irruption sans m'en apercevoir dans l'antique rue étroite et raide, avec ses marches et ses bâtisses chancelantes ; courus bruyamment dans les escaliers et sur les pavés pour rejoindre les rues basses et la rivière putride dans son canyon de murs d'usines ; traversai en haletant le grand pont noir me ramenant dans les rues plus larges et saines, dans ces boulevards que tout le monde connaît. Je ne parviens pas à oublier ces impressions terribles. Je me souviens aussi qu'il n'y avait pas de vent, que la lune était couchée, et que la ville brillait de tous ses feux.

Malgré le sérieux de mes recherches et de mes enquêtes, je n'ai jamais retrouvé la rue d'Auseil. Mais cela ne me désole pas vraiment, pas plus que je ne me désole de la disparition dans cet inimaginable abîme des feuillets serrés qui, seuls, auraient pu expliquer la musique d'Erich Zann.

Par-delà le mur du sommeil

Je me demande souvent s'il arrive aux autres de prendre le temps de réfléchir à la signification, parfois édifiante, des rêves et du monde obscur auquel appartient l'humanité. Si la plupart de nos visions nocturnes ne sont sans doute que de simples reflets, vagues et fantastiques, de nos expériences éveillées – contrairement à ce qu'avance Freud avec son symbolisme puéril –, le caractère extraordinaire et impalpable d'un certain nombre d'entre elles ne permet aucune interprétation classique. Leur côté à la fois dérangeant et vaguement excitant suggère qu'il pourrait s'agir d'infimes aperçus d'une sphère d'existence mentale tout aussi importante que la vie physique, mais séparée de cette dernière par une barrière presque infranchissable. Fort de mon expérience, je suis certain que l'homme, lorsqu'il n'est plus conscient du monde qui l'entoure, passe en réalité un moment dans une autre vie, incorporelle, une vie très différente de celle que nous connaissons et dont nous ne gardons que de très légers et indistincts souvenirs au réveil. On peut émettre bien des hypothèses à partir de ces fragments flous, mais aucune n'est vérifiable. On devine que dans les rêves, la vie, la matière et la vitalité telles qu'on les connaît sur terre ne sont pas forcément des constantes, et que le temps et l'espace n'existent pas sous la forme que nous leur attribuons en état d'éveil. Il m'arrive de penser que cette existence moins matérielle représente notre vraie vie, et que notre vaine présence sur ce globe de terre et d'eau n'est en fait qu'un phénomène secondaire, voire virtuel.

Alors qu'un après-midi de l'hiver 1900-1901 le jeune homme que j'étais sortait d'une rêverie emplie de spéculations de ce genre, l'institution psychiatrique publique dans laquelle je travaillais comme interne accueillit le patient dont le cas n'a jamais cessé de me hanter depuis lors. Si l'on en croit les archives, il s'appelait Joe Slater, ou Slaader. Physiquement, il avait tout de l'habitant de la région des Catskills, cet étrange et repoussant rejeton des paysans coloniaux primitifs qui, au fil de près de trois siècles d'isolement dans le fin fond vallonné de leur campagne déserte, ont dégénéré vers un état proche de la barbarie au lieu d'évoluer comme leurs frères citadins, mieux placés dans des régions densément peuplées. Chez ces gens bizarres, tout aussi décadents que les Blancs pauvres du sud du pays, la justice et la morale n'existent pas ; quant à leur niveau intellectuel en général, il est probablement pire que celui de n'importe quel autre groupe de souche américaine.

Lorsque je le vis pour la première fois, Joe Slater, arrivé à l'hôpital sous la garde attentive de quatre agents de la police de l'État qui l'avaient décrit comme un homme extrêmement dangereux, ne présentait vraiment aucun signe caractéristique de ses redoutables dispositions. Même s'il était bien plus grand que la moyenne et de carrure assez athlétique, ses petits yeux humides, d'un bleu clair fatigué, le peu d'abondance de sa barbe blonde négligée et jamais rasée, et son ample lèvre inférieure qui pendait mollement lui donnaient un air ridicule, à la fois inoffensif et stupide. On ne connaissait pas son âge, car, chez ces gens-là, les familles n'entretiennent ni archives, ni liens durables. Toutefois, voyant son front dégarni et l'état de déliquescence de ses dents, le chirurgien en chef nota qu'il avait la quarantaine.

Son dossier médical et son casier judiciaire nous apprirent tout ce que l'on savait sur lui : cet homme, un vagabond, chasseur et trappeur, avait toujours paru étrange aux yeux primitifs de ses semblables. Il avait pour habitude de se lever tard et, au réveil, parlait souvent de choses inconnues d'une manière si insolite qu'il avait réussi à inspirer de la crainte à cette populace sans imagination. Il n'y avait rien d'inhabituel dans sa manière de parler, puisqu'il ne s'exprimait jamais autrement que dans le vil patois de sa région ; mais les intonations et la teneur de ses phrases évoquaient une sauvagerie si mystérieuse qu'il était impossible de l'écouter sans se sentir gagné par une inquiétude certaine. En règle générale, il était aussi terrifié et déconcerté que ses auditeurs ; mais, une heure après son réveil il avait tout oublié de ce qu'il avait dit ou, du moins, de ce qui avait provoqué sa soudaine volubilité ; il retrouvait alors l'état normal, bovin et plutôt affable, des autres habitants des collines.

Apparemment, avec l'âge, les crises de démence matutinales de Slater avaient gagné en fréquence et en violence ; jusqu'à ce qu'enfin, environ un mois avant son arrivée dans notre institution, se produise l'effroyable tragédie qui lui valut d'être arrêté par les autorités. Un jour vers midi, Slater, qui s'était profondément endormi la veille à 17 heures après avoir forcé sur le whisky, s'était très brusquement réveillé ; il poussait des ululements si épouvantables que plusieurs voisins avaient accouru. Il était sorti en hâte de sa cahute, une porcherie écœurante où il habitait avec une famille aussi indescriptible que lui. Là, dans la neige, il avait levé les bras vers le ciel et s'était mis à sauter sur place, tout en hurlant qu'il était déterminé à atteindre quelque « Très très grande et lointaine cabane au toit, aux murs et au sol brillants, et la drôle de musique assourdissante ». Deux hommes de taille moyenne avaient tenté de le maîtriser, mais il s'était débattu avec une énergie de fou furieux en criant qu'il devait et désirait trouver et tuer une « chose qui brille, ondule et rit ». Enfin, après avoir assommé d'un coup brusque l'un des deux hommes, il s'était jeté sur le second dans un accès de folie meurtrière en hurlant, tel un démon, à grands cris perçants qu'il allait « sauter tout en haut dans le ciel et brûler tout ce qui essaierait de l'arrêter ».

Famille et voisins paniqués avaient détalé. Quand les plus courageux étaient revenus, Slater avait disparu en laissant derrière lui un tas de chair méconnaissable qui, à peine une heure plus tôt, était encore un homme vivant. Parmi les habitants des montagnes, nul n'avait osé partir à sa poursuite. Il ne fait aucun doute que les gens auraient été soulagés d'apprendre qu'il était mort de froid ;

mais un matin, plusieurs jours plus tard, en l'entendant hurler dans un ravin au loin, ils comprirent qu'il avait réussi à survivre et qu'ils allaient devoir s'occuper de lui. Les habitants avaient organisé une battue armée qui avait pris un caractère officiel (quel qu'ait été son but premier) en croisant un shérif. L'homme de l'ordre, appartenant à un corps de métier souvent impopulaire, était tombé par hasard sur les gens en armes ; après les avoir questionnés, il s'était joint à eux.

Le troisième jour, ils avaient retrouvé Slater inconscient au creux d'un arbre. Ils l'avaient enfermé dans la cellule la plus proche, où des aliénistes d'Albany l'avaient examiné dès qu'il avait repris ses esprits. Il raconta une histoire fort simple, expliquant s'être endormi un jour en toute fin d'après-midi, après avoir beaucoup bu, puis s'être réveillé debout dans la neige, les mains en sang, devant sa cabane. À ses pieds gisait le corps mutilé de son voisin Peter Slader. Horrifié, il s'était enfui dans les bois avec le vague espoir d'échapper au spectacle de ce crime qui était probablement de son fait. Il semblait ne rien savoir de plus, et le savant interrogatoire des aliénistes ne leur permit pas de découvrir le moindre fait supplémentaire.

Cette nuit-là, Slater dormit d'un sommeil apaisé. Le lendemain, au réveil, il ne présentait aucun signe particulier sinon un léger changement d'expression. Le docteur Barnard, qui le surveillait, crut remarquer que ses yeux bleu clair brillaient de manière singulière, et que ses lèvres flasques s'étaient raffermies, comme sous l'effet d'une intelligence déterminée. Toutefois, quand il l'interrogea, le patient retrouva sa vacuité de montagnard, se contentant de répéter ce qu'il avait dit la veille.

Le surlendemain matin, il fit sa première crise de démence. Après avoir montré une certaine agitation pendant son sommeil, il fut pris d'une frénésie telle que quatre hommes durent unir leurs forces pour lui passer la camisole. Les aliénistes écoutèrent attentivement ses propos, les récits évocateurs mais presque toujours contradictoires et incohérents de sa famille et de ses voisins ayant fortement piqué leur curiosité. Dans son délire, Slater passa plus d'un quart d'heure à bredouiller dans le dialecte de son trou perdu.

Il évoqua des édifices verts faits de lumière, des océans d'espace, une étrange musique, et des collines et vallées ombragées. Mais surtout, il insista sur une mystérieuse entité éblouissante qui ondulait, riait et se moquait de lui. Cet immense être vague semblait lui avoir causé un terrible tort, si bien qu'il désirait par-dessus tout une vengeance triomphale se soldant par la mort de l'adversaire. Pour avoir ce qu'il voulait, dit-il, il franchirait en volant le vide abyssal, et « brûlerait » tous les obstacles qui se mettraient en travers de son chemin. Tel fut son discours, qui s'interrompit avec la plus grande soudaineté. Ses yeux perdirent leur éclat dément ; il regarda ses interlocuteurs d'un air vaguement ébahi, puis demanda pourquoi il était attaché. Le docteur Barnard déboucla le harnais de cuir et ne le lui remit pas avant le soir, lorsqu'il parvint à persuader Slater de porter la camisole de son plein gré et pour son propre bien. Le patient reconnaissait désormais qu'il lui arrivait de dire des choses bizarres, même s'il ignorait pourquoi.

Dans la semaine qui suivit, il y eut deux nouvelles crises, mais elles n'apprirent pas grand-chose aux médecins. Ils spéculèrent longuement sur l'origine des visions de Slater, car, dans la mesure où il ne savait ni lire ni écrire et n'avait apparemment jamais entendu de légendes ni de contes de fées, l'abondante imagerie de ses rêves était tout à fait inexplicable. Elle ne pouvait provenir d'une quelconque histoire ou mythologie connue ; c'était d'autant plus évident que le pauvre dément ne s'exprimait que de manière fort rudimentaire. Il ne comprenait pas ni n'était capable d'interpréter le contenu de ses délires ; ces choses qu'il affirmait avoir vécues et qu'il n'avait pu apprendre dans des récits classiques ou par le biais de la littérature. Les aliénistes convinrent bientôt que le problème venait de rêves anormaux, des rêves si frappants que, même au réveil, ils obnubilaient momentanément l'esprit faible de cet homme. On fit les choses dans les règles : Slater fut jugé pour meurtre, acquitté en raison de sa folie, et interné dans l'institution où j'occupais un poste fort modeste.

Comme je l'ai déjà dit, j'ai toujours réfléchi à la possibilité qu'il existe une vie onirique ; vous imaginerez donc sans mal l'avidité avec laquelle je m'attelai à l'étude du nouveau patient dès que je me fus assuré de la véracité des faits. Il semblait sentir en moi une certaine bienveillance, sans doute due à mon intérêt pour son cas – intérêt que j'étais bien incapable de dissimuler – mais aussi à la politesse avec laquelle je l'interrogeais. Certes, il ne me reconnaissait jamais pendant ses crises, au cours desquelles je m'agrippais, pantelant, aux visions qu'évoquaient ses descriptions chaotiques mais cosmiques ; mais dans ses moments de calme, alors qu'il tressait des paniers de paille et d'osier, assis devant sa fenêtre à barreaux, en se languissant peut-être de la liberté dont il aurait pu jouir dans ces montagnes qu'il ne reverrait pas, il se rappelait qui j'étais. Il ne reçut jamais aucune visite de sa famille ; sans doute s'était-elle trouvé un nouveau chef pour un temps, comme le font ces montagnards.

Je commençais progressivement à ressentir un émerveillement irrésistible à l'égard des idées folles et fantastiques de Joe Slater. L'homme lui-même était d'une infériorité lamentable, tant quant à ses capacités intellectuelles que du point de vue du langage ; mais ses visions lumineuses, titanesques, bien que décrites dans un dialecte barbare et sans cohérence, étaient à n'en point douter l'œuvre d'un cerveau supérieur, voire exceptionnel. Comment, me demandais-je souvent, un dégénéré des Catskills à l'imagination indigente pouvait-il concevoir des images témoignant de la présence d'une étincelle de génie cachée ? Comment un péquenaud imbécile aurait-il pu avoir ne serait-ce qu'un aperçu des mondes et espaces scintillant d'un éclat céleste dont parlait Slater dans ses crises d'intense délire ? J'étais de plus en plus enclin à penser qu'au cœur de la personnalité pitoyable qui se recroquevillait devant moi se trouvait le noyau dérangé de quelque chose qui dépassait ma compréhension ; une chose totalement inaccessible à l'entendement de mes collègues médecins et scientifiques, certes plus expérimentés mais, surtout, moins imaginatifs que moi.

Malgré tout mon intérêt, je n'arrivais à rien tirer de précis du patient. Mon enquête me permit seulement de déduire que, dans sa vie onirique, un Slater à moitié immatériel errait ou flottait dans des vallées, prés, jardins, villes et palais de lumière resplendissants et prodigieux, dans une région démesurée et inconnue des hommes ; que dans ses rêves, cet homme n'était pas un paysan dégénéré, mais une créature importante à la vie palpitante, qui agissait fièrement, en être dominant, et que rien n'arrêtait hormis un certain ennemi implacable, un être à la structure visible mais intangible qui ne semblait pas avoir forme humaine, puisque Slater ne l'appelait jamais « l'homme », mais exclusivement « la chose ». Cette « chose » lui avait causé d'effroyables problèmes – dont il ne m'avait pas révélé la nature –, et le maniaque (si c'est bien ce qu'il était) se consumait d'envie de se venger.

À ses allusions sur leurs rapports, je compris que Slater et la « chose » lumineuse s'étaient rencontrés sur un pied d'égalité, et que dans son existence onirique, le patient était lui-même un être de lumière de la même espèce que son ennemi. Cette impression était renforcée par le fait que, dans ses délires, il était souvent question de « voler dans l'espace » et de « brûler » tout ce qui lui faisait obstacle. Cependant, il formulait ces idées avec des mots rustiques totalement inadaptés à de tels concepts, ce qui me conduisit à la conclusion que si le monde onirique existait vraiment, les pensées ne pouvaient s'y transmettre au moyen du langage oral. Cela signifiait-il que l'âme rêveuse habitant ce corps inférieur éprouvait d'insurmontables difficultés à s'exprimer par l'intermédiaire de cette langue endormie, hésitante, primitive ? Me trouvais-je en présence d'émanations intellectuelles capables de m'expliquer le mystère de la vie onirique, à condition que j'apprenne à les identifier et à les déchiffrer ? Je ne parlai pas de ces choses aux autres médecins, plus vieux, car l'âge mûr n'est que scepticisme et cynisme, et répugne à admettre les idées nouvelles. Par ailleurs, le directeur de l'institution m'avait très récemment prévenu, avec son paternalisme habituel, que je travaillais trop et que mon esprit avait besoin de repos.

J'étais depuis longtemps persuadé que la pensée humaine se réduisait, en fin de compte, à un mouvement atomique ou moléculaire convertible en vagues éthérées ou en énergie rayonnante, comme la chaleur, la lumière et l'électricité. Cette idée m'avait très tôt amené à réfléchir à la possibilité de la télépathie ou de la communication mentale à l'aide d'appareils adaptés. À l'université, j'avais même conçu des instruments d'émission et de réception assez proches des encombrants dispositifs que l'on utilisait, avant l'apparition de la radio, dans la télégraphie sans fil. Je les avais testés avec un camarade d'études mais, en l'absence de résultats, je les avais vite remisés avec le reste de mon bric-à-brac scientifique en attente d'une utilisation éventuelle.

Désirant ardemment pousser mon enquête sur la vie onirique de Joe Slater, je me lançai donc à la recherche de ces instruments, puis les remis en état. Dès qu'ils furent complets, je les testai à la première occasion. À chaque nouvelle crise de violence de Slater, je fixais le transmetteur sur son front et le récepteur sur le mien. Je faisais constamment de petits réglages afin de capter diverses longueurs d'onde hypothétiques d'énergie intellectuelle. J'ignorais comment les images mentales, dans l'hypothèse où elles seraient bien transmises, se retranscriraient dans mon cerveau, mais j'étais certain de pouvoir les détecter et les interpréter. Je poursuivis donc mes expériences sans toutefois en révéler la nature à quiconque.

Le 21 février 1901, les événements se précipitèrent. Avec le recul des années, je m'aperçois que tout cela paraît irréel, et je me demande parfois si le vieux docteur Fenton n'avait pas raison lorsqu'il mit mon récit sur le compte de l'imagination et du surmenage. Je le revois m'écouter avec une grande bienveillance et une infinie patience, avant de me donner une poudre pour les nerfs et un congé de six mois prenant effet la semaine suivante.

Cette nuit fatidique, j'étais extrêmement agité et perturbé, car, en dépit de soins excellents, il était clair que Joe Slater se mourait. Peut-être sa liberté lui manquait-elle trop, ou la tourmente dans son cerveau était-elle devenue trop intense pour un homme à la nature plutôt apathique ; en tout cas, la flamme de la vitalité vacillait dans son corps déclinant. Vers la fin, il était somnolent, et lorsque la nuit tomba, il s'enfonça dans un sommeil perturbé.

Je ne lui passai pas la camisole comme d'habitude, car je le trouvais trop faible pour représenter un danger, quand bien même il se réveillerait et ferait une dernière crise avant de mourir. Par contre, je nous coiffai des deux parties de ma « radio » cosmique en espérant, sans trop y croire étant donné le peu de temps dont nous disposions, capter mon premier et dernier message du monde des rêves. Un infirmier se trouvait avec nous dans la cellule, un homme médiocre qui ignorait la fonction de mon dispositif et n'eut même pas l'idée de me demander quel était mon objectif. Les heures passant, je vis sa tête s'affaisser gauchement sous l'emprise du sommeil. Je ne le réveillai pas. Je crois m'être moi-même assoupi un peu plus tard, bercé par les respirations rythmiques des deux hommes.

Je m'éveillai au son d'une mélodie d'un étrange lyrisme. Accords, vibrations et autres extases harmoniques résonnaient passionnément de toutes parts, tandis qu'à mes yeux ébahis s'offrait le prodigieux spectacle de la beauté ultime. Des murs, des colonnes et des architraves de feu vivant brillaient d'un éclat magnifique tout autour de l'endroit où je me trouvais, flottant apparemment dans l'air; ils s'étiraient en hauteur pour aller former les voûtes d'un dôme infiniment grand, d'une splendeur indescriptible. J'entrevoyais, se mêlant à cette somptueuse vision – ou plutôt devrait-on dire qu'elles la masquaient par intermittence, comme dans un manège kaléidoscopique –, de larges plaines et d'élégantes vallées, d'imposantes montagnes, des grottes attirantes, le tout orné des plus beaux attraits que mes yeux enchantés puissent imaginer à un paysage. Et pourtant, tout cela était uniquement composé d'une substance éthérée, brillante et malléable, aussi spirituelle que matérielle. Tout en admirant ces métamorphoses enchanteresses, je sentais que mon propre cerveau en détenait la clé; car chaque paysage qui m'apparaissait était précisément celui que mon esprit changeant souhaitait le plus contempler dans l'instant. Ce ne fut pas en étranger que je visitais ce monde paradisiaque, car tous les sons et décors m'étaient familiers; je les connaissais depuis une éternité, et cela durerait jusqu'à la fin des temps.

C'est alors que la resplendissante aura de mon frère de lumière approcha, et que nous devisâmes d'âme à âme, en silence, dans un partage parfait de nos pensées. L'heure serait bientôt au triomphe, car cet autre moi-même n'était-il pas sur le point d'échapper enfin à son emprisonnement transitoire mais dégradant, et pour toujours? Ne se préparait-il pas à suivre son infâme oppresseur jusque dans les champs infinis des cieux, afin qu'en leur cœur il puisse mettre en œuvre une flamboyante vengeance cosmique qui secouerait les sphères? Nous flottions ainsi depuis un court moment lorsque je remarquai qu'autour de nous les objets devenaient légèrement flous et commençaient à s'effacer, comme si quelque force me rappelait sur terre... autrement dit à l'endroit où j'avais le moins envie d'aller. La silhouette auprès de moi parut elle-même remarquer un changement, car elle mit progressivement fin à son discours et se prépara à quitter les lieux elle aussi. Elle commença à disparaître, mais un peu moins vite que les autres éléments. Nous échangeâmes encore quelques pensées, puis je compris que l'être lumineux et moi allions retrouver notre prison même si, pour mon frère de lumière, ce serait la dernière fois. Sa piteuse coquille physique étant presque épuisée, d'ici à moins d'une heure, mon compagnon serait libre de parcourir la Voie lactée à la poursuite de l'oppresseur, de dépasser ses étoiles pour partir vers les confins de l'infini.

Un choc très net sépare ma vision du monde lumineux, de plus en plus floue, de mon éveil soudain et quelque peu honteux. Je me redressai sur ma chaise en voyant le mourant amorcer un mouvement sur le lit. Joe Slater se réveillait effectivement, même si c'était sans doute pour la dernière fois. En l'examinant plus attentivement, je vis que ses joues cireuses avaient pris des couleurs que je ne leur avais jamais vues. Ses lèvres me semblaient aussi changées, comme serrées par un caractère plus fort que celui de Slater. Enfin, son visage tout entier commença à se crisper. Les yeux fermés, il secoua nerveusement la tête.

Je laissai dormir l'infirmier, mais réajustai le serre-tête légèrement de travers de ma « radio » télépathique, car j'étais déterminé à capter un éventuel message d'adieu de la part du rêveur. Tout à coup, ce dernier tourna sèchement la tête dans ma direction et ouvrit les yeux. Je restai bouche bée à contempler son visage. Cet homme qui avait été Joe Slater, un dégénéré des Catskills, me regardait de ses yeux lumineux, dont le bleu paraissait légèrement plus profond. Dans ce regard, on ne lisait ni manie ni arriération mentale, et j'étais certain que, derrière ce visage, se cachait un esprit actif de premier ordre.

Sur ces entrefaites, mon cerveau se sentit fortement influencé par une volonté extérieure. Je fermai les yeux pour mieux me concentrer, et fus récompensé par la certitude que j'allais enfin entendre le message tant attendu. Les idées transmises prenaient forme à toute vitesse dans mon esprit et, même s'il s'agissait d'une communication non verbale, j'avais tellement l'habitude d'associer concepts et langage que j'eus l'impression de recevoir le message en anglais normal.

— *Joe Slater est mort.*

La voix, à vous tétaniser jusqu'à l'âme, était celle d'une entité de par-delà le mur du sommeil. À la fois curieux et paniqué, j'ouvris les yeux pour chercher l'homme étendu sur son lit de douleur, mais son regard bleu était toujours rivé au mien, et son visage n'avait pas cessé d'exprimer sa vive intelligence.

— *Mieux vaut qu'il soit mort, car il était inapte à manier l'intelligence active d'une entité cosmique. Son corps grossier n'a pu opérer les ajustements nécessaires entre vie éthérée et vie planétaire. Il était trop animal et pas assez homme ; et cependant, sans sa déficience, vous ne m'auriez jamais découvert, puisque les âmes cosmiques et terrestres ne sont jamais censées se rencontrer, et à juste titre. Cet homme est mon tourment et ma prison diurne depuis quarante-deux de vos années.*

» *Je suis une entité semblable à celle en laquelle vous vous transformez vous-même dans la liberté d'un sommeil sans rêves. Je suis votre frère de lumière, et je flotte avec vous dans les vallées radieuses. Il ne m'est pas permis de parler de votre nature véritable à votre moi terrestre éveillé, mais tous nous parcourons de vastes espaces et voyageons dans de nombreuses époques. L'année prochaine, peut-être habiterai-je l'Égypte que vous qualifiez d'ancienne, ou le cruel empire de Tsan-Chan qui naîtra dans trois mille ans. Vous et moi avons dérivé jusque dans les mondes qui tournent autour de la rouge Arcturus, et avons occupé les corps des insectes philosophes qui arpentent fièrement le sol de la quatrième lune de Jupiter. Comme le moi terrestre est ignorant de la vie et de son étendue ! Et comme il est bon pour sa propre quiétude qu'il n'en sache pas trop !*

» *Sur l'oppresseur, je ne puis rien vous dire. Vous autres Terriens ressentez sa lointaine présence sans en avoir conscience ; dans votre ignorance, vous avez négligemment donné le nom d'Algol, l'Étoile du démon, au signal intermittent. Voici une éternité que j'essaie en vain de rencontrer et de vaincre l'oppresseur, retenu que je suis par les contraintes du corps. Cette nuit, je m'envole telle Némésis, porteur d'une juste vengeance flamboyante et cataclysmique. Vous me verrez dans le ciel, près de l'Étoile du démon.*

» Je ne puis parler plus longtemps, car le corps de Joe Slater devient froid et rigide, et son cerveau rudimentaire ne vibre plus comme je le souhaite. Vous avez été mon seul ami sur cette planète, la seule âme à me percevoir et à me chercher derrière la forme repoussante qui gît sur cette table. Nous nous reverrons, peut-être dans les brumes brillantes de l'épée d'Orion, ou sur un morne plateau de l'Asie préhistorique, peut-être dès cette nuit dans des rêves que vous oublierez, ou encore sous une autre forme dans plusieurs milliards d'années, quand le système solaire aura disparu.

Sur ce, les ondes télépathiques cessèrent brusquement. Les yeux pâles du rêveur – ou devrais-je dire du mort ? – devenaient vitreux comme ceux d'un poisson. À moitié hébété, je m'approchai de la table d'examen pour prendre le poignet de Slater. Il était froid et raide. Je ne sentis aucun pouls. Ses joues cireuses retrouvaient leur pâleur et ses lèvres épaisses s'étaient entrouvertes, dévoilant les écœurants crocs pourris du dégénéré. Je frissonnai, tirai une couverture sur le visage hideux, et réveillai l'infirmier. Ensuite, je sortis de la cellule et gagnai ma chambre en silence. J'avais tout à coup une envie aussi forte qu'inexplicable de me plonger dans un sommeil peuplé de rêves dont je ne devais pas me souvenir.

La chute ? Quel récit purement scientifique peut se prévaloir de ce genre d'effet rhétorique ? Je n'ai fait qu'exposer ce que j'estimais être des faits ; libre à vous de les interpréter comme bon vous semblera. J'ai déjà précisé que mon supérieur, le vieux docteur Fenton, niait la véracité de tout ce que je vous ai rapporté. Il affirme que j'étais sous le coup de la tension nerveuse, et que j'avais sérieusement besoin d'un long congé à plein salaire, qu'il eut la gentillesse de me donner. Il me jure sur son honneur de médecin que Joe Slater n'était qu'un paranoïaque de basse extraction dont les idées saugrenues venaient sans doute des contes folkloriques rudimentaires que les gens se transmettent de génération en génération, et qui circulent même dans les communautés les plus décadentes. Mais il a beau me répéter tout cela, je ne parviens pas à oublier ce que j'ai vu dans le ciel, la nuit suivant le décès de Slater. Au cas où vous me croiriez partial, je laisse à un autre le soin d'apporter un dernier témoignage qui pourrait bien vous fournir cette chute que vous attendez tant. Je citerai à la lettre le compte-rendu suivant, portant sur l'étoile Nova Persei, et tiré de l'article d'un éminent astronome, le professeur Garrett P. Serviss :

> « Le 22 février 1901, le docteur Anderson d'Édimbourg a découvert une nouvelle étoile merveilleuse *non loin d'Algol*. Jusque-là, aucun astre n'était visible à cet endroit. En l'espace de vingt-quatre heures, l'inconnue était devenue si brillante qu'elle dépassait Capella en luminosité. En une ou deux semaines, son éclat avait visiblement diminué et au bout de quelques mois, il n'était presque plus visible à l'œil nu. »

Le Temple

Manuscrit découvert sur la côte du Yucatán

En ce jour du 20 août 1917, moi, Karl Heinrich comte d'Altberg-Ehrenstein, capitaine de corvette de la marine impériale allemande, commandant le sous-marin *U-29*, dépose cette bouteille et le rapport qu'elle contient dans l'océan Atlantique, en un point inconnu de moi mais vraisemblablement situé vers 20° de latitude nord, 35° de longitude ouest, où mon bâtiment gît, irrécupérable, au fond de la mer. Si j'agis de la sorte, c'est parce que je souhaite informer le monde de certains faits inhabituels ; je ne pourrai le faire de vive voix, car il est fort probable que je meure, étant donné le contexte, aussi dangereux qu'extraordinaire, dans lequel je me trouve, contexte qui a mené non seulement à l'irrémédiable naufrage de l'*U-29*, mais aussi à la détérioration particulièrement désastreuse de ma volonté de fer toute germanique.

L'après-midi du 18 juin, comme signalé par radio à l'*U-61*, alors que nous étions en route pour Kiel, nous torpillâmes le cargo britannique *Victory*, allant de New York à Liverpool, par 45° 16' de latitude nord, 28° 34' de longitude ouest ; nous autorisâmes l'équipage à quitter le navire en chaloupe afin de filmer un plan dramatique au possible pour les archives de l'amirauté. Le bâtiment coula de manière fort spectaculaire, proue la première, poupe dressée loin au-dessus de l'eau pendant que la coque s'enfonçait à toute vitesse, perpendiculairement au fond de la mer. Notre caméra n'en manqua rien, et je regrette d'ailleurs que si belle bobine n'atteigne jamais Berlin. Ensuite, nous coulâmes les canots de sauvetage à coups de canon, avant de plonger.

Lorsque nous remontâmes à la surface vers le moment où le soleil se couchait, on retrouva un corps de marin sur le pont. Ses mains agrippaient le bastingage de façon curieuse. Le pauvre jeune homme avait la peau assez mate et était très beau. Sans doute un Italien ou un Grec mais, en tout cas, il faisait partie de l'équipage du *Victory*. À l'évidence, il avait cherché refuge sur le navire qui s'était vu forcé de détruire le sien. Encore une victime de l'injuste guerre à outrance que ces chiens d'Anglais livrent à notre patrie. En le fouillant pour dénicher quelque souvenir, nos hommes trouvèrent dans la poche de sa veste un morceau d'ivoire très singulier, taillé de manière à représenter une tête de jeune homme coiffée d'une couronne de lauriers. Mon officier en second, le lieutenant Klenze, jugea l'objet très vieux et d'une grande valeur artistique ; il se l'appropria donc. Ni lui ni moi ne parvenions à imaginer comment un simple marin était entré en possession d'une telle chose.

Alors que l'on jetait le cadavre par-dessus bord se produisirent deux incidents qui troublèrent beaucoup l'équipage. Le matelot avait les yeux fermés mais, comme on traînait son corps jusqu'au bastingage, ils s'ouvrirent en grand. Bien des hommes eurent l'étrange impression que le mort fixait de son regard moqueur Schmidt et Zimmer, qui étaient penchés sur lui. Le maître d'équipage Müller, un vieil homme qui aurait pu se montrer raisonnable s'il n'avait été alsacien, et donc un porc superstitieux, s'emballa tellement qu'il observa le cadavre dans l'eau, et jura qu'après s'être enfoncé un peu sous la surface, il avait mis ses membres en position de nage et était parti comme une torpille vers le sud. Klenze n'aimait pas plus que moi ces démonstrations d'ignorance paysanne, et nous réprimandâmes sévèrement les hommes, en particulier Müller.

Le lendemain, l'indisposition de plusieurs membres d'équipage nous mit en très fâcheuse posture. Souffrant à l'évidence de la tension nerveuse accumulée au cours de notre long périple, ils avaient fait de mauvais rêves. Plusieurs éléments semblaient endormis, comme hébétés; après m'être assuré qu'ils ne feignaient pas la faiblesse, je les dispensai de leurs corvées. La mer étant assez démontée, nous plongeâmes à une profondeur où les vagues étaient moins gênantes. En comparaison, nous étions au calme, malgré le courant en direction du sud, qui nous intriguait, car il ne figurait sur aucune de nos cartes. Les gémissements des malades étaient certainement agaçants mais, puisqu'ils ne semblaient pas démoraliser le reste de l'équipage, nous n'eûmes recours à aucune mesure extrême. Nous avions l'intention de rester où nous étions pour intercepter le paquebot *Dacia*, dont nos agents à New York nous avaient annoncé le passage.

En début de soirée, nous refîmes surface et trouvâmes une mer plus sereine. On voyait la fumée d'un navire de guerre à l'horizon nord, mais nous ne courions aucun danger étant donné la distance et notre capacité à plonger. Ce qui nous inquiétait, c'étaient les propos du maître d'équipage Müller, dont le discours s'était fait de plus en plus déraisonnable au fil de la nuit. Le vieil homme retombait en enfance; dans un babillage odieux, il prétendait voir des morts passer derrière les hublots submergés... des morts qui le dévisageaient et qu'il reconnaissait – bien qu'ils fussent boursouflés – comme les victimes de nos campagnes victorieuses pour l'Allemagne. Il ajoutait que le jeune homme que nous avions trouvé et jeté par-dessus bord était à leur tête. Devant ce comportement anormal et tout à fait choquant, nous le fîmes sévèrement fouetter, puis le mîmes aux fers. L'équipage se montra mécontent de ce châtiment, mais il fallait bien maintenir la discipline. Nous rejetâmes aussi la requête d'une délégation menée par le matelot Zimmer, qui voulait que nous jetions à la mer la curieuse tête sculptée dans l'ivoire.

Le 20 juin, les matelots Bohm et Schmidt, qui avaient été malades la veille, furent pris de folie furieuse. Je regrettai l'absence d'un médecin dans l'effectif de nos officiers, car la vie de chaque Allemand est précieuse; mais les délires des deux hommes concernant une terrible malédiction étaient si mauvais pour la discipline que nous dûmes prendre des mesures drastiques. L'équipage accepta la chose de bien mauvaise grâce, mais cela sembla calmer Müller qui, à partir de ce moment, ne fit plus de difficultés. Le soir même, nous le libérâmes, et il se mit à la tâche sans un mot.

La semaine qui suivit, alors que nous nous tenions à l'affût du *Dacia*, la nervosité régnait à bord. La tension s'aggrava suite à la disparition de Müller et Zimmer ; sans doute s'étaient-ils suicidés à cause des visions terrifiantes dont ils semblaient être victimes, mais nul ne les vit se jeter à l'eau. J'étais plutôt satisfait d'être débarrassé de Müller, car même son silence affectait l'équipage. Tous les hommes paraissaient enclins au mutisme, désormais, comme s'ils gardaient un terrible secret pour eux-mêmes. Il y eut bon nombre de malades, mais aucun esclandre. Le lieutenant Klenze, qui avait du mal à supporter la tension, s'emportait à la moindre peccadille, tel le banc toujours plus important de dauphins qui s'amassait autour de l'*U-29*, ou l'intensité croissante de ce courant qui n'apparaissait pas sur nos cartes mais nous faisait dériver vers le sud.

Au bout d'un certain temps, il devint évident que nous avions tout simplement raté le *Dacia*. Cela n'avait rien de rare, et nous fûmes plus contents que déçus, notre retour à Wilhelmshaven étant de nouveau à l'ordre du jour. Le 28 juin à midi, nous mîmes le cap vers le nord-est et, malgré les dauphins qui – chose finalement assez comique – nous donnèrent du fil à retordre à cause de leur nombre inhabituel, nous prîmes bien vite la route.

L'explosion qui eut lieu à 2 heures du matin dans la salle des machines était totalement inattendue. On n'avait constaté ni défaillance mécanique, ni aucun laxisme de la part de l'équipage ; et cependant, un choc colossal secoua le sous-marin de la proue à la poupe. Le lieutenant Klenze se précipita vers la salle des machines, où il trouva le réservoir de carburant et la plupart des appareils détruits, mais aussi les corps des mécaniciens Raabe et Schneider, tués sur le coup. Nous nous trouvions tout à coup dans une situation gravissime. Les régénérateurs d'air chimiques étaient intacts, et le dispositif pour plonger ou remonter à la surface continuerait de fonctionner tant que dureraient les réserves d'air comprimé et les accumulateurs, mais nous étions dans l'impossibilité de propulser et de diriger le bâtiment. Chercher le salut en quittant le navire en canot serait revenu à nous livrer à des ennemis déraisonnablement rancuniers de notre grande Allemagne ; de plus, depuis l'affaire du *Victory*, nous n'étions plus parvenus à entrer en contact radio avec d'autres *U-boots* de la marine impériale.

Entre l'accident et le 2 juillet, nous dérivâmes constamment vers le sud, sans savoir que faire ni rencontrer le moindre navire. Les dauphins encerclaient toujours l'*U-29*, ce qui était assez remarquable étant donné la distance que nous avions parcourue. Le matin du 2 juillet, nous repérâmes un navire de guerre battant pavillon américain. L'énervement gagna l'équipage, qui avait très envie de se rendre. Finalement, le lieutenant Klenze dut abattre un matelot du nom de Traube, qui mettait une violence particulière à encourager cet acte contraire à la philosophie allemande. Cela calma les hommes pour un temps, et nous pûmes plonger sans être vus.

Le lendemain après-midi, une volée compacte d'oiseaux de mer apparut au sud, et l'océan fut pris d'une agitation inquiétante. Après avoir fermé les écoutilles, nous attendîmes de voir comment les choses allaient évoluer, mais nous comprîmes que nous allions devoir plonger si nous ne voulions pas être débordés par la mer démontée. La pression de l'air et les réserves d'électricité diminuaient, si bien que nous préférions éviter d'utiliser nos maigres ressources mécaniques ; mais la situation ne nous laissait aucune alternative. Nous ne descendîmes pas très bas et, plusieurs heures plus tard, lorsque la mer se calma, nous décidâmes de regagner la surface. Cependant, nous fûmes confrontés à un nouveau problème : malgré les efforts des mécaniciens, le bâtiment refusait de remonter. Cet emprisonnement sous-marin effraya l'équipage, dont une partie recommença à grommeler des reproches concernant le lieutenant Klenze et sa sculpture d'ivoire, mais la vue d'un pistolet automatique calma les esprits. Pour les occuper, nous mîmes ces pauvres diables au travail sur les machines, même si nous savions que c'était peine perdue.

Klenze et moi avions pour habitude de dormir à des heures différentes, et c'est pendant mon sommeil, vers 5 heures du matin, le 4 juillet, que la mutinerie générale éclata. Persuadés que nous étions perdus, les six cochons de matelots qui restaient entrèrent dans une crise de rage soudaine, deux jours après notre refus de nous rendre au navire américain. Une véritable tempête de jurons et de destruction. Ils rugissaient comme les animaux qu'ils étaient et cassaient indifféremment meubles et instruments, hurlant des fadaises sur la malédiction de la figurine d'ivoire et le cadavre du jeune homme au teint mat qui les avait regardés avant de partir à la nage. Le lieutenant Klenze semblait paralysé et incapable d'agir, comme on peut l'attendre d'un Rhénan mou et délicat. Je fis le nécessaire en abattant les six hommes et en m'assurant qu'aucun n'avait survécu.

Nous évacuâmes les cadavres par le double sas. Nous étions seuls à bord de l'*U-29*. Klenze, qui semblait très nerveux, buvait plus que de raison. Nous décidâmes de survivre aussi longtemps que possible grâce aux stocks importants de provisions et d'oxygène, qui n'avaient pas souffert des singeries de ces chiens de matelots. Les boussoles, les jauges de profondeur et autres instruments fragiles étaient détruits ; à partir de ce moment, nous devrions nous contenter d'estimer notre position à partir de nos observations, du calendrier et de notre vitesse de dérive, que nous estimerions dès que nous verrions passer un quelconque objet en observant depuis les hublots ou le kiosque. Heureusement, nous disposions d'accumulateurs qui nous permettraient de nous éclairer encore longtemps, et d'alimenter le projecteur. Nous braquions souvent ce dernier autour du bâtiment, mais ne voyions que des dauphins nageant parallèlement à notre dérive. Ces bêtes éveillaient mon intérêt scientifique ; en effet, bien que le *delphinus delphis* commun, en mammifère cétacé, soit incapable de survivre sans air, j'avais observé attentivement l'un de nos accompagnateurs deux heures durant sans jamais le voir remonter à la surface.

Le temps passant, Klenze et moi estimâmes que nous dérivions toujours vers le sud tout en nous enfonçant de plus en plus profond. Nous étudiions la faune et la flore marines et lisions abondamment sur ce sujet dans les livres que j'avais emportés pour occuper mes moments de loisir. Cependant, je ne pus m'empêcher de remarquer l'infériorité des connaissances scientifiques de mon compagnon. N'ayant pas l'esprit prussien, il était porté sur les spéculations fantaisistes sans intérêt. L'imminence de notre mort avait un curieux effet sur lui ; de remords, il priait souvent pour les hommes, les femmes et les enfants que nous avions envoyés par le fond, oubliant par là même que tout ce qui sert la nation allemande est noble. Après quelque temps, il me parut sérieusement déséquilibré : il passait des heures les yeux rivés sur sa figurine d'ivoire à inventer des histoires abracadabrantes sur les choses perdues et oubliées sous la mer. Parfois, à titre d'expérience psychologique, je l'encourageais dans ses errances pour mieux écouter ses interminables citations poétiques et ses récits de naufrages. J'étais vraiment désolé pour lui, car je n'aime pas voir un Allemand souffrir ; mais ce n'était pas un bon compagnon pour mourir. Pour ma part, j'étais fier, car je savais que la patrie honorerait ma mémoire et que l'on apprendrait à mes fils à ressembler à leur père.

Le 9 août, apercevant le plancher océanique, nous y dirigeâmes le puissant faisceau de notre projecteur. C'était une vaste plaine ondoyante presque entièrement couverte d'algues, et jonchée de coquilles de petits mollusques. De-ci de-là, apparaissaient des choses gluantes à la silhouette déconcertante ; elles étaient recouvertes d'herbes marines et incrustées de bernaches. Klenze affirma qu'il s'agissait d'antiques navires gisant dans leur tombeau. Il fut intrigué par un pic de matière solide dont le sommet se dressait à près d'un mètre vingt du fond, pour une épaisseur de soixante centimètres, avec des côtés plats et, sur le dessus, des surfaces lisses qui formaient entre elles un angle très obtus. J'estimai qu'il s'agissait d'un rocher qui dépassait du sable, mais Klenze crut voir des signes gravés dessus. Au bout d'un moment, il frissonna, puis se détourna comme par une réaction d'effroi : pour toute explication il dit qu'il ne pouvait supporter plus longtemps la vision de ces abysses océaniques si vastes, sombres, perdus, antiques et mystérieux. Il avait l'esprit fatigué mais, moi qui suis un véritable Allemand, je remarquai aussitôt deux choses : l'*U-29* résistait admirablement bien à la pression des grandes profondeurs, et les dauphins étaient toujours autour de nous, alors même que la plupart des naturalistes jugent impossible que des organismes supérieurs survivent aussi loin. J'étais certain d'avoir jusque-là surestimé la profondeur à laquelle nous nous trouvions ; néanmoins, nous devions être assez bas pour que ces phénomènes fussent remarquables. La vitesse de notre dérive vers le sud, à en juger par le plancher océanique, correspondait à peu près aux estimations que j'avais faites en croisant des organismes à des profondeurs moindres.

C'est le 12 août à 15 h 15 que le pauvre Klenze sombra tout à fait dans la folie. Jusque-là, il maniait le projecteur dans le kiosque mais, tout à coup, il fit irruption dans la bibliothèque où je m'étais installé pour lire. Son visage le trahit tout de suite. Je vais répéter ici ce qu'il dit en soulignant les mots sur lesquels il insista :

— Il appelle ! Il appelle ! Je l'entends ! Il faut y aller !

Tandis qu'il parlait, il saisit sa figurine d'ivoire, qui était posée sur la table, la fourra dans sa poche, et m'attrapa par le bras afin de me traîner jusqu'au pont par l'escalier des cabines. Je compris aussitôt qu'il avait l'intention d'ouvrir l'écoutille et de m'entraîner dans l'eau, caprice suicidaire auquel je n'étais pas vraiment préparé. Voyant que j'hésitais et que je tentais de le calmer, il devint plus violent :

— Venez tout de suite, n'attendez pas ; mieux vaut se repentir et être pardonné plutôt que défier et être condamné !

Au lieu de continuer d'essayer de l'apaiser, je lui dis qu'il était pitoyable de perdre la raison de la sorte. Mais cela ne l'émut guère, et il s'écria :

— Si je suis fou, alors tant mieux ! Puissent les dieux prendre en pitié celui qui a le cœur assez dur pour attendre avec sang-froid une fin atroce ! Venez, et soyons déments tant qu'il nous appelle encore sans colère !

Cette crise parut le soulager, car, dès qu'il eut fini de s'emporter, il redevint beaucoup plus doux et me demanda de le laisser partir seul si je ne voulais pas l'accompagner. Je vis tout de suite la voie à suivre. Il était allemand, mais ce n'était qu'un Rhénan doublé d'un roturier ; et désormais, c'était aussi un aliéné potentiellement dangereux. En accédant à sa requête suicidaire, je me débarrassais en un clin d'œil de cet homme qui n'était plus un compagnon mais une menace. Je lui demandai de me donner la figurine d'ivoire avant de partir, mais il me répondit par un rire si étrange que je n'insistai pas. Je lui demandai alors s'il désirait laisser un souvenir ou une mèche de cheveux pour sa famille en Allemagne, au cas où j'en réchapperais, mais il me gratifia une fois encore de son drôle de rire. Aussi, tandis qu'il escaladait l'échelle, j'allai me poster devant les leviers, et j'actionnai, en respectant les intervalles nécessaires, le dispositif qui envoya Klenze à la mort. Après avoir vérifié qu'il n'était plus à bord, je promenai le faisceau du projecteur tout autour du bâtiment pour jeter un dernier coup d'œil à mon second. Je souhaitais savoir si son corps allait être aplati par la pression de l'eau, comme le voulait la logique, ou si, à l'image de ces extraordinaires dauphins, il n'allait pas subir les effets de la profondeur. Cependant, je ne pus trouver feu mon compagnon, car les cétacés, amassés autour du sous-marin, bloquaient la vue depuis le kiosque.

Le soir même, je regrettai de ne pas avoir volé la figurine d'ivoire dans la poche de ce pauvre Klenze, tant le souvenir de l'objet me fascinait. Bien que je ne sois guère artiste de nature, je ne parvenais pas à oublier la belle et jeune tête à la couronne de feuilles. J'étais aussi désolé de ne plus avoir personne avec qui discuter. Même s'il n'était pas mon égal sur le plan intellectuel, Klenze était tout de même un compagnon. Je ne dormis pas bien, cette nuit-là ; je me demandais à quoi ressemblerait ma fin. Il était certain que j'avais peu de chances de m'en sortir.

Le lendemain, je montai dans la tour et commençai l'habituelle exploration au projecteur. Vers le nord, la vue n'avait pas changé depuis que nous avions aperçu le fond pour la première fois, quatre jours plus tôt. Toutefois, je crus percevoir que l'*U-29* dérivait moins vite. En tournant le projecteur vers le sud, je remarquai que le plancher océanique, devant le bâtiment, s'enfonçait en pente raide, et qu'il était par endroits jalonné de blocs de pierre d'une régularité insolite, et qui me semblaient disposés suivant des tracés précis. Le sous-marin, contrairement au fond, ne descendit pas tout de suite ; je fus donc vite obligé de braquer mon projecteur à la quasi-verticale. Le changement fut si brusque qu'un fil se déconnecta, ce qui me fit perdre de nombreuses minutes en réparations. Enfin, la lumière se ralluma et inonda la vallée marine qui s'étalait en contrebas.

Je ne suis pas homme à céder aux émotions, quelles qu'elles soient, mais je fus saisi par l'étonnement en voyant ce que dévoilait le faisceau électrique. Pourtant, ayant été élevé dans la meilleure *Kultur* prussienne, je n'aurais pas dû être étonné, car la géologie et la tradition témoignent de vastes transpositions entre les zones océaniques et continentales. J'avais sous les yeux un déploiement aussi étendu qu'élaboré d'édifices en ruine. Leur architecture, magnifique mais inclassable, était diversement conservée. La plupart des bâtiments semblaient faits de marbre, car ils renvoyaient des miroitements blancs sous le faisceau du projecteur. Le plan général faisait penser à une grande ville au fond d'une étroite vallée, avec de nombreux temples isolés et des villas en surplomb sur les pentes raides. Les toits s'étaient effondrés et les colonnes étaient brisées, mais l'ensemble donnait quand même une impression de splendeur immémoriale que rien ne pourrait effacer.

Enfin confronté à cette Atlantide que j'avais toujours considérée comme un mythe, je me transformai en explorateur des plus passionnés. Au fond de cette vallée avait jadis coulé une rivière ; en effet, en examinant la ville de plus près, je vis des ponts de pierre et de marbre et des digues en ruine, des terrasses et des berges jadis belles et verdoyantes. Dans mon enthousiasme, je devenais presque aussi stupide et sentimental que ce pauvre Klenze ; je mis très longtemps à m'apercevoir que le courant avait enfin cessé de me porter vers le sud, et que l'*U-29* avait commencé à descendre doucement pour aller se poser dans la ville engloutie comme un avion se pose dans une ville de la surface. Il me fallut aussi un long moment pour remarquer que le banc d'étranges dauphins avait disparu.

Deux heures plus tard, mon sous-marin reposait sur une place pavée, non loin de la paroi rocheuse de la vallée. D'un côté, j'avais vue sur la ville entière, qui descendait depuis ma position jusqu'à l'ancien lit de la rivière ; de l'autre, je me trouvais étonnamment près de la façade richement ornementée et parfaitement conservée d'un grand bâtiment – un temple, à l'évidence – creusé à même la roche. Sur la facture originelle du titanesque édifice, je ne puis faire que des conjectures. L'immense façade cache apparemment une vaste salle d'un seul tenant, car ses nombreuses fenêtres sont espacées. En son centre s'ouvre une grande porte à laquelle on accède par un escalier impressionnant, et qui est entourée de bas-reliefs exquis représentant des sortes de bacchanales. Mais plus étonnantes encore sont les gigantesques colonnes et la frise, ornées de sculptures stylisées d'une indicible beauté, représentant manifestement des scènes pastorales et des processions de prêtres et de prêtresses portant d'étranges objets rituels pour l'adoration d'un dieu rayonnant. Cet art d'une perfection phénoménale est indéniablement d'inspiration hellénique mais bizarrement original. On a l'impression de se trouver devant une œuvre terriblement ancienne, comme s'il s'agissait de l'ancêtre le plus vieux de l'art grec plutôt que d'un précurseur immédiat. Je suis certain que chaque détail de cette colossale construction a été taillé dans la roche vierge du flanc de colline. S'il est évident que l'édifice est partie intégrante de la paroi bordant la vallée, je ne puis imaginer comment on a pu creuser un intérieur aussi vaste. Ni l'âge ni l'engloutissement n'ont entamé la grandeur virginale de ce terrible temple – car il ne peut s'agir que d'un temple – et aujourd'hui, après des milliers d'années, il repose immaculé, inviolé, dans la nuit et le silence éternels d'une fosse océanique.

J'ignore combien d'heures je passai à contempler la ville submergée, ses bâtiments, ses arches, ses statues, ses ponts et ce temple colossal, aussi admirable que mystérieux. J'avais beau savoir ma mort imminente, la curiosité me dévorait ; avide de nouvelles découvertes, je promenais en tous sens le faisceau de mon projecteur. La lumière me permit d'apprendre bien des détails, mais refusait de me montrer quoi que ce fût de ce qui se trouvait au-delà de la porte béante du temple taillé dans la roche. Aussi, au bout d'un moment, je coupai le courant, car il fallait bien économiser l'énergie. Le faisceau était visiblement plus faible qu'au cours de nos semaines de dérive. Cependant, mon désir d'explorer les secrets sous-marins montait, comme aiguisé par la perspective d'une privation de lumière. En tant qu'Allemand, je me devais d'être le premier à fouler ces chemins oubliés de tous depuis des millénaires !

Je sortis et examinai un scaphandre en métal articulé, puis essayai le régénérateur de lumière et d'air portable. J'allais avoir du mal à actionner le double sas sans aide, mais j'étais certain que mon habileté et mes connaissances scientifiques me permettraient de surmonter tous les obstacles et de déambuler seul dans la ville morte.

Le 16 août, j'effectuai une sortie et parcourus laborieusement les rues en ruine et embourbées menant à l'ancienne rivière. Je ne trouvai ni squelettes, ni restes humains quelconques, mais récoltai quantité de trésors archéologiques sous forme de sculptures et de pièces de monnaie. Je ne puis en dire grand-chose en cet instant, mais je dois avouer que je fus très impressionné par cette culture, qui était au faîte de son épanouissement alors que les hommes des cavernes arpentaient l'Europe et que personne n'était là pour voir le Nil se jeter dans la mer. Je laisse à d'autres, guidés par ce manuscrit (à supposer qu'on le retrouve un jour), le soin de démêler ces mystères sur lesquels je ne puis donner davantage de détails. Je regagnai le submersible alors que mes batteries faiblissaient. J'étais décidé à explorer le temple rocheux le lendemain.

Le 17, alors que mon désir d'enquêter sur les mystères de l'édifice se faisait plus irrépressible encore, je fus amèrement déçu en m'apercevant que les matériaux dont j'avais besoin pour recharger la lampe portative avaient été détruits lors de la mutinerie de ces porcs, au mois de juillet. J'eus du mal à maîtriser ma colère, mais mon bon sens allemand m'interdisait de m'aventurer sans préparation dans un temple totalement noir qui pourrait s'avérer être la tanière de quelque monstre marin indescriptible, ou un labyrinthe de couloirs d'où je ne parviendrais jamais à m'échapper. J'en fus réduit à allumer le projecteur déclinant de l'*U-29* pour pouvoir gravir les marches de l'édifice et étudier les bas-reliefs extérieurs. Comme le faisceau éclairait la porte par le haut, je jetai un coup d'œil à l'intérieur, mais ne vit rien, pas même le plafond. J'entrai d'un pas ou deux après avoir testé la solidité du sol avec un bâton, mais n'osai pas aller plus loin. En fait, pour la première fois de ma vie, je connus l'effroi. Je commençais à comprendre le genre de sentiments qui avaient envahi le pauvre Klenze, car, plus le temple m'attirait, plus la peur que ses abysses aquatiques suscitaient en moi tournait à la terreur aveugle. Je retournai au sous-marin, éteignis les lumières, et m'assis dans le noir pour réfléchir. Je devais désormais économiser l'électricité pour les cas d'urgence.

Je passai tout le samedi 18 dans une obscurité totale, en proie à des pensées et des souvenirs qui menaçaient de venir à bout de ma volonté allemande. Klenze avait sombré dans la démence et était mort avant d'atteindre les sinistres vestiges d'un passé si reculé qu'il en était malsain, et m'avait conseillé de partir avec lui. Le destin préservait-il donc ma raison dans le dessein de m'attirer irrésistiblement vers une fin plus atroce et inconcevable, même dans les pires cauchemars des hommes ? Il est clair que mes nerfs étaient soumis à rude épreuve ; je me devais de repousser ces émotions réservées aux faibles.

Le samedi soir, incapable de trouver le sommeil, j'allumai les lumières quelles que dussent être les conséquences. Qu'il était ennuyeux d'avoir moins de réserves d'électricité que d'air et de vivres ! Repensant au suicide, j'examinai mon pistolet automatique. Je dus m'endormir vers le matin, toutes lumières allumées. En tout cas, il faisait noir lorsque je me réveillai, hier après-midi. Les batteries étaient mortes. Je grattai plusieurs allumettes, et regrettai l'imprévoyance qui nous avait depuis longtemps amenés à utiliser les quelques bougies que nous avions emportées.

N'osant gâcher davantage d'allumettes, j'attendis dans le noir et le silence total. Alors que j'envisageais la fin inéluctable, mon esprit passa en revue les événements récents, et une impression, jusqu'alors latente, se développa en lui ; une impression qui aurait fait frissonner un individu plus faible ou superstitieux que moi. La tête du dieu rayonnant figurant sur les bas-reliefs du temple de pierre était identique à la figurine d'ivoire que le marin mort avait apportée de la mer, et que le pauvre Klenze avait rendue à la mer.

La coïncidence m'intriguait, mais il en fallait plus pour me terrifier. Seuls les esprits inférieurs s'engouffrent dans le primitif raccourci du surnaturel pour expliquer un problème singulier et complexe. Certes, le hasard était troublant, mais j'étais trop sensé pour relier des faits sans lien logique, ou pour faire de hasardeuses associations entre les événements désastreux qui, depuis l'affaire du *Victory*, m'avaient mené à la situation désespérée dans laquelle je me trouvais désormais. Ayant encore besoin de repos, je pris un sédatif et me rendormis. Mon état nerveux eut des répercussions sur mes rêves : il me sembla entendre les cris de gens en train de se noyer et voir des visages morts se presser contre les hublots ; et parmi ces visages morts, il y avait celui, bien vivant et moqueur, du jeune homme à la figurine d'ivoire.

Je dois faire très attention à la manière dont je vais rapporter ce qui s'est passé aujourd'hui, après mon réveil. Je suis ébranlé, et une grande part d'hallucination se mêle forcément au réel. Du point de vue psychologique, mon cas est très intéressant, et je regrette de ne pouvoir être suivi par un spécialiste allemand compétent en la matière. Lorsque j'ai ouvert les yeux, j'ai ressenti le désir de visiter le temple de pierre ; et ce désir, déjà puissant, montait un peu plus à chaque instant, même si je cherchais par réflexe à y résister, poussé par un sentiment de peur diamétralement opposé. J'ai ensuite eu l'impression de voir une lumière dans l'obscurité des batteries mortes, une sorte de phosphorescence entrant par le hublot qui donnait sur le temple. Cela a piqué ma curiosité, car je ne connaissais aucun organisme des profondeurs capable d'émettre pareille lumière.

Mais avant que je puisse essayer de voir de quoi il retournait, j'ai ressenti une troisième impression si irrationnelle qu'elle m'a fait douter de l'objectivité de mes sens. C'était une illusion auditive ; un son mélodieux, rythmé, à la fois beau et sauvage, tenant de la psalmodie ou du cantique choral. Cela venait de dehors malgré les parois totalement insonorisées de l'*U-29.* Convaincu de l'anormalité de mon état psychologique et nerveux, j'ai craqué quelques allumettes et avalé une bonne rasade de bromure de sodium, ce qui m'a assez calmé pour faire disparaître l'illusion auditive, mais pas la phosphorescence ; et j'ai eu le plus grand mal à réprimer mon envie puérile d'aller en identifier la source au hublot. Cette vision était horriblement réaliste, au point que j'ai bientôt pu, grâce à elle, distinguer les objets familiers qui m'entouraient, ainsi que le verre vide qui avait contenu le calmant, et que je n'avais pas encore vu depuis qu'il était posé là. Cela m'a donné à réfléchir. J'ai traversé la pièce pour aller le toucher. Il se trouvait bien à l'endroit où j'avais cru le voir. J'ai compris que la lumière était réelle, ou qu'elle faisait partie d'une hallucination si fixe et cohérente que je n'avais aucun espoir de la voir se dissiper. J'ai donc abandonné toute résistance et suis monté dans la tour pour chercher l'origine de la lumière. Peut-être s'agissait-il en fait d'un autre *U-boot* qui pourrait me sauver ?

Mieux vaut que le lecteur n'accepte rien de ce qui suit comme étant la vérité objective. Comme ces événements dépassent le cadre de la loi naturelle, il s'agit forcément de créations subjectives, irréelles, de mon esprit surmené. Une fois dans le kiosque, j'ai trouvé que la mer était beaucoup moins lumineuse que je l'avais cru. Je ne distinguais aucune phosphorescence animale ou végétale autour de moi, et la ville, du côté qui descendait jusqu'à la rivière, était plongée dans les ténèbres. Ce que j'ai vu n'était ni spectaculaire, ni grotesque, ni effrayant, mais m'a privé du peu de confiance que j'avais encore en ma propre santé mentale. Car la porte et les fenêtres du temple sous-marin taillé à même la roche de la colline rayonnaient d'une lumière vive mais irrégulière, comme si une puissante flamme brûlait à un autel dans les profondeurs de l'édifice.

Ce qui suit n'est que chaos. Alors que je contemplais l'étrange lueur qui sortait par la porte et les fenêtres, je me suis trouvé en proie aux visions les plus extravagantes… à tel point que je ne peux même pas les décrire. J'avais l'impression de distinguer des choses dans le temple, des objets aussi bien stationnaires que mobiles ; et de percevoir le chant irréel que j'avais déjà entendu à mon réveil. En plus de tout surgissaient en moi des pensées et des craintes centrées sur le jeune homme de la mer et la statuette d'ivoire dont l'image était sculptée sur la frise et les colonnes de ce temple. Repensant au pauvre Klenze, je me suis demandé où reposaient son corps et la figurine qu'il avait rendue à la mer. Il m'avait prévenu de quelque chose, et je n'avais pas écouté son avertissement… mais ce n'était qu'un Rhénan à l'esprit faible qui se mettait dans tous ses états face à des ennuis qu'un Prussien peut aisément endurer.

Le reste est très simple. Mon désir de pénétrer dans le temple pour le visiter me fait désormais l'effet d'une injonction impérieuse et inexplicable, à laquelle, en fin de compte, on ne peut que céder.

Ma volonté allemande ne me suffit plus à contrôler mes actes, et je ne puis désormais prendre de décisions que pour des questions de moindre importance. C'est une folie semblable qui a mené Klenze à aller au-devant de la mort en se jetant tête nue et sans protection dans l'océan ; mais moi, Prussien et homme de bon sens, je ferai usage jusqu'au bout du peu de volonté dont je dispose encore. Quand il m'est apparu que je serais forcé d'y aller, j'ai préparé ma combinaison de plongée, mon casque et un régénérateur d'air afin de pouvoir les enfiler au plus vite, puis je me suis mis à rédiger ce rapide récit dans l'espoir qu'un jour quelqu'un le trouve. Je vais enfermer ces pages dans une bouteille que je vais confier à la mer en quittant l'*U-29* pour toujours.

Je n'ai pas peur, pas même des prophéties de ce fou de Klenze. Ce que j'ai vu ne peut être réel, et je sais que ma propre folie me conduira au pire à mourir du manque d'oxygène. La lumière du temple est une pure illusion, et je vais mourir calmement, en Allemand, dans les profondeurs noires et oubliées. Le rire démoniaque que j'entends en rédigeant ces lignes est une simple invention de mon cerveau affaibli. Je vais donc enfiler soigneusement mon scaphandre, puis gravir hardiment les marches de ce sanctuaire primitif, ce silencieux et immémorial secret des profondeurs inviolées.

La Peur qui rôde

I

L'ombre sur la cheminée

Il y avait de l'orage dans l'air, la nuit où je me rendis au manoir abandonné, au sommet du mont des Tempêtes, pour y trouver la peur qui rôde. Je n'y allai pas seul, car la témérité, alors, n'était pas encore mêlée chez moi à cet amour de l'insolite et de l'horreur qui, tout au long de ma carrière, m'a poussé à partir en quête des étrangetés et abominations de la littérature et de la vie. M'accompagnaient deux fidèles compagnons que j'avais envoyé quérir quand le moment était venu ; du fait de leur force physique particulière, j'avais depuis longtemps l'habitude de les emmener dans mes sombres explorations.

Nous avions quitté le village en toute discrétion, à cause des journalistes qui traînaient dans les parages depuis la panique surnaturelle du mois précédent, lorsqu'était venue la cauchemardesque mort rampante. Plus tard, pensais-je, ils pourraient m'être utiles ; mais il était encore trop tôt pour s'encombrer de ces gens. Je regrette amèrement de ne pas les avoir invités à m'aider dans mon enquête. Je n'aurais pas été obligé de supporter seul le poids de ce secret qui me hante depuis si longtemps ; de le garder pour moi de peur que le monde me croie fou, ou le devienne lui-même à cause de tous les aspects démoniaques de cette histoire. Mais maintenant que je m'apprête à le révéler – craignant, à force de ressasser, de finir par sombrer dans la démence – je regrette de ne pas l'avoir fait plus tôt. Car je suis le seul à connaître la vérité sur la peur qui rôdait dans cette montagne spectrale et désolée.

Après des kilomètres de collines et de forêts sauvages, notre petite voiture ne parvint pas à monter le versant boisé. De nuit et en l'absence des meutes quotidiennes d'enquêteurs, le pays était inhabituellement sinistre, aussi fûmes-nous souvent tentés d'allumer le phare à acétylène, bien qu'il risquât d'attirer l'attention. La nuit tombée, le paysage paraissait malsain, et je crois que j'aurais aussi bien remarqué sa morbidité si j'avais tout ignoré de la terreur qui y errait. Il n'y avait aucune bête sauvage, car elles se cachent quand approche la mort grimaçante. Les vieux arbres marqués par la foudre semblaient anormalement grands et difformes, et le reste de la végétation poussait étonnamment, frénétiquement dru ; quant aux drôles de monticules et de tertres hérissant la terre criblée de fulgurites et couverte de mauvaise herbe, ils me rappelaient des serpents et des crânes d'hommes morts aux proportions gigantesques.

Il y avait plus d'un siècle que la peur rôdait sur le mont des Tempêtes. Je l'appris très tôt dans les articles de journaux sur la catastrophe qui, pour la première fois, avait attiré l'attention du monde sur cet endroit. Le mont est en fait une colline isolée dans la partie des Catskills où, jadis, la civilisation hollandaise tenta une courte et maigre incursion, pour ne laisser derrière elle qu'une poignée de manoirs décrépits et une population de squatters dégénérés habitant de pitoyables hameaux sur des versants perdus. Jusqu'à la création de la police d'état, il ne passait presque jamais de gens normaux dans les parages ; aujourd'hui encore les patrouilles sont rares. La peur, cependant, est une vieille tradition dans les villages des environs, et constitue même un des sujets de prédilection dans le discours simple des pauvres corniauds qui, parfois, quittent leurs vallées pour troquer leurs paniers tressés à la main contre des produits de première nécessité que ni la chasse, ni l'élevage, ni leurs doigts ne peuvent leur fournir.

La peur qui rôde avait sa tanière dans le manoir Martense, une bâtisse abandonnée et évitée de tous, tout au sommet de la grande colline en pente douce qui tirait son nom de « mont des Tempêtes » des fréquents orages qui la frappaient. Pendant plus de cent ans, l'antique maison de pierre cernée par les bosquets avait fait l'objet de récits particulièrement extravagants et monstrueux ; récits portant sur la mort rampante mais spectaculaire qui, l'été, sortait chasser sans un bruit. De manière répétée, les habitants des environs racontaient en gémissant que, la nuit venue, un démon s'attaquait aux voyageurs solitaires. Soit il les emportait, soit il les laissait dans un état effroyable, le corps démembré et rongé. Il se murmurait même parfois que l'on avait retrouvé des traînées de sang partant vers le lointain manoir. Certains affirmaient que l'orage faisait sortir la bête de sa tanière ; d'autres prétendaient que le tonnerre était sa voix.

Personne en dehors des habitants de ce trou perdu n'avait cru ces histoires changeantes et contradictoires, avec leurs descriptions incohérentes, extravagantes, du monstre entraperçu ; et pourtant, il ne se trouvait pas un fermier, pas un villageois pour remettre en question le fait que le manoir Martense fût hanté par une horreur. Les chroniques locales ne laissaient nulle place au doute, même si les professionnels qui avaient enquêté après avoir entendu le récit particulièrement convaincant d'un autochtone n'avaient jamais trouvé de preuves de la présence d'un fantôme. Les grand-mères racontaient de drôles de rumeurs sur le « spectre Martense » ; des rumeurs à propos de la famille Martense, de la dissimilitude héréditaire des couleurs des yeux de ses membres, de sa longue histoire insolite, et du meurtre qui avait été sa malédiction.

Le terrible événement qui m'avait amené à me rendre sur place confirmait de manière aussi soudaine que sinistre les récits les plus fous des autochtones. Par une nuit d'été, après un orage d'une violence sans précédent, le pays fut secoué par la fuite d'une foule de montagnards. Une simple illusion n'aurait suffi à expliquer pareille débandade. Les misérables hurlaient et gémissaient qu'une horreur indescriptible s'était abattue sur eux, et nul ne remit leur parole en doute. Ils n'avaient rien vu, mais avaient entendu de tels cris dans l'un de leurs hameaux que c'était forcément là l'œuvre de la mort rampante.

Le lendemain matin, des villageois et des policiers suivirent les montagnards tremblants jusqu'à l'endroit où, d'après eux, la mort avait frappé. Et elle était bien là. Sous l'effet de la foudre, le sol s'était effondré sous un village de squatters, détruisant plusieurs cabanes malodorantes ; mais ces dégâts matériels étaient bien insignifiants à côté de la dévastation organique dont ils s'étaient accompagnés. Alors que la population était estimée à soixante-quinze habitants, on ne retrouva pas une seule personne en vie. La terre retournée était couverte de sang et de morceaux humains, témoignages par trop évidents des ravages exercés par des griffes et des serres démoniaques ; cependant, aucune trace ne partait du lieu du carnage. Tout le monde tomba rapidement d'accord : le responsable devait être quelque féroce animal. Sur le moment, nul n'évoqua la possibilité que ce mystérieux massacre comptât parmi les meurtres sordides qui étaient monnaie courante dans ces communautés. Cette hypothèse ne fut énoncée que lorsqu'on s'aperçut qu'il manquait environ vingt-cinq corps par rapport à la population estimée ; et même alors, on eut du mal à expliquer comment vingt-cinq personnes en avaient tué le double. Mais il n'en restait pas moins qu'une nuit d'été, la foudre s'était abattue des cieux et avait tué tous les habitants d'un village dont les cadavres étaient horriblement mutilés, rongés et lacérés.

Sous le coup de l'émotion, la population du pays fit tout de suite le lien entre le carnage et le manoir hanté de Martense, quand bien même plus de cinq kilomètres séparaient les deux lieux. Les policiers, plus sceptiques, n'inspectèrent la bâtisse que de manière superficielle et abandonnèrent la fouille en voyant qu'elle était tout à fait déserte. Les villageois et les gens de la campagne environnante la passèrent quant à eux au peigne fin : ils la mirent sens dessus dessous, sondèrent les mares et ruisseaux, battirent les buissons et saccagèrent les bois alentour. Tout cela en vain. La mort qui s'était abattue n'avait laissé aucune trace, sinon le résultat de ses destructions.

Dès le deuxième jour de l'enquête, les journaux s'étaient emparés de l'affaire, et leurs reporters avaient envahi le mont des Tempêtes. Ils la décrivirent avec un grand luxe de détails, en interrogeant abondamment les vieillards du pays pour clarifier les antécédents du massacre. Étant habitué à ce genre de choses, je parcourus tout d'abord les articles avec une certaine léthargie ; mais au bout d'une semaine, je décelai dans cette affaire une atmosphère qui me troubla, si bien que, le 5 août 1921, je me mêlai aux journalistes qui se bousculaient à l'hôtel de Lefferts Corners, village le plus proche du mont des Tempêtes et quartier général officieux des enquêteurs. Trois semaines plus tard, la dispersion des reporters me permit de mettre en œuvre une terrible expédition fondée sur les recherches et reconnaissances minutieuses auxquelles je m'étais consacré en attendant.

Donc, par une nuit d'été, alors que le tonnerre roulait au loin, j'abandonnai la voiture et gravis, avec mes deux compagnons armés, les dernières pentes bossuées du mont des Tempêtes. Enfin, dans le faisceau de ma lampe-torche, le spectral gris des murs apparut entre les chênes géants. Dans ce morbide isolement nocturne, sous cette maigre lumière mouvante, la vaste bâtisse cubique suscitait une subtile terreur qui ne pouvait se révéler de jour ; toutefois, je n'eus aucune hésitation, car j'étais venu avec la ferme intention de vérifier une hypothèse. Je pensais que le tonnerre faisait sortir le démon mortel de quelque effrayante cachette et j'étais résolu à voir ce démon, qu'il s'agisse d'une entité solide ou d'une vapeur pestilentielle.

Comme j'avais déjà fouillé la ruine, mon plan était tout prêt : j'avais choisi de monter la garde dans l'ancienne chambre de Jan Martense, dont le meurtre tient une si grande place dans les légendes rurales. J'avais la vague impression que les appartements de cette victime d'antan constituaient le lieu idéal pour atteindre l'objectif que je m'étais fixé. La pièce de proportions moyennes contenait, comme les autres, des vestiges de ses meubles d'autrefois. Elle était à l'étage, dans l'angle sud-est de la maison, et était dotée d'une fenêtre immense à l'est et d'une étroite au sud, toutes deux sans carreaux ni volets. En face de la grande se trouvait une imposante cheminée hollandaise ornée de faïence scripturaire représentant le Fils prodigue et, face à la petite, un lit spacieux avait été aménagé dans le mur.

Tandis que les bruits de tonnerre étouffés par les arbres se rapprochaient, je mis en œuvre les détails de mon plan. Tout d'abord, je fixai côte à côte au bord de la grande fenêtre les trois échelles de corde que j'avais apportées. Je savais pour les avoir essayées qu'elles atteignaient le sol dans une zone facile d'accès. Puis à nous trois, nous traînâmes depuis une autre chambre un large lit à baldaquin que nous calâmes latéralement contre la fenêtre. Après l'avoir recouvert de branches de sapin, nous nous y étendîmes, les automatiques en main, deux d'entre nous se reposant pendant que le troisième veillait. Quelle que soit la direction d'où viendrait le démon, notre fuite serait assurée en cas de besoin. S'il venait de l'intérieur, nous aurions les échelles de corde ; s'il venait de dehors, nous fuirions par la porte et l'escalier. À en juger par les précédents, nous estimions que la chose ne nous poursuivrait pas bien loin, même dans le pire des cas.

J'avais monté la garde entre minuit et une heure du matin lorsque, malgré la maison sinistre, la fenêtre sans volets et l'approche du tonnerre et de la foudre, je ressentis une étrange somnolence. Je me trouvais entre mes deux compagnons, George Bennett étant côté fenêtre et William Tobey côté cheminée. Manifestement victime de la même somnolence anormale, Bennett s'était assoupi. J'attribuai donc le tour de garde suivant à Tobey, même si lui aussi piquait du nez. Étrangement, j'avais passé tout mon temps à surveiller la cheminée.

Le tonnerre approchant dut affecter mes rêves, car, malgré le peu de temps où je dormis, j'eus des visions d'apocalypse. À un moment, je me réveillai à moitié, sans doute parce que mon compagnon côté fenêtre, qui avait le sommeil agité, avait jeté le bras en travers de mon torse. Je n'étais pas assez éveillé pour voir si Tobey s'acquittait de sa tâche de sentinelle, mais étais nettement inquiet sur ce chapitre. Jamais auparavant une présence maléfique ne m'avait tant oppressé. Par la suite, je me rendormis probablement, car je nageais en plein chaos fantasmatique lorsque des cris atroces, dépassant tout ce que j'avais connu ou aurais pu imaginer, déchirèrent la nuit.

Dans ces cris, l'âme quintessencielle de la peur et de l'angoisse humaines s'arrachait follement, désespérément, les ongles sur les portes d'ébène de l'oubli. J'ouvris les yeux sur un univers de démence rouge et de diablerie moqueuse, alors que l'écho de cette angoisse phobique et cristalline s'enfonçait dans les tréfonds de perspectives inconcevables. Malgré l'absence de lumière, je compris, à la place vacante à ma droite, que Tobey n'était plus là. Dieu seul savait où il était passé. Le bras pesant de mon compagnon endormi à ma gauche était toujours en travers de ma poitrine.

C'est alors que s'abattit l'éclair dévastateur qui secoua la colline tout entière, éclaira les plus profonds recoins du vénérable bosquet et détruisit le patriarche des arbres biscornus. À la lumière démoniaque d'une monstrueuse boule de feu, le dormeur se réveilla en sursaut ; le flamboiement de dehors projeta son ombre, criante de précision, sur la cheminée, au-dessus de l'âtre d'où je n'avais jamais détaché le regard. Que je sois encore en vie et sain d'esprit relève du miracle. Un miracle incompréhensible, car l'ombre sur la cheminée n'était pas celle de George Bennett, ni d'une quelconque créature humaine, mais d'une anomalie blasphématoire jaillie des plus profonds cratères de l'enfer ; une abomination innommable, amorphe, que l'esprit ne saurait tout à fait concevoir et dont la plume ne peut donner le plus petit début de description. Un instant plus tard, j'étais seul, tremblant et bredouillant, dans le manoir maudit. George Bennett et William Tobey avaient disparu sans laisser de traces, pas même de lutte. On ne les revit jamais.

II

Un passant dans la tempête

À la suite de cette insoutenable expérience dans le manoir cerné par la forêt, je passai des jours entiers couché, au comble de l'épuisement nerveux, dans ma chambre, à l'hôtel de Lefferts Corners. Je ne me rappelle pas exactement comment j'ai fait pour retourner à la voiture, la faire démarrer et regagner le village sans me faire voir ; en effet, je ne me souviens de rien de précis sinon des arbres titanesques aux branches difformes, des grommellements maléfiques du tonnerre, et des ombres stygiennes à cheval sur les petits tertres dont les environs étaient grêlés et zébrés.

À force de ressasser en frissonnant le souvenir de cette ombre dont la forme dépassait l'entendement, je compris que j'avais enfin exhumé l'une des horreurs suprêmes de la terre, l'un de ces fléaux sans nom venus du néant extérieur, démons dont nous entendons parfois les faibles grattements au bord extrême de l'espace, mais contre lesquels heureusement notre vue limitée nous immunise. L'ombre que j'avais vue, j'osais à peine l'analyser ou chercher à l'identifier. Quelque chose s'était couché entre la fenêtre et moi, cette nuit-là, mais j'avais froid dans le dos chaque fois que je n'arrivais pas à ignorer ce désir instinctif de savoir de quoi il s'agissait. Si seulement elle avait grogné, hurlé ou même ricané… cela aurait fait disparaître cette impression d'insondable hideur. Mais c'est sans un bruit qu'elle avait posé sur moi son bras pesant ou sa patte…

Elle était manifestement organique, ou l'avait jadis été… Jan Martense, dont j'avais envahi la chambre, était enterré dans le cimetière près du manoir… Je devais retrouver Bennett et Tobey, s'ils étaient en vie… Pourquoi la chose les avait-elle choisis, et m'avait-elle gardé pour la fin ? Somnoler est si suffocant et rêver, tellement affreux…

Je ne mis pas longtemps à comprendre que j'allais devoir raconter mon histoire à quelqu'un, si je ne voulais pas m'effondrer complètement. J'avais déjà décidé de ne pas renoncer à enquêter sur la peur tapie, car, dans mon ignorance et mon imprudence, il me semblait que la vérité, si insoutenable fût-elle, serait préférable à l'incertitude. Aussi décidai-je de la marche à suivre : à qui faire mes confidences, et comment retrouver la chose qui avait fait disparaître deux hommes et dont j'avais vu l'ombre cauchemardesque ?

À Lefferts Corners, je connaissais surtout les affables journalistes, dont quelques-uns étaient restés pour recueillir les derniers échos de la tragédie. J'étais déterminé à me choisir un associé dans leurs rangs et, plus j'y pensais, plus ma préférence allait à un certain Arthur Munroe, un brun maigre d'environ trente-cinq ans dont l'éducation, les goûts, l'intelligence et le tempérament semblaient indiquer qu'il n'était pas homme à se limiter aux idées et expériences conventionnelles.

Par un après-midi du début septembre, Arthur Munroe écouta mon histoire. Je vis tout de suite qu'il était à la fois intéressé et compatissant ; lorsque j'en eus terminé, il analysa le problème et en discuta avec la plus grande perspicacité et un jugement fort juste. Son conseil, par ailleurs, fut éminemment judicieux : il me recommanda de reporter les opérations au manoir Martense jusqu'à ce que nous disposions de données historiques et géographiques plus détaillées. Sur son initiative, nous arpentâmes le pays en quête d'informations sur la terrible famille Martense, et découvrîmes un homme possédant le journal intime d'un aïeul, un ouvrage merveilleusement révélateur. Nous discutâmes aussi longuement avec les quelques montagnards dégénérés que la terreur et la confusion n'avaient pas fait fuir pour des collines lointaines. Nous décidâmes, avant de nous lancer dans notre tâche principale – l'examen exhaustif et définitif du manoir à la lumière de son histoire détaillée – d'effectuer un autre examen, non moins exhaustif et définitif, des lieux des différentes tragédies hantant les légendes des autochtones.

Tout d'abord, les résultats de ces recherches ne furent pas très concluants, même si leur mise en perspective semblait révéler une tendance assez significative ; en l'occurrence, les massacres que l'on avait constatés étaient largement plus nombreux dans les zones proches de la maison maudite, ou reliées à elle par des étendues de cette forêt à la luxuriance morbide. Il faut reconnaître qu'il existait des exceptions : en effet, l'horreur qui avait attiré l'attention du monde s'était produite dans un espace sans arbres, aussi éloigné du manoir que des bois qui touchaient ce dernier.

En ce qui concerne la nature et l'apparence de la peur tapie, nous n'apprîmes rien des habitants que l'effroi faisait se terrer dans leurs cabanes. Dans le même souffle, ils la décrivaient comme un serpent et un géant, un démon de la foudre et une chauve-souris, un vautour et un arbre ambulant. Toutefois, nous pensâmes pouvoir légitimement en déduire qu'il s'agissait d'un organisme vivant hautement sensible aux orages ; et bien que certains récits eussent suggéré qu'il était doté d'ailes, nous pensions que son aversion pour les espaces dégagés rendait plus probable l'hypothèse d'un mode de locomotion terrestre. Le seul véritable problème de cette théorie était la rapidité avec laquelle la créature devait se déplacer pour perpétrer tous les actes qui lui étaient attribués.

En apprenant à connaître les habitants des collines, nous les trouvâmes, à bien des égards, étrangement attachants. C'étaient des âmes simples qui descendaient doucement l'échelle de l'évolution en raison de leur malheureuse hérédité et d'un isolement abrutissant. S'ils craignaient les étrangers, ils s'habituèrent progressivement à nous, pour enfin nous être d'une grande utilité quand nous entreprîmes, pour dénicher la peur tapie, de battre chaque fourré et de démolir toutes les cloisons du manoir. Lorsque nous leur demandâmes de nous aider à retrouver Bennett et Tobey, ils se montrèrent sincèrement bouleversés, car ils désiraient nous aider mais savaient que les deux victimes avaient quitté ce monde aussi sûrement que leurs propres disparus. Bien sûr, nous étions tout à fait convaincus que nombre d'entre eux étaient morts, de même que les animaux sauvages étaient depuis longtemps exterminés, et que la bête avait escamoté les cadavres ; aussi attendions-nous avec appréhension les prochaines tragédies.

À la mi-octobre, nous fûmes étonnés d'avoir si peu avancé. Les nuits étant claires, aucune attaque démoniaque ne s'était produite, et au vu de nos fouilles du manoir et du pays, qui restaient infructueuses en dépit de leur caractère systématique, nous en étions presque venus à considérer la peur tapie comme un être immatériel. Nous craignions l'arrivée du froid, qui mettrait un terme à nos recherches puisque tout le monde s'accordait à dire que le démon était généralement discret en hiver. C'est donc dans l'urgence et le désespoir que nous effectuâmes notre dernière fouille en plein jour du hameau frappé par l'horreur ; un hameau désormais désert, tant les autochtones avaient peur.

Le vieux village maudit, qui n'avait pas de nom, avait été bâti dans une crevasse ; malgré l'absence d'arbres, il était à l'abri entre deux sommets, Cone Mountain et Maple Hill. Il était plus proche de Maple Hill, certaines cabanes rudimentaires étant carrément creusées à même le flanc de la colline. Il se trouvait à peu près à trois kilomètres au nord-ouest de la base du mont des Tempêtes et à quatre kilomètres et demi du manoir ceint de chênes. Sur la distance séparant le hameau de ce dernier, les trois premiers kilomètres et demi étaient totalement à découvert ; la plaine était assez régulière hormis quelques tertres en forme de serpent, et sa végétation se composait exclusivement d'herbe et de plantes éparses. Au vu de cette topographie, nous en étions venus à conclure que le démon devait être arrivé par Cone Mountain, dont un prolongement boisé, au sud de l'éminence, rejoignait presque l'éperon le plus à l'ouest du mont des Tempêtes. Nous suivîmes sans coup férir les dégâts de la surface jusqu'à un glissement de terrain sur le flanc de Maple Hill, où un grand arbre isolé avait été détruit par la foudre qui, en s'abattant sur lui, avait fait sortir la bête.

Alors qu'Arthur Munroe et moi passions au peigne fin, pour la vingtième fois au moins, chaque centimètre carré du village ravagé, nous nous sentîmes gagnés par un certain découragement, mais aussi de vagues craintes inédites. Il était extrêmement étrange – quand bien même les choses effrayantes ne manquaient pas – de rencontrer un lieu si parfaitement dénué d'indices après une tragédie de cette ampleur. Sous un ciel qui prenait la couleur du plomb, nous arpentions le village avec le zèle tragique et sans but qui résulte du mélange entre impression d'inutilité et nécessité d'agir. Nous cherchions avec précision et gravité, fouillant une fois de plus chaque chaumière, chaque cabane creusée à même la colline à la recherche de cadavres, mais aussi au pied du versant épineux autour des habitations dans l'espoir de trouver une tanière ou une grotte. Tout cela en vain. Et cependant, comme je l'ai dit, de nouvelles peurs imprécises planaient sur nous, comme si de gigantesques et invisibles griffons à ailes de chauve-souris nous épiaient depuis le sommet des collines, nous observaient méchamment de leurs yeux d'anges exterminateurs qui avaient contemplé les abîmes transcosmiques.

L'après-midi avançant, on y voyait de moins en moins. Nous entendîmes le grondement d'un orage qui regroupait ses forces au-dessus du mont des Tempêtes. Étant donné l'endroit où nous nous trouvions, ce bruit nous rendit nerveux, mais pas autant que s'il avait fait nuit. En l'occurrence, nous espérions par-dessus tout que l'orage se poursuivrait bien après la tombée de la nuit. Forts de cet espoir, nous cessâmes nos recherches sans but sur le flanc de la colline pour nous rendre au hameau habité le plus proche, où nous comptions réunir un groupe d'autochtones qui nous aiderait dans notre enquête. Malgré leur timidité, quelques jeunes gens avaient été assez inspirés par notre autorité protectrice pour nous promettre leur concours.

Toutefois, à peine avions-nous tourné les talons qu'une averse aveuglante s'abattit sur nous. Elle était tellement violente que nous fûmes obligés de trouver un abri. Le ciel était si sombre qu'on se serait cru en pleine nuit mais, guidés par les fréquents éclairs et notre connaissance approfondie du hameau, nous ne tardâmes pas à atteindre, bien qu'en titubant piteusement, la cabane la moins perméable, mélange hétéroclite de rondins et de planches dont la porte et l'unique fenêtre minuscule, qui n'avaient pas été détruites, faisaient face à Maple Hill. Nous barrâmes la porte derrière nous pour qu'elle ne s'ouvre pas sous les assauts furieux du vent et de la pluie, puis fixâmes le volet, que nous savions où trouver grâce à nos fouilles répétées. Il était lugubre d'attendre dans le noir total, assis sur des caisses branlantes, mais nous fumâmes la pipe en éclairant de temps en temps la cabane avec nos lampes de poche. Parfois, nous voyions la foudre par les fissures des murs ; l'après-midi était si incroyablement sombre que les éclairs nous semblaient plus vifs que d'habitude.

Cette veillée orageuse me rappelait désagréablement mon effroyable nuit sur le mont des Tempêtes. Mon esprit se tourna vers la question lancinante qui n'avait cessé de me revenir depuis l'apparition de la créature cauchemardesque ; une fois encore, je me demandai pourquoi le démon, approchant les trois sentinelles soit par la fenêtre, soit de l'intérieur, s'était d'abord attaqué aux hommes des côtés en gardant celui du milieu pour la fin, avant d'être mis en fuite par la titanesque boule de feu. Pourquoi n'avait-il pas pris ses victimes dans l'ordre logique, en se saisissant de moi en deuxième quelle que fût la direction d'où il venait ? De quel genre de tentacules démesurés était-il armé pour chasser ? Ou encore, avait-il su que j'étais le chef, et m'avait-il réservé un sort pire que celui de mes compagnons ?

Alors que j'étais perdu dans mes réflexions s'abattit, comme si la chose avait été prévue pour les rendre plus dramatiques, un éclair terrible suivi d'un bruit de glissement de terrain. Au même instant, les hurlements de loup du vent prirent une intensité démoniaque. Nous étions certains que la foudre avait à nouveau frappé l'arbre solitaire de Maple Hill. Munroe se leva de sa caisse et gagna la fenêtre minuscule pour constater les dégâts. Lorsqu'il défit le volet, le vent et la pluie s'engouffrèrent dans la cabane avec un ululement assourdissant, aussi n'entendis-je pas ce qu'il me dit ; j'attendis néanmoins que le journaliste, penché dehors, essaie de déterminer l'origine de l'infernal vacarme.

Progressivement, le vent se calma et l'obscurité anormale diminua, annonçant la fin de la tempête. J'avais espéré qu'elle se prolongerait dans la nuit pour nous aider dans notre quête, mais un furtif rayon de soleil, entrant par un trou dans le bois de la cabane, derrière moi, ôta toute vraisemblance à cette idée. Que les averses fussent terminées ou pas, nous avions besoin de lumière. Après l'avoir dit à Munroe, je déverrouillai puis ouvris la porte rudimentaire. Dehors, le sol n'était que boue et flaques d'eau. Le léger glissement de terrain avait laissé de nouveaux monticules de terre. Cependant, je ne voyais rien qui justifiât l'intérêt de mon compagnon qui, toujours penché à la fenêtre, ne pipait mot. Je m'approchai de lui et posai la main sur son épaule, mais il ne bougea pas. Je le secouai pour plaisanter et le fis se retourner. Alors, je me sentis saisi par les vrilles d'une horreur cancéreuse dont les racines s'enfonçaient dans un passé incommensurable, dans les insondables abîmes de la nuit qui couve par-delà le temps.

Car Arthur Munroe était mort. Et sur les vestiges de sa tête rongée et creusée, il n'y avait plus de visage.

III

La vérité sur la lumière rouge

La nuit du 8 novembre 1921, alors que la tempête faisait rage, je me tenais dans la tombe de Jan Martense à la lumière d'une lanterne qui projetait des ombres de charnier. J'étais seul, et je creusais comme un forcené. J'avais commencé dans l'après-midi en voyant qu'un orage se préparait, et maintenant qu'il faisait noir et que l'ouragan avait éclaté au-dessus des frondaisons démentiellement épaisses, j'étais heureux.

Je crois que mon esprit était en partie dérangé par tout ce qui s'était passé depuis le 5 août ; l'ombre démoniaque dans le manoir, tous ces efforts qui s'étaient soldés par des déceptions, et ce qui s'était produit au hameau lors de cette tempête d'octobre. Après cet épisode, j'avais creusé une tombe pour un homme dont je ne comprenais pas la mort. Comme je savais que les autres ne comprendraient pas davantage, je leur avais fait croire qu'Arthur Munroe s'était éloigné et avait disparu. Ils le cherchèrent mais ne le trouvèrent pas. Les autochtones auraient peut-être accepté la vérité, mais je ne voulais pas les effrayer davantage. Quant à moi, j'étais bizarrement insensible. Le choc que j'avais éprouvé au manoir avait éprouvé mon cerveau, si bien que je ne parvenais plus à penser qu'à la recherche de cette horreur qui, dans mon imagination, avait désormais des proportions cataclysmiques. Le sort d'Arthur Munroe me fit me jurer de tenir cette quête secrète et de la mener à bien en solitaire.

L'endroit où je me trouvais aurait suffi à faire perdre ses moyens à tout homme normalement constitué. Les maléfiques arbres primitifs, d'une grotesque anormalité tant au niveau de la taille que de l'âge, me dominaient, menaçants, tels les piliers de quelque infernal temple druidique ; ils étouffaient le tonnerre, faisaient taire le vent agressif, et ne laissaient passer que peu de pluie. Dans le fond, au-delà des troncs scarifiés, illuminées par les éclairs voilés, se dressaient les pierres humides et couvertes de lierre du manoir abandonné ; un peu plus près, on devinait le jardin hollandais, lui aussi à l'abandon, dont les chemins et parterres étaient pollués par une surabondante végétation blanche, fongique et fétide, qui ne voyait jamais vraiment la lumière du jour. Et plus près encore se trouvait le cimetière, où les arbres déformés agitaient leurs branches démentes tandis que leurs racines soulevaient des dalles maudites pour aspirer le venin de ce qui se trouvait en dessous. Ici et là, sous le suaire brun des feuilles qui pourrissaient et suppuraient dans l'obscurité de la forêt antédiluvienne, je devinais les sinistres contours de certains des tertres bas qui caractérisaient cette région déchirée par la foudre.

C'était l'histoire qui m'avait conduit à cette tombe archaïque. L'histoire, en effet, était tout ce qui me restait après que tout le reste avait sombré dans un satanisme grotesque. Je pensais désormais que la peur tapie n'était pas de chair, mais un fantôme à crocs de loup qui chevauchait la foudre à minuit. Et je croyais, à cause de toutes les traditions locales que j'avais exhumées dans mes recherches du vivant d'Arthur Munroe, que ce fantôme était celui de Jan Martense, qui était mort en 1762. C'est pourquoi je creusais comme un dément dans sa tombe.

Le manoir Martense fut bâti par Gerrit Martense, riche marchand de la Nouvelle-Amsterdam qui, n'appréciant guère les changements apportés par la souveraineté britannique, avait érigé ce magnifique édifice sur un lointain sommet boisé dont il aimait la solitude vierge et le paysage inhabituel. Le seul inconvénient du site – un inconvénient de taille – était la fréquence des orages violents en été. En choisissant la colline et en construisant son manoir, *Mynheer* Martense avait attribué ces colères récurrentes de la nature à quelque particularité de cette année-là ; mais avec le temps, il comprit que l'endroit était particulièrement sujet à ces phénomènes. S'apercevant à la longue que ces tempêtes nuisaient à sa santé, il avait fait équiper une cave dans laquelle il pourrait se replier à l'apogée de leur infernal vacarme.

On en sait moins sur les descendants de Gerrit Martense que sur lui, car ils furent tous élevés dans la haine de la civilisation anglaise, et étaient habitués à éviter ceux des colons qui l'acceptaient. Leur vie était excessivement recluse, et il se disait qu'à force d'isolement, ils avaient l'esprit lent et l'élocution laborieuse. Leur apparence était invariablement marquée par une différence d'ordre génétique dans la couleur de leurs yeux : en général, ils en avaient un bleu et l'autre marron. Leurs contacts sociaux se raréfièrent jusqu'à ce qu'ils fussent amenés à se marier avec les nombreux domestiques travaillant sur le domaine. Une bonne partie de la famille entassée dégénéra et s'en alla vivre de l'autre côté de la vallée, où elle se mélangea à la population bâtarde qui devait donner les pitoyables occupants actuels de la région. Les autres s'accrochèrent avec obstination au manoir de leurs ancêtres, ce qui renforça leur esprit de clan et leur comportement taciturne, tout en développant leur sensibilité aux fréquents orages.

La plupart de ces informations furent transmises au monde extérieur par Jan Martense. Jeune homme remuant, il s'engagea dans l'armée coloniale quand la nouvelle de la conférence d'Albany parvint au mont des Tempêtes. C'était le premier des descendants de Gerrit à voir le monde et, en 1760, lorsqu'il rentra après six ans de campagnes, son père, ses oncles et ses frères le rejetèrent comme s'il s'était agi d'un étranger, et cela malgré ses yeux vairons de Martense. Il ne pouvait plus partager les spécificités et les préjugés de la famille ; jusqu'aux orages qui n'avaient plus d'effet sur lui. Au lieu de tout cela, le cadre de vie le déprimait, si bien que dans ses lettres à un ami habitant Albany, il parlait souvent de son projet de quitter le domicile paternel.

Au printemps 1763, Jonathan Gilford, l'ami en question, s'inquiéta du silence de son correspondant, surtout au regard des conditions de vie et des querelles au manoir Martense. Décidé à rendre personnellement visite à Jan, il gagna les montagnes à cheval. D'après son journal intime, il arriva au mont des Tempêtes le 20 septembre. Il trouva le manoir dans un état de profonde décrépitude. Les Martense le rebutèrent, avec leur air renfrogné, leurs yeux vairons et leur aspect négligé, animal. Parlant de leur voix rauque et de manière saccadée, ils lui dirent que Jan était mort. D'après eux, il avait été frappé par la foudre à l'automne précédent ; il était enterré derrière les jardins à l'abandon, en contrebas. Ils montrèrent la tombe au visiteur. Elle était nue, sans inscriptions. Gilford trouvait que les manières des Martense avaient quelque chose de repoussant, qui éveilla ses soupçons ; une semaine plus tard, il revint avec pelle et pioche pour fouiller la sépulture. Il trouva ce à quoi il s'était attendu : un crâne horriblement broyé, comme s'il avait reçu des coups violents. Il retourna donc à Albany, où il accusa ouvertement les Martense du meurtre de leur parent.

Si les preuves légales manquaient, la rumeur se répandit vite dans le pays ; et à partir de ce moment, les Martense furent mis au ban de la société. Nul ne voulait avoir affaire à eux, et l'on évitait leur lointain manoir, considéré comme maudit. La production de leur domaine leur permit de vivre en autarcie ; parfois, depuis les collines des environs, on apercevait de lointaines lueurs montrant qu'ils étaient toujours là. On les vit jusqu'en 1810 mais, vers la fin, cela devint très rare.

Pendant ce temps, de diaboliques légendes prenaient forme autour du manoir et de la montagne. On en évita d'autant plus cet endroit, que l'on affubla de toutes les rumeurs que l'on put puiser dans la tradition. Personne ne s'y rendit jusqu'en 1816, date à laquelle les autochtones remarquèrent que les lumières avaient depuis longtemps disparu. À cette époque, un groupe alla enquêter sur les lieux, et l'on trouva la maison déserte et en partie en ruine.

En l'absence de squelettes, on conclut au départ du clan plutôt qu'à sa mort. Les habitants semblaient partis depuis des années. Les annexes improvisées montraient que la famille avait dû être particulièrement nombreuse les derniers temps. Son niveau culturel était tombé bien bas, comme le prouvaient les meubles vermoulus et l'argenterie éparpillée qui, au moment du départ des propriétaires, ne devaient plus servir depuis longtemps. Mais malgré la disparition de ses habitants, la crainte qu'inspirait la maison hantée perdura ; elle s'exacerba même quand de nouvelles rumeurs étranges se répandirent parmi les montagnards dégénérés. Ainsi, le manoir resta désert, craint et associé au fantôme vengeur de Jan Martense. Et c'était toujours le cas la nuit où j'entrepris de m'attaquer à la tombe du même Jan Martense.

J'ai dit que je creusais comme un forcené, et c'était bien le cas, tant du point de vue de l'objectif que de la méthode. Je n'avais pas mis longtemps à déterrer le cercueil de Martense – cercueil qui ne contenait plus que de la poussière et du salpêtre – mais, dans ma folle impatience d'exhumer son fantôme, je creusais de manière maladroite et irrationnelle sous l'endroit où il avait reposé. Dieu seul sait ce que j'espérais trouver ; j'avais simplement l'impression de fouiller la tombe d'un homme dont le fantôme rôdait la nuit.

Il m'est impossible d'estimer quelle monstrueuse profondeur j'avais atteinte lorsque le sol céda sous ma pelle, puis sous mes pieds. Étant donné les circonstances, l'incident avait des implications prodigieuses ; car l'existence d'un souterrain à cet endroit représentait une terrible confirmation de mes théories insensées. Ma lanterne s'était éteinte dans la légère chute qui s'ensuivit, mais je sortis ma lampe de poche et contemplai le tunnel horizontal qui s'étirait à perte de vue dans les deux sens. Il était bas mais bien assez grand pour qu'on s'y glisse ; et bien que personne de sain d'esprit ne s'y fût risqué en un tel instant, dans mon obsession de dénicher la peur tapie, je perdis tout sens du danger, de la raison et de l'hygiène. Choisissant de me diriger vers la maison, je m'engouffrai imprudemment dans l'étroite galerie ; j'avançai vite en rampant à l'aveuglette, n'allumant que rarement la lampe que je tenais devant moi.

Quelle langue peut décrire le spectacle d'un homme perdu dans les entrailles infiniment effroyables de la terre ; qui tâtonne, se contorsionne, la respiration sifflante ; qui, tel un forcené, s'enfonce dans les ténèbres immémoriales de ces méandres engloutis, perdant toute mesure du temps qui passe, son sens de l'orientation, sa prudence, et même la conscience de son objectif précis ? Cela a quelque chose d'effroyable ; et pourtant, c'est ce que je fis. Et cela dura si longtemps que la vie ne fut plus qu'un lointain souvenir. Je ne faisais qu'un avec les taupes et les asticots des noires profondeurs. D'ailleurs, c'est seulement par accident qu'après d'interminables contorsions, j'allumai en la cognant ma lampe oubliée, qui éclaira d'une lumière étrange la galerie de terre collée qui s'étirait et se tordait devant moi.

Ma progression s'éternisant, ma pile était presque vide lorsque le boyau se mit soudain à monter, ce qui me força à changer de mode de locomotion. Je levai les yeux, mais fus pris de court en apercevant, au loin, deux reflets démoniaques de ma lampe mourante ; des reflets brillant avec un funeste éclat caractéristique, qui me rappelèrent des souvenirs nébuleux mais affolants. Je m'arrêtai par réflexe, mais n'eus pas la présence d'esprit de battre en retraite. Les yeux s'approchèrent ; pourtant, de leur propriétaire, je ne distinguais qu'une serre… mais quelle serre ! C'est alors que, loin au-dessus de ma tête, j'entendis un craquement que je reconnus. C'était le tonnerre de la montagne, qui se déchaînait avec une fureur hystérique. J'avais dû passer un certain temps à ramper vers la surface, qui n'était plus très loin. Et en même temps que me parvenaient les grondements assourdis du tonnerre, les yeux continuaient de me fixer avec froideur et méchanceté.

Dieu merci, je ne savais pas alors de quoi il s'agissait, sinon je serais mort. Mais je fus sauvé par l'orage même qui avait appelé la chose ; en effet, après une horrible attente s'abattit des cieux invisibles l'un de ces coups de foudre qui frappaient souvent la montagne et dont j'avais vu les conséquences ici et là, sous forme d'entailles dans la terre retournée, et de fulgurites de tailles variables. Avec une rage cyclopéenne, il éventra le sol au-dessus de ce trou haïssable, m'aveugla et m'assourdit, mais sans tout à fait parvenir à me plonger dans le coma.

Dans le chaos de la terre qui glissait et se soulevait, je me débattais, impuissant, à la force des bras et des ongles, jusqu'à ce que la pluie sur ma tête me ranime. Je vis que j'avais refait surface à un endroit familier : une pente raide à découvert, sur le versant sud-ouest de la colline. Des éclairs en nappes éclairaient régulièrement le sol effondré et ce qui restait du curieux monticule peu élevé qui descendait jusque-là des hauts boisés. Cependant, rien dans ce chaos ne permettait de voir l'endroit par lequel j'étais sorti des mortelles catacombes. Le tumulte ne régnait pas moins dans mon cerveau, et tandis qu'une lumière rouge s'allumait loin au sud et éclairait le paysage, je ne comprenais pas vraiment l'horreur que je venais de traverser.

Mais quand, deux jours plus tard, les autochtones me révélèrent ce qu'était cette lumière, je ressentis une horreur plus grande encore que celle que j'avais éprouvée dans le souterrain moisi, à la vue de ces yeux et de cette serre. Plus grande à cause de l'ampleur accablante de ce que cela signifiait. Dans un hameau situé à une trentaine de kilomètres, une orgie de terreur avait suivi le coup de foudre qui m'avait permis de regagner la surface, et une créature indescriptible avait bondi dans une cabane au toit fragile depuis un arbre qui la surplombait. Elle avait fait quelque chose de terrible, mais les gens du hameau, affolés, avaient mis le feu à la cahute avant qu'elle eût pu s'échapper. L'attaque avait eu lieu au moment précis où la terre s'était effondrée sur la bête dont j'avais vu la serre et les yeux.

IV

L'horreur dans les yeux

Il faut avoir l'esprit totalement anormal pour partir seul à la recherche de la peur qui rôde dans le mont des Tempêtes, quand on en sait aussi long que moi sur les horreurs qui s'y sont produites. La destruction d'au moins deux incarnations de la chose ne garantissait que de façon limitée ma sécurité mentale et physique dans cet Achéron de diabolisme multiforme ; et cependant, plus les événements devenaient monstrueux, plus je faisais preuve de zèle dans ma quête.

Quand, deux jours après avoir rampé dans cette effroyable crypte aux yeux et à la serre, j'appris que quelque chose avait rôdé à trente kilomètres au sud à l'instant même où la créature rivait sur moi son regard mauvais, je me trouvai pour ainsi dire en proie à des convulsions de terreur. Mais cette terreur était si fortement teintée d'émerveillement, et d'un grotesque si attrayant, que c'en était presque agréable. Parfois, dans les affres d'un cauchemar où des puissances invisibles vous emportent, au-dessus des toits d'étranges cités mortes, vers l'abîme grimaçant de Nis, c'est un soulagement et même un plaisir de hurler sans retenue et de se laisser prendre dans le tourbillon hideux de ce tragique destin onirique et de se jeter volontairement dans le premier abîme sans fond. Il en allait de même du cauchemar éveillé du mont des Tempêtes ; découvrir que deux monstres avaient hanté les lieux m'avait en fin de compte donné une folle envie de plonger dans les entrailles de ce pays maudit et de dénicher, en creusant la terre à mains nues, la peur qui nous observait dans chaque pouce carré de ce sol empoisonné.

Dès que cela fut possible, je retournai dans la tombe de Jan Martense pour fouiller en vain l'endroit que j'avais déjà creusé. Un important effondrement avait englouti le passage souterrain, dont il ne restait pas la moindre trace, et la pluie avait tellement bien rebouché la fosse que je ne savais plus à quelle profondeur j'avais creusé la fois d'avant. Je fis aussi un voyage éprouvant dans le lointain hameau où l'on avait brûlé la créature de mort, et ne fus guère récompensé pour ma peine. Dans les cendres de la cabane du drame, je trouvai des os, mais aucun ne semblait avoir appartenu au monstre. D'après les habitants du village, la chose n'avait fait qu'une victime mais, pour moi, ils se trompaient ; en plus d'un crâne humain complet, un fragment semblait à coup sûr provenir d'un autre crâne. Même si l'on avait vu l'animal tomber, nul ne pouvait dire à quoi il ressemblait exactement ; ceux qui avaient entraperçu la créature affirmaient simplement qu'il s'agissait d'un démon. En examinant le grand arbre dans lequel elle s'était cachée, je ne vis aucune trace particulière. J'essayai de trouver une quelconque piste menant dans la forêt noire mais, cette fois-ci, je ne pus supporter la vue de ces troncs anormalement gros, ou de ces longues racines serpentines qui se tortillaient avec malveillance avant de s'enfoncer sous terre.

L'étape suivante consista à réexaminer avec une attention redoublée le hameau désert où la mort avait frappé le plus fort, et où Arthur Munroe avait vu quelque chose qu'il n'avait pas eu le temps de décrire. Même si mes fouilles, jusque-là vaines, avaient été on ne peut plus minutieuses, il me fallait mettre à l'épreuve les nouvelles données dont je disposais ; en effet, mon horrible exploration de la tombe m'avait convaincu que l'un des monstres, à tout le moins, était une créature souterraine. Cette fois, le 14 novembre, mes recherches se concentrèrent sur la partie des versants de Cone Mountain et de Maple Hill surplombant le hameau du malheur ; pour ce dernier sommet, je portai surtout mon attention sur l'endroit où la terre était retournée suite au glissement de terrain.

Les recherches de l'après-midi restèrent sans résultats, puis le crépuscule survint alors que je me trouvais sur Maple Hill, contemplant le hameau en contrebas et le mont des Tempêtes, de l'autre côté de la vallée. Après un magnifique coucher de soleil, la lune presque pleine se leva et inonda d'argent la plaine, le flanc de la colline au loin, et les drôles de petits tertres qui se dressaient de-ci de-là. C'était une scène paisible, digne de l'Arcadie ; mais sachant ce qu'elle dissimulait, je ne pouvais que la haïr. Je détestais la lune moqueuse, la plaine hypocrite, la montagne purulente, et ces monticules sinistres. Tout me semblait entaché par cette écœurante contagion, inspiré par une alliance néfaste avec des puissances invisibles et contre nature.

Sur ce, alors que je contemplais d'un œil distrait le panorama éclairé par la lune, mon regard fut attiré par quelque chose d'étrange dans la nature et la disposition d'un élément topographique. Bien que je ne connusse pas grand-chose à la géologie, les tertres et autres monticules bizarres que l'on voyait dans les environs m'avaient toujours intrigué. J'avais remarqué qu'ils étaient assez nombreux autour du mont des Tempêtes, mais moins fréquents dans la plaine que sur la colline elle-même, les glaciations préhistoriques y ayant sans doute trouvé une moins grande résistance à leurs durables et fantastiques caprices. En cet instant, à la lumière de la lune basse qui projetait d'étranges ombres allongées, je fus tout à fait frappé de constater que le réseau de points et de lignes que dessinaient les tertres avait une relation particulière au mont des Tempêtes. Ce sommet était indéniablement le centre d'où rayonnaient, de manière imprécise, irrégulière, les lignes ou les rangées de monticules, comme si le manoir malsain des Martense avait étendu sa terreur sous la forme de tentacules visibles. Cette idée me donna un inexplicable frisson ; je pris le temps d'analyser les raisons qui me faisaient prendre ces tertres pour des phénomènes d'origine glaciaire.

Plus j'y réfléchissais, moins j'y croyais. Mon esprit, tout nouvellement ouvert, envisagea de grotesques, d'horribles analogies entre certains traits caractéristiques de la surface et ce que j'avais découvert sous terre. Sans m'en rendre compte, je me mis à prononcer des fragments de phrases avec frénésie : « Mon Dieu ! des taupinières… il doit y avoir des galeries dans tout ce sale pays… combien… Cette nuit-là, au manoir… ils ont commencé par Bennett et Tobey… par les deux côtés… »

L'instant suivant, je creusais avec frénésie le monticule le plus proche. Je creusais comme un désespéré, en tremblant, mais aussi avec une certaine jubilation ; je creusais et creusais encore et, enfin, sous l'effet d'une émotion indéfinissable, je poussai un cri en atteignant un tunnel ou un boyau comme celui dans lequel j'avais rampé, cette nuit infernale de début novembre.

Après quoi je me revois courir, pelle à la main ; une affreuse course au clair de lune à travers les prés grêlés de monticules, le long des abîmes sans fond, malsains, de la forêt hantée qui poussait à flanc de colline ; courant, hurlant, haletant, bondissant, je me dirigeais vers le terrible manoir Martense. Je me rappelle avoir creusé comme un forcené tous les recoins de la cave envahie de ronces ; creusé pour trouver le cœur et le centre de ce diabolique monde des tertres. Et enfin je me rappelle avoir éclaté de rire en tombant sur l'entrée du tunnel, ce trou à la base de la vieille cheminée où les épaisses herbes folles projetaient des ombres insolites à la lueur de l'unique bougie que j'avais emportée par hasard. Ce qui subsistait, tapi, dans les entrailles de cette ruche infernale, attendant d'être réveillé par l'orage, je l'ignorais. Deux créatures étaient mortes ; peut-être cela avait-il mis un terme à l'horreur. Cependant, il me restait ce brûlant désir de découvrir les secrets les plus profondément enfouis de la peur que j'en étais venu, une fois encore, à considérer comme un être défini, matériel, organique.

Alors que j'hésitais entre me lancer seul à la lumière de ma lampe de poche, et attendre d'avoir réuni un groupe d'autochtones pour commencer l'exploration, je fus surpris par une bourrasque venue de l'extérieur qui souffla ma bougie, me laissant ainsi dans une obscurité totale. La lumière de la lune n'entrait plus par les fentes et ouvertures, au-dessus de moi. Conscient que cela n'augurait rien de bon, j'entendis le grondement sinistre et éloquent d'un orage naissant. Une foule d'idées confuses s'empara de mon cerveau ; je battis en retraite à tâtons vers le coin le plus reculé de la cave. Mais mes yeux, eux, ne se détournèrent jamais de l'ignoble ouverture à la base de la cheminée ; alors, je commençai à entrevoir les briques croulantes et les mauvaises herbes malsaines grâce à la faible lueur de la foudre, lueur qui entrait par les fentes du haut du mur après avoir pénétré dans les bois. Un mélange sans cesse plus irrésistible de peur et de curiosité me consumait. Cette tempête, qu'allait-elle appeler ? Et d'ailleurs, restait-il quelque chose à appeler ? Profitant d'un éclair, j'allai me terrer derrière une touffe de végétation à travers laquelle je pourrais voir l'ouverture sans être vu moi-même.

Si le ciel est miséricordieux, j'oublierai un jour ce que j'aperçus à ce moment, et pourrai connaître la paix pour les quelques années qui me resteront. Pour l'instant, je ne dors plus la nuit et, quand l'orage tonne, je suis même obligé d'avoir recours aux narcotiques. La chose arriva brusquement, sans prévenir ; j'entendis une cavalcade démoniaque, comme un bruit de pattes de rats, montant de crevasses lointaines et inimaginables, un halètement infernal, des grondements étouffés, puis, par l'ouverture sous la cheminée jaillit une multitude lépreuse engendrée par la nuit, un écœurant flot de corruption organique d'une hideur plus dévastatrice que les conjurations les plus noires des mortels déments et morbides. Grouillant, bouillonnant, ruisselant, écumant telle la bave visqueuse du serpent, elle déferla par le trou béant, se répandit comme une infection et sortit de la cave par toutes les ouvertures possibles, pour aller s'égailler dans les maudites forêts ténébreuses et répandre la peur, la folie et la mort.

Dieu sait combien il y avait de créatures. Des milliers, sans doute. Je fus choqué de contempler leur flot à la faible lueur intermittente de la foudre. Lorsque leurs rangs furent assez clairsemés pour que l'on pût les percevoir comme des organismes distincts, je vis qu'il s'agissait de singes nains et difformes, ou de démons velus, monstrueuses et diaboliques caricatures des représentants du règne simien. Elles restaient atrocement muettes ; il y eut à peine un couinement lorsqu'un retardataire, avec une habileté trahissant une grande habitude, bondit sur un de ses semblables, plus faible, pour s'en repaître. D'autres, la bave aux lèvres, attrapèrent les restes de la proie et s'en délectèrent. Alors, malgré l'effroi et le dégoût qui me paralysaient, ma curiosité morbide l'emporta ; comme le dernier monstre isolé s'extrayait du monde cauchemardesque des entrailles de la terre, je sortis mon pistolet automatique et profitai d'un coup de tonnerre pour l'abattre.

Un torrent d'ombres ondoyantes et hurlantes, rouge démence visqueuse, se chassant entre elles dans les interminables couloirs ensanglantés du ciel violet et fulgurant… fantasmes informes et mutations kaléidoscopiques d'un effroyable souvenir ; des forêts de chênes monstrueux, surdéveloppés, dont les racines serpentines ondulent et aspirent les innommables sucs d'une terre où grouillent des millions de diables cannibales ; des tentacules à l'apparence de tertres, tâtonnant depuis des noyaux souterrains de perversion cancéreuse… la foudre éclairant de sa démence les maléfiques murs couverts de lierre et les arcades démoniaques noyées sous une végétation putride… Je remercie le ciel de m'avoir fait don de l'instinct qui me permit de regagner, inconscient, les zones habitées des hommes ; ce paisible village endormi sous les étoiles qui scintillaient sans bruit dans les cieux redevenus limpides.

Une semaine plus tard, j'avais assez récupéré pour faire venir d'Albany une équipe d'ouvriers qui dynamita le manoir Martense ainsi que tout le sommet du mont des Tempêtes, condamna toutes les galeries que l'on put trouver sous les tertres, et détruisit certains arbres surdéveloppés dont l'existence même était une insulte à la raison. Après quoi je pus dormir un peu ; mais le vrai repos ne viendra que lorsque j'aurai oublié l'indescriptible secret de la peur qui rôde. Cela continuera de me hanter, car qui peut dire si l'extermination est complète, et si des phénomènes analogues ne se produisent pas dans le monde entier ? Qui pourrait, sachant ce que je sais, penser à toutes les grottes inconnues de la planète sans ressentir un effroi cauchemardesque devant ce qui pourrait un jour en sortir ? Je ne peux voir un puits ou une bouche de métro sans que cela m'arrache un frisson… Pourquoi les médecins ne peuvent-ils me prescrire quelque chose qui me fasse dormir ou apaise vraiment mon cerveau quand l'orage gronde ?

Ce que je vis dans le faisceau de ma lampe-torche après avoir tué l'innommable retardataire était si simple qu'il s'écoula presque une minute avant que je comprenne et me mette à délirer. C'était écœurant ; une créature dégoûtante et blanchâtre ressemblant à un gorille, aux crocs jaunes acérés et à la fourrure emmêlée. C'était l'ultime produit de la dégénérescence des mammifères, l'effrayant résultat d'une multitude d'accouplements consanguins et d'un régime cannibale, sur et sous terre ; l'incarnation du chaos et de la peur, l'un qui grogne, l'autre moqueuse, tous deux tapis derrière la vie. La chose moribonde avait posé les yeux sur moi, et ils présentaient la même particularité que ceux de la créature qui m'avait regardé dans le souterrain et avait éveillé chez moi de vagues souvenirs ; l'un était bleu, l'autre marron. C'étaient les yeux vairons que les vieilles légendes attribuaient aux Martense. Je compris alors dans un déluge d'horreur muette ce qui était advenu de la famille disparue, cette famille que le tonnerre rendait folle ; la terrible famille Martense.

La Couleur venue d'ailleurs

À l'ouest d'Arkham, les collines sont sauvages, et les bois touffus des vallées n'ont jamais connu la morsure de la hache. Il est d'étroits vallons sombres où les arbres sont incroyablement inclinés, et où de minces ruisselets coulent qui n'ont jamais reflété l'éclat du soleil. Là où les pentes sont plus douces, d'antiques fermes branlantes aux chaumières moussues et trapues ruminent sans fin les vieux secrets de la Nouvelle-Angleterre à l'abri de hautes saillies rocheuses ; mais toutes sont désertes, désormais, et leurs grandes cheminées tombent en ruine, tandis que leurs flancs habillés de bardeaux gonflent dangereusement sous leurs toits bas à deux pentes.

Les anciens sont partis, et les étrangers n'aiment pas vivre là. Des Canadiens français ont essayé, des Italiens ont essayé, et des Polonais sont venus et repartis. Non pas qu'il y ait quoi que ce soit qu'on puisse voir, entendre ou toucher ; c'est plutôt une question d'imagination. Car cet endroit n'est pas bon pour l'imagination, et les rêves qu'on y fait la nuit n'ont rien de reposant. C'est forcément pour cela que les immigrants évitent la région, puisque le vieil Ammi Pierce n'a jamais évoqué devant eux ses souvenirs des jours étranges. Ammi, qui a l'esprit un peu dérangé depuis des années, est le seul qui reste dans la région, ou à qui il arrive de parler des jours étranges ; et s'il ose le faire, c'est parce que sa maison est très près des champs et des voies fréquentées autour d'Arkham.

Dans le temps, il y avait une route qui traversait les collines et les vallées, et passait là où se trouve maintenant la lande du diable ;

mais elle n'est plus utilisée, car on en a tracé une autre qui fait un grand détour par le sud pour contourner la région. On trouve encore des vestiges de l'ancienne parmi les mauvaises herbes d'une nature sauvage qui reprend possession des lieux, et il en restera sans doute encore quand la moitié des vallées seront inondées pour le nouveau réservoir. Alors, on coupera les bois sombres, et la lande du diable sommeillera tout au fond des eaux bleues dont la surface reflétera le ciel et ondoiera au soleil. Et alors les secrets des jours étranges rejoindront ceux des profondeurs, et les traditions secrètes du vieil océan, et tous les mystères de la terre des origines.

Lorsque je partis visiter les collines et vallons pour dresser le plan du réservoir, on me prévint que l'endroit était maudit. L'avertissement venait d'habitants d'Arkham et, comme Arkham est une très vieille ville pleine d'histoires de sorcières, je considérai cette malédiction comme une simple légende, de celles que les grand-mères chuchotaient depuis toujours aux enfants. Le nom de « lande du diable » me semblait aussi étrange que théâtral, si bien que je me demandais comment il avait pu se retrouver dans le folklore de gens si puritains. Mais en voyant de mes yeux ce sombre enchevêtrement de vallons et de pentes, à l'ouest, je cessai de me poser des questions, hormis sur l'ancestral mystère qu'il évoquait. C'était le matin, mais l'ombre ne cessait jamais de hanter cet endroit. Rien à voir avec les bois sains de Nouvelle-Angleterre : les arbres y étaient trop serrés et avaient de trop gros troncs ; le silence qui régnait dans les allées obscures était anormal, et le sol était trop mou à cause de la mousse froide et humide et des tapis de pourriture millénaires.

Dans les espaces découverts, principalement le long de l'ancienne route, il y avait de petites fermes à flanc de colline. Parfois, tous leurs bâtiments étaient encore debout ; d'autres fois, il ne restait d'elles qu'une cheminée solitaire ou une cave qui se comblait vite. Des créatures sauvages se faufilaient dans les broussailles de ce royaume des ronces et des mauvaises herbes. Sur tout cela flottait un oppressant voile d'appréhension, une note d'irréalité grotesque, comme si un peintre avait échoué à rendre quelque élément essentiel de perspective ou de clair-obscur. Je ne trouvais pas étonnant que les étrangers ne veuillent pas s'installer, car il était difficilement envisageable de dormir dans un tel pays. Il ressemblait trop à un paysage de Salvator Rosa ou à une gravure interdite dans un conte terrifiant.

Mais tout cela n'était rien comparé à la lande du diable. Je la reconnus à l'instant où je la foulai, au fond d'une vallée spacieuse ; nul nom n'aurait mieux convenu à un tel lieu, de même qu'aucun autre lieu n'aurait mieux porté ce nom. On eût dit que Shakespeare s'en était inspiré pour créer l'expression. En contemplant l'endroit, je conclus que son état devait être le résultat d'un incendie. Mais pourquoi n'avait-il rien poussé sur ce désert gris dont les deux hectares s'étalaient sous le ciel comme une immense tache creusée par de l'acide dans les bois et les champs ? Elle se trouvait bien au nord de l'ancienne route, mais empiétait légèrement de l'autre côté. J'éprouvais une répugnance bizarre à m'en approcher, et ne pus m'y résoudre que parce que mon travail m'obligeait à la traverser. Il n'y avait pas la moindre végétation sur la large étendue de fine poussière ou de cendre grise que nul vent ne semblait jamais déplacer. Alentour, les arbres étaient chétifs et maladifs, et nombre de troncs morts, couchés ou debout, pourrissaient à sa frontière. En me dépêchant de passer, je vis à ma droite les briques et pierres écroulées d'une vieille cheminée et d'une cave. Puis j'aperçus la gueule béante et noire d'un puits abandonné dont les vapeurs stagnantes produisaient d'étranges illusions en changeant de nuances au soleil. Par contraste, l'ascension de la longue pente sombre et boisée qui suivit me parut presque agréable. Je comprenais mieux les chuchotements effrayés des gens d'Arkham. À proximité, je n'avais vu ni maison ni ruine ; même dans le temps, ce lieu avait dû être complètement isolé. Au crépuscule, redoutant de retraverser ce sinistre endroit, je rentrai en ville en faisant un détour par la nouvelle route, au sud. J'espérais vaguement voir quelques nuages se former, car s'était insinuée dans mon âme une drôle d'appréhension à l'égard des abîmes du ciel.

Le soir venu, je questionnai les gens d'Arkham sur la lande du diable, et au sujet des « jours étranges » que tant d'entre eux évoquaient à demi-mot. Toutefois, je n'obtins aucune réponse digne de ce nom ; j'appris seulement que le mystère était beaucoup plus récent que je l'avais cru. Il n'était pas question de vieilles légendes, mais de quelque chose qui s'était produit du vivant de ceux qui parlaient. Les faits dataient des années 1880. Une famille avait disparu ou avait été éliminée. Mes interlocuteurs refusaient d'être plus précis ; et comme ils me conseillaient tous de ne pas prêter attention aux histoires à dormir debout d'Ammi Pierce, j'allai le voir dès le lendemain matin. J'avais appris qu'il vivait seul dans la petite maison branlante, là où les arbres deviennent très touffus. Il s'exhalait de la demeure effroyablement archaïque cette vague odeur malsaine qui s'accroche aux bâtisses ayant fait plus que leur temps. Il me fallut frapper avec insistance pour réveiller le vieil homme. Quand, enfin, il vint à la porte en traînant les pieds et ouvrit craintivement, je vis tout de suite qu'il n'était pas content de me voir. Il n'était pas aussi faible que je l'avais imaginé, mais ses paupières qui tombaient curieusement, ses vêtements négligés et sa barbe blanche en bataille lui donnaient un air épuisé, lugubre. Sans trop savoir comment j'allais l'amener à raconter son histoire, je fis semblant d'être là pour le travail, lui parlai de mes mesures et l'interrogeai vaguement sur le pays. Il était beaucoup plus vif et instruit qu'on me l'avait laissé entendre et, en moins de temps qu'il n'en fallut pour le dire, avait aussi bien compris que les gens d'Arkham de quoi il retournait. Il était différent des paysans que j'avais connus dans les régions où des réservoirs étaient prévus. Il ne protesta pas pour défendre les hectares de vieux bois et de terres cultivables qui allaient disparaître, mais il faut dire que sa maison était hors de la zone du futur lac. Il ne montra que du soulagement à voir condamnées ces antiques vallées sombres qu'il avait parcourues toute sa vie. Il préférait les savoir sous l'eau ; c'était encore ce qu'il y avait de mieux, depuis les jours étranges. Sur ce, sa voix rauque baissa. Il se pencha en avant et, malgré ses tremblements, leva l'index droit de manière impressionnante.

C'est alors que j'entendis l'histoire et, en écoutant ce récit décousu narré d'une voix âpre et chuchotée, je frissonnai plus d'une fois malgré le temps estival. À maintes reprises, je dus rappeler à mon interlocuteur de ne pas trop s'éloigner du sujet, car il avait tendance à compléter les détails scientifiques qu'il répétait comme un perroquet après les avoir entendus de la bouche des spécialistes, mais que sa mémoire effaçait progressivement, ou à combler les vides avec son imagination quand le sens de la logique et de la continuité lui faisait défaut. Le récit terminé, je ne trouvais plus étonnant que Pierce ait quelque peu perdu la tête et que les gens d'Arkham évitent de trop parler de la lande du diable. Je me dépêchai de regagner mon hôtel avant le coucher du soleil, car je ne voulais pas voir les étoiles surgir au-dessus de moi alors que j'étais en terrain découvert. Le lendemain, je retournai à Boston pour donner ma démission. Je ne pouvais pas remettre les pieds dans l'obscur chaos de cette vieille forêt pentue, et espérais ne jamais revoir cette lande grise et désolée où le profond puits noir béait près des briques et pierres effondrées. Le lac artificiel sera bientôt réalité, et tous ces antiques secrets seront à jamais à l'abri sous des brasses et des brasses d'eau. Mais même alors, je ne pense pas que j'aimerais visiter l'endroit de nuit, en tout cas pas quand les sinistres étoiles seront levées ; et rien ne pourra me convaincre de boire la nouvelle eau de la ville d'Arkham.

Tout a commencé, dit le vieil Ammi, *avec la météorite.*

Jusque-là, il n'y avait pas eu de légendes extravagantes depuis les procès de sorcières. D'ailleurs, même à l'époque, ces bois occidentaux étaient nettement moins craints que la petite île sur le Miskatonic, île où le diable avait sa cour à côté d'un étrange autel de pierre plus ancien que les Indiens. Les bois n'étaient pas hantés, et la pénombre étonnante qui y régnait n'eut rien de terrible jusqu'aux jours étranges. Puis, un midi, il y avait eu un nuage blanc, une série d'explosions dans l'air, et une colonne de fumée s'était élevée dans la vallée, au cœur des bois. Avant le soir, tout Arkham avait entendu parler du gros rocher qui était tombé du ciel et s'était planté dans le sol, à côté du puits de Nahum Gardner. C'était sa maison qui se trouvait à l'endroit de la future lande du diable, sa coquette maison blanche avec ses jardins et vergers fertiles.

En allant parler de la pierre aux gens de la ville, Nahum s'était arrêté chez Ammi Pierce. Ammi avait quarante ans, à l'époque, et tous ces événements étranges étaient restés clairement gravés dans sa tête. Avec sa femme, il accompagna les trois professeurs de l'université Miskatonic qui, dès le lendemain matin, s'empressèrent d'aller voir le drôle de visiteur venu de l'espace sidéral inconnu. Les scientifiques s'étonnèrent que Nahum, la veille, l'ait décrit si grand. Il avait rétréci, expliqua Nahum en montrant du doigt le gros monticule brunâtre qui dépassait de la terre éventrée et de l'herbe carbonisée, près du puits à bascule, devant sa maison; mais les savants répliquèrent que les pierres ne rétrécissent pas. La météorite émettait toujours de la chaleur, et Nahum affirma que la nuit précédente, elle avait produit une faible lueur. Les professeurs sondèrent la pierre avec un marteau de géologue, et la trouvèrent bizarrement tendre. Si tendre, en vérité, qu'il aurait presque pu s'agir de plastique; d'ailleurs, afin de rapporter à l'université un spécimen à analyser, ils la creusèrent au lieu d'en prélever un simple éclat. Il fallut transporter l'échantillon dans un vieux seau trouvé dans la cuisine de Nahum, car le morceau, bien que petit, refusait de refroidir. Au retour, les universitaires firent halte chez Ammi pour se reposer, et parurent pensifs lorsque Mme Pierce leur fit observer que le fragment rapetissait, et qu'il brûlait le fond du seau. Il ne semblait effectivement pas gros, mais peut-être en avaient-ils prélevé moins qu'ils l'avaient cru.

Le jour suivant – tout cela se passait en juin 1882 – les professeurs, au comble de l'excitation, ressortirent comme un seul homme. En passant devant chez Ammi, ils lui racontèrent la manière bizarre dont l'échantillon s'était comporté, et lui apprirent qu'il s'était volatilisé quand on l'avait mis dans un bécher. Le récipient avait disparu aussi, si bien que les savants parlèrent de l'affinité de ce drôle de minéral avec le silicium. Il avait réagi de façon tout à fait incroyable dans ce laboratoire bien organisé, restant inerte sans dégager le moindre gaz occlus quand on l'avait chauffé sur du charbon de bois, se montrant complètement négatif à la perle de borax, et ne faisant preuve d'absolument aucune volatilité quelle que soit la température, y compris en employant un chalumeau oxhydrique. Sur l'enclume, la pierre s'était révélée hautement malléable et, dans le noir, sa luminosité était très prononcée. Son refus obstiné de refroidir eut tôt fait de mettre l'université en ébullition; et quand, lorsqu'on la chauffa devant le spectroscope, elle émit des rais de lumière de couleurs jusqu'alors inconnues dans le spectre normal, les universitaires surexcités discutèrent éléments nouveaux et propriétés optiques étranges, entre autres choses que les scientifiques perplexes disent face à l'inconnu.

Étant donné sa chaleur, ils la mirent dans un creuset pour tester sur elle tous les réactifs adéquats. L'eau n'eut pas d'effet. L'acide chlorhydrique non plus. L'acide nitrique et même l'eau royale ne produisirent rien d'autre que des sifflements crachotants au contact de sa brûlante invulnérabilité. Ammi eut du mal à se rappeler tous ces détails, mais reconnut certains des solvants lorsque je les citai dans leur ordre habituel d'utilisation. Il y avait l'ammoniaque et la soude caustique, l'alcool et l'éther, l'écœurant sulfure de carbone et une dizaine d'autres produits ; mais même si le fragment perdait régulièrement de la masse et semblait refroidir légèrement, aucune altération des solvants n'indiqua qu'ils avaient entamé un tant soit peu la substance. Cependant, il s'agissait d'un métal, cela ne faisait aucun doute. Pour commencer, la matière était magnétique ; de plus, après l'avoir immergée dans un bain d'acide, on crut discerner de légères figures de Widmanstäten, comme on en trouve sur le fer météorique. Lorsque le refroidissement fut très avancé, on poursuivit les tests dans du verre. Pendant qu'ils travaillaient, les scientifiques entreposèrent tous les morceaux du fragment d'origine dans le fameux bécher de verre. Le lendemain matin, éclats et verre à bec avaient totalement disparu ; seule une trace calcinée marquait l'endroit de l'étagère de bois qu'ils avaient occupé.

Les professeurs racontèrent tout cela à Ammi sur le pas de sa porte et, une fois encore, il alla avec eux voir le messager de pierre venu des étoiles. Cette fois, cependant, sa femme ne les accompagna pas. La météorite avait très manifestement rétréci, si bien que même les sages professeurs ne purent mettre en doute la vérité qui s'imposait à leurs yeux. Tout autour de la masse brune déclinante enfoncée près du puits s'étendait un espace vide, sauf là où la terre s'était affaissée ; et alors que la pierre mesurait bien sept pieds de diamètre la veille, désormais, elle en faisait à peine cinq. Elle était encore brûlante. Les savants étudièrent sa surface avec curiosité et prélevèrent un autre fragment plus gros avec un marteau et un ciseau. Cette fois, ils creusèrent profondément et, en extrayant le morceau, ils s'aperçurent que le cœur de la météorite n'était pas tout à fait homogène.

Ils venaient de mettre au jour la surface d'un grand globule coloré encastré dans la substance. Sa couleur, qui rappelait certaines raies du spectre étrange de l'aérolithe, était presque impossible à décrire ; ce fut seulement par analogie qu'ils parlèrent même de « couleur ». L'objet avait une texture lustrée et, en le tapotant, on sentait qu'il était creux et cassant. Lorsqu'un des professeurs lui donna un coup vif avec son marteau, le globule éclata avec un petit bruit sec. Nul gaz ne s'en échappa, et il n'en resta aucune trace après son explosion. Il laissa derrière lui une cavité sphérique d'environ huit centimètres de diamètre. Tous pensèrent que la météorite, en se dissolvant, révélerait la présence de bulles similaires.

Mais il était vain de faire des hypothèses et, après avoir essayé sans succès de trouver d'autres globules en perçant l'aérolithe, les chercheurs repartirent avec leur spécimen. Celui-ci, malheureusement, défia autant l'analyse que son prédécesseur. Mis à part sa nature presque plastique, sa chaleur, son magnétisme, sa légère luminosité, son refroidissement modéré quand on le plongeait dans un bain de puissants acides, son spectre inconnu, sa réduction de taille au contact de l'air, et le fait qu'il attaquait les composés de silicium avec pour résultat une destruction mutuelle, l'échantillon ne présentait aucune caractéristique permettant de l'identifier. Leurs expériences terminées, les scientifiques de l'université furent bien obligés d'admettre qu'ils ne parvenaient pas à le situer. Cette substance n'avait rien de commun avec une quelconque matière terrestre. C'était une parcelle de l'ailleurs infini et, en tant que telle, elle était dotée de caractéristiques d'ailleurs, obéissait à des lois d'ailleurs.

Il y eut un orage cette nuit-là, et quand les professeurs retournèrent chez Nahum le jour suivant, ils furent amèrement déçus. La pierre, étant donné son magnétisme, devait avoir eu quelque propriété électrique singulière ; car elle avait « attiré les éclairs », selon les termes de Nahum, avec une insistance étonnante. À six reprises en l'espace d'une heure, le fermier avait vu la foudre frapper le sillon de l'aérolithe. Une fois la tempête passée, il ne restait rien près du vieux puits, sinon un cratère déchiqueté à demi comblé par les éboulis de terre. Les scientifiques creusèrent en vain, puis confirmèrent que la météorite avait tout bonnement disparu. C'était un échec total, si bien qu'il ne leur restait plus qu'à rentrer au laboratoire pour reprendre les analyses sur le spécimen éphémère qu'ils avaient pris soin d'enfermer dans un récipient de plomb. Le fragment dura une semaine, au terme de laquelle on n'avait rien appris de plus. Enfin, il disparut sans laisser le moindre résidu et, le temps passant, les professeurs ne furent plus très sûrs de n'avoir pas imaginé ce mystérieux vestige des abîmes insondables de l'espace, ce message, aussi unique qu'étrange, d'autres univers où existaient d'autres matières, d'autres énergies, d'autres entités.

Naturellement, les journaux d'Arkham firent leurs choux gras de l'incident et du rôle joué par l'université, et envoyèrent des reporters interviewer Nahum Gardner et sa famille. Au moins un quotidien bostonien dépêcha aussi un journaliste, si bien que le fermier devint une sorte de célébrité locale. C'était un homme mince et jovial d'une cinquantaine d'années, qui habitait la jolie ferme dans la vallée avec sa femme et ses trois fils. Ammi et lui se rendaient de fréquentes visites, tout comme leurs épouses ; après toutes ces années, Ammi n'avait que des compliments à son égard. Nahum semblait assez fier de la notoriété de sa maison, et parla souvent de la météorite au cours des semaines qui suivirent. Les mois de juillet et août 1882 furent très chauds, et le fermier travailla dur à faire les foins du pré de quatre hectares qu'il possédait de l'autre côté du Chapman, sa charrette bruyante creusant de profondes ornières sur les chemins ombrés qui y menaient. Le labeur le fatigua plus que les années précédentes, et il en conclut que les effets de l'âge commençaient à se faire sentir.

Puis vint le temps des fruits et de la moisson. Les poires et les pommes mûrissaient lentement, et Nahum jurait que jamais ses vergers n'avaient aussi bien donné. Les fruits atteignaient des tailles phénoménales et avaient un lustre insolite ; leur abondance était telle qu'il fallut commander des tonneaux supplémentaires en prévision de la récolte. Toutefois, la maturité venue, la déception fut cruelle, car, malgré le magnifique spectacle qu'offraient ces vergers aux fruits faussement succulents, pas un seul n'était mangeable. Dans l'exquise saveur des poires et des pommes s'était insinuée une écœurante amertume qui faisait que la moindre bouchée se soldait par une nausée durable. Il en allait de même des melons et des tomates. Nahum comprit avec tristesse que sa récolte tout entière était perdue. Il fit vite le lien avec la météorite, dont il déclara qu'elle avait empoisonné le sol, et remercia le ciel que la plupart de ses autres récoltes se situent dans les hautes terres, le long de la route.

L'hiver fut précoce et particulièrement froid. Ammi vit moins souvent Nahum que d'habitude, et remarqua que le fermier commençait à avoir l'air préoccupé. Le reste de la famille Gardner aussi devenait taciturne, et se rendait de moins en moins souvent à l'église ou dans les divers rassemblements qu'organisaient les gens du pays. On ne comprenait pas la cause de cette réserve ou de cette mélancolie, mais toute la maisonnée avouait de temps à autre une santé déclinante et mentionnait une vague impression de mal-être. Nahum lui-même se montra plus précis que les autres en affirmant être troublé par des traces de pas dans la neige. Il s'agissait d'empreintes d'écureuils roux, de lapins blancs et de renards, ce qui était habituel l'hiver, mais le fermier soucieux prétendait déceler quelque chose de singulier dans leur nature et leur disposition. Il n'entra jamais dans les détails, mais semblait penser qu'elles ne correspondaient pas aux empreintes qu'auraient dû laisser des écureuils, lapins et renards à l'anatomie et aux habitudes normales. Ammi ne prêta pas vraiment attention à ce que disait Nahum, jusqu'au soir où il passa en traîneau en revenant de Clark's Corners. Un lapin traversa la route au clair de lune ; la longueur surnaturelle de ses bonds ne plut ni à Ammi, ni à son cheval. Ce dernier se serait même emballé si son maître ne l'avait retenu en tirant fermement sur ses rênes. Après cet incident, Ammi prit plus au sérieux les histoires de Nahum. Il se demandait pourquoi, chaque matin, les chiens des Gardner semblaient si intimidés et tremblants. Il s'avéra qu'ils avaient presque perdu le courage d'aboyer.

En février, les fils McGregor de Meadow Hill allèrent chasser la marmotte. Non loin de chez les Gardner, ils abattirent un spécimen très curieux. Les proportions de son corps paraissaient légèrement altérées, d'une manière bizarre, indescriptible ; quant à sa tête, elle avait une expression que personne n'avait encore jamais vue chez une marmotte. Véritablement effrayés, les McGregor jetèrent aussitôt le cadavre, si bien que les gens du pays durent se contenter de leur récit grotesque. Toutefois, il était désormais de notoriété publique que les chevaux s'emballaient en approchant de la maison de Nahum. Grâce au bouche-à-oreille, la légende ne tarda pas à prendre corps.

On jurait que la neige fondait plus vite autour de chez les Gardner que partout ailleurs. Début mars, des gens sidérés discutèrent au bazar Potter de Clark's Corners. Dans la matinée, en passant en voiture devant la maison, Stephen Rice avait remarqué des faux arums poussant dans la boue à l'orée des bois, de l'autre côté de la route. On n'en avait encore jamais vu d'aussi gigantesques, et leurs couleurs étaient littéralement indescriptibles. Les plantes étaient difformes. Le cheval s'ébroua en réaction à l'odeur ; Stephen fut surpris, car il n'avait rien senti de tel de toute sa vie. L'après-midi même, plusieurs personnes passèrent voir l'anomalie, et toutes furent d'accord pour dire que de telles plantes n'auraient jamais dû pousser dans un monde sain. On évoqua ouvertement les fruits gâtés de l'automne précédent, et le bruit courut que la terre de Nahum était empoisonnée. Bien sûr, c'était la faute de la météorite ; ainsi, se rappelant combien les universitaires avaient trouvé la pierre étrange, plusieurs fermiers allèrent leur parler.

Un jour, les professeurs rendirent visite à Nahum ; toutefois, comme ils n'aimaient pas les histoires extravagantes et les légendes, ils restèrent très timides dans leurs conclusions. Les plantes étaient certes singulières, mais les faux arums étaient toujours singuliers de forme, d'odeur et de teinte. Peut-être quelque élément minéral émanant de l'aérolithe avait-il pénétré le sol ; cependant, les pluies auraient tôt fait de nettoyer la terre. Quant aux empreintes et aux chevaux terrifiés… il s'agissait bien sûr de commérages de paysans ; les chutes de météores ne manquaient jamais de susciter ce genre de réactions. Les gens sérieux ne se préoccupaient pas de ce genre de bavardages incontrôlables, les paysans superstitieux disant et croyant n'importe quoi. Par conséquent, tout au long des jours étranges, les professeurs gardèrent leurs distances avec dédain. Seul l'un d'eux, quand on lui donna deux flacons de poussière à analyser pour une enquête de police, plus d'un an et demi après, se rappela que l'étrange couleur des faux arums ressemblait beaucoup à celle d'un des rais du spectre anormal produit par le fragment de météorite, mais aussi au fragile globule encastré dans la pierre venue des profondeurs de l'espace. Les échantillons de poussière émirent tout d'abord les mêmes rais bizarres, mais perdirent cette propriété par la suite.

Autour de chez Nahum, les arbres bourgeonnèrent prématurément ; la nuit, ils se balançaient de manière inquiétante dans le vent. Le second fils de Nahum, Thaddeus, un garçon de quinze ans, soutenait qu'ils se balançaient aussi quand il n'y avait pas de vent, mais même les commères refusaient de le croire. Cependant, il ne faisait aucun doute qu'il y avait de l'agitation dans l'air. Toute la famille Gardner prit l'habitude de tendre l'oreille, même s'ils n'auraient su dire ce qu'ils cherchaient, dans la mesure où ils n'étaient qu'à moitié conscients quand cela se produisait. Malheureusement, ces moments devinrent de plus en plus fréquents semaine après semaine, jusqu'à ce que tout le monde finisse par dire que « toute la famille de Nahum avait une araignée au plafond ». Lorsque la première saxifrage sortit en avance, on remarqua qu'elle avait elle aussi une couleur absurde ; pas tout à fait identique à celle des faux arums, mais clairement apparentée, et tout aussi inconnue de ceux qui la virent. Nahum emporta quelques fleurs à Arkham pour les montrer au rédacteur en chef de *la Gazette*, mais cet éminent personnage se contenta d'écrire à leur sujet un article humoristique dans lequel il tournait gentiment en ridicule les sombres craintes des campagnards. Nahum avait commis l'erreur de décrire à cet impassible citadin le comportement des morios, devenus démesurément grands, vis-à-vis desdites saxifrages.

Quand vint le mois d'avril, les gens du pays furent pris d'une sorte de folie et cessèrent d'emprunter la route qui passait à côté de chez Nahum, route qui finit par être totalement abandonnée. C'était la végétation. Tous les arbres du verger se couvraient de fleurs aux teintes extravagantes et, sur le sol pierreux de la cour, dans le pré adjacent, poussèrent subitement des plantes singulières que seul un botaniste aurait pu rattacher à la flore habituelle de la région. Hormis l'herbe et les feuillages verts, tout n'était que couleurs démentes et malsaines, nuances criardes et prismatiques de quelque ton fondamental sous-jacent qui n'avait pas sa place parmi ceux que l'on connaissait sur terre. Les cœurs-de-Marie inspiraient désormais un sinistre sentiment de menace, et les sanguinaires se firent insolentes dans leur perversion chromatique. Ammi et les Gardner trouvaient que toutes ces teintes avaient quelque chose de familier. Devant cette impression obsédante, ils décidèrent qu'elles leur rappelaient le fragile globule dans la météorite. Nahum laboura et ensemença le pré de quatre hectares et la parcelle sur le plateau, mais ne toucha pas au terrain autour de sa maison. Il savait que ce serait inutile tout en espérant que, l'été venu, l'étrange végétation purgerait le sol de tout son poison. Maintenant, il s'attendait à tout ou presque ; il s'était habitué à cette impression que quelque chose, près de lui, n'allait pas tarder à se faire entendre. Bien sûr, le fait que les voisins évitent sa maison lui pesait, mais pas autant qu'à sa femme. Les garçons s'en tiraient mieux, car ils allaient tous les jours à l'école. Toutefois, ils ne pouvaient s'empêcher d'être effrayés par les commérages. Thaddeus, un adolescent particulièrement sensible, était celui qui en souffrait le plus.

En mai arrivèrent les insectes, et la maison de Nahum devint un cauchemar de bourdonnements et de bruits de pattes. La plupart des créatures ne paraissaient pas tout à fait normales dans leur apparence et leurs mouvements ; quant à leur comportement nocturne, il allait à l'encontre de tout ce que l'on avait connu. La nuit, les Gardner se mirent à guetter, à regarder au hasard dans toutes les directions à la recherche de quelque chose… mais de quoi, ils l'ignoraient. Tous reconnurent alors que Thaddeus ne s'était pas trompé à propos des arbres. Mme Gardner fut la seconde à le remarquer, alors qu'elle observait par la fenêtre les rameaux gonflés d'un érable qui se découpaient sur le ciel éclairé par la lune. Les branches bougeaient à n'en point douter et, pourtant, il n'y avait pas de vent. C'était sans doute la sève. Désormais, l'insolite n'épargnait plus aucun végétal. Ce ne fut cependant pas un Gardner qui fit la découverte suivante. L'habitude avait émoussé leurs sens et ce fut un timide représentant en éoliennes de Bolton qui aperçut ce qu'eux n'étaient plus en mesure de voir. Ignorant tout des légendes du pays, il passa en boquet, de nuit. Ce qu'il raconta à Arkham fit l'objet d'un entrefilet dans *la Gazette*, et c'est donc dans le journal que tous les fermiers, y compris Nahum, en entendirent parler pour la première fois. Cette nuit-là, il avait fait particulièrement noir, d'autant que les lanternes de la voiture étaient insuffisantes ; mais autour d'une ferme de la vallée – ferme que tout le monde, d'après la description, identifia comme étant celle de Nahum – les ténèbres étaient moins denses. Une luminosité faible mais distincte émanait de toute la végétation, herbe, feuilles et fleurs comprises. Et à un moment, un élément de la phosphorescence générale avait semblé se déplacer furtivement dans la cour, près de la grange.

L'herbe n'avait encore jamais paru affectée, et les vaches paissaient librement sur le terrain proche de la maison. Mais vers la fin mai, le lait commença à tourner. Nahum déplaça alors ses animaux sur le plateau, après quoi tout rentra dans l'ordre. Peu de temps après cet incident, le changement dans la nature de l'herbe et des feuillages devint visible à l'œil nu. Toute la verdure virait au gris et prenait une consistance cassante hautement singulière. Seul Ammi venait encore rendre visite aux Gardner, mais c'était de plus en plus rare. À la fin de l'année scolaire, la famille se trouva pour ainsi dire coupée du monde. Parfois, Ammi se chargeait d'aller faire leurs courses en ville. Ils déclinaient étrangement, tant sur le plan physique que mental, et personne ne fut surpris quand circula la rumeur que Mme Gardner avait perdu la raison.

Cela se produisit en juin, à peu près à la date anniversaire de la chute du météore. La pauvre femme hurlait qu'elle voyait dans l'air des choses qu'elle ne pouvait décrire. Dans son délire, elle ne citait aucun nom précis, mais s'exprimait seulement en utilisant des verbes et des pronoms. Des choses bougeaient, changeaient, voletaient, et ses oreilles tintaient sous l'effet d'impulsions qui n'étaient pas tout à fait des sons. Quelque chose lui était enlevé... on l'en vidait... quelque chose qui n'aurait pas dû être s'accrochait à elle... quelqu'un devait l'en débarrasser... rien n'était jamais immobile dans la nuit... les murs et fenêtres se déplaçaient. Au lieu de l'envoyer à l'asile du comté, Nahum la laissa errer dans la maison tant qu'elle ne représenterait aucun danger pour elle-même ni autrui. Même lorsque l'expression de sa femme changea, il ne fit rien. Mais quand les garçons commencèrent à avoir peur d'elle, quand Thaddeus faillit s'évanouir devant les grimaces qu'elle lui adressait, Nahum décida de l'enfermer au grenier. En juillet, elle avait cessé de parler et marchait à quatre pattes ; avant la fin du mois, son mari avait la folle impression qu'elle luisait faiblement dans le noir, tout comme la végétation des alentours que, désormais, il voyait clairement briller.

Il n'y avait pas très longtemps que les chevaux s'étaient échappés. Une nuit, quelque chose les avait réveillés dans leurs stalles, et leurs ruades et hennissements avaient été terribles. Il semblait impossible de les calmer ; lorsque Nahum avait ouvert la porte de l'écurie, les animaux avaient détalé comme des cerfs affolés. Il avait fallu une semaine pour les retrouver tous les quatre, mais alors, on s'aperçut qu'ils étaient devenus inutiles et ingérables. Quelque chose s'était fêlé dans leur cerveau, et on dut tous les abattre. Nahum emprunta un cheval à Ammi pour rentrer ses foins, mais la bête ne voulut jamais approcher la grange. Elle broncha, regimba, hennit, mais à la fin, le fermier fut obligé de la conduire dans la cour pendant que les hommes se chargeaient de tirer eux-mêmes la lourde charrette vers le grenier à foin pour pouvoir la décharger à la fourche. Et pendant ce temps, la végétation devenait encore plus grise et fragile. Même les fleurs aux teintes si bizarres viraient au gris à présent, et les fruits sortaient cendrés, ratatinés et insipides. Les asters et les gerbes d'or fleurissaient gris et difformes, et les roses, passeroses et autres zinnias de la cour étaient de tels blasphèmes que Zenas, l'aîné de Nahum, les coupa. C'est à peu près à ce moment que les insectes, étonnamment bouffis, moururent ; y compris les abeilles, qui avaient pourtant déserté leurs ruches pour fuir dans les bois.

En septembre, la végétation s'effrita rapidement en une poudre grisâtre. Nahum craignait que les arbres meurent avant que la terre soit purgée du poison. Désormais, sa femme était sujette à de terribles crises de hurlements qui plongeaient Nahum et ses fils dans un état de tension nerveuse constante. Ils évitaient les gens, à présent, et quand vint la rentrée, les garçons ne retournèrent pas à l'école. Mais ce fut Ammi qui, au cours d'une de ses rares visites, se rendit compte le premier que l'eau du puits n'était plus bonne. Elle avait un mauvais goût, ni vraiment fétide, ni tout à fait saumâtre, et il conseilla à son ami de creuser un autre puits plus haut, qui servirait jusqu'à ce que le sol soit redevenu sain. Nahum, cependant, ignora son avertissement, car, à ce moment-là, il était déjà insensible aux choses étranges et répugnantes. Ses fils et lui continuèrent d'utiliser l'eau infectée, buvant avec la même apathie machinale qu'ils mettaient à manger leurs maigres repas à moitié cuits et à accomplir les corvées aussi monotones qu'ingrates ponctuant leurs journées sans but. Ils paraissaient tous impassibles et résignés, comme s'ils marchaient à moitié dans un autre monde, entre des rangées de gardes anonymes, vers un destin implacable et familier.

Thaddeus devint fou en septembre, après être allé au puits avec un seau. Il en était revenu les mains vides, gesticulant, en poussant des cris stridents ponctués de ricanements idiots et de chuchotements à propos des « couleurs qui bougeaient au fond ». Deux dans la même famille, cela commençait à faire beaucoup, mais Nahum prit la chose avec courage. Il laissa le garçon courir à sa guise pendant une semaine, jusqu'à ce qu'il commence à tomber et à se faire mal ; alors, il l'enferma dans le grenier, dans la mansarde en face de celle de sa mère. La manière qu'ils avaient d'échanger des hurlements à travers leurs portes verrouillées était épouvantable, en particulier pour le petit Merwin, qui s'imaginait les entendre se parler dans quelque horrible langue d'un autre monde. D'ailleurs, l'imagination du jeune garçon était de plus en plus débordante et morbide, et son agitation empira lorsque Nahum le sépara de ce frère qui avait été aussi son meilleur camarade de jeu.

Presque au même moment commença l'hécatombe des animaux. Les volailles devinrent grisâtres et moururent très rapidement ; quand on les ouvrit, leur viande se révéla sèche et répugnante. Les porcs, extraordinairement gras, subirent brusquement d'horribles transformations que personne ne fut en mesure d'expliquer. Bien sûr, leur viande était immangeable, et Nahum ne savait plus quoi faire. Aucun vétérinaire rural ne voulait approcher de la maison, et celui d'Arkham s'avoua franchement impuissant. Les cochons devinrent gris et friables. Ils tombèrent en morceaux avant de mourir. Leurs yeux et leur groin présentaient des altérations singulières. Leur sort était d'autant plus inexplicable que Nahum ne les avait jamais nourris avec la végétation contaminée. Ensuite vint le tour des vaches. Certaines zones ou, parfois, le corps tout entier, se flétrissaient ou réduisaient de manière troublante, et il n'était pas rare que leur corps subisse d'atroces effondrements ou désintégrations. Dans les derniers stades – et cela se terminait toujours par la mort – leur chair devenait grise et dure comme celle des porcs. Il ne pouvait être question d'empoisonnement, l'étable des animaux malades étant fermée à clé et protégée. Le virus ne pouvait être dû à la morsure d'un prédateur en maraude, car, pour cela, il aurait fallu que la bête traverse les murs, ce dont aucun être vivant de cette terre n'était évidemment capable. Il ne pouvait donc s'agir que d'une épidémie naturelle. Et cependant, nul n'était capable de dire quelle maladie pouvait bien présenter de tels symptômes. Quand vint la moisson, il ne restait plus un animal à la ferme, bétail et volaille étant morts, et les chiens s'étant enfuis. Ces chiens, au nombre de trois, avaient tous disparu la même nuit. On n'entendit plus jamais parler d'eux. Les cinq chats étaient partis quelque temps auparavant, mais cela se remarquait à peine puisqu'il semblait ne plus y avoir de souris. De plus, seule Mme Gardner s'était attachée aux gracieux félins.

Le 19 octobre, Nahum entra d'un pas chancelant chez Ammi. Il était porteur de nouvelles atroces. La mort avait frappé le pauvre Thaddeus dans sa mansarde, et elle était survenue d'une manière indicible. Nahum avait creusé une tombe dans la parcelle familiale clôturée, derrière la ferme, et y avait enterré ce qu'il avait retrouvé. Rien n'avait pu venir de l'extérieur, la petite fenêtre à barreaux et la porte étant restées fermées et intactes ; mais à l'intérieur, la scène ressemblait beaucoup à ce qui s'était passé dans la grange. Ammi et sa femme firent de leur mieux pour consoler leur voisin dévasté, mais frémirent tout du long. Une terreur absolue semblait s'accrocher aux

Gardner et à tout ce qu'ils touchaient, et la présence d'un membre de la famille dans la maison des Pierce faisait l'effet d'un souffle venu de régions innommées et innommables. C'est avec la plus grande réticence qu'Ammi raccompagna Nahum. Il fit son possible pour calmer les sanglots incontrôlables du petit Merwin. Zenas, lui, n'avait pas besoin d'être calmé. Dernièrement, il ne faisait rien d'autre que regarder dans le vide et obéir aux ordres de son père, et Ammi trouva cela bien préférable. Par moments, on entendait dans le grenier une réponse étouffée aux cris de Merwin. Voyant le regard inquisiteur d'Ammi, Nahum expliqua que sa femme était très faible. Comme la nuit approchait, Ammi trouva un prétexte pour filer ; car même l'amitié n'aurait pu le décider à rester alors qu'apparaissait la légère luminescence de la végétation et que les arbres semblaient sur le point de se mettre à osciller malgré l'absence de vent. Il avait vraiment de la chance de manquer d'imagination. Le peu qu'il avait vu avait déjà suffi à le rendre légèrement paranoïaque ; mais s'il avait été capable de relier les incidents et de réfléchir à ce qu'ils présageaient, il serait à coup sûr devenu complètement fou. Dans la pénombre, il se dépêcha de rentrer, les horribles cris de la démente et de l'enfant à bout de nerfs résonnant à ses oreilles.

Trois jours plus tard, au petit matin, Nahum fit irruption dans la cuisine d'Ammi en titubant. En l'absence de son hôte, il apprit encore une fois, et avec force balbutiements, une nouvelle déchirante à une Mme Pierce saisie de terreur. Cette fois, c'était le tour du petit Merwin. Il avait disparu. Il était sorti tard, la veille au soir, muni d'une lanterne et d'un seau pour aller puiser de l'eau, et n'était jamais revenu. Depuis des jours, il était effondré et savait à peine ce qu'il faisait. Il hurlait pour un rien. Un cri incontrôlé et strident avait retenti dans la cour, mais avant que Nahum ait eu le temps d'ouvrir la porte, le garçon avait disparu sans laisser de traces. On ne voyait même plus la lueur de sa lanterne. Sur le moment, Nahum avait pensé que lanterne et seau avaient disparu avec son fils mais, à l'aube, alors qu'il revenait, le pas lourd, après avoir passé la nuit à explorer les bois et les champs, il avait trouvé de bien curieux indices près du puits : un morceau de fer broyé et apparemment partiellement fondu – sans doute la lanterne –, mais aussi une anse et des cercles de fer tordus et en partie fusionnés qui devaient former les vestiges du seau. C'était tout. Nahum avait fini d'imaginer des réponses, Mme Pierce avait la tête vide, et Ammi, quand il rentra et entendit ce récit, s'avoua impuissant. Merwin avait disparu, et il ne servait à rien d'en parler aux gens du pays, qui évitaient déjà tous les Gardner. Il serait d'ailleurs tout aussi inutile d'informer les habitants d'Arkham, qui ne savaient que se moquer. Thad n'était plus là et, maintenant, Merwin non plus. Quelque chose rampait, rampait, en attendant de se faire voir, entendre, sentir. Ce serait bientôt le tour de Nahum de disparaître, et il voulait qu'Ammi s'occupe de sa femme et de Zenas s'ils lui survivaient. Tout cela devait être une sorte de châtiment ; mais il ne parvenait pas à comprendre de quoi on le punissait, car, pour autant qu'il puisse en juger, il avait toujours suivi scrupuleusement les voies du Seigneur.

Ammi ne revit pas Nahum pendant plus de deux semaines. Inquiet de ce qui avait pu se passer, il surmonta ses peurs et se rendit chez les Gardner. L'espace d'un moment, le visiteur craignit le pire, aucune fumée ne s'échappant de la grande cheminée. La ferme tout entière présentait un aspect lamentable : l'herbe et les feuilles grises et flétries sur le sol, les débris de plantes grimpantes qui tombaient des murs et pignons archaïques, et les grands arbres dénudés qui tendaient leurs serres vers le morne ciel de novembre, avec une malveillance délibérée qu'Ammi ne put s'empêcher de percevoir au subtil changement dans l'inclinaison de leurs branches. Nahum, cependant, était en vie. Il était étendu sur un divan dans la cuisine au plafond bas. Malgré sa faiblesse, il était parfaitement conscient et encore en mesure de donner des ordres simples à son fils. Un froid mortel régnait dans la pièce. Voyant Ammi frissonner, son hôte cria d'une voix rauque à Zenas de retourner chercher du bois. Et du bois, il y en avait grandement besoin, car l'âtre immense était vide ; le vent glacial qui entrait par la cheminée soulevait un nuage de suie. Nahum demanda aussitôt à Ammi si le bois supplémentaire avait suffi à le réchauffer, et Ammi comprit ce qu'il en était. La corde la plus solide de l'esprit du fermier avait fini par rompre. Le pauvre homme ne connaîtrait plus le chagrin.

Malgré ses questions pleines de tact, Ammi ne parvint pas à obtenir d'éclaircissements sur l'absence de Zenas. « Dans le puits… il vit dans le puits… » fut tout ce qu'il put tirer du cerveau embrumé du père. Pensant tout à coup à l'épouse démente, le visiteur changea d'angle d'attaque.

— Nabby ? Mais elle est là ! répondit le pauvre Nahum, surpris.

Ammi prit conscience qu'il allait devoir mener son enquête. Il laissa l'homme étendu à ses inoffensifs bavardages, saisit les clés accrochées à côté de la porte et gravit l'escalier grinçant jusqu'au grenier. En haut, il faisait lourd, et la puanteur était écœurante. On n'entendait aucun bruit nulle part. Sur les quatre portes visibles, une seule était verrouillée. Il essaya sur la serrure les différentes clés du trousseau. La troisième fut la bonne, et, après avoir quelque peu tâtonné, Ammi ouvrit la basse porte blanche.

Il faisait très sombre dans la mansarde, la fenêtre étant petite et à moitié obstruée par de grossiers barreaux de bois, si bien qu'Ammi ne vit rien sur le plancher à larges lattes. La puanteur insoutenable le força à reculer pour prendre sa respiration. Lorsque enfin il entra, il distingua une silhouette sombre dans le coin. Quand il la discerna mieux, il se mit carrément à hurler. Alors même qu'il criait, il eut l'impression, l'espace d'un instant, de voir un nuage occulter la fenêtre ; une seconde plus tard, il se sentit frôlé par une sorte de bouffée de vapeur immonde. De drôles de couleurs dansaient devant ses yeux ; et s'il n'avait été paralysé par l'horreur à laquelle il était confronté, cela lui aurait rappelé le globule que le marteau du géologue avait fait éclater dans la météorite, et la végétation maladive qui avait poussé au printemps. Mais en l'occurrence, il ne pensait qu'à la monstruosité blasphématoire qui lui faisait face et qui, ce n'était que trop clair, avait partagé le sort indicible du jeune Thaddeus et du bétail. Et le plus épouvantable était que cette abomination bougeait très lentement mais visiblement tout en continuant de se désagréger.

Ammi ne m'en dit pas davantage sur cette scène mais, dans la suite de son récit, la silhouette dans le coin de la pièce ne bougeait plus. Il est des choses qu'il vaut mieux taire, et des actes de simple humanité sont parfois cruellement jugés par la loi. Je crus comprendre qu'au départ d'Ammi il ne restait plus rien de vivant dans la mansarde, et qu'y abandonner tout être encore capable de mouvement eût été un acte assez monstrueux pour condamner le responsable à une éternité de tourments. Tout autre qu'un fermier flegmatique aurait perdu connaissance ou sombré dans la folie ; Ammi, lui, savait ce qu'il faisait lorsqu'il refranchit la porte basse et enferma à clé le terrible secret. Il devait maintenant s'occuper de Nahum, le nourrir, le soigner, et l'emmener quelque part où il pourrait être pris en charge.

Alors qu'il commençait à descendre l'escalier sombre, Ammi entendit un bruit sourd au rez-de-chaussée. Il eut même l'impression qu'un cri avait été soudainement étouffé, et se rappela avec nervosité la vapeur moite qui l'avait frôlé dans l'effroyable mansarde. Quelle présence son entrée et son cri avaient-ils attirée ? Retenu par une peur indéfinissable, il perçut d'autres bruits en bas. À n'en point douter, on traînait un objet lourd ; il y avait aussi un bruit visqueux particulièrement écœurant, comme une sorte de succion impure, diabolique. Grâce à un sens du rapprochement poussé à un niveau extrême par la peur panique, il songea inexplicablement à ce qu'il avait vu à l'étage. Dieu du ciel ! Dans quel monde étrange et cauchemardesque avait-il mis les pieds ? Il n'osait ni avancer, ni reculer, et restait donc planté, tremblant, dans le virage sombre de l'escalier. Chaque détail de la scène se grava dans son cerveau. Les sons, l'épouvantable appréhension, les ténèbres, la raideur des marches étroites… et bonté divine ! la légère mais indéniable luminescence de toutes les boiseries en vue ; aussi bien les marches et les lattes apparentes que les poutres !

Soudain, dehors, le cheval d'Ammi poussa un hennissement frénétique. Aussitôt retentit un bruit de cavalcade effrénée. L'animal s'enfuyait. Quelques instants plus tard, cheval et boquet étaient trop loin pour qu'on les entende, laissant l'homme effrayé dans son escalier obscur se demander ce qui les avait fait fuir. Mais ce n'était pas tout. Ammi avait entendu autre chose, là-dehors. Une sorte de bruit d'éclaboussement… de l'eau… cela devait venir du puits. Il avait laissé Hero à côté sans l'attacher ; sans doute une roue de la voiture avait-elle touché le couronnement et délogé une pierre, qui était tombée au fond. Et les boiseries, horriblement antiques, ne cessaient d'émettre leur pâle phosphorescence. Dieu ! que cette maison était vieille ! La majeure partie datait d'avant 1670 ; quant au toit à double pente, il remontait au mieux à 1730.

Au rez-de-chaussée se fit entendre un grattement léger mais net, et Ammi serra dans son poing le lourd bâton dont il s'était servi dans la mansarde. Il rassembla peu à peu son courage, puis acheva de descendre l'escalier et prit hardiment la direction de la cuisine. Toutefois, il n'alla pas jusqu'au bout, car celui qu'il cherchait n'y était plus. Il était venu à sa rencontre, et n'était pas tout à fait mort. Avait-il rampé ou l'avait-on traîné ? Ammi n'aurait su le dire ; mais la mort s'était acharnée sur la pauvre créature. En l'espace d'une demi-heure seulement, l'effondrement, la grisaille et la désintégration étaient déjà très avancés. La chair était horriblement cassante, et s'écaillait par fragments desséchés. Ammi ne put se résoudre à toucher le malheureux mais regarda sans détours, bien qu'avec horreur, cette caricature difforme qui avait été un visage.

— Qu'est-ce que c'était, Nahum ? murmura-t-il. Qu'est-ce que c'était ?

Et les lèvres fendues et gonflées purent à peine balbutier une ultime réponse :

— Rien... rien... la couleur... elle brûle... froide et mouillée... mais elle brûle... Elle vivait dans l'puits... J'l'ai vue... un genre d'fumée... comme les fleurs du printemps dernier... l'puits brillait la nuit... Thad et Mernie et puis Zenas... tous vivants... Elle leur suce la vie à tous... dans c'te pierre... sûr qu'c'est v'nu dans c'te pierre... elle a tout pourri... J'sais pas c'quelle veut... c'truc rond qu'les gars d'l'université ont trouvé en creusant la pierre... ils l'ont fait exploser... il était d'la même couleur... tout pareil qu'les fleurs et les plantes... Il d'vait y en avoir d'autres... des graines... c'est des graines... elles ont poussé... J'l'ai vue c'te s'maine pour la première fois... Zenas a dû lui profiter... c'était un garçon bien bâti, plein d'vie... elle te démolit l'cerveau, et puis elle te prend... elle te vide... dans l'eau du puits... t'avais raison... l'eau est mauvaise... Zenas est jamais rev'nu du puits... Tu peux pas lui échapper... elle t'attire... tu sens qu'ça arrive, mais ça change rien... j'la vois souvent d'puis qu'elle a pris Zenas… et Nabby, elle est où, Ammi ?… J'ai plus ma tête… j'sais plus c'était quand la dernière fois que j'lai nourrie… la chose va la prendre, si on fait pas attention… C'est rien qu'une couleur… sa figure commence à avoir la même couleur, queq'fois, l'soir… Ça brûle, et puis ça suce la vie… Ça vient d'un endroit où les choses sont pas comme ici… c'est un des professeurs qui l'a dit… il avait raison… Fais attention, Ammi, c'est pas fini… Ça suce la vie…

Et ce fut tout. Le malheureux ne parlerait plus, car il s'était complètement effondré sur lui-même. Ammi couvrit ses restes avec une nappe à carreaux rouges et sortit, choqué, par la porte de derrière donnant sur les champs. Il gravit la pente jusqu'au pré de quatre hectares et, d'un pas incertain, rentra par la route du nord et les bois. Il ne pouvait passer devant ce puits que son cheval avait fui. Il l'avait regardé par la fenêtre et avait bien vu qu'aucune pierre ne manquait à la margelle. L'embardée du boquet n'avait donc rien délogé… l'éclaboussement était dû à autre chose… une chose retournée dans son puits après en avoir terminé avec le pauvre Nahum…

En arrivant chez lui, Ammi vit que cheval et voiture étaient arrivés avant lui, ce qui avait plongé sa femme dans l'angoisse. Il la rassura sans un mot d'explication et partit aussitôt pour Arkham, où il informa les autorités que la famille Gardner n'était plus. Il n'entra pas dans les détails, se contentant de parler des décès de Nahum et Nabby – car celui de Thaddeus était déjà connu – en précisant que la cause était la même affection étrange qui avait tué le bétail. Il déclara aussi que Merwin et Zenas avaient disparu. Il subit un interrogatoire en règle au poste de police et, à la fin, fut obligé de conduire à la ferme des Gardner trois agents, le coroner, le légiste et le vétérinaire qui avait soigné les bêtes malades. Ammi y alla à reculons ; l'après-midi avançait, et il redoutait de voir la nuit tomber sur ce lieu maudit. Toutefois, il était plutôt réconfortant d'y aller en compagnie de tous ces gens.

Les six hommes suivirent le boquet d'Ammi dans leur grand chariot tiré par deux chevaux. Ils arrivèrent à la maison ravagée vers 4 heures. Les agents avaient beau être habitués aux expériences macabres, pas un ne resta insensible à ce qu'ils virent dans la mansarde et, au rez-de-chaussée, sous la nappe à carreaux rouges. L'aspect de la ferme au cœur de son désert gris était déjà terrible, mais les deux corps effondrés étaient pires que tout. Il était impossible de poser longtemps les yeux dessus ; le légiste reconnut d'ailleurs qu'il ne restait pas grand-chose à examiner. On pouvait en revanche prélever des spécimens à analyser, et il s'attela donc à la tâche… ce qui mena à la très curieuse découverte faite au laboratoire de l'université, où l'on emporta les deux flacons de poussière. Examinés au spectroscope, les deux échantillons présentèrent un spectre inconnu, dont la majorité des rais déconcertants correspondait précisément à ceux que l'étrange météorite avait produits l'année précédente. La poussière cessa d'émettre ce spectre en l'espace d'un mois et, par la suite, se composa presque exclusivement de phosphates et carbonates alcalins.

Ammi n'aurait pas parlé du puits aux hommes s'il avait su qu'ils étaient prêts à agir sur-le-champ. Le soleil allait se coucher, et le fermier avait hâte de partir. Mais remarquant qu'il ne pouvait s'empêcher de jeter des coups d'œil nerveux à la margelle de pierre près de la grande bascule, un agent l'interrogea à ce sujet, et Ammi reconnut que Nahum avait craint qu'il y ait quelque chose au fond, si bien qu'il n'avait même jamais eu l'idée d'y chercher Merwin ou Zenas. Après cela, rien n'aurait pu empêcher les policiers de vider et d'explorer le puits sans attendre. Ammi dut donc patienter en tremblant pendant que l'on remontait seau sur seau d'eau fétide et qu'on les répandait sur le sol trempé. Les hommes reniflaient de dégoût ; vers la fin, la puanteur était telle qu'ils devaient se boucher le nez. La tâche s'avéra moins longue qu'ils l'avaient craint, car le niveau de l'eau était extrêmement bas. Inutile de s'étendre trop précisément sur ce qu'ils trouvèrent. Merwin et Zenas étaient tous deux au fond, en partie du moins, puisqu'il n'en restait guère plus que des squelettes. Il y avait aussi un petit daim et un gros chien, à peu près dans le même état, ainsi que des ossements d'animaux plus menus. Au fond, la vase visqueuse semblait inexplicablement absorbante et bouillonnante, et un homme qui descendit les échelons armé d'une longue perche s'aperçut qu'il pouvait enfoncer cette dernière à n'importe quelle profondeur sans rencontrer le moindre obstacle solide.

Comme le crépuscule s'était installé, ils allèrent chercher des lanternes dans la maison. Quand il fut évident qu'on ne tirerait plus rien du puits, tout le monde entra discuter dans l'antique salon, pendant qu'une demi-lune spectrale faisait jouer sa pâle lumière intermittente sur le désert gris, autour de la ferme. Les hommes s'avouèrent franchement déconcertés par toute cette affaire ; ils ne trouvaient aucun élément commun et convaincant permettant de faire le lien entre l'état étrange de la végétation, la maladie inconnue affligeant bétail et humains, et la mort inexplicable de Merwin et Zenas au fond du puits infecté. Certes, ils avaient entendu les rumeurs du pays, mais ils refusaient d'admettre qu'il ait pu arriver quoi que ce soit de contraire aux lois de la Nature. La météorite avait de toute évidence empoisonné la terre, mais la maladie contractée par les gens et les animaux ne pouvait avoir de rapport direct, puisque ni les uns ni les autres n'avaient mangé de produits issus du sol de la ferme. Était-ce l'eau du puits ? Tout à fait possible. Ce serait peut-être une bonne chose de l'analyser. Mais quelle étrange folie avait pu pousser les deux garçons à sauter dans le puits ? Leurs actes avaient été si semblables… Quant à leurs restes, ils prouvaient que les frères avaient tous deux connu la mort grise et friable. Pourquoi tout était-il si gris et friable ?

Le coroner, qui était assis près d'une fenêtre donnant sur la cour, fut le premier à remarquer la lueur autour du puits. Il faisait tout à fait nuit, et l'odieux domaine semblait légèrement lumineux, d'une manière que les rayons sporadiques de la lune ne pouvaient expliquer ; cette nouvelle clarté était nette et différente, et paraissait jaillir de la fosse noire, tel la source atténuée d'une lanterne, en projetant des reflets sans éclat dans les petites flaques résultant de la gueule du puits. La lueur avait une couleur très insolite. Tandis que les hommes s'agglutinaient à la fenêtre, Ammi sursauta violemment. Car la teinte de cet étrange rai épouvantablement miasmatique ne lui était pas inconnue. Il avait déjà vu cette couleur, et craignait de comprendre ce que cela signifiait. Il l'avait vue deux étés plus tôt sur l'ignoble globule cassant encastré dans l'aérolithe, l'avait vue sur la folle végétation du printemps et, l'espace d'un instant, avait cru la surprendre le matin même devant la fenêtre de l'horrible mansarde où s'étaient produites des choses indescriptibles. Elle était apparue pendant une seconde, juste avant que l'écœurante vapeur moite le frôle… puis une chose de la même couleur avait pris le pauvre Nahum. Il l'avait révélé tout à la fin, avait dit que c'était le globule et les plantes. Après quoi Ammi avait entendu la cavalcade dans la cour et le bruit d'eau dans le puits… ce puits qui, à présent, crachait à la figure de la nuit un rayon blême de la même teinte démoniaque.

Preuve de la sagacité d'Ammi, malgré l'émotion du moment, ce fut un problème essentiellement scientifique qui l'intrigua. Il s'étonnait d'avoir ressenti la même impression en entrapercevant une vapeur en plein jour devant une fenêtre ouverte sur le ciel matinal qu'en contemplant une émanation nocturne à travers une brume phosphorescente, sur la toile de fond d'un paysage noir et désolé. Ce n'était pas logique – c'était contraire à la Nature – et il repensa aux derniers mots terribles de son ami moribond : « Ça vient d'un endroit où les choses sont pas comme ici… c'est un des professeurs qui l'a dit… »

Dehors, les trois chevaux, qui étaient attachés à deux jeunes arbres flétris au bord de la route, hennissaient et piaffaient frénétiquement. Le conducteur du chariot se dirigea vers la porte pour intervenir, mais Ammi posa une main tremblante sur son épaule.

— Faut pas y aller, murmura-t-il. Y a quequ'chose qu'on voit pas, là-dehors. Nahum a dit qu'dans l'puits, y a quequ'chose qui vous suce la vie. Il a dit qu'ça d'vait v'nir d'une boule comme celle qu'on a tous vue dans l'météore qu'est tombé en juin d'l'année dernière. Ça suce et ça brûle, il a dit, et c'est un nuage d'la même couleur qu'cette lumière, là-dehors, qu'on a du mal à voir et qu'on sait pas dire comment qu'elle s'appelle. Nahum pensait qu'ça s'nourrit d'tout c'qui vit et qu'c'est d'plus en plus fort. Il a dit qu'il l'avait vu la s'maine passée. Ça doit être quequ'chose qui vient d'loin dans l'ciel, comme les gars d'l'université ont dit pour l'météore. La façon qu'c'est fait et qu'ça marche, c'est pas comme les choses du monde du bon Dieu. C'est quequ'chose d'au-d'là.

Les hommes attendirent donc, indécis, tandis que la lumière du puits devenait plus forte et que les chevaux attachés s'agitaient de plus belle. Ce fut vraiment un moment effroyable ; pris au piège dans cette vieille maison, à proximité des quatre tas de débris monstrueux – deux provenant de la maison et deux du puits – enfermés dans la remise à bois, derrière, avec ce rayon de lumière irisée aussi étrange que malsain qui jaillissait des profondeurs visqueuses du puits devant eux. Ammi avait certes agi instinctivement en empêchant le conducteur de sortir, oubliant que lui-même était ressorti indemne de sa rencontre avec la vapeur moite et colorée dans la mansarde, mais peut-être était-ce pour le mieux. Nul ne saura jamais ce qu'il y avait dehors, cette nuit-là et, même si l'émanation blasphématoire venue d'outre-monde n'avait encore jamais attaqué un humain dont l'esprit n'était pas affaibli, il est impossible de dire ce qu'elle aurait pu faire au dernier moment, forte de sa puissance manifestement accrue, et sachant les signes de volonté délibérée qu'elle allait bientôt montrer sous la lune et le ciel voilé.

Tout à coup, l'un des agents devant la fenêtre retint sa respiration. Les autres se tournèrent vers lui, puis s'empressèrent de suivre son regard lorsque celui-ci se fixa brusquement en hauteur, après avoir erré au hasard. Les mots étaient inutiles. Ce que l'on avait rejeté comme de simples rumeurs campagnardes n'était plus contestable, et si l'on ne parle jamais des jours étranges à Arkham, c'est à cause de ce moment, que les hommes présents ce soir-là décidèrent de ne plus évoquer à voix haute. Il faut préciser qu'à cette heure de la nuit, il n'y avait pas de vent. Une brise se leva peu de temps après mais, à ce moment-là, il n'y avait pas l'ombre d'un souffle. Même les pointes desséchées des dernières barbarées grises et flétries et la frange sur le toit du chariot à l'arrêt restaient immobiles. Et pourtant, dans ce calme tendu, impie, les branches dénudées au sommet de tous les arbres de la cour bougeaient. Agitées de spasmes morbides, elles donnaient des coups de serres convulsifs, dignes d'une crise d'épilepsie, vers les nuages éclairés par la lune, griffant en vain l'air nocif, comme si elles avaient été reliées par quelque lien étranger et immatériel aux horreurs souterraines qui se tortillaient et se battaient sous les racines noires.

Pendant plusieurs secondes, personne ne respira. Puis un nuage plus épais et plus sombre que les autres passa devant la lune, et les silhouettes de branches griffues disparurent momentanément. Sur ce, tout le monde hurla; les cris, assourdis par la stupeur mais rauques, furent presque identiques. Car la terreur n'avait pas diminué avec la disparition des silhouettes et, l'espace d'un effroyable instant où l'obscurité fut particulièrement profonde, les observateurs virent onduler au faîte d'un arbre mille minuscules points formant au bout de chaque rameau une auréole blafarde et maléfique, rappelant un feu de Saint-Elme ou les flammes qui descendirent sur la tête des apôtres à la Pentecôte. Les points de lumière surnaturelle formaient une monstrueuse constellation tel un essaim de lucioles rassasiées de cadavres, essaim dansant d'infernales sarabandes au-dessus d'un marais maudit; quant à leur couleur, c'était celle-là même qu'Ammi avait appris à reconnaître et à redouter. Et pendant ce temps, le rayon phosphorescent du puits, de plus en plus intense, donnait aux hommes blottis les uns contre les autres une impression d'anormalité et d'inéluctabilité qui dépassait de loin tout ce que leur esprit conscient pouvait concevoir. Ce n'était plus un jaillissement, mais un véritable déferlement, et le faisceau amorphe de couleur indéfinissable semblait quitter le puits pour se couler directement dans le ciel.

Le vétérinaire frissonna et alla placer la lourde barre de sécurité en travers de la porte d'entrée. Ammi n'en trembla pas moins; incapable de maîtriser sa voix pour attirer l'attention de ses compagnons, il dut les tirer par la manche et pointer du doigt la luminosité croissante des arbres. Les hennissements des chevaux étaient à présent positivement effrayants, mais tout l'or du monde n'aurait pas suffi à faire sortir l'un des hommes terrés dans la vieille maison. Et l'éclat des arbres augmentait de minute en minute, tandis que leurs branches remuantes paraissaient se tendre progressivement vers le ciel. Le bois de la bascule luisait aussi. Bientôt, sans mot dire, un policier montra, près du mur de pierre à l'ouest, des abris de jardin et des ruches qui commençaient à briller. En revanche, les véhicules attachés des visiteurs ne paraissaient pas encore affectés. C'est alors que retentit un grand fracas suivi d'un bruit de sabots sur la route. Lorsque Ammi éteignit sa lampe pour mieux voir à l'extérieur, les hommes s'aperçurent que les chevaux gris de l'attelage, pris de frénésie, avaient cassé leur arbuste et s'étaient enfuis avec le chariot.

La surprise délia plusieurs langues, et l'on échangea des murmures gênés.

— Ça se transmet à tout ce qui est organique dans les parages, marmonna le légiste.

Nul ne répondit, mais l'homme qui était descendu dans le puits suggéra que sa longue perche avait dû réveiller quelque chose d'intangible.

— C'est horrible, ajouta-t-il. Il n'y avait aucun fond. Rien que de la vase et des bulles. Et j'avais l'impression que quelque chose était tapi, là en bas.

Au bord de la route, le cheval d'Ammi continuait de hennir à pleins poumons, tant et si bien qu'on entendit à peine les balbutiements de son propriétaire, qui tentait d'exprimer ses pensées désordonnées d'une voix faible et chevrotante.

— Ça vient d'cette pierre… Ç'a grandi au fond du puits en prenant tout c'qui vivait… Ça vivait d'ssus, esprit et corps… Ils buvaient tous l'eau du puits… Ça s'est renforcé sur leur dos… Ça vient d'ailleurs, d'un endroit où les choses sont pas comme ici… et v'là que ça va y r'tourner…

À cet instant précis, alors que la colonne de couleur inconnue se faisait plus flamboyante et commençait à suggérer des formes fantastiques dont chacun des spectateurs donnerait plus tard une description différente, le pauvre Hero, qui était encore attaché, poussa un cri tel qu'aucun homme n'en avait jamais entendu venant d'un cheval. Dans le salon, où l'on parlait à voix basse, tout le monde se boucha les oreilles. D'horreur et de dégoût, Ammi détourna le regard. Les mots ne sauraient exprimer ce qu'il avait vu… Lorsqu'il regarda de nouveau par la fenêtre, la malheureuse bête gisait inerte, recroquevillée sous la lune, entre les brancards cassés de la voiture. Ainsi mourut Hero, que l'on enterra le lendemain. Mais Ammi n'eut pas le temps de le pleurer, car, presque aussitôt, un policier attira sans un mot l'attention sur quelque chose de terrible dans la pièce même où ils se trouvaient. La lanterne étant éteinte, on voyait bien qu'une légère phosphorescence avait commencé à envahir les lieux. Elle luisait sur les larges lattes du plancher, le bout de tapis élimé, et faisait chatoyer le châssis des fenêtres à petits carreaux. Elle courait sur toute la hauteur des poutres cornières apparentes, scintillait autour du bandeau et de la hotte de cheminée, et infectait jusqu'aux portes et meubles. Elle gagnait sans cesse en intensité, et il finit par devenir évident que tout être vivant en bonne santé devait sortir de cette maison.

Ammi montra à ses compagnons la porte de derrière et le chemin qui montait à travers champs jusqu'au pré de quatre hectares. Ils marchèrent d'un pas chancelant, comme dans un rêve, et n'osèrent jeter le moindre coup d'œil en arrière avant d'être suffisamment loin et haut. Le chemin leur convenait, car ils n'auraient pu passer à côté du puits pour rejoindre la route de devant. Il fut déjà bien assez difficile de longer la grange et les appentis luisants, puis les arbres brillants du verger, avec leurs formes noueuses, démoniaques ; mais Dieu merci, les branches tournaient pour la plupart leurs griffes vers le ciel. La lune se cacha derrière des nuages particulièrement noirs lorsqu'ils traversèrent le pont rustique surplombant le Chapman, et les hommes durent continuer à tâtons jusqu'aux prés découverts.

Quand ils se retournèrent vers la vallée et le lointain domaine des Gardner au fond de celle-ci, ils assistèrent à un spectacle effroyable. La ferme tout entière – les arbres, les bâtiments, et même la végétation qui n'avait pas encore été gagnée par la grisaille et la désintégration – baignait dans l'horrible mélange de couleurs inconnues. Toutes les branches étaient tendues vers le ciel et surmontées de hideuses langues de feu, ce même feu monstrueux dont les ruissellements brillants rongeaient les pannes faîtières de la maison, de la grange et des appentis. La scène rappelait une vision de Füssli. Tout le reste était dominé par cette débauche de lumière amorphe, cet arc-en-ciel démesuré et surnaturel de poison mystérieux jailli du puits. Le spectre cosmique et inidentifiable bouillonnait, palpait, lapait, s'étirait, scintillait, se crispait et produisait des bulles maléfiques.

Alors, sans prévenir, la chose hideuse s'envola vers le ciel à la manière d'une fusée ou d'un météore, sans laisser de sillage, et, avant que quiconque ait eu le temps de retenir son souffle ou de laisser échapper la moindre exclamation, disparut par un trou rond étonnamment régulier dans les nuages. Aucun des spectateurs n'a jamais pu oublier ce spectacle. Le regard hébété d'Ammi se riva sur les étoiles du Cygne, parmi lesquelles Deneb brillait tout particulièrement. C'était là que la couleur inconnue s'était fondue dans la Voie lactée. Toutefois, l'attention du fermier fut aussitôt rappelée sur terre par un crépitement dans la vallée. Il n'y eut vraiment rien d'autre : seulement un crépitement et un bruit de bois arraché, et pas une explosion, contrairement à ce qu'affirmèrent la plupart des hommes présents. Et cependant, le résultat fut le même, car, en un instant fiévreux, kaléidoscopique, une éruption cataclysmique d'étincelles et de substances surnaturelles jaillit de la ferme maudite et condamnée ; elle troubla la vue des quelques témoins, et bombarda le zénith d'une averse de fragments si fantastiques, et d'une couleur telle, qu'ils n'auraient pu provoquer que reniement dans notre univers. Lesdits fragments suivirent le grand dépérissement à travers les nuages, qui se refermaient déjà. Une seconde plus tard, ils avaient disparu à leur tour. Derrière les hommes et en contrebas, il ne restait que des ténèbres vers lesquelles ils n'osèrent retourner. Ils sentirent de tous côtés monter un vent dont les rafales glacées semblaient provenir du vide interstellaire. La bise hurlante fouetta les champs et les bois déformés avec toute la fureur de leur folie cosmique. Les hommes tremblants comprirent qu'il ne servait à rien d'attendre que la lune révèle ce qu'il restait de la propriété de Nahum.

Trop stupéfaits pour émettre ne fût-ce qu'une hypothèse, les sept hommes prirent la route nord pour retourner tant bien que mal à Arkham. Ammi, qui se sentait encore plus mal que ses compagnons, les supplia de le raccompagner jusque dans sa cuisine au lieu de rentrer directement en ville. Il ne voulait pas traverser seul les bois fouettés par le vent nocturne pour retourner chez lui, sur la route principale. En effet, il avait subi un choc supplémentaire par rapport aux autres, et serait à jamais accablé par une peur si saisissante qu'il n'oserait même pas l'évoquer avant de nombreuses années. Alors que, sur la colline battue par les vents, ses compagnons étaient résolument tournés vers la route, Ammi avait jeté un rapide coup d'œil vers les ténèbres de la vallée désolée où, encore si récemment, avait vécu son ami infortuné. Et au loin, au cœur de la zone ravagée, il avait vu quelque chose se redresser avec faiblesse pour retomber aussitôt, à l'endroit même où la gigantesque abomination informe avait jailli vers le ciel. Ce n'était rien qu'une couleur… mais sans pareille sur notre terre comme aux cieux. Ammi, qui l'avait reconnue et savait que ce dernier vestige devait rester tapi au fond du puits, n'eut plus jamais toute sa tête.

Jamais plus il ne s'est approché de cet endroit. Ces événements horribles remontent maintenant à plus d'un demi-siècle, mais il s'est toujours tenu à l'écart, et c'est avec plaisir qu'il verra le nouveau réservoir tout engloutir. Je serai content, moi aussi, car je garde un souvenir désagréable de mon passage et, en particulier, de la manière qu'avaient les rayons du soleil de changer de couleur autour de la gueule du puits. J'espère que l'eau restera toujours très profonde mais, même dans ce cas, je n'en boirai jamais. Je ne pense pas retourner un jour visiter la campagne d'Arkham. Trois des compagnons d'Ammi revinrent le lendemain pour contempler les ruines au grand jour, mais il n'y avait pour ainsi dire rien à voir. Il ne restait que les briques de la cheminée, les pierres de la cave, des débris métalliques et minéraux ici et là, et la margelle de l'effroyable puits. À part le cheval mort d'Ammi, qu'ils tractèrent pour l'enterrer, et la voiture qu'ils rapportèrent peu de temps après à son propriétaire, tout ce qui avait vécu là avait disparu. Restaient deux sinistres hectares d'un désert gris et poussiéreux où aucune plante n'a plus jamais poussé. À ce jour, ils s'étalent encore sous le ciel, telle une grande trace rongée par l'acide au milieu des bois et des champs, et les rares personnes qui ont osé assouvir leur curiosité malgré les rumeurs rurales ont surnommé l'endroit « la lande du diable ».

Ces rumeurs rurales sont étranges. Elles pourraient l'être plus encore si les citadins et les chimistes de l'université voulaient bien prendre la peine d'analyser l'eau du puits désaffecté, ou cette poussière grise qu'aucun vent ne semble disperser. Les botanistes aussi devraient étudier la flore chétive qui borde la zone, car cela pourrait apporter un éclairage nouveau sur l'opinion locale selon laquelle le fléau s'étendrait petit à petit, peut-être d'un pouce par an. On raconte que la couleur de la végétation proche n'est pas tout à fait normale au printemps, et que les bêtes sauvages laissent de drôles d'empreintes dans le mince tapis de neige en hiver. La neige, d'ailleurs, ne tombe jamais aussi dru qu'ailleurs sur la lande du diable. Les rares chevaux qui restent à notre époque dominée par les véhicules motorisés sont nerveux dans la vallée silencieuse, et les chasseurs ne peuvent se fier à leurs chiens dès lors qu'ils approchent trop de l'éclaboussure de poussière grisâtre.

On parle aussi d'effets désastreux sur la santé mentale. Beaucoup de gens devinrent bizarres, dans les années qui suivirent la disparition de Nahum, et jamais ils ne trouvèrent la force de s'échapper. Ceux qui avaient plus de volonté quittèrent tous la région ; il n'y avait donc plus que des étrangers pour tenter de s'installer dans les vieilles propriétés croulantes. Mais bien entendu, ils ne restaient pas longtemps. C'est parfois à se demander si leurs étranges et secrètes réserves de magie sauvage ne leur donnaient pas une clairvoyance supérieure. Ils se plaignent que cette région anormale leur inspire des rêves particulièrement horribles ; et à n'en point douter, le paysage de ce royaume des ombres suffirait à vous donner des idées morbides. Impossible de traverser ces profondes ravines sans être gagné par une impression de malaise, et les artistes ne peuvent que frissonner en peignant ces bois denses dont le mystère frappe autant l'esprit que le regard. Moi-même, je m'étonne encore du sentiment que me laissa mon unique promenade en solitaire dans le domaine, avant qu'Ammi me raconte son histoire. Au crépuscule, j'avais vaguement souhaité que des nuages se forment, le vide des abysses célestes m'inspirant une appréhension singulière.

Ne me demandez pas mon opinion. Je ne sais pas. Point final. Je n'ai pu interroger qu'Ammi, les gens d'Arkham refusant de parler des jours étranges et les trois professeurs qui ont vu l'aérolithe et le globule coloré étant morts. Des globules, il y en avait forcément d'autres. L'un d'eux a dû se nourrir et s'échapper. Il y en avait sans doute un autre qui s'est développé trop tard. Il est toujours au fond du puits, j'en suis sûr, comme je sais que la lumière au-dessus de cette margelle infecte était anormale. Les gens d'ici disent que le mal gagne quelques centimètres par an, aussi est-il possible que quelque chose continue de se nourrir et de grandir. Mais le démon qui attend d'éclore, quelle que soit sa nature, doit être attaché ; sinon il se répandrait vite. Est-il entortillé dans les racines de ces arbres qui griffent l'air ? À Arkham, on parle notamment de chênes bouffis qui brilleraient la nuit et s'agiteraient d'une manière inconcevable.

De quoi il s'agit, Dieu seul le sait. Du point de vue de la matière, je pense que la chose qu'Ammi décrivit pourrait être un gaz, mais un gaz obéissant aux lois d'un autre ordre cosmique. Cette substance n'était pas le fruit de mondes et de soleils tels que ceux qui brillent dans les télescopes et sur les plaques photographiques de nos observatoires. Ce n'était pas un souffle de ces cieux dont nos astronomes mesurent les mouvements et dimensions, quand ils ne les jugent pas incommensurables. C'était une simple couleur venue de l'espace… un terrifiant messager d'empires à naître, au cœur de l'infini, au-delà de la Nature telle que nous la connaissons ; des empires dont la seule existence est inconcevable pour l'esprit humain et nous laisse pantois face aux noirs abysses extra-cosmiques qui s'ouvrent sous nos yeux épouvantés.

Je doute fortement qu'Ammi m'ait consciemment menti, et je ne pense pas devoir réduire ses histoires aux élucubrations d'un dément, contrairement à ce qu'avaient prétendu les gens de la ville. Avec ce météore, une chose effroyable s'est abattue sur les collines et vallées, et elle est toujours là, bien que j'ignore dans quelle mesure. C'est avec soulagement que je verrai l'eau monter. Entre-temps, j'espère qu'il n'arrivera rien à Ammi. Il en sait trop sur la chose, et l'influence qu'elle exerce est par trop insidieuse. Pourquoi n'a-t-il jamais pu se résoudre à partir ? Et comme il se rappelait bien les derniers mots de Nahum ! « Tu peux pas lui échapper… elle t'attire… tu sens qu'ça arrive, mais ça change rien… » Le vieil Ammi est un brave homme. Quand l'équipe se mettra au travail sur le réservoir, il faudra que j'écrive à l'ingénieur en chef de veiller sur lui. Je refuse de l'imaginer sous la forme de cette aberration grise, difforme, desséchée qui, de plus en plus souvent, trouble mon sommeil.

L'Ombre immémoriale

I

Après vingt-deux ans de cauchemar et de terreur, et alors que ma seule planche de salut est la conviction désespérée que certaines impressions trouvent leur source dans l'imaginaire, je ne puis garantir la véracité de ce que je pense avoir découvert en Australie-Occidentale dans la nuit du 17 au 18 juillet 1935. Il y a des raisons, d'ailleurs nombreuses, d'espérer que mon expérience relève au moins en partie de l'hallucination. Toutefois, ladite expérience était si atrocement réaliste qu'il m'est parfois impossible de me réfugier derrière cet espoir.

Si la chose s'est produite, l'homme doit se préparer à accepter, à propos de l'univers et de sa propre place dans le vortex bouillonnant du temps, des idées dont la mention suffit à glacer le sang. Il faut aussi le mettre en garde contre un danger spécifique et caché qui, même s'il ne submerge pas l'espèce tout entière, pourrait bien plonger les plus aventureux dans des horreurs indicibles et imprévisibles.

C'est pourquoi je réclame, de toute la force de mon être, l'abandon définitif des tentatives d'exhumation des fragments d'étranges constructions primitives que mon expédition a entrepris d'étudier.

Si l'on part du principe que j'étais éveillé et sain d'esprit, nul homme n'a jamais rien connu de semblable à ce qui m'arriva cette nuit-là. Toujours dans ce cas, cette expérience effroyable vient confirmer tout ce que j'avais tenté de reléguer au rang de mythes et de rêves. Heureusement, il n'y a pas de preuves, car, dans ma terreur, j'ai perdu l'incroyable objet qui – s'il existait vraiment et une fois tiré de ce néfaste abîme – aurait constitué un indice irréfutable.

Lorsque j'ai découvert cette horreur, j'étais seul… et jusqu'à maintenant, je n'en ai jamais parlé à personne. Je n'ai pu dissuader les autres de creuser dans sa direction, mais le hasard et les glissements du sable leur ont pour l'instant épargné de la trouver. Je dois à présent rédiger une déclaration claire non seulement pour mon propre équilibre mental, mais pour mettre en garde ceux qui voudront bien me lire attentivement.

J'écris ces pages – dont les premières seront en grande partie familières aux lecteurs réguliers de la presse générale et scientifique – dans la cabine du bateau qui me ramène chez moi. Je les donnerai à mon fils, le professeur Wingate Peaslee de l'université Miskatonic, seul membre de ma famille à m'être resté fidèle après mon étrange amnésie, il y a longtemps de cela, et personne la mieux informée sur les détails de l'affaire. De tous les vivants, il sera le moins enclin à tourner en ridicule ce que je vais révéler sur cette nuit fatidique.

Je ne lui ai rien expliqué de vive voix ; je pense qu'il préférera un compte-rendu écrit. Il pourra ainsi le lire et le relire à l'envi, et aura donc de l'affaire une vision plus convaincante que si ma langue embrouillée la lui avait décrite.

Il pourra faire ce que bon lui semblera de ces pages, les montrer, avec les commentaires appropriés, dans tous les milieux où elles auront une quelconque utilité. Pour ceux qui ne connaîtraient pas les premiers développements de mon affaire, je ferai précéder la révélation elle-même d'un résumé assez détaillé de son contexte.

Je m'appelle Nathaniel Wingate Peaslee, et ceux qui se rappellent les récits des journaux de la génération précédente – ou les lettres et articles des revues de psychologie d'il y a six ou sept ans – sauront qui je suis et ce que je suis. La presse regorgeait de détails sur ma singulière amnésie des années 1908 à 1913, et l'on y parlait beaucoup de l'horreur, de la folie et de la sorcellerie hantant traditionnellement la vieille ville du Massachusetts où j'habitais alors et où je vis encore. Pourtant, je tiens à préciser que ni mon hérédité ni ma jeunesse ne présentent aucun caractère de folie ni quoi que ce soit d'inavouable. Ce fait est particulièrement important, car il souligne l'origine extérieure de l'ombre qui s'est si subitement abattue sur moi.

Peut-être, après des siècles de sombres ruminations, Arkham, dont les murs croulants sont remplis de murmures, a-t-elle hérité d'une vulnérabilité particulière à ce genre de ténèbres… mais j'en doute, au vu des autres affaires que j'ai étudiées par la suite. En tout cas, il est essentiel de retenir que mes ancêtres et mon passé sont parfaitement normaux. Ce qui est arrivé est venu d'ailleurs – mais d'où, j'hésite encore à l'écrire noir sur blanc.

Je suis le fils de Jonathan et Hannah (Wingate) Peaslee, tous deux issus de saines et vieilles familles d'Haverhill. C'est là que je suis né et que j'ai grandi – dans l'antique propriété de Boardman Street, près de Golden Hill – et je ne m'installai à Arkham qu'en 1895, année de mon entrée à l'université Miskatonic comme professeur d'économie politique.

Durant encore treize ans, la vie s'écoula, douce et heureuse. En 1896, j'épousai Alice Keezar d'Haverhill, et mes trois enfants, Robert, Wingate et Hannah, naquirent respectivement en 1898, 1900 et 1903. En 1898, je devins maître de conférences et, en 1902, professeur titulaire. Je n'éprouvais pas le moindre attrait pour l'occultisme ou la psychopathologie.

C'est le jeudi 14 mai 1908 que survint mon inexplicable amnésie. Cela arriva très brusquement même si, plus tard, je m'aperçus que de brèves visions scintillantes précédant de plusieurs heures la perte de mémoire – visions chaotiques d'autant plus troublantes qu'elles étaient sans précédent – avaient dû constituer des symptômes annonciateurs. J'avais mal à la tête et l'impression bizarre, totalement inédite pour moi, que quelqu'un cherchait à prendre possession de mes pensées.

La crise se produisit vers 10 h 20 du matin, alors que je donnais un cours – histoire et tendances actuelles de l'économie politique – aux étudiants de troisième année et à quelques deuxième année. Je me mis à discerner de drôles de formes devant mes yeux, puis j'eus l'impression de me trouver dans une pièce insolite qui n'était pas ma salle de classe.

Comme je m'écartais en pensée et en paroles du sujet que je traitais, les étudiants comprirent que quelque chose n'allait pas. Je m'affaissai alors sur ma chaise, inconscient, et nul ne parvint à me tirer de ma stupeur. Je ne retrouvai mes facultés et ne revis la lumière du jour de notre monde normal que cinq ans, quatre mois et treize jours plus tard.

C'est bien sûr de la bouche des autres que j'appris ce qui suit. Je ne montrai aucun signe de conscience pendant seize heures trente, bien qu'on m'ait ramené chez moi au 27 Crane Street, où l'on me prodigua les meilleurs soins médicaux possible.

À trois heures de l'après-midi le 15 mai, mes yeux s'ouvrirent et je me mis à parler. Ma famille fut épouvantée par mon expression et mes propos. Il était clair que je n'avais aucun souvenir ni de mon identité, ni de mon passé, même si, pour quelque étrange raison, je m'efforçais de cacher mon ignorance. Je posais un regard étrangement vitreux sur les gens qui m'entouraient, et mes muscles faciaux bougeaient de manière tout à fait inhabituelle.

Mon langage même paraissait gauche et étranger. J'utilisais mes organes vocaux avec maladresse, comme à tâtons, et ma diction était curieuse, raide, comme si j'avais laborieusement appris l'anglais dans les livres. Ma prononciation était étrangère et barbare ; quant au style de mon langage, il incorporait apparemment de curieux éléments archaïques et des expressions à la tournure tout à fait incompréhensible.

Parmi ces dernières, l'une en particulier revint vingt ans plus tard de manière marquante, voire terrifiante, à l'esprit du plus jeune de mes médecins. En effet, à l'époque, l'expression en question commença à passer dans l'anglais courant – d'abord en Angleterre, puis aux États-Unis –, et, bien que très complexe et indéniablement nouvelle, elle reproduisait dans les moindres détails les paroles sibyllines prononcées par l'étrange malade d'Arkham en 1908.

Je recouvrai aussitôt ma force physique, mais il me fallut une rééducation étonnamment longue pour recouvrer l'usage de mes mains, de mes jambes, et de mon corps en général. À cause de cela et d'autres handicaps liés à la perte de mémoire, on me garda un certain temps sous étroite surveillance médicale.

Quand je vis que mes efforts pour dissimuler mon amnésie étaient vains, je reconnus ouvertement en être atteint et me montrai très demandeur de renseignements de toutes sortes. En fait, les docteurs avaient l'impression que j'avais perdu tout intérêt pour ma propre identité à partir du moment où j'avais compris que mon amnésie était acceptée comme quelque chose de naturel.

Ils remarquèrent que je consacrais le gros de mes efforts à maîtriser certains points d'histoire, de science, d'art, de langue et de folklore – les uns incroyablement abscons, les autres d'une simplicité enfantine – qui très souvent, bizarrement, échappaient à ma conscience.

En même temps, ils s'aperçurent que j'avais beaucoup de connaissances inexplicables dans des domaines inconnus du plus grand nombre, connaissances que je semblais vouloir cacher plutôt que d'en faire la démonstration. Il m'arrivait par mégarde de faire allusion, avec assurance et désinvolture, à des événements précis ayant eu lieu dans des âges sombres sortant du champ historique reconnu… et de feindre de plaisanter dès lors que je m'apercevais de la surprise que suscitaient mes anecdotes. De même, la manière que j'avais de parler du futur provoqua à deux ou trois reprises un véritable effroi chez mes interlocuteurs.

Ces mystérieuses visions cessèrent vite, mais certains observateurs attribuaient davantage leur disparition à une prudence sournoise de ma part qu'à un quelconque déclin de l'étrange savoir qu'elles supposaient. En effet, je paraissais anormalement avide de m'imprégner du langage, des coutumes et des perspectives de l'époque, tel un voyageur studieux venu d'une lointaine terre étrangère.

Dès qu'on m'y autorisa, je fréquentai la bibliothèque de l'université à toute heure ; bien vite, je commençai à préparer ces drôles de voyages et ces cours spéciaux dans des universités d'Amérique et d'Europe qui, dans les quelques années qui suivirent, donnèrent lieu à tant de commentaires.

Je ne manquai jamais de relations dans les cercles érudits, mon cas étant assez célèbre chez les psychologues de l'époque. Je faisais l'objet de conférences en tant qu'exemple classique de dédoublement de personnalité, même s'il m'arrivait d'embarrasser les conférenciers à cause de quelque symptôme bizarre ou d'une trace suspecte de moquerie soigneusement voilée.

En revanche, je ne rencontrai guère de véritable bienveillance. Quelque chose dans mon aspect et mes propos paraissait éveiller une sorte de crainte et de dégoût chez tous ceux que je rencontrais, comme si j'avais été un être anormal et malsain. Cette idée d'un noir secret lié à de lointains abîmes insondables semblait étrangement tenace et répandue.

Ma propre famille ne faisait pas exception. Depuis mon étrange réveil, ma femme me considérait avec un effroi et une répugnance extrêmes, jurant que j'étais un parfait étranger qui avait usurpé le corps de son mari. En 1910, elle obtint le divorce, et jamais elle ne consentit à me revoir, pas même après que j'eus recouvré mon état normal en 1913. Ces sentiments étaient partagés par mon fils aîné et ma petite fille, que je n'ai plus jamais revus.

Seul mon second fils, Wingate, paraissait capable de surmonter la répulsion que ma métamorphose suscitait. S'il avait lui aussi l'impression que j'étais un étranger, du haut de ses huit ans, il croyait dur comme fer au retour de mon vrai moi. Quand le moment tant attendu arriva, il chercha à me revoir, et les tribunaux me confièrent sa garde. Au cours des années qui suivirent, il m'aida dans les études que je fus amené à entreprendre et, aujourd'hui, à trente-cinq ans, il est professeur de psychologie à l'université Miskatonic.

L'horreur que je suscitais n'a rien d'étonnant, car, à n'en point douter, l'esprit, la voix et les expressions faciales de l'être qui se réveilla le 15 mai 1908 n'étaient pas ceux de Nathaniel Wingate Peaslee.

Je ne m'étendrai pas sur ma vie entre 1908 et 1913 ; le lecteur pourra en chercher les grandes lignes – comme j'ai moi-même dû le faire abondamment – dans les archives des vieux journaux et revues scientifiques.

On me rendit l'usage de mes fonds, que je dépensai lentement et avec une relative sagesse en voyages et études dans divers lieux de savoir. Mes voyages, cependant, étaient extrêmement singuliers, car ils consistaient en de longues visites d'endroits retirés et désolés.

En 1909, je passai un mois dans l'Himalaya, et en 1911, j'éveillai un vif intérêt en me rendant à dos de chameau dans les déserts inconnus d'Arabie. Je n'ai jamais su ce qui m'était arrivé au cours de ces expéditions.

Pendant l'été 1912, j'affrétai un bateau pour naviguer en Arctique, au nord de Spitzberg. À mon retour, je montrai des signes de déception.

Plus tard la même année, je passai des semaines seul, au-delà des limites de toute exploration passée ou ultérieure, dans les vastes réseaux de cavernes calciques de Virginie-Occidentale ; de noirs labyrinthes d'une complexité telle qu'il ne fut jamais envisageable de reconstituer mon parcours.

Au cours de mes séjours dans les universités, je fis preuve d'une rapidité d'assimilation anormale, comme si ma seconde personnalité était dotée d'une intelligence très supérieure à la mienne. J'ai aussi découvert que mon rythme de lecture et de recherches solitaires était phénoménal. Je parvenais à maîtriser tous les détails d'un livre le temps d'en tourner les pages, et mon aptitude à interpréter des chiffres complexes en un clin d'œil était véritablement impressionnante.

D'inquiétantes rumeurs apparaissaient parfois sur ma capacité à influencer les pensées et les actes d'autrui, même si, semble-t-il, je prenais soin de ne pas abuser de ce genre de démonstrations.

On parlait aussi de mes rapports avec des chefs de groupes d'occultistes et des savants suspectés d'être liés à des cliques innommables d'abjects hiérophantes du monde ancien. Bien que rien ne soit venu confirmer ces bruits à l'époque, ils se trouvèrent sans doute encouragés par ce qui transpirait sur la teneur de mes lectures, la consultation de livres rares dans les bibliothèques ne pouvant être gardée secrète.

Mes annotations forment une preuve tangible que j'ai compulsé avec minutie des ouvrages tels que *Le Culte des goules* du comte d'Erlette, *De vermis mysteriis* de Ludvig Prinn, l'*Unaussprechlichen Kulten* de von Junzt, les derniers fragments de l'énigmatique *Livre d'Eibon*, et l'effroyable *Necronomicon* de l'Arabe dément Abdul Alhazred. Il faut dire aussi que les cultes connurent un indéniable et néfaste regain d'activité à peu près au moment de mon étrange transformation.

Durant l'été 1913, je commençai à montrer des signes d'ennui, de désintérêt, et à laisser entendre autour de moi que l'on pouvait s'attendre à me voir changer sous peu. J'affirmai recouvrer des souvenirs de mon ancienne vie ; cependant, la plupart de mes interlocuteurs mirent en doute ma bonne foi, car je me contentais d'évoquer des anecdotes que j'aurais pu tirer de mes vieux papiers personnels.

Vers la mi-août, je retournai à Arkham et rouvris ma maison depuis longtemps inhabitée de Crane Street. J'y installai une machine d'aspect particulièrement curieux, construite petit à petit par divers fabricants d'équipements scientifiques d'Europe et d'Amérique, et que je pris soin de cacher à la vue de quiconque était assez intelligent pour en comprendre l'usage.

Ceux qui la virent – un ouvrier, une domestique et la nouvelle gouvernante – la décrivent comme un mélange bizarre de tiges, de roues et de miroirs mesurant à peine soixante centimètres de haut, trente de large et autant de profondeur. Le miroir central était rond et convexe. Toutes ces données sont confirmées par les fabricants que l'on a pu retrouver.

Le soir du vendredi 26 septembre, je donnai congé à la gouvernante et à la servante jusqu'au lendemain midi. Les lumières restèrent allumées tard, cette nuit-là, et un brun maigre à l'allure curieusement étrangère se présenta à la maison en automobile.

Les lumières s'éteignirent vers une heure du matin. À 2 h 15, un policier remarqua que la maison était dans le noir, mais que la voiture du visiteur était toujours garée le long du trottoir. On sait qu'à 4 heures elle était repartie.

C'est à 6 heures qu'une voix étrangère demanda dans un anglais hésitant au docteur Wilson de venir me tirer d'un évanouissement inexplicable. On détermina plus tard que l'appel longue distance venait d'une cabine publique de la gare du Nord, à Boston, mais on ne retrouva jamais la trace du brun maigre.

En arrivant chez moi, le médecin me trouva inconscient au salon, dans un fauteuil devant lequel on avait traîné une table. La surface polie de cette dernière portait des éraflures laissées par un lourd objet. L'étrange machine avait disparu, et on ne la revit jamais. De toute évidence, l'étranger l'avait emportée.

Il y avait dans la cheminée de la bibliothèque un gros tas de cendres, preuve que l'on avait brûlé jusqu'à la dernière page les notes que j'avais prises depuis le début de mon amnésie. Le docteur Wilson jugea ma respiration tout à fait anormale mais, après une injection hypodermique, elle redevint plus régulière.

À 11 h 15, le matin du 27 septembre, je remuai vigoureusement, et mon visage jusque-là figé commença à montrer des signes d'animation. Le docteur Wilson remarqua que mon expression n'était pas celle de ma personnalité secondaire, mais rappelait beaucoup mon moi normal. Vers 11 h 30, je balbutiai quelques syllabes très curieuses qui ne semblaient appartenir à aucune langue humaine. Je donnai aussi l'impression de lutter contre quelque chose. Puis, juste après midi – la gouvernante et la servante étant rentrées entre-temps –, je marmonnai mes premiers mots en anglais :

« … parmi les économistes orthodoxes de cette période, Jevons représente la tendance prédominante cherchant à corréler l'économie et les sciences. Sa tentative pour relier le cycle commercial de la prospérité et de la dépression au cycle physique des taches solaires constitue peut-être le point culminant de… »

L'esprit de Nathaniel Wingate Peaslee était de retour, et dans son échelle temporelle propre, on était toujours un jeudi matin de 1908, au moment où les regards de la classe d'économie étaient rivés sur le vieux bureau juché sur son estrade.

II

Mon retour à la vie normale fut douloureux et difficile. Perdre un peu plus de cinq ans suscite plus de complications qu'on peut l'imaginer et, dans mon cas, il existait une multitude de problèmes à régler.

Ce que j'appris sur mes faits et gestes depuis 1908 m'étonna et me troubla, mais je m'efforçai de prendre les choses avec toute la philosophie dont j'étais capable. Quand, enfin, j'obtins la garde de mon second fils, Wingate, je m'installai avec lui dans la maison de Crane Street et tentai de me remettre à enseigner, l'université m'ayant aimablement proposé de récupérer ma chaire.

Je repris donc le travail au début du trimestre de février 1914, mais ne restai qu'un an. J'avais compris que l'expérience m'avait ébranlé. Certes, j'étais parfaitement sain d'esprit – du moins je l'espérais – et j'avais recouvré toute ma personnalité originelle; toutefois, je n'avais plus mon énergie d'antan. J'étais sans cesse en proie à des rêves confus et à des idées singulières et, quand le déclenchement de la guerre me fit m'intéresser à l'histoire, je m'aperçus que je me représentais les époques et les événements de la plus étrange des façons.

Ma conception du temps, ma capacité à distinguer successivité et simultanéité semblait quelque peu désordonnée, et je conçus l'idée chimérique qu'en vivant à une époque donnée on pouvait projeter son esprit à travers l'éternité afin de connaître le passé et l'avenir.

La guerre me donnait l'insolite impression de me rappeler certaines de ses conséquences lointaines, comme si j'avais connu son déroulement à l'avance et que je l'eusse observé à la lumière d'informations futures. Tous ces pseudo-souvenirs s'accompagnaient d'une grande souffrance, et du sentiment que quelque barrière artificielle de nature psychologique les retenait.

Lorsque, d'un ton mal assuré, j'évoquai autour de moi mes impressions, je rencontrai des réactions variées. Si certaines personnes me considérèrent avec gêne, les enseignants du département de mathématiques parlèrent de développements inédits de ces théories de la relativité qui deviendraient si célèbres par la suite mais n'étaient alors connues que des cercles cultivés. Le docteur Albert Einstein, disait-on, allait vite réduire le temps à l'état de simple dimension.

Mais mes rêves et sensations étranges finirent par prendre le dessus, à tel point qu'en 1915 je dus démissionner. Ces troubles prenaient vraiment un tour fâcheux, et je nourrissais l'idée tenace que mon amnésie avait donné lieu à une sorte d'échange contre nature; que ma personnalité secondaire était en fait une intruse venue de régions inconnues pour se substituer à ma propre personnalité.

Cela me conduisit à formuler des spéculations aussi troubles qu'effrayantes sur le sort de mon moi véritable, pendant ces années où un autre avait habité mon corps. Les connaissances et le comportement étranges de cet ancien locataire m'inquiétaient de plus en plus à mesure que j'apprenais de nouveaux détails en discutant avec les gens ou en compulsant journaux et magazines.

Les extravagances qui avaient tant déconcerté les autres s'accordaient effroyablement bien avec la toile de fond de ce noir savoir couvant dans les profondeurs de mon inconscient. Je me mis à étudier fiévreusement la moindre parcelle d'information en rapport avec les recherches et voyages que l'« autre » avait entrepris au cours des années d'obscurité.

Tous mes problèmes n'étaient pas aussi abstraits. Il y avait aussi les rêves, et ils me paraissaient de plus en plus réalistes. Conscient de la manière dont la plupart des gens les considéreraient, j'en parlais rarement, sinon à mon fils ou à certains psychologues dignes de confiance, jusqu'à ce qu'enfin j'entreprenne d'étudier scientifiquement d'autres cas pour savoir si, oui ou non, ce genre de visions était habituel chez les gens victimes d'amnésie.

Tout d'abord, les résultats que j'obtins avec l'aide de psychologues, d'historiens, d'anthropologues, de spécialistes très au fait de la chose mentale, et par une étude de tous les cas de dédoublements de personnalité depuis l'époque des légendes de possession démoniaque jusqu'au présent médicalement réaliste m'inquiétèrent plus qu'ils me réconfortèrent.

En effet, je compris vite que mes rêves n'avaient pas d'équivalent parmi l'immense corpus des cas d'amnésie véritable. Cependant, je trouvai une poignée d'exemples dont la ressemblance avec mon propre cas me déconcerta et me marqua pour les années à venir. Il s'agissait de fragments de folklore ancien, ou d'extraits d'annales médicales, ou encore d'une ou deux anecdotes obscures se cachant derrière des épisodes anodins de l'histoire.

Il apparaissait donc qu'en dépit de l'extrême rareté de ma singulière affection, des cas s'étaient présentés à de longs intervalles, et ce depuis le début des chroniques humaines. Certains siècles en comptaient un, deux, voire trois cas, d'autres aucun – ou du moins, aucun dont on ait gardé trace.

Pour l'essentiel, l'histoire était toujours la même : une personne à l'esprit songeur mais aiguisé était envahie par une étrange personnalité secondaire, et menait, pour une période plus ou moins longue, une vie parallèle caractérisée dans un premier temps par une élocution et des mouvements maladroits, puis par l'acquisition massive de connaissances scientifiques, historiques, artistiques et anthropologiques ; acquisition menée avec une ardeur effrénée et facilitée par une capacité d'assimilation totalement anormale. Enfin, le sujet recouvrait brusquement sa conscience légitime, tout en étant, sa vie durant, tourmenté par des rêves occasionnels, confus et indéfinissables, suggérant par fragments l'existence d'effroyables souvenirs effacés avec soin.

Quant à la forte ressemblance entre ces cauchemars et les miens – y compris dans les moindres détails –, elle ne me laissait aucun doute sur leur origine de toute évidence identique. Un ou deux cas présentaient en plus de légers accents de familiarité sacrilège, comme si j'en avais déjà entendu parler par quelque canal cosmique si effroyable et malsain qu'il valait mieux oublier son existence. À trois occasions, je trouvai des mentions spécifiques à une machine inconnue comme celle que l'on avait vue chez moi avant le second changement.

J'étais aussi inquiet de découvrir au fil de mon enquête des cas légèrement plus fréquents où des gens avaient de brèves visions comparables à mes cauchemars sans pour autant avoir été atteints d'amnésie caractérisée.

Les personnes en question, pour la plupart, avaient au mieux un niveau intellectuel médiocre, certaines étant même si primitives qu'on ne pouvait guère les imaginer en réceptacles d'une érudition hors du commun et d'une capacité d'acquisition mentale surnaturelle. L'espace d'une seconde, elles étaient animées par une force étrangère… puis c'était la rechute, et il ne leur restait qu'une faible réminiscence éphémère d'horreurs inhumaines.

Au cours du demi-siècle qui venait de s'écouler, on avait connu trois exemples de ce genre, dont l'un datait de quinze ans à peine. Étaient-ils l'œuvre d'une entité surgie d'un abîme insoupçonné de la Nature pour traverser le temps à tâtons ? Ces cas plus légers constituaient-ils de monstrueuses et sinistres expériences dont l'origine et l'auteur étaient totalement inconcevables pour l'esprit sensé ?

C'étaient là quelques-unes des hypothèses approximatives que je formais à mes heures les plus sombres. Autant de chimères inspirées des mythes que j'exhumais au fil de mes recherches. Il n'était pas permis d'en douter : certaines légendes tenaces remontant à des temps immémoriaux et apparemment inconnues des victimes et des médecins travaillant sur les cas d'amnésie récents n'étaient que des versions élaborées, plus frappantes et impressionnantes, d'anecdotes fondées sur des pertes de mémoire comme la mienne.

Aujourd'hui encore, j'ai presque peur de parler de la nature de ces rêves et impressions si bruyants. Ils avaient un goût de folie et, d'ailleurs, je croyais parfois devenir fou. Existait-il un type précis de visions propre aux anciens amnésiques ? Il est concevable que les efforts du subconscient pour remplir de pseudo-souvenirs ces blancs déconcertants donnent lieu à d'étranges errances imaginatives.

Et d'ailleurs, bien qu'une autre théorie portant sur le folklore m'ait finalement semblé plus plausible, telle fut l'opinion de bien des aliénistes parmi ceux qui m'aidèrent dans ma recherche de cas analogues et partagèrent ma perplexité devant les troublantes ressemblances que nous observâmes parfois.

Ils ne parlaient pas de folie véritable, mais rangeaient plutôt mon état parmi les névroses. Ils soutenaient de tout cœur ma démarche consistant à essayer de l'identifier et de l'analyser au lieu de chercher en vain à le nier ou à l'oublier, car cette approche était conforme aux meilleurs principes psychologiques. J'accordais une valeur particulière aux conseils des médecins qui m'avaient suivi alors que j'étais possédé par une autre personnalité.

Mes premiers troubles ne furent pas du tout d'ordre visuel, mais portaient sur les sujets plus abstraits dont j'ai déjà parlé. J'éprouvais aussi une profonde et inexplicable répugnance à mon propre égard, et une angoisse insolite en me regardant, comme si mes yeux avaient trouvé à mon enveloppe quelque chose de parfaitement étranger et d'incommensurablement écœurant.

Lorsque, jetant un coup d'œil sur moi-même, je voyais ma forme humaine familière dans son discret costume gris ou bleu, je ressentais systématiquement un curieux soulagement ; cependant, pour accéder à ce soulagement, je devais d'abord surmonter une crainte infinie. J'évitais autant que possible les miroirs et me faisais toujours raser chez le barbier.

Il me fallut beaucoup de temps pour établir un lien entre ces frustrations et les visions éphémères qui commençaient à apparaître. Le premier rapprochement que je fis concernait l'étrange sensation qu'une force extérieure entravait artificiellement ma mémoire.

J'étais certain que ces fragments visuels avaient un sens terrible et profond, ainsi qu'un effroyable rapport avec moi-même, mais que l'on m'empêchait délibérément de percevoir ces derniers. Ensuite vint cette insolite conception du temps s'accompagnant d'efforts désespérés pour ranger mes visions oniriques parcellaires dans l'ordre chronologique, mais aussi sur le plan spatial.

Au début, les images en question étaient plus bizarres qu'horribles. J'avais l'impression de me trouver dans une immense salle voûtée dont les hautes arêtes de pierre se perdaient presque dans l'ombre, au-dessus de ma tête. Quels que soient l'époque et le lieu où se passaient ces rêves, le principe de l'arc y était aussi connu et amplement utilisé qu'au temps des Romains.

Les fenêtres rondes étaient colossales, les hautes portes cintrées, et les tables et bureaux auraient atteint le plafond d'une pièce ordinaire. Le long des murs couraient de vastes étagères de bois sombre sur lesquelles étaient entreposés des volumes au format démesuré et dont le dos était marqué d'étranges hiéroglyphes.

Sur la pierre apparente étaient sculptés de drôles de motifs mathématiques curvilignes, et des inscriptions ciselées dans les mêmes caractères que ceux figurant sur les livres gigantesques.

La maçonnerie de granit sombre était colossale, de type mégalithique ; les blocs à sommet convexe et à base concave s'emboîtaient rangée après rangée.

Il n'y avait pas de chaises, mais le dessus des bureaux géants était jonché de livres, de papiers et de matériel servant sans doute à écrire : des pots de métal violâtre de forme bizarre et des tiges au bout taché. Malgré la taille des meubles, je parvenais parfois à les voir d'en haut. Sur certains étaient posés de grands globes de cristal lumineux servant de lampes et d'incompréhensibles machines composées de tubes de verre et de barres métalliques.

Les fenêtres vitrées étaient treillissées de solides barreaux. Je n'osais pas approcher pour regarder au-dehors mais, de là où je me tenais, j'apercevais les cimes ondulantes d'une singulière végétation rappelant des fougères. Le sol était couvert de grosses dalles octogonales, et il n'y avait ni tapis ni tentures.

Plus tard, je me vis flotter à toute vitesse le long des couloirs de pierre cyclopéens, et monter ou descendre les gigantesques plans inclinés bâtis dans la même architecture monstrueuse. Il n'y avait jamais ni escaliers, ni aucun passage faisant moins de dix mètres de large. Certaines des structures que je parcourais devaient culminer à plus de mille mètres.

Sous terre se succédaient d'innombrables étages de caveaux noirs, et de trappes scellées par des bandes métalliques et jamais ouvertes, sombres suggestions de la présence d'un danger très spécial.

J'étais apparemment prisonnier, et je sentais une terrible menace peser partout où se portait mon regard. Si je n'avais été protégé par ma bienheureuse ignorance, le message de ces hiéroglyphes curvilignes et moqueurs aurait à coup sûr dévasté mon âme.

Plus tard encore, je vis dans mes rêves le panorama depuis les grandes fenêtres rondes, ou depuis le titanesque toit plat auquel menait le plus élevé des plans inclinés, avec ses curieux jardins, son large espace vide et son haut parapet de pierre festonné.

Sur des lieues et des lieues, des bâtiments géants dotés de jardins individuels s'alignaient le long de routes pavées larges d'au moins soixante-dix mètres. Ils étaient d'aspects très différents, mais peu d'entre eux faisaient moins de cent cinquante mètres carrés au sol ou de trois cents mètres de haut. Beaucoup étaient si colossaux que leur façade devait mesurer des kilomètres, tandis que certains s'élevaient à des altitudes dignes de montagnes dans les cieux gris et brumeux.

Ils étaient presque entièrement en pierre ou en béton et, pour la plupart, dans le style architectural étrangement curviligne de l'immeuble où j'étais détenu. Les toits étaient plats et couverts de jardins, et les parapets festonnés ne manquaient pas. Il y avait parfois des terrasses et des étages surélevés, ainsi que de larges espaces dégagés au milieu des jardins. Je croyais apercevoir du mouvement sur les routes immenses mais, dans mes premières visions, je ne parvins pas à interpréter cette impression au point d'en percevoir les détails.

Par endroits, je discernai d'énormes tours sombres et cylindriques qui dépassaient largement toutes les autres constructions. Elles semblaient de nature tout à fait unique et paraissaient prodigieusement vieilles et décrépites. Construites à base d'étranges blocs de basalte taillés à angle droit, elles s'évasaient légèrement à mesure qu'approchait leur sommet arrondi. Je ne leur voyais pas la moindre fenêtre, ni une quelconque ouverture en dehors de leurs portes géantes. Je remarquai aussi quelques édifices plus bas, croulant sous le poids des millénaires, et dont l'architecture générale rappelait celle des tours cylindriques. Autour de ces empilements aberrants de blocs cubiques flottait une inexplicable aura de menace et de peur concentrée, aura semblable à celle qui entourait les trappes scellées.

Les jardins, omniprésents, étaient d'une étrangeté presque terrifiante ; leur végétation aux formes étonnantes, inhabituelles, se balançait au-dessus de larges allées bordées de monolithes couverts de sculptures curieuses. L'espèce prédominante était une sorte de fougère anormalement grande dont certains spécimens étaient verts, et d'autres, d'une horrible pâleur fongoïde.

Parmi ces végétaux se dressaient de grandes silhouettes spectrales ressemblant à des calamites, et dont le tronc semblable à du bambou s'élevait à une hauteur incroyable. Il y avait aussi des touffes de plantes rappelant de prodigieuses cycadales, et d'extravagants arbres et arbustes vert foncé proches de nos conifères.

De petites fleurs incolores et non identifiables poussaient soit en parterres géométriques, soit librement dans la verdure.

Dans quelques jardins de terrasses ou de toits, j'en aperçus de plus grandes et plus colorées dont les formes particulièrement révoltantes me conduisirent à penser qu'il s'agissait de croisements artificiels. Des champignons de taille et de couleur aussi inconcevables que leur silhouette parsemaient le paysage suivant des dessins qui témoignaient d'une tradition horticole inconnue mais bien établie. Dans les jardins plus vastes au niveau du sol, on devinait un souci de préserver les irrégularités de la Nature mais, sur les toits, les plantes étaient visiblement sélectionnées dans une visée artistique.

Les cieux étaient presque toujours humides ou nuageux, et il m'arrivait d'assister à des averses impressionnantes. De temps à autre cependant, le soleil – qui me semblait particulièrement grand – faisait des apparitions, de même que la lune dont les taches me semblaient inhabituelles sans que je sache vraiment pourquoi. Dans les très rares cas où le ciel nocturne était un tant soit peu dégagé, j'observais des constellations presque méconnaissables. Certaines ressemblaient aux figures connues, mais elles n'étaient quasiment jamais identiques. À la position des quelques groupements que je reconnus, je conclus que je devais me trouver dans l'hémisphère sud, près du tropique du Capricorne.

L'horizon lointain était invariablement brumeux et indistinct, mais j'apercevais hors de la ville de vastes jungles de fougères arborescentes inconnues, de calamites, de lépidodendrons, de sigillaires, dont les frondes fantastiques se balançaient, narquoises, dans les vapeurs ondulantes. Par moments, je devinais des mouvements dans le ciel, mais cela resta à l'état d'impression dans mes premières visions.

À l'automne 1914, je commençai à faire des rêves occasionnels dans lesquels je flottais inexplicablement au-dessus de la ville et des régions environnantes. Je vis des routes interminables traverser des forêts à la végétation effroyable, dont les troncs étaient tachetés, cannelés ou rayés, et passer devant d'autres cités non moins étranges que celle qui s'obstinait à me hanter.

Je découvris de monstrueux édifices de pierre noire ou iridescente dans des clairières où régnait un crépuscule perpétuel, et parcourus de longues chaussées à travers des marais si sombres que je ne discernai pas grand-chose de leur végétation humide et géante.

Je vis une fois une gigantesque plaine jonchée de ruines basaltiques ravagées par les années, et dont l'architecture était semblable à celle des quelques tours de la ville obsédante, avec leurs murs sans fenêtres et leurs sommets arrondis.

Enfin, je vis même la mer, étendue sans bornes et fumante au-delà des colossales jetées de pierre d'une cité aux dômes et arches tout aussi colossaux. De grandes ombres informes se déplaçaient au-dessus d'elle et, ici et là, de curieux jaillissements troublaient la surface des eaux.

III

Comme je l'ai dit, ces visions absurdes n'eurent tout d'abord aucun caractère effrayant. Je suis certain que beaucoup de gens font des rêves intrinsèquement plus étranges, collages de fragments de leur vie quotidienne sans lien entre eux, d'images, de lectures, combinés sous des formes inédites et fantastiques par les caprices incontrôlables du sommeil.

Pendant un temps, je crus avoir affaire à des visions naturelles, même si je n'avais encore jamais été un rêveur extravagant. Nombre des vagues anomalies que je voyais, supposais-je, devaient provenir de sources banales si nombreuses qu'il était vain de chercher à les identifier ; d'autres témoignaient de connaissances de base sur les plantes et autres éléments environnementaux du monde primitif tel qu'il était il y a cent cinquante millions d'années, à l'âge permien ou triasique.

En l'espace de quelques mois, cependant, l'élément de terreur se fit de plus en plus intense. C'est à cette époque que les rêves se mirent à ressembler systématiquement à des souvenirs, et que mon esprit commença à les relier à l'aggravation de mes troubles abstraits : l'impression d'entrave mnémonique, ma curieuse manière de concevoir le temps, le sentiment détestable d'avoir échangé mon corps avec ma personnalité secondaire entre 1908 et 1913 et, nettement plus tard, l'inexplicable aversion que je ressentis envers moi-même.

À mesure que des détails précis faisaient irruption dans mes rêves, l'horreur que ces derniers m'inspiraient devenait mille fois pire, à tel point qu'en octobre 1915 je compris qu'il me fallait agir. C'est alors que j'entrepris d'étudier en profondeur les autres cas d'amnésie et de visions, sentant que cela m'aiderait à avoir un point de vue objectif sur mon problème et à me soustraire à son emprise émotionnelle.

Toutefois, comme dit précédemment, j'obtins dans un premier temps un résultat presque opposé. Je fus extrêmement troublé de constater que d'autres avaient fait les mêmes rêves que moi, d'autant que certains cas étaient trop anciens pour que les sujets aient pu avoir des connaissances en géologie et, donc, la moindre idée de ce à quoi pouvaient ressembler les paysages primitifs.

De plus, nombre de comptes-rendus fournissaient des détails et explications tout à fait horrifiants sur nos visions d'édifices géants, de jardins sauvages… entre autres choses. Les images en elles-mêmes et les vagues impressions étaient déjà horribles, mais ce que certains rêveurs suggéraient ou affirmaient sentait la folie et le blasphème. Le comble était que ces histoires incitaient ma propre pseudo-mémoire à produire des rêves plus délirants et à pressentir d'imminentes révélations. Et pourtant, la plupart des médecins jugeaient que, dans l'ensemble, ma démarche était recommandable.

Je me consacrai donc à fond à l'étude de la psychologie, et cela encouragea mon fils Wingate à faire de même, ce qui l'amena à occuper sa chaire actuelle. En 1917 et 1918, je pris des cours spéciaux à l'université Miskatonic. En même temps, mes recherches désormais ininterrompues dans les domaines de la médecine, de l'histoire et de l'anthropologie me conduisirent à visiter de lointaines bibliothèques, et je finis même par lire d'abominables ouvrages sur l'antique tradition interdite qui avait éveillé l'intérêt si troublant de mon autre personnalité.

Certains de ces livres étaient les exemplaires mêmes que j'avais déjà consultés dans mon état second, et je fus bouleversé de trouver dans ces textes hideux des annotations et des corrections très voyantes, portées dans une écriture et des termes qui me semblaient étrangement inhumains.

La plupart de ces notes étaient rédigées dans les langues respectives des différents livres, langues que le lecteur semblait posséder avec le même bonheur, même si son expression était de toute évidence scolaire. Néanmoins, l'une de ces notes, ajoutée à l'*Unaussprechlichen Kulten* de von Junzt, était d'une nature différente et fort alarmante. Écrite en hiéroglyphes curvilignes dans la même encre que les corrections en allemand, elle ne correspondait à aucun modèle humain connu. Quant aux symboles, ils étaient étroitement et indéniablement apparentés à ceux que je rencontrais encore et toujours dans mes rêves, ces mêmes caractères dont parfois, l'espace d'un instant, je m'imaginais connaître la signification, ou être sur le point de me la rappeler.

Pour ajouter à ma noire confusion, les bibliothécaires m'assurèrent qu'au vu de l'historique des consultations des volumes en question je devais avoir porté toutes ces annotations moi-même, alors que j'étais dans mon état second. Et cela malgré le fait qu'à l'époque comme aujourd'hui j'ignorais trois des langues utilisées.

En rassemblant les documents disséminés, qu'ils soient anciens ou modernes, anthropologiques ou médicaux, j'obtins un mélange assez cohérent de mythes et d'hallucinations dont l'importance et l'extravagance me laissèrent totalement médusé. Le seul point réconfortant était le fait que les mythes soient si anciens. Je ne parvenais même pas à imaginer quelles connaissances perdues avaient pu engendrer l'introduction d'images du paléozoïque ou du mésozoïque dans ces fables primitives ; mais en tout cas, ces images étaient bien là. J'avais donc trouvé un fondement pour la formation d'un type récurrent d'hallucinations.

Des cas d'amnésie avaient sans nul doute dessiné la forme générale des mythes mais, par la suite, l'accumulation capricieuse de ces derniers avait dû agir sur les amnésiques en colorant leurs pseudo-souvenirs. Pendant ma perte de mémoire, j'avais moi-même lu et entendu toutes les vieilles légendes ; mes recherches l'avaient amplement démontré. Par conséquent, n'est-il pas naturel que mes rêves et impressions affectives ultérieurs aient été teintés et façonnés par ce que ma mémoire avait secrètement retenu de mon autre personnalité ?

Quelques mythes avaient des liens notables avec d'autres légendes obscures du monde préhumain, en particulier avec les contes hindous faisant état de stupéfiants abîmes temporels, et qui sont intégrés à la tradition des théosophes actuels.

Mythes primitifs et hallucinations modernes menaient à la conclusion que l'humanité n'est qu'une – et peut-être la moindre – des races hautement évoluées ayant dominé l'histoire longue et presque inconnue de cette planète. Les uns comme les autres, ils laissaient entendre que des êtres à la forme inconcevable avaient dressé des tours dans le ciel et étudié tous les secrets de la Nature avant que le premier ancêtre amphibie de l'homme ne sorte en rampant de l'océan chaud, voici trois cents millions d'années.

Certains venaient des étoiles ; quelques-uns étaient aussi vieux que l'univers, d'autres s'étaient vite développés à partir de germes terrestres aussi éloignés de ceux qui nous donnèrent naissance que l'homme est éloigné de ces derniers. On n'hésitait pas à parler en milliards d'années, et il était question de relations avec d'autres galaxies, d'autres univers. En réalité, le temps tel que le comprennent les humains ne semblait pas exister.

Mais la plupart des contes et visions portaient sur une espèce relativement récente, d'apparence insolite et complexe, ne ressemblant à aucune forme de vie connue de la science, et qui s'était éteinte cinquante millions d'années seulement avant l'avènement de l'homme. Cette espèce, apprenait-on dans les mythes, était la plus grande de toutes, car elle avait découvert le secret du temps.

Elle avait assimilé tout ce qu'il y avait et tout ce qu'il y aurait à savoir sur la terre, grâce à la faculté de ses esprits les plus affûtés à se projeter dans le passé et le futur, même à des millions et des millions d'années, afin d'étudier les connaissances de chaque époque. Les réussites de cette espèce avaient donné naissance à toutes les légendes de prophètes, y compris celles des mythologies humaines.

Dans ses vastes bibliothèques, on trouvait des ouvrages dont les textes et images répertoriaient la totalité des annales terrestres, l'histoire et la description de toutes les espèces qui avaient été ou seraient, avec des archives complètes sur leurs arts, leurs réalisations, leurs langues et leur psychologie.

Forte de ce savoir infini, la Grande Race piochait dans chaque époque et chaque forme de vie les concepts, arts et procédés qui convenaient à sa nature et à sa situation. Les connaissances du passé, recueillies au moyen d'une projection spirituelle échappant aux sens dont l'existence est reconnue, étaient plus difficiles à glaner que celles du futur.

Pour ces dernières, la démarche était plus simple, plus concrète. Avec une assistance mécanique idoine, l'esprit pouvait se projeter en avant dans le temps et, à force de tâtonnements extrasensoriels, atteindre la période choisie. Ensuite, après une série de tests préliminaires, il s'emparait du meilleur représentant possible de la plus haute forme de vie de l'époque. Il pénétrait le cerveau de l'organisme et lui imposait ses propres vibrations, tandis que l'esprit expulsé était envoyé au temps de l'intrus, dont il occupait le corps en attendant un nouvel échange en sens inverse.

L'esprit projeté dans l'organisme du futur se faisait passer pour un membre de la race dont il avait la forme extérieure, et apprenait aussi vite que possible tout ce qu'il y avait à savoir sur l'époque en question, et sur les informations et techniques accumulées.

Pendant ce temps, l'esprit déplacé, rejeté dans le temps et le corps de l'usurpateur, était sous bonne garde. On l'empêchait de faire du mal à l'enveloppe qu'il occupait, et des enquêteurs chevronnés lui soutiraient tout ce qu'il savait. Souvent, ils étaient en mesure de l'interroger dans sa propre langue ; il suffisait pour cela que des missions antérieures aient rapporté du futur des données sur l'idiome en question.

Si l'esprit venait d'un corps dont la Grande Race ne pouvait reproduire le langage pour des raisons physiques, on construisait d'ingénieuses machines sur lesquelles il était possible de jouer la langue comme on joue de la musique avec un instrument.

Les individus de la Grande Race étaient d'immenses cônes striés de trois mètres, et dont la tête et les autres organes étaient attachés à des membres extensibles d'une épaisseur de trente centimètres, partant en tous sens du sommet de leur corps. Ils communiquaient en cliquetant et en frottant les énormes pattes ou pinces qui terminaient deux de leurs quatre membres, et se déplaçaient en étirant et contractant une couche visqueuse, à la base du cône, qui mesurait elle aussi trois mètres de diamètre.

Une fois passé la stupeur et le ressentiment du captif, mais aussi son horreur dans les cas où il venait d'un corps infiniment différent de celui qu'il occupait temporairement, on l'autorisait à étudier son nouvel environnement, afin qu'il connaisse l'émerveillement, ainsi qu'une sagesse comparable à celle de son remplaçant.

Avec les précautions adéquates, et en échange de services rendus, on lui permettait de sillonner tout le monde habitable dans de titanesques nefs volantes, de courir les grandes routes à bord d'énormes véhicules semblables à des bateaux propulsés par des moteurs atomiques, ou d'étudier à son gré dans les bibliothèques où l'on rangeait les documents sur le passé et le futur de la planète.

Grâce à cela, bien des esprits captifs acceptèrent leur sort ; car tous avaient une intelligence pénétrante et, pour de tels cerveaux, découvrir les secrets cachés de la terre, les chapitres clos d'un passé inconcevable ou le tourbillon enivrant d'un futur postérieur à leur propre époque, était forcément l'expérience d'une vie, et ce malgré les horreurs sans bornes qu'ils rencontraient souvent dans leur quête.

Il arrivait que l'on autorise certains d'entre eux à rencontrer d'autres captifs venus du futur afin qu'ils échangent des idées avec des êtres conscients vivant cent ou mille ans, ou même un million d'années avant ou après leur époque propre. Et on les encourageait tous à écrire abondamment dans leur propre langue sur eux-mêmes et leur époque, afin de classer leurs témoignages dans les grandes archives centrales.

On peut ajouter qu'il existait un type particulier de prisonniers jouissant de privilèges bien supérieurs à ceux de la majorité. Il s'agissait des mourants, exilés permanents, dont des membres de la Grande Race à l'intelligence aiguisée, cherchant à éviter l'extinction de leur esprit à l'approche de la mort, s'étaient approprié le corps dans le futur.

Ces tristes exilés n'étaient pas aussi répandus qu'on pourrait le croire, car la longévité de la Grande Race amoindrissait son amour de la vie, surtout chez les esprits supérieurs capables de projection. Les cas de transfert permanent d'esprits anciens expliquent nombre de changements durables de personnalité dans l'histoire récente, y compris celle de l'humanité.

Quant aux cas d'exploration ordinaire, une fois l'usurpateur satisfait de ce qu'il avait appris dans le futur, il suffisait de fabriquer un appareil comme celui qui lui avait permis d'entamer son voyage, et d'inverser le processus de projection. Le voyageur regagnait son corps et son époque, et l'ex-captif recouvrait sa vraie place dans le futur.

La seule chose qui pouvait rendre ce rétablissement impossible était la mort d'un corps ou de l'autre pendant la période de l'échange. Dans de tels cas, bien entendu, l'esprit explorateur – tout comme ses semblables cherchant à échapper à la mort – devait vivre toute sa vie dans le futur et dans un corps étranger ; ou à l'inverse, l'esprit captif – comme les exilés permanents moribonds – devait finir ses jours à l'époque de la Grande Race et sous la forme d'un de ses membres.

Ce sort était moins terrible quand l'esprit captif appartenait lui aussi à la Grande Race, ce qui n'avait rien d'inhabituel puisque ce peuple, de toute éternité, s'était toujours beaucoup inquiété de son propre avenir. Le nombre de mourants exilés permanents appartenant à la race était très réduit… principalement à cause des sévères sanctions prévues pour les moribonds tentés de se projeter dans le corps d'un futur congénère.

Par l'intermédiaire de la projection, on prenait les mesures nécessaires pour infliger ces sanctions aux esprits contrevenants alors qu'ils occupaient leur nouveau corps. Il arrivait même parfois qu'on les oblige à retourner dans leur enveloppe mourante.

LES CRÉATURES DU MYTHE

par Loïc Muzy

SHOGGOTH

CHOSE TRÈS ANCIENNE

SOMBRE REJETON DE SHUB-NIGGURATH

SHUB-NIGGURATH

PROFOND

POLYPE VOLANT

BYAKHEE

HORREUR CHASSERESSE

MI-GO

GOULE

GHAST

VAGABOND DIMENSIONNEL

BÊTE LUNAIRE

GRANDE RACE DE YITH

CHIEN DE TINDALOS

SERVITEUR DES DIEUX EXTÉRIEURS
VAMPIRE STELLAIRE

Des cas complexes de remplacement d'esprits déjà captifs ou en exploration par d'autres esprits venus de différentes périodes du passé avaient été constatés, et soigneusement rectifiés. À toutes les époques depuis la découverte de la projection mentale, une partie infime mais bien identifiée de la population était composée d'esprits de la Grande Race venus du passé pour séjourner plus ou moins longtemps dans le futur.

Quand on renvoyait un esprit captif d'origine étrangère dans son vrai corps, on le purgeait, au moyen d'une complexe hypnose mécanique, de tout ce qu'il avait appris à l'époque de ses hôtes. On cherchait par là à éviter les conséquences fâcheuses accompagnant la diffusion prématurée de quantités massives de connaissances.

Les quelques cas de renvoi sans purge avaient provoqué de grands désastres et continueraient d'en provoquer dans le futur, à des dates connues à l'avance. Ce fut en bonne partie suite à deux affaires de ce genre – affirmait-on dans les vieux mythes – que l'humanité avait appris ce qu'elle sait de la Grande Race.

En guise de traces matérielles directes de ce monde remontant à des millions et des millions d'années, il ne restait que quelques ruines aux pierres énormes dans des lieux reculés et sous la mer et des fragments du texte des effroyables *Manuscrits Pnakotiques*.

L'esprit réintégrant son époque ne gardait en mémoire que des visions aussi fugaces que parcellaires de ce qu'il avait subi depuis son enlèvement. Était effacé tout ce qui pouvait l'être, si bien que, dans la majorité des cas, il ne subsistait de la période du remplacement qu'un grand blanc peuplé de rêves sombres. Certains avaient plus de mémoire que les autres, et le partage fortuit des souvenirs avait, en de rares occasions, fourni au futur des indices sur le passé interdit.

Sans doute n'y eut-il pas une seule époque où les groupes ou cultes n'aient vénéré en secret certains de ces indices. Le *Necronomicon* évoquait la présence parmi les humains d'un culte de ce genre qui, quelquefois, apportait son aide aux esprits de ceux de la Grande Race qui avaient voyagé à travers les âges.

Et pendant ce temps, la Grande Race, devenue presque omnisciente, entreprenait d'opérer des échanges avec des esprits d'autres planètes afin d'explorer leur passé et leur futur. Elle cherchait aussi à sonder l'histoire et l'origine de ce globe noir, depuis longtemps mort, dans les profondeurs de l'espace ; c'était de là qu'elle tenait son héritage mental, sa conscience étant apparue alors même qu'elle n'avait pas encore d'enveloppe corporelle.

Ces êtres d'un monde ancien et moribond, forts de la connaissance de ses ultimes secrets, avaient cherché dans l'avenir un nouvel univers et une nouvelle espèce qui leur assureraient une vie pérenne. Ils avaient envoyé leurs esprits en masse dans la race future la plus apte à les recevoir, à savoir celle des créatures coniques qui peuplaient notre terre il y a un milliard d'années.

La Grande Race était née en condamnant les innombrables esprits qu'elle avait envoyés prendre sa place à connaître une mort effroyable dans un corps étranger. Par la suite, elle serait de nouveau confrontée à sa propre extinction, mais survivrait grâce à une nouvelle migration temporelle de ses plus grands esprits dans d'autres corps dotés d'une meilleure espérance de vie.

Telle était la toile de fond sur laquelle s'entrelaçaient légendes et hallucinations. Vers 1920, lorsque mes recherches prirent une forme cohérente, je sentis baisser légèrement la tension que mes premières études avaient renforcée. Après tout, et en dépit des fantasmes suscités par les émotions aveugles, la plupart des expériences que j'avais vécues n'étaient-elles pas aisément explicables ? Un hasard quelconque avait pu me conduire à entreprendre des études occultes pendant mon amnésie, puis j'avais lu les légendes interdites et rencontré des adeptes de cultes antiques et honnis. De toute évidence, cela suffisait à expliquer les rêves et problèmes émotionnels survenus après le retour de la mémoire.

Quant aux annotations rédigées en hiéroglyphes fantaisistes et dans des langues que je ne parlais pas, annotations que les bibliothécaires m'attribuaient… dans mon état second, j'avais fort bien pu acquérir quelques notions dans ces langues ; les hiéroglyphes étaient sans aucun doute le fruit de mon imagination qui, après avoir puisé dans les descriptions des vieilles légendes, les avait retranscrites dans mes rêves. J'essayai de vérifier certains points en discutant avec les maîtres de cultes connus, mais ne parvins jamais à établir les liens adéquats.

Le parallélisme de tous ces cas pourtant fort espacés dans le temps continuait parfois de m'inquiéter comme au premier jour, mais je me rassurais en me disant que ce passionnant folklore était plus répandu autrefois qu'à notre époque.

Sans doute, par le passé, les victimes de crises semblables à la mienne avaient-elles baigné toute leur vie dans les contes dont j'avais moi-même seulement appris l'existence alors que je me trouvais dans mon état second. En perdant la mémoire, elles s'étaient associées aux créatures des mythes propres à leur société – à ces fabuleux envahisseurs censés usurper l'esprit des hommes – et s'étaient mises en quête d'un savoir qu'elles pensaient pouvoir rapporter dans un passé non humain imaginaire.

Puis, lorsqu'elles recouvraient la mémoire, le processus associatif s'inversait, et elles s'imaginaient dans le rôle de l'ancien captif, au lieu de celui de l'intrus. D'où la ressemblance des rêves et pseudo-souvenirs avec le modèle du mythe conventionnel.

Malgré leur apparente maladresse, ces explications finirent par supplanter toutes les autres dans mon esprit, notamment à cause de la faiblesse des autres théories possibles. De plus, nombre d'éminents psychologues et anthropologues se rangeaient progressivement à mon avis.

Plus j'y pensais, plus mon raisonnement me semblait convaincant, ce qui me permit finalement de dresser un rempart très efficace contre les visions et impressions qui continuaient de me hanter. Si, par exemple, je voyais quelque chose de bizarre une nuit, cela ne pouvait être que la conséquence de mes lectures et discussions. S'il m'arrivait d'avoir des répugnances, des points de vue ou des pseudo-souvenirs anormaux, il s'agissait, là aussi, de simples échos des mythes assimilés dans mon état second. Rien de ce que je pouvais rêver ou ressentir n'avait de véritable signification.

Cette philosophie me renforça et me permit de faire de très nets progrès en matière d'équilibre nerveux, alors même que les visions – plus que les impressions abstraites – se faisaient toujours plus fréquentes et plus troublantes de précision. En 1922, me sentant prêt à reprendre un travail régulier, je mis en pratique mes nouvelles connaissances en acceptant un poste de moniteur au département de psychologie de l'université.

Mon ancienne chaire d'économie politique était depuis longtemps occupée par un titulaire compétent, sans compter que les méthodes d'enseignement des sciences économiques avaient beaucoup évolué depuis mon époque. Au même moment, mon fils commençait le doctorat qui le mènerait à sa chaire actuelle, si bien que nous travaillions beaucoup ensemble.

IV

Je continuai malgré tout à noter scrupuleusement les rêves outranciers qui m'assaillaient avec force. Mes notes, je le soutenais, avaient une vraie valeur pour l'étude de la psychologie. Les visions ressemblaient toujours diablement à des souvenirs mais je refoulais cette impression avec un succès certain.

Lorsque j'écrivais, je traitais ces fantasmes comme des choses que j'aurais vues ; le reste du temps, je les écartais comme autant d'illusions nocturnes sans consistance. Je n'avais jamais abordé ces questions dans mes conversations courantes, mais les rumeurs qui ne manquèrent pas de circuler suscitèrent diverses remarques sur ma santé mentale. Précisons – car c'est amusant – que seuls des profanes répandaient ces bruits, et qu'il ne se trouva pas un médecin, pas un psychologue pour s'en faire l'écho.

Je ne mentionnerai ici qu'une petite partie des visions que j'eus après 1914, dans la mesure où des récits et comptes-rendus plus complets sont à la disposition des chercheurs sérieux. À l'évidence, avec le temps, mes curieuses inhibitions s'estompèrent quelque peu, car le champ de mes visions devint bien plus vaste. Toutefois, elles ne furent jamais que des fragments sans liens et, selon toute apparence, dénués de motivations définies.

Dans mes rêves, je jouissais d'une liberté de mouvement toujours plus grande. Je parcourais en flottant de nombreux édifices de pierre à l'architecture étrange, passant de l'un à l'autre en empruntant de colossaux passages souterrains qui me paraissaient faire office de voies de communication normales. Parfois, alors que je me trouvais au niveau le plus bas, il m'arrivait de tomber sur une de ces gigantesques trappes scellées d'où il émanait une aura de peur et d'interdit.

Je voyais des bassins aux mosaïques incroyables et des salles pleines d'une variété infinie d'ustensiles aussi singuliers qu'inexplicables. Il y avait aussi des antres cyclopéens regorgeant de machines complexes dont la forme et l'usage m'étaient tout à fait étrangers, et dont je ne perçus le bruit qu'après des années de rêves. J'en profite pour préciser que la vue et l'ouïe sont les deux seuls sens qui m'aient jamais servi dans ce monde onirique.

La véritable horreur commença en 1915 quand je vis pour la première fois les créatures vivantes. C'était avant que mes recherches me renseignent, au vu des mythes et de l'historique des cas, sur ce à quoi je devais m'attendre. À mesure que les barrières mentales tombaient, je distinguais de grandes masses de vapeur transparente à différents endroits du bâtiment et dans les rues en contrebas.

Elles devinrent progressivement plus denses et distinctes, jusqu'à ce qu'enfin je parvienne à distinguer, avec une aisance qui me mit mal à l'aise, leur silhouette monstrueuse. Les créatures ressemblaient à d'énormes cônes iridescents de trois mètres de haut sur trois mètres à la base, et étaient composées d'une matière striée, écailleuse et semi-élastique. Du sommet de leur corps partaient quatre membres cylindriques flexibles de trente centimètres d'épaisseur et faits de la même matière rainurée.

Parfois, ces membres se contractaient au point de disparaître presque totalement et, à d'autres moments, ils s'étiraient jusqu'à atteindre trois mètres. Deux d'entre eux se terminaient par un genre de pince géante, le troisième par quatre appendices rouges en forme de trompette, et le quatrième, par un globe jaunâtre et irrégulier d'une soixantaine de centimètres de diamètre à l'équateur duquel s'alignaient trois grands yeux sombres.

Cette tête était surmontée de quatre minces tiges grises dotées d'appendices ressemblant à des fleurs tandis que, sous elle, pendillaient huit antennes ou tentacules verdâtres. La grande base du cône central était bordée d'une substance caoutchouteuse de couleur grise qui, par ses contractions et dilatations, permettait à l'entité tout entière de se déplacer.

Leurs actions, bien qu'inoffensives, m'horrifiaient encore plus que leur apparence ; car on éprouve un malaise certain à regarder des créatures monstrueuses faire ce que l'on croyait réservé aux humains. Ceux de la Grande Race arpentaient les vastes salles d'un pas déterminé, prenaient des livres sur les étagères pour aller les poser sur les gigantesques tables ou *vice versa* et, parfois, écrivaient avec application, en tenant une drôle de tige dans les tentacules verdâtres qui pendaient sous leur tête. Leurs énormes pinces leur servaient à porter les livres, mais aussi à converser, car ils communiquaient en les faisant claquer et en les frottant.

Ces créatures ne portaient pas de vêtements, mais des sacoches et musettes suspendues au sommet de leur tronc conique. Elles maintenaient normalement la tête, ainsi que le membre qui la soutenait, au niveau du faîte du cône, mais il n'était pas rare qu'elles la lèvent ou la baissent.

Les trois autres grands membres avaient tendance à rester ballants sur les côtés du cône. Quand ils ne servaient pas, ils restaient contractés à environ un mètre cinquante de longueur. Étant donné la vitesse à laquelle ces êtres lisaient, écrivaient et manipulaient leurs machines – celles qui étaient posées sur les tables semblaient reliées à leur pensée –, je conclus que leur intelligence dépassait de beaucoup celle de l'homme.

Par la suite, je les vis partout ; grouillant dans toutes les grandes salles et les couloirs, s'occupant de machines monstrueuses dans des cryptes voûtées, et filant sur les vastes routes dans leurs gigantesques voitures en forme de bateau. Je cessai d'avoir peur d'eux, car ils paraissaient suprêmement bien intégrés à leur environnement.

Je commençais à percevoir des différences entre les individus, dont quelques-uns donnaient l'impression d'être soumis à quelque contrainte. Ces derniers, sans présenter de particularités physiques, se démarquaient de la majorité, mais aussi en grande partie les uns des autres, par divers gestes et habitudes.

Ils écrivaient beaucoup en se servant de caractères qui, à mes yeux profanes, paraissaient fort variés, mais sans jamais avoir recours aux habituels hiéroglyphes curvilignes de leurs congénères. Il me sembla même qu'une poignée d'entre eux utilisaient notre alphabet. Pour la plupart, ils travaillaient bien plus lentement que l'ensemble des autres créatures de ce monde.

Pendant tout ce temps, je ne fus rien de plus, dans ces rêves, qu'une conscience désincarnée, dotée d'un champ de vision supérieur à la normale, flottant librement mais dans les limites des voies de communication et vitesses de déplacement ordinaires. Avant août 1915, je ne fus jamais tourmenté par la moindre impression d'existence corporelle. Si j'emploie le mot « tourmenté » c'est parce que dans la première phase, j'associais, de manière purement abstraite mais infiniment effroyable, les scènes de mes visions à la répugnance que m'inspirait mon corps, répugnance dont j'ai déjà parlé.

Pour un temps, je passai surtout mes rêves à éviter de me regarder ; d'ailleurs, je me félicitais de l'absence totale de miroirs dans les étranges salles. J'étais extrêmement perturbé de constater que je voyais toujours les grandes tables – dont la hauteur ne pouvait être inférieure à trois mètres – en hauteur, et non du dessous.

Puis la tentation morbide de m'examiner se fit de plus en plus irrésistible, et je finis par y céder. Tout d'abord, le coup d'œil que je jetai vers le bas ne révéla strictement rien. Je compris bien vite pourquoi : ma tête se trouvait à l'extrémité d'un cou flexible démesurément long. Je le rétractai donc et, baissant très brusquement la tête, je découvris la masse écailleuse, rugueuse et iridescente d'un gigantesque cône de trois mètres de hauteur et de base. Les hurlements que je poussai en remontant frénétiquement des profondeurs du sommeil réveillèrent la moitié d'Arkham.

Il me fallut répéter l'expérience pendant des semaines pour commencer à m'habituer à me voir sous une forme aussi monstrueuse. Dans mes rêves, je me déplaçais désormais physiquement parmi les autres entités inconnues ; je lisais de terribles livres pris sur les étagères interminables et, installé à l'une des grandes tables, écrivais des heures durant à l'aide d'un stylet que maniaient les tentacules verts sous ma tête.

Des fragments de ce que je lisais ou écrivais me restaient en mémoire. Il était question des atroces annales d'autres mondes, d'autres univers, et de l'éveil d'une vie sans forme, extérieure à tous les univers. Il y avait aussi des récits sur des êtres appartenant à des ordres étranges et qui avaient peuplé le monde à des époques oubliées, et les effrayantes chroniques des créatures intelligentes au corps grotesque qui le peupleraient des millions d'années après la disparition du dernier homme.

Je découvris des chapitres de l'histoire humaine dont aucun de nos savants n'a jamais soupçonné l'existence. La plupart de ces textes étaient rédigés en hiéroglyphes ; étudiant ce langage par un moyen étrange, à l'aide de machines vrombissantes, je constatai qu'il s'agissait d'une langue agglutinante dont le système de racines était absolument différent de tout ce que l'on trouvait dans les idiomes des humains.

Certains volumes utilisaient d'autres langues inconnues, que j'appris par le même moyen. Un très petit nombre d'ouvrages étaient écrits dans des langues que je possédais. De très habiles illustrations, insérées dans les livres ou formant des collections séparées, m'apportaient une aide fort précieuse. Et pendant tout ce temps, je rédigeais en anglais l'histoire de ma propre époque. À mon réveil, je ne gardais de ces langues étranges apprises par mon moi onirique que d'infimes fragments sans signification ; en revanche, des expressions entières de mon livre me restaient en tête.

J'appris – et ce avant même que mon moi éveillé ait étudié les cas similaires au mien ou les mythes ayant sans aucun doute donné naissance à ces rêves – que les entités qui m'entouraient appartenaient à la race la plus évoluée du monde, une race qui avait conquis le temps et envoyé des esprits explorer tous les âges. Je savais de plus que l'on m'avait arraché à mon époque tandis qu'un autre occupait mon corps dans le futur, et que quelques-unes des autres créatures bizarres abritaient elles aussi des esprits captifs. Je conversais, dans cet étrange langage composé de cliquetis de pinces, avec des intelligences exilées de tous les coins du système solaire.

Il y avait un esprit de la planète que nous appelons Vénus qui, dans l'avenir, vivrait un nombre incalculable d'ères, et un autre venu d'un des satellites les plus éloignés de Jupiter et d'une époque située six millions d'années dans le passé. Parmi les esprits terrestres, certains appartenaient à l'espèce ailée semi-végétale à tête en forme d'étoile de l'Antarctique paléogène ; il y en avait un du peuple reptilien de la légendaire Valusia ; trois préhumains hyperboréens à fourrure, adorateurs de Tsathoggua ; un individu de la race tout à fait abominable des Tcho-Tcho ; deux habitants arachnéens du dernier âge de la terre ; cinq de la robuste espèce coléoptère qui succédera aux humains et dans laquelle la Grande Race, face à un péril extrême, transférera un jour tous ses meilleurs penseurs ; enfin étaient représentées différentes branches de l'humanité.

Je discutai avec l'esprit de Yiang-Li, philosophe du cruel empire de Tsan-Chan, empire qui naîtra en 5000 après J.-C. ; avec un général du peuple à tête massive et à peau brune qui régnait sur l'Afrique du Sud cinquante mille ans avant notre ère ; avec un moine florentin du XIIe siècle nommé Bartolomeo Corsi ; et un roi du Lomar, qui gouvernait cette terrible terre polaire cent mille ans avant que les Inutos trapus à peau jaune viennent de l'ouest pour l'envahir.

Je conversai avec l'esprit de Nug-Soth, magicien des conquérants noirs de l'an 16000 de notre ère ; avec celui d'un Romain dénommé Titus Sempronius Blaesus, qui fut questeur sous Sylla ; et celui de Kephnes, Égyptien de la quatorzième dynastie qui me révéla le hideux secret de Nyarlathotep ; et avec un prêtre du Moyen Empire d'Atlantide ; avec James Woodville, gentilhomme du Suffolk contemporain de Cromwell ; avec un astronome de la cour dans le Pérou pré-Incas ; et avec le physicien australien Nevil Kingston-Brown, qui mourra en 2518 ; et aussi avec l'esprit d'un archimage du royaume disparu de Yhé, dans le Pacifique ; et celui de Théodotides, fonctionnaire gréco-bactrien en l'an 200 avant J.-C. ; et celui d'un vieux Français du temps de Louis XIII nommé Pierre-Louis Montagny ; et aussi celui de Crom-Ya, chef cimmérien en 15000 avant notre ère ; et avec tant d'autres que mon cerveau est incapable de retenir les secrets choquants et les merveilles étourdissantes qu'ils m'avaient appris.

Tous les matins au réveil, j'étais sujet à une forte tension nerveuse. Parfois, je consacrais toute mon énergie à essayer de confirmer ou d'infirmer les informations vérifiables dans l'état actuel des connaissances humaines. Les faits traditionnels prenaient des aspects nouveaux et douteux, et je m'émerveillais de découvrir tout ce que les fantasmes oniriques pouvaient ajouter de prolongements à l'histoire et à la science.

Je frissonnais devant les mystères que le passé pouvait recéler, et tremblais à l'idée des menaces que le futur apporterait peut-être. Ce que les propos des entités posthumaines suggéraient sur le sort de l'humanité me fit un effet tel que je me refuse à les coucher sur le papier.

Après l'homme viendrait la puissante civilisation des coléoptères dont l'élite de la Grande Race s'approprierait les corps quand le destin implacable s'abattrait sur le monde ancien. Plus tard, quand la terre approcherait du terme de sa vie, les esprits transférés, reprenant leur migration à travers l'espace et le temps, feraient une nouvelle escale dans le corps bulbeux des entités végétales de Mercure. Toutefois, il y aurait encore des espèces après leur départ ; elles s'accrocheraient pathétiquement à la planète froide et s'enfouiraient dans son cœur perclus d'horreurs, avant que survienne la fin véritable.

Cependant, dans mes rêves, je rédigeais inlassablement l'histoire de mon époque que je destinais – à moitié de mon plein gré et à moitié parce qu'on me promettait une plus grande liberté de mouvement et d'accès aux bibliothèques – aux archives centrales de la Grande Race. Ces archives se trouvaient dans une colossale structure souterraine, non loin du centre de la ville, structure que je finis par bien connaître à force d'y travailler et d'y consulter des documents. Prévu pour durer aussi longtemps que la Grande Race et résister aux pires convulsions de la terre, ce titanesque entrepôt surpassait tous les autres édifices par sa structure massive, aussi inébranlable qu'une montagne.

Les documents, manuscrits ou imprimés sur de grandes feuilles de tissu cellulosique étonnamment résistant, étaient reliés de manière à former des livres qui s'ouvraient par le haut et que l'on rangeait dans des étuis individuels faits d'un étrange métal grisâtre, extrêmement léger et inoxydable. Les étuis étaient ornés de dessins mathématiques et d'un titre dans l'écriture hiéroglyphique curviligne de la Grande Race.

Les ouvrages étaient entreposés dans des coffres rectangulaires, sortes de rayonnages verrouillés, rangés sur plusieurs niveaux. Lesdits coffres étaient forgés dans le même métal inoxydable et fermés par des boutons aux combinaisons complexes. L'histoire que je rédigeais avait sa place réservée parmi les coffres du plus bas niveau, celui des vertébrés, une section consacrée à la culture de l'humanité et des races à fourrure et reptilienne qui l'avaient immédiatement précédée dans l'historique de la domination terrestre.

Mais jamais un rêve ne me donna un aperçu complet de la vie quotidienne. Je n'en voyais que des fragments nébuleux, sans liens entre eux, et très certainement dans le désordre. Par exemple, je n'ai qu'une idée très approximative de l'organisation de ma vie dans le monde onirique, même si je crois y avoir possédé une grande chambre de pierre. Les restrictions que l'on m'imposait en tant que prisonnier disparurent progressivement, si bien que je me voyais parfois faire de passionnants périples au-dessus des impressionnantes routes traversant les jungles, séjourner dans des villes étonnantes, et même parfois, explorer certaines de ces immenses ruines sombres sans fenêtres que ceux de la Grande Race évitaient, victimes d'une peur singulière. Je fis aussi de longs voyages en mer, dans de gigantesques bateaux à ponts multiples qui se déplaçaient à une vitesse incroyable, mais aussi au-dessus des régions inhabitées, à bord de dirigeables fermés en forme de projectile, soulevés et mus par propulsion électrique.

Par-delà le vaste océan chaud se dressaient d'autres villes de la Grande Race et, sur un lointain continent, je vis les villages rudimentaires des créatures ailées à museau noir qui évolueraient jusqu'à devenir une espèce dominante après que la Grande Race aurait envoyé la crème de ses esprits dans le futur afin qu'ils échappent à l'horreur sournoise. Le paysage était invariablement marqué par l'absence de relief et une verdure exubérante. Les collines basses et éparses montraient en général des signes d'activité volcanique.

Je pourrais écrire des livres entiers sur les animaux que je vis. Tous étaient sauvages, car la civilisation mécanique de la Grande

Race s'était depuis longtemps débarrassée des bêtes domestiques ; quant à la nourriture, elle était soit d'origine végétale, soit synthétique. De maladroits reptiles à l'impressionnante corpulence pataugeaient dans des marais fumants, voletaient dans l'air lourd ou crachaient de l'eau à la surface des mers et des lacs ; je croyais vaguement reconnaître les prototypes inférieurs et archaïques de nombreux animaux : dinosaures, ptérodactyles, ichtyosaures, labyrinthodontes, plésiosaures et autres créatures rendues familières par la paléontologie. En revanche, je ne vis jamais le moindre oiseau ni le plus petit mammifère.

Le sol et les marais grouillaient constamment de serpents, de lézards et de crocodiles, tandis que les insectes bourdonnaient en permanence au cœur de la végétation luxuriante. Et sur l'océan, loin à l'abri des regards, des monstres marins inconnus crachaient de titanesques colonnes d'écume dans le ciel chargé de vapeur. Une fois, on m'emmena sous la surface de la mer à bord d'un gigantesque sous-marin muni de projecteurs, et j'aperçus d'horribles créatures vivantes d'une taille formidable. Je vis aussi les ruines d'incroyables villes englouties, et les formes de vie crinoïdes, brachiopodes, coralliennes et ichthyoïdes qui partout pullulaient.

Mes visions ne recélaient que peu d'informations sur la physiologie, la psychologie, les coutumes et l'histoire détaillée de la Grande Race, et beaucoup des éléments disparates exposés dans ces pages furent glanés au fil de mes recherches sur les vieilles légendes et les autres cas plutôt que dans mes propres rêves.

Car bien entendu, avec le temps, mes lectures et études finirent par rattraper et, bien souvent, devancer ces derniers, si bien que certains fragments de vision s'expliquèrent à l'avance, et servirent à confirmer ce que j'avais lu. Cela me rassura, puisque mon hypothèse selon laquelle les recherches similaires de mon moi secondaire avaient fourni la trame de ces effroyables pseudo-souvenirs s'en trouvait validée.

Apparemment, l'époque de mes rêves remontait à un peu moins de cent cinquante millions d'années, moment où le paléozoïque faisait place au mésozoïque. Les corps occupés par la Grande Race n'avaient aucun descendant survivant ou connu des scientifiques dans l'évolution terrestre, mais appartenaient à un type organique singulier, à la fois très homogène et hautement spécialisé, tenant autant du végétal que de l'animal.

Le fonctionnement de leurs cellules d'un genre unique les rendait presque insensibles à la fatigue, et éliminait tout besoin de sommeil. La nourriture, absorbée par les appendices rouges en forme de trompette fixés à l'un de leurs grands membres flexibles, était toujours semi-liquide et, à bien des égards, n'avait rien en commun avec les aliments qu'absorbaient tous les animaux existants.

Ces créatures ne possédaient que deux des sens que nous connaissons : la vue et l'ouïe, cette dernière ayant pour organes les appendices en forme de fleur reliés à leur tête par des pédoncules gris. Elles possédaient bien d'autres sens, fort incompréhensibles et peu utilisables par les esprits étrangers prisonniers de leur corps. La position de leurs trois yeux leur donnait un champ de vision plus large que la normale. Leur sang était une sorte de liquide purulent vert foncé et très épais.

Ils n'avaient pas de sexe, mais se reproduisaient au moyen de graines ou de spores amalgamées à la base du cône, et qui ne pouvaient se développer que sous l'eau. Leurs petits se développaient dans de grands bassins peu profonds ; on n'en élevait qu'un petit nombre à la fois, étant donné l'espérance de vie de l'espèce qui, normalement, était de quatre ou cinq mille ans.

Les individus présentant un net défaut étaient éliminés aussitôt que les imperfections étaient détectées. En l'absence de sens du toucher ou de capacité à ressentir la douleur physique, la maladie et l'approche de la mort se reconnaissaient exclusivement à leurs symptômes visuels.

On incinérait les morts en grande pompe. De temps à autre, comme je l'ai dit, un esprit brillant échappait à la mort en se projetant en avant dans le temps ; toutefois, les cas de ce genre restaient rares. Quand il s'en présentait un, l'esprit expulsé du futur était traité avec la plus grande bienveillance jusqu'à dissolution de ce corps inconnu.

La Grande Race semblait former une unique nation ou union aux liens assez lâches partageant des institutions majeures, mais composée de quatre groupes bien distincts. Le système politique et économique de chaque faction était une sorte de socialisme fasciste ; les principales ressources étaient rationnellement réparties, et le pouvoir était confié à un petit conseil d'administration élu par les suffrages de tous les individus ayant passé avec succès certains tests scolaires et psychologiques. La société n'accordait pas d'importance particulière à la cellule familiale, mais on reconnaissait les liens entre personnes de même ascendance, les jeunes étant en général élevés par leurs parents.

Les ressemblances avec les attitudes et institutions humaines, bien sûr, étaient surtout visibles dans les domaines relevant d'éléments très abstraits ou, au contraire, dans les cas dominés par les pulsions élémentaires communes à toutes les formes de vie organique. Les quelques autres similitudes venaient des habitudes que la Grande Race avait choisi d'adopter après avoir sondé le futur et y avoir pioché ce qui lui plaisait.

L'industrie, extrêmement mécanisée, ne demandait que peu de temps aux citoyens, qui occupaient leur considérable temps libre avec diverses activités intellectuelles et esthétiques.

Les sciences avaient atteint un niveau incroyablement évolué et l'art était une composante essentielle de la vie, même si, à l'époque où se situaient mes rêves, l'âge d'or de la civilisation était passé. La lutte incessante pour la survie et la nécessité de préserver la structure matérielle des grandes villes face aux prodigieux bouleversements géologiques de ces temps primitifs stimulaient grandement les progrès technologiques.

La criminalité, étonnamment faible, se heurtait à la grande efficacité des forces de l'ordre. Les châtiments allaient de la privation de privilèges à la mort, en passant par l'emprisonnement ou un violent déchirement émotionnel ; on ne les infligeait jamais sans un examen méticuleux des motivations du coupable.

Les guerres, pour la plupart civiles au cours des derniers millénaires, mais, parfois, menées contres des envahisseurs reptiliens ou octopodes, ou contre les Anciens ailés à tête en forme d'étoile concentrés en Antarctique, étaient peu fréquentes mais effroyablement dévastatrices. Une armée gigantesque, munie d'armes ressemblant à des appareils photographiques et produisant d'impressionnants phénomènes électriques, se tenait prête à intervenir ; on ne disait pas vraiment dans quelle éventualité, mais il était évident que ceux de la Grande Race vivaient dans la peur constante des antiques ruines sombres et sans fenêtres, et des grandes trappes scellées des niveaux souterrains les plus bas.

Cette peur était presque toujours tacite ou, tout au plus, l'objet de murmures vagues et furtifs. Les livres que l'on trouvait en général sur les étagères ne comportaient jamais la moindre référence un tant soit peu précise à ces tours de basalte et à ces portes. Cette absence était parlante ; c'était l'unique sujet tabou chez les individus de la Grande Race. Leur crainte semblait liée à des luttes passées autant qu'à ce péril futur qui finirait par pousser les plus grands esprits de cette civilisation à l'exode temporel.

Si imparfaite et fragmentaire que soit la présentation des autres sujets dans les rêves et légendes, cette question-ci était encore plus obscure et déconcertante. Les vieux mythes confus l'évitaient, à moins qu'on les ait purgés à dessein de toute référence à son propos. Quant aux rêves, qu'il s'agisse des miens ou de ceux des autres, les indices y étaient particulièrement peu nombreux. Ceux de la Grande Race n'abordaient jamais la question intentionnellement, et le peu de renseignements que je pus glaner provient de certains esprits captifs particulièrement observateurs.

Ces bribes d'information laissent entendre que l'objet de cette crainte était une antique race d'entités de forme semi-polypeuse, des êtres totalement étrangers à ce monde qui, au terme d'un voyage incommensurable à travers l'espace, avaient envahi la terre et trois autres planètes du système solaire voici environ six cent millions d'années. Ces créatures n'étaient que partiellement matérielles – selon notre conception de la matière – et leur type de conscience, leurs modes de perception, étaient très différents de ceux des organismes terrestres. Par exemple, elles n'étaient pas dotées du sens de la vue ; leur univers mental était donc composé d'un étrange réseau d'impressions non visuelles.

Cependant, elles étaient suffisamment matérielles pour se servir d'objets de consistance normale dans les régions cosmiques où elles en trouvaient ; elles avaient aussi besoin d'un logement, bien que d'un genre fort particulier. Leurs sens étaient capables de traverser les obstacles solides, mais leur corps en était incapable. Certaines formes d'énergie électrique pouvaient même les détruire. Elles avaient la faculté de se déplacer dans l'air, et ce malgré l'absence d'ailes ou de tout autre organe visible de lévitation. Leur esprit était bâti de telle manière que ceux de la Grande race ne pouvaient pas faire d'échanges avec elles.

À leur arrivée sur terre, ces créatures avaient érigé de formidables cités de basalte aux tours sans fenêtres et fait d'horribles ravages chez les êtres vivants qu'elles avaient trouvés. Telle était la situation lorsque les esprits de la Grande Race étaient parvenus sur terre, après avoir franchi le vide depuis cet obscur monde du bout de la galaxie, monde nommé Yith dans les troublants et contestables *Fragments* d'Eltdown.

Les nouveaux venus, grâce aux machines qu'ils avaient créées, n'avaient eu aucun mal à soumettre les entités prédatrices et à les repousser dans les cavernes souterraines qu'elles avaient déjà reliées à leurs demeures et commencé à habiter.

Alors, ceux de la Grande Race avaient scellé les issues et abandonné les créatures à leur sort ; par la suite, ils avaient occupé la plupart des grandes cités, allant même jusqu'à conserver certains bâtiments importants pour des raisons relevant davantage de la superstition que de l'indifférence, de l'audace ou d'un zèle scientifique ou historique.

Mais à mesure que passaient les ères, des signes vagues mais sinistres indiquaient que les êtres anciens grandissaient en force et en nombre dans les entrailles de la terre. Il y eut des irruptions sporadiques mais particulièrement abominables dans de petites villes isolées, mais aussi dans certaines cités désertes où ceux de la Grande Race ne s'étaient jamais installés ; des lieux où les passages menant aux abysses n'étaient ni correctement scellés, ni bien gardés.

Après quoi on avait redoublé de précautions. Bien des issues furent bouchées à jamais. Toutefois, on conserva quelques trappes scellées à des fins stratégiques, afin de combattre les Anciens s'ils venaient à surgir en des lieux inattendus.

Les irruptions des créatures avaient dû être d'une indescriptible atrocité, car elles avaient influencé pour toujours la psychologie de la Grande Race. Le sentiment d'horreur laissé par ces attaques était si tenace que l'on ne parlait pas même de l'apparence de ces êtres. Jamais je ne pus avoir le moindre indice sur leur apparence.

Au travers d'allusions voilées, je crus comprendre qu'ils étaient doués d'une incroyable plasticité, mais aussi d'invisibilité temporaire. D'autres murmures fragmentaires faisaient état de leur contrôle des grands vents, notamment à des fins militaires. On leur associait, semble-t-il, de singuliers sifflements et de colossales empreintes de pas circulaires composées de cinq orteils.

À l'évidence, le sort que la Grande Race redoutait – ce cataclysme qui devait un jour la pousser à envoyer, à travers l'abîme du temps, des millions d'esprits brillants s'emparer de corps étrangers dans un futur plus sûr – était lié à une dernière attaque victorieuse des êtres anciens.

Les projections mentales dans l'avenir avaient clairement prédit ce destin monstrueux, et la Grande Race avait décidé que tous ceux qui pourraient y échapper devraient le faire. L'histoire future de la terre prouvait que l'attaque ne viserait pas à reprendre possession du monde mais serait une affaire de pure vengeance ; en effet, comme le montraient les projections, par la suite, les espèces se succéderaient sans jamais que les monstrueuses entités viennent les inquiéter.

Peut-être les Anciens avaient-ils fini par préférer les entrailles de la terre à sa surface changeante et ravagée par les tempêtes, puisque la lumière n'avait aucune importance pour eux. À moins qu'ils se soient affaiblis au fil des ères. On savait en tout cas qu'ils seraient tous morts à l'époque de l'espèce coléoptère posthumaine qui abriterait les esprits en fuite.

En attendant, la Grande Race montait la garde, ses puissantes armes toujours prêtes, bien que le sujet soit frappé d'un bannissement horrifié dans les conversations comme dans les documents accessibles. Et l'ombre de l'indicible peur planait encore et toujours autour des trappes scellées et des vieilles tours sans fenêtres.

V

Tel est le monde dont mes rêves m'apportaient chaque nuit les échos confus et épars. Je ne puis espérer donner une idée exacte de l'horreur et de l'effroi qu'évoquaient ces visions, car ces sentiments reposaient principalement sur un élément tout à fait intangible : la perception aiguë des pseudo-souvenirs.

Comme je l'ai déjà dit, mes recherches me donnaient progressivement un moyen de défense contre ces sentiments sous la forme d'explications psychologiques rationnelles, et cette influence salvatrice était renforcée par l'accoutumance qui s'installe à notre insu au fil du temps. Pourtant, malgré tout, il arrivait de temps à autre que la terreur vague, insidieuse, refasse son apparition. Cependant, elle ne m'obsédait plus autant qu'avant, si bien qu'après 1922, je repris une vie tout à fait normale, entre travail et détente.

Les années passant, je formai le projet de mettre clairement par écrit mon expérience – ainsi que les cas apparentés et le folklore qui les entourait – et de publier tout cela à l'intention de chercheurs sérieux ; je préparai donc une série d'articles résumant tout le sujet et illustrés de croquis grossiers des formes, scènes, motifs décoratifs et hiéroglyphes vus dans mes rêves.

Ils parurent à divers moments des années 1928 et 1929 dans la *Revue de la Société américaine de psychologie*, mais ne suscitèrent que peu d'intérêt. Pendant ce temps, je continuais de noter mes rêves dans les moindres détails, même si ma pile des comptes-rendus commençait à prendre des proportions gênantes. Le 10 juillet 1934, la Société de psychologie me transmit la lettre qui ouvrit le chapitre le plus fort et le plus dur de toute cette épreuve insensée. Le cachet indiquait qu'elle avait été postée à Pilbarra, en Australie-Occidentale, et elle portait la signature d'un homme qui, après enquête, se révéla être un ingénieur des mines de premier plan. L'enveloppe contenait de bien curieuses photographies. Je vais reproduire cette lettre dans son intégralité, et le lecteur ne pourra manquer de comprendre l'immense effet que le texte et les clichés eurent sur moi.

Je restai un moment interdit, presque paralysé par la stupeur ; car même si j'avais souvent pensé que les différentes étapes des légendes qui avaient influencé mes rêves devaient s'inspirer d'éléments factuels, je n'étais pas prêt à découvrir dans cette lettre une preuve tangible d'un monde perdu depuis si longtemps que cela défiait l'imagination. Le plus bouleversant, c'étaient les photographies ; sous mes yeux, avec un réalisme froid et irréfutable, se découpaient sur fond de sable des blocs de pierre érodés, striés sous l'effet des eaux, patinés par les intempéries. Leur forme, légèrement convexe sur le dessus et concave en dessous, ne laissait aucun doute sur leur histoire.

Un examen à la loupe me permit de voir clairement, sur la pierre abîmée, les vestiges de grands dessins curvilignes parsemés de hiéroglyphes, motifs qui étaient devenus pour moi synonymes d'effroi. Mais voici la lettre, qui parle d'elle-même.

49 Dampier Street,
Pilbarra, Australie-Occ.
Le 18 mai 1934

Professeur N.W. Peaslee
c/o Société américaine de psychologie
30 E., 41e rue,
New York City, USA.

Cher Monsieur,

Suite à une récente conversation avec le docteur E.M. Boyle, de Perth, et ayant lu vos articles dans les revues qu'il vient de m'envoyer, je crois bon de vous faire part de certaines choses que j'ai aperçues dans le grand désert de sable, à l'est du gisement aurifère où je travaille. Il semblerait, au vu des singulières légendes à propos des villes antiques dont vous décrivez l'architecture monumentale et les étranges motifs et hiéroglyphes, que j'aie fait une découverte très importante.
Les indigènes ont toujours été intarissables sur les « grosses pierres couvertes de marques », qu'ils craignent

apparemment au plus haut point. Ils semblent les croire liées, de près ou de loin, aux légendes aborigènes au sujet de Buddai, le vieillard géant qui dort sous terre depuis une éternité, la tête sur le bras, et qui, un jour, se réveillera pour dévorer le monde.

De très vieux contes à moitié oubliés parlent d'énormes huttes souterraines, faites de gros blocs de pierre, dont les passages s'enfoncent dans les entrailles de la terre, et où se sont produites des choses terribles. Les indigènes affirment qu'autrefois, des guerriers fuyant en pleine bataille en empruntèrent un et ne revinrent jamais, et que des vents effrayants jaillirent bientôt de la galerie dans laquelle ils s'étaient engouffrés. Cependant, ce que racontent ces gens-là est généralement dénué de fondement.

Mais j'ai autre chose de plus intéressant à vous dire. Il y a deux ans, alors que je prospectais dans le désert, à environ huit cents kilomètres à l'est, je tombai sur une grande quantité de pierres de taille étrange, d'à peu près quatre-vingt-dix centimètres de long sur une soixantaine de haut et de profondeur, rongées et grêlées à l'extrême.

De prime abord, je ne trouvai aucune des marques dont les indigènes m'avaient parlé ; mais en y regardant de plus près, je distinguai, en dépit de l'érosion, de profondes lignes gravées. Il s'agissait de courbes particulières, exactement comme celles que les aborigènes s'étaient efforcés de décrire. Sur un périmètre de peut-être quatre cents mètres, je pense qu'il y avait trente ou quarante blocs, dont certains étaient presque entièrement enfouis sous le sable.

Quand je vis les premiers, j'en cherchai d'autres autour de moi et, à l'aide de mes instruments, je fis des relevés précis sur l'emplacement du site. Je pris aussi une dizaine de clichés des blocs les plus caractéristiques, clichés que je joins à la présente lettre.

J'envoyai relevés et photographies au gouvernement, à Perth, mais personne ne donna suite.
Je fis alors la connaissance du docteur Boyle, qui avait lu vos articles dans la *Revue de la Société américaine de psychologie* et, au bout d'un moment, j'en vins à parler des pierres. Cela l'intéressa au plus haut point. Il s'enthousiasma à la vue de mes photographies, et affirma que les pierres et les marques étaient identiques à celles des murs que vous aviez vus en rêve et dont vous aviez entendu la description dans diverses légendes.
Il comptait vous écrire mais manquait de temps. En attendant, il m'envoya la plupart des magazines contenant vos articles et, à vos dessins et descriptions, je vis tout de suite que mes pierres étaient assurément identiques à celles dont vous parliez. Vous apprécierez la ressemblance en regardant les photographies. Le docteur Boyle vous joindra en personne quand il le pourra.
Je comprends maintenant l'importance que tout cela revêt pour vous. Nous nous trouvons sans aucun doute face aux vestiges d'une civilisation inconnue, plus ancienne que tout ce dont on a pu rêver jusqu'ici, et qui inspira vos légendes.
En tant qu'ingénieur des mines, j'ai certaines connaissances en matière de géologie, ce qui m'autorise à vous dire que ces blocs sont effroyablement vieux. Il s'agit surtout de grès et de granit, mais l'un d'eux est presque certainement fait d'un genre curieux de ciment ou de béton.
Ils portent des stigmates d'érosion, comme si cette partie du monde avait été submergée et était ressortie des eaux après un temps fort long – en l'occurrence, depuis la taille et l'utilisation de ces pierres. Nous parlons ici de centaines de milliers d'années… voire plus, qui sait ? Je préfère ne pas y penser.
Sachant l'application avec laquelle vous avez mené vos recherches sur ces légendes et tout ce qui s'y rapporte, je

ne doute pas que vous voudrez monter une expédition pour aller faire des fouilles archéologiques dans le désert. Le docteur Boyle et moi-même sommes prêts à vous aider dans cette entreprise si vous – ou des organismes de votre connaissance – êtes en mesure de fournir les fonds. Je peux réunir une dizaine de mineurs pour les gros travaux de terrassement ; les aborigènes ne nous seraient d'aucun secours puisque, comme je m'en suis aperçu, cet endroit leur inspire une peur quasi pathologique. Boyle et moi ne parlerons à personne de cette affaire, la priorité et le crédit vous revenant bien évidemment sur les découvertes que nous pourrions faire.

Pour se rendre sur les lieux depuis Pilbarra, il faut quatre jours en tracteur à moteur (véhicules dont nous aurions de toute façon besoin pour notre matériel). Le site est au sud-ouest de l'itinéraire de Warburton en 1873, et à cent soixante kilomètres au sud-est de Joanna Spring. Nous pourrions aussi acheminer le matériel par le fleuve De Grey au lieu de partir du Pilbarra, mais nous parlerons de ces détails plus tard.

Les pierres se trouvent approximativement à 22° 3' 14» de latitude sud et 125° 0' 39» de longitude est. Le climat est tropical, le désert éprouvant. Si expédition il y a, elle doit être menée en hiver, c'est-à-dire en juin, juillet et août.

Je serais heureux de correspondre sur ce sujet, et désire vivement vous assister, quel que soit le projet que vous envisagerez. Depuis que j'ai lu vos articles, je suis intimement convaincu que toute cette affaire revêt une importance capitale. Le docteur Boyle vous écrira bientôt. En cas d'urgence, un câble à Perth peut être relayé par TSF.

Dans l'espoir sincère d'une réponse rapide, je vous prie de croire, Monsieur, à mes sentiments dévoués.

Robert B.F. Mackenzie

Le lecteur trouvera bien des renseignements sur les suites immédiates de cette lettre dans la presse de l'époque. J'eus la grande chance d'obtenir le soutien de l'université Miskatonic. Quant à M. Mackenzie et au docteur Boyle, ils m'apportèrent tous deux une aide inestimable en préparant le terrain en Australie. Nous n'expliquâmes pas les détails de notre projet au public de peur que l'affaire donne lieu à des articles à sensation ou facétieux dans certains journaux bon marché. En conséquence, les reportages ne furent pas nombreux, mais il y en eut assez pour faire connaître notre projet de fouilles dans des ruines récemment découvertes en Australie et raconter les différentes phases préparatoires de l'entreprise.

M'accompagnaient le professeur William Dyer du département de géologie (chef de l'expédition antarctique de l'université en 1930-1931), Ferdinand C. Ashley du département d'histoire ancienne, Tyler M. Freeborn du département d'anthropologie, ainsi que mon fils Wingate.

Mon correspondant, Mackenzie, arriva à Arkham au début de l'année 1935 pour nous assister dans nos derniers préparatifs. Ce quinquagénaire affable s'avéra extrêmement compétent, admirablement cultivé, et disposait d'une parfaite connaissance des conditions d'un voyage en Australie.

Il avait fait en sorte que des tracteurs nous attendent à Pilbarra. Nous affrétâmes un cargo à vapeur de tonnage suffisamment faible pour remonter le fleuve jusque-là. Nous étions préparés à mener une fouille des plus minutieuses et scientifiques, à passer au crible le moindre grain de sable sans déranger quoi que ce soit qui nous paraisse être plus ou moins dans sa position d'origine.

Nous quittâmes Boston le 28 mars 1935 à bord du poussif *Lexington* et, après un voyage fort lent qui nous vit traverser l'Atlantique et la Méditerranée, passer le canal de Suez puis la mer Rouge, et franchir l'océan Indien, nous arrivâmes à bon port. Inutile de dire combien la vue de la côte basse et sableuse de l'Australie-Occidentale me démoralisa, combien je détestai la rudimentaire ville minière et la platitude des gisements aurifères où l'on chargeait une dernière fois les tracteurs.

Le docteur Boyle, qui nous rejoignit, était un vieil homme agréable et intelligent, et ses connaissances en psychologie l'amenèrent bien souvent à discuter longuement avec mon fils et moi.

Avec un curieux mélange d'inconfort et d'expectative dans la plupart des esprits, les dix-huit hommes de l'expédition entamèrent enfin dans un grand fracas leur traversée des lieues arides de sable et de roche. Le vendredi 31 mai, nous franchîmes à gué un bras du fleuve De Grey et entrâmes dans le royaume de l'infinie désolation. Une franche terreur s'emparait de moi à mesure que nous approchions du site véritable de ce monde ancien qui avait inspiré les légendes, terreur bien entendu renforcée par les rêves et pseudo-souvenirs dérangeants qui continuaient de m'assaillir avec la même vigueur.

C'est le lundi 3 juin que nous vîmes les premiers blocs à moitié enfouis. Je ne saurais décrire les émotions qui m'étreignirent lorsque je touchai pour de vrai – dans la réalité objective – un fragment d'architecture cyclopéenne en tout point semblable aux moellons constituant les murs des bâtiments de mes rêves. Il était évident que la pierre avait été gravée, et mes mains tremblèrent quand je reconnus une partie d'un motif curviligne décoratif que des années d'insupportables cauchemars et de recherches déconcertantes avaient rendu épouvantable à mes yeux.

Au bout d'un mois de fouilles, nous avions exhumé quelque mille deux cent cinquante blocs à différents stades d'usure et de désagrégation. Pour la plupart, il s'agissait de mégalithes sculptés, au sommet et au dessous incurvés. Quelques-uns étaient plus petits et plats, dénués de gravures, et rectangulaires ou taillés en octogones, comme les pierres des sols et chaussées dans mes rêves. Enfin, une poignée d'entre eux étaient étonnamment massifs, et leur forme courbe ou oblique suggérait qu'ils avaient pu faire partie de voûtes ou d'arêtes, d'arches ou de chambranles de fenêtres circulaires.

Plus nous creusions profond et vers le nord-est, plus nous déterrions de blocs. En revanche, nous ne parvenions toujours pas à déceler le moindre signe d'organisation dans leur disposition. Le professeur Dyer découvrait avec atterrement ces fragments d'un âge inconcevable. Freeborn, lui, trouvait ici et là des vestiges de symboles rappelant de sinistre manière certaines légendes papoues ou polynésiennes non moins anciennes. Mieux que les mots, l'état et la dispersion des blocs évoquaient des cycles temporels vertigineux et des cataclysmes géologiques d'une brutalité cosmique.

Nous avions un aéroplane avec nous, et mon fils Wingate montait souvent à différentes altitudes pour scruter le désert de sable et de roche à la recherche de vagues contours à grande échelle, soit des variations dans la hauteur du sol, soit des traînées de blocs éparpillés. Ses résultats étaient pour ainsi dire nuls, car, chaque fois qu'il pensait avoir aperçu un tracé significatif, la sortie du lendemain lui laissait une impression différente mais tout aussi diffuse en raison des mouvements du sable au gré du vent.

Cependant, une ou deux de ces suggestions éphémères eurent sur moi un effet aussi étrange que désagréable. D'une certaine façon, elles me paraissaient concorder horriblement avec quelque chose que j'avais rencontré au fil de mes rêves ou de mes lectures, mais dont je ne parvenais plus à me souvenir. Elles présentaient un caractère effroyablement familier qui me poussait à jeter des regards furtifs et inquiets vers le nord et le nord-est de cette abominable terre stérile.

Aux alentours de la première semaine de juillet, cette région nord-est éveillait chez moi un inexplicable mélange d'émotions. Je ressentais à la fois de l'horreur et de la curiosité ; mais plus que cela, il y avait cette tenace illusion de mémoire qui ne laissait pas de me dérouter.

J'essayai toutes sortes d'expédients psychologiques pour expulser ces idées de ma tête, mais mes tentatives restèrent vaines. Je perdis aussi le sommeil, mais j'en fus presque heureux, puisque cela signifiait que mes périodes de rêve s'en trouvaient écourtées. Je pris l'habitude de faire de longues promenades nocturnes en solitaire dans le désert, habituellement vers le nord ou le nord-est, où la somme de mes nouvelles et étranges pulsions paraissait m'attirer subtilement.

Parfois, au cours de ces sorties, je trébuchais sur des fragments presque totalement enfouis de l'antique maçonnerie. Même s'il y avait moins de blocs visibles que là où nous avions commencé les fouilles, j'étais certain qu'il y en avait de grandes quantités sous la surface. Le sol était moins plat que dans notre camp, et les violents vents dominants dressaient de temps à autre d'éphémères mais fantastiques tertres de sable, ce qui avait pour résultat d'exposer de vieilles pierres enfoncées tout en en recouvrant d'autres.

J'étais bizarrement impatient d'étendre les fouilles à ce territoire et, cependant, en même temps, je redoutais ce qu'elles pourraient révéler. Il était évident que j'allais assez mal, d'autant que je ne pouvais m'expliquer l'état dans lequel je me trouvais.

Ma réaction à une étrange découverte faite au cours d'une de mes marches nocturnes montre bien ma fragilité nerveuse. C'était le soir du 11 juillet, alors que la lune baignait les mystérieux tertres dans une pâleur singulière. En m'aventurant un peu plus loin que d'habitude, je tombai sur une grande pierre qui me sembla fort différente de toutes celles que nous avions vues jusqu'alors. Comme elle était presque entièrement recouverte, je m'agenouillai pour la désensabler à mains nues. Ensuite, je l'étudiai soigneusement en ajoutant à la lumière de la lune celle de ma lampe-torche.

Contrairement aux autres blocs de très grande taille, celui-ci était taillé à l'angle droit, sans aucune surface concave ni convexe. De plus, il semblait composé d'une roche sombre de type basaltique totalement différente de la matière des fragments que nous commencions à bien connaître, et qui étaient faits de granit, de grès et, parfois, de béton.

Tout à coup, je me relevai, fis volte-face et rentrai en courant à toutes jambes. Ma fuite était totalement inconsciente et irrationnelle, et ce fut seulement à l'approche de ma tente que je compris vraiment pourquoi j'avais pris mes jambes à mon cou. Alors, tout me revint. Cette étrange pierre sombre, je l'avais vue en rêve et j'avais lu des choses sur elle. Elle était liée aux pires horreurs évoquées dans les légendes du fond des temps.

Ce bloc provenait d'une des antiques ruines basaltiques qui inspiraient une forte crainte à la mythique Grande Race, ces hautes tours sans fenêtres laissées derrière elles par ces menaçantes créatures extraterrestres à moitié immatérielles qui grouillaient dans les entrailles de la terre, et dont les forces invisibles, douées de pouvoirs sur les vents, étaient maintenues prisonnières derrière des trappes scellées, gardées par des sentinelles qui jamais ne dormaient.

Je ne pus fermer l'œil de la nuit mais, dès l'aube, je compris combien j'avais été idiot de me laisser impressionner par l'ombre d'une légende. Au lieu d'être effrayé, j'aurais dû éprouver l'enthousiasme de la découverte.

Le matin venu, j'informai les autres de ma trouvaille. Dyer, Freeborn, Boyle, mon fils et moi allâmes voir ce bloc anormal. Malheureusement, nous fûmes confrontés à un échec. Je n'avais pas vraiment repéré l'emplacement de la pierre, et le vent nocturne avait totalement transformé le relief des sables.

VI

J'en viens maintenant à la partie la plus importante et la plus difficile de mon récit, d'autant plus difficile que je ne puis être tout à fait sûr de sa réalité. Par moments, j'ai le désagréable sentiment qu'il ne s'agissait ni d'un rêve, ni d'une illusion ; et c'est précisément ce sentiment – au regard des formidables implications qu'aurait mon expérience si elle se révélait objectivement vraie – qui me pousse à rédiger ce compte-rendu.

Mon fils, psychologue diplômé qui, entre tous, a la connaissance la plus complète de mon cas et le traitera avec le plus de bienveillance, sera le meilleur juge de mon récit.

Je commencerai par rappeler brièvement le contexte tel que le connaissent ceux qui se trouvaient au camp. La nuit du 17 au 18 juillet, au terme d'une journée venteuse, je me retirai de bonne heure. Incapable de trouver le sommeil, je me relevai peu avant 11 heures et, tourmenté comme à l'habitude par cette étrange impression concernant les terres du nord-est, je partis faire une de mes promenades nocturnes après avoir salué la seule personne que je croisai en quittant l'enceinte du camp, à savoir un mineur australien du nom de Tupper.

La lune, qui entamait à peine sa décroissance, brillait dans le ciel sans nuages et inondait les sables antiques de sa lumière blême et lépreuse qui me paraissait infiniment maléfique. Il n'y avait plus un souffle de vent, et il n'y en aurait pas davantage avant près de cinq heures, comme en témoignèrent amplement Tupper et ceux qui me virent disparaître d'un pas vif en direction du nord-est, entre les tertres blafards et chargés de secrets.

Vers 3 h 30 du matin, un vent violent se leva. Il réveilla tout le camp et abattit trois tentes. Le ciel était toujours dégagé, et le désert continuait de renvoyer la clarté maladive de la lune. En réparant les tentes, mes compagnons remarquèrent mon absence mais, ayant l'habitude de me voir parti, ils ne s'en alarmèrent pas. Et cependant, pas moins de trois hommes – tous australiens – crurent sentir quelque chose de sinistre dans l'air.

Mackenzie expliqua au professeur Freeborn qu'il s'agissait d'une peur héritée du folklore indigène, les autochtones ayant élaboré un ensemble curieux de mythes maléfiques autour des grands vents qui, à longs intervalles, balaient les sables sous le ciel limpide. Ces vents, murmure-t-on, jaillissent des gigantesques huttes de pierre souterraines qui furent le théâtre d'horreurs, et on ne les sent jamais qu'à proximité des lieux où sont éparpillées les grosses pierres gravées. Vers 4 heures, la tempête s'apaisa aussi brusquement qu'elle avait commencé, en laissant derrière elle de nouvelles buttes de sable aux formes insolites.

Juste après 5 heures, alors que la lune boursouflée et fongoïde se couchait vers l'ouest, je rentrai au camp d'un pas chancelant, les vêtements déchirés, le visage égratigné et sanguinolent. Je n'avais plus ni chapeau ni torche électrique. La plupart des hommes étaient retournés se coucher, mais le professeur Dyer fumait la pipe devant sa tente. En me voyant essoufflé et au bord de la folie, il appela le docteur Boyle. Ils me menèrent à mon lit et m'y installèrent confortablement. Mon fils, réveillé par l'agitation, les rejoignit bientôt et, à eux trois, ils firent leur possible pour m'obliger à rester tranquille et à essayer de dormir.

Mais je ne pus trouver le sommeil. Je me trouvais dans un état psychologique extraordinaire, différent de tout ce que j'avais subi jusqu'alors. Au bout d'un moment, j'insistai pour parler. Nerveusement, de façon alambiquée, j'expliquai la raison de mon état. Me sentant gagné par la fatigue, je m'étais couché sur le sable pour faire un somme. Mes rêves avaient été encore plus effrayants que d'habitude et, lorsque le retour soudain des bourrasques m'avait réveillé, mes nerfs avaient cédé d'avoir été trop sollicités. Pris de panique, je m'étais enfui. Si j'étais débraillé et en haillons, c'était à cause des blocs à moitié enfouis sur lesquels j'avais maintes fois trébuché. J'avais dû rester longtemps endormi, d'où mon absence de plusieurs heures.

Je ne fis pas la moindre allusion à ce que j'avais pu voir ou vivre d'étrange, ce qui, en l'occurrence, exigea la plus grande maîtrise. Toutefois, j'affirmai avoir changé d'avis sur l'objet de toute cette expédition, et enjoignis à mes compagnons de cesser les fouilles en direction du nord-est. Je me cachai derrière un raisonnement branlant, évoquant tour à tour la rareté des blocs, mon désir de ne pas offenser les mineurs superstitieux, une possible réduction du financement de l'université, entre autres raisons mensongères ou hors de propos. Bien entendu, personne ne prêta la moindre attention à mes nouveaux souhaits, pas même mon fils, qui s'inquiétait visiblement pour ma santé.

Le lendemain, je me levai et arpentai le camp sans prendre part aux fouilles. Voyant qu'il n'y avait pas moyen d'interrompre les recherches, je décidai de rentrer dès que possible pour ménager mes nerfs, et fis promettre à mon fils de me raccompagner en avion à Perth, à mille six cents kilomètres au sud-ouest de notre position, dès qu'il aurait eu une vue d'ensemble de la région que je souhaitais voir épargnée.

Si ce que j'avais trouvé était encore visible, pensai-je, je pourrais toujours essayer une mise en garde explicite, au risque de paraître ridicule. Il n'était pas inenvisageable que ceux des mineurs qui connaissaient le folklore local me soutiennent. Pour me faire plaisir, mon fils survola l'après-midi même tout le terrain que j'avais pu couvrir à pied. Cependant, rien de ce que j'avais découvert n'était plus visible.

Comme pour le bloc de basalte anormal, le sable avait effacé toutes les traces. L'espace d'un instant, je regrettai presque d'avoir perdu, dans la panique, un certain objet redoutable... mais je sais maintenant que cette perte fut une bénédiction. Du moins m'est-il encore permis de croire que l'expérience tout entière n'était qu'une illusion, surtout si – comme je l'espère ardemment – on ne retrouve jamais cet abîme infernal.

Wingate m'accompagna à Perth le 20 juillet, mais refusa d'abandonner l'expédition pour rentrer en Amérique. Il resta avec moi jusqu'au 25, date de l'appareillage du vapeur pour Liverpool. En ce moment même, je me trouve dans ma cabine à bord de l'*Empress*, et je repense longuement, fiévreusement, à toute cette affaire. J'ai décidé qu'il fallait au moins révéler la vérité à mon fils. Le choix de la diffuser plus largement ou non lui appartiendra.

J'ai rédigé ce résumé de mes antécédents – que certains connaissent déjà en partie – afin de parer à toute éventualité. Je vais à présent raconter le plus brièvement possible ce qui, je crois, m'est arrivé pendant mon absence du camp cette effroyable nuit.

Les nerfs à vif, pris d'une sorte de hâte perverse encouragée par cette inexplicable impulsion mnémonique mêlée de crainte qui m'attirait vers le nord-est, je marchais laborieusement sous la lune flamboyante et maléfique. J'apercevais ici et là, à moitié cachés sous le sable, les primitifs blocs cyclopéens, vestiges d'un passé inconnu et oublié.

L'âge incalculable de ce monstrueux désert et l'insidieuse impression de menace qui s'en dégageait commençaient à m'oppresser comme jamais. Je ne pouvais m'empêcher de penser à mes rêves déments, aux légendes effrayantes qui les inspiraient, et aux peurs actuelles des autochtones et des mineurs concernant ce lieu de désolation et ses pierres gravées.

Et pourtant, je poursuivais ma route, comme pour me rendre à quelque rendez-vous surnaturel. Compulsions, pseudo-souvenirs et déroutantes chimères me tourmentaient avec une intensité croissante. Pensant aux hypothétiques dessins des rangées de pierres que mon fils avait vues depuis son avion, je me demandai pourquoi ces dernières me semblaient tout à coup si menaçantes et familières. Une force inconnue s'acharnait à tâtons sur le loquet de ma mémoire, pendant qu'une autre s'efforçait de maintenir la porte fermée.

Il n'y avait pas de vent, et le sable ondulait telles les vagues d'une mer gelée. Je n'avais pas d'objectif, mais cela ne m'empêchait pas d'avancer bille en tête, comme si je suivais un destin tout tracé. Mes rêves envahirent le monde éveillé ; chaque mégalithe ensablé paraissait faire partie intégrante de vastes salles et d'interminables couloirs à l'architecture préhumaine, aux murs couverts de gravures et de hiéroglyphes dont je ne reconnaissais que trop bien les symboles pour avoir été, des années durant, prisonnier de la Grande Race.

Par instants, je croyais voir ces horreurs omniscientes et coniques vaquer à leurs occupations habituelles. Je n'osais me regarder, de peur de m'apercevoir que j'étais comme elles. Et pendant ce temps, je distinguais à la fois les blocs enfouis et les salles et couloirs ; la mauvaise lune ardente et les lampes de cristal lumineux ; le désert sans fin et les fougères qui se balançaient derrière les fenêtres. J'étais en plein rêve éveillé.

Je ne sais combien de temps j'avais marché, ni quelle distance j'avais parcourue – à vrai dire, j'ignorais même dans quelle direction j'allais – lorsque je repérai l'amas de blocs mis au jour par le vent de la veille. Je n'avais encore jamais vu un tel ensemble réuni en un même lieu, et cela m'impressionna tellement que mes visions d'un temps fabuleux s'évanouirent instantanément.

À nouveau, il n'y avait plus que le désert, la lune maléfique et les fragments d'un passé insoupçonné. Une fois assez près, je m'arrêtai et braquai sur le tas effondré la lumière supplémentaire de ma torche électrique. Le vent, en balayant un monticule de sable, avait révélé une masse vaguement circulaire et peu élevée de mégalithes et de fragments plus petits. L'empilement faisait environ treize mètres de diamètre pour une hauteur variant entre soixante centimètres et deux mètres quarante.

Je compris tout de suite que ces pierres étaient d'un intérêt sans précédent. Non seulement nous n'en avions jamais vu autant au même endroit, mais, comme je les scrutais sous les rayons mêlés de la lune et de ma torche, je remarquai dans les vestiges des dessins érodés par le sable quelque chose qui m'intrigua.

Ils n'étaient pourtant pas fondamentalement différents des spécimens précédents. C'était plus subtil que cela. Je n'avais pas cette impression quand je considérais un bloc isolé, mais elle me venait dès lors que je faisais glisser rapidement mon regard sur plusieurs.

Soudain, la vérité m'apparut. Les motifs curvilignes ornant beaucoup de ces blocs étaient reliés entre eux ; c'étaient des éléments d'un vaste dessin décoratif. Pour la première fois, j'avais trouvé dans ce désert secoué par les âges une masse de maçonnerie dans sa position initiale. Effondrée et fragmentaire, certes, mais formant indéniablement une unité bien précise.

Je montai d'abord sur une partie peu élevée, puis gravis laborieusement l'amas en nettoyant ici et là le sable avec mes doigts. Je m'efforçais sans cesse de trouver une interprétation aux variations de taille, de forme, de style, et d'établir des liens entre les motifs.

Au bout d'un moment, je m'étais fait une vague idée de la nature de l'antique édifice et des dessins qui, jadis, avaient recouvert les vastes murs primitifs. La parfaite ressemblance de cet ensemble avec certaines constructions entraperçues dans mes rêves me plongea dans le trouble et la consternation.

Cette structure avait autrefois été un couloir de dix mètres de haut, pavé de blocs octogonaux et doté d'une voûte solide. Il avait dû y avoir des salles ouvrant sur la droite et, tout au bout, on accédait sans doute aux niveaux encore plus profonds par l'un de ces étranges plans inclinés.

Je sursautai violemment lorsque ces idées me vinrent, car je disposais là de plus d'informations que les blocs auraient pu m'en apporter à eux seuls. Comment savais-je que ce niveau était situé loin sous terre ? Comment savais-je que le plan incliné remontant vers la surface aurait dû se trouver derrière moi ? Comment savais-je que le long passage souterrain menant à la place des Piliers aurait dû se trouver sur ma gauche, un étage au-dessus ?

Comment savais-je que la salle aux machines et le tunnel permettant de se rendre aux archives centrales, vers la droite, avaient dû se situer deux étages plus bas ? Comment savais-je qu'une de ces atroces trappes bardées de bandes métalliques s'était trouvée tout au fond, soit quatre étages plus bas ? Dérouté par cette incursion du monde des rêves dans le réel, je me mis à trembler et à baigner dans ma sueur froide.

Alors, comme une ultime et intolérable caresse, je sentis ce léger courant d'air glacé monter insidieusement d'un creux au centre de l'énorme amas de pierres. Une fois encore, mes visions s'évanouirent immédiatement et, une fois encore, je ne vis plus que la lune maléfique, le désert menaçant et le vaste tumulus de maçonnerie paléogène. Je me trouvais à présent confronté à un fait réel et tangible mais évoquant – ô combien – un sombre mystère. Car ce courant d'air ne pouvait signifier qu'une chose : un gouffre de grande taille se cachait sous les blocs en désordre de la surface.

Je pensai tout d'abord aux sinistres légendes indigènes parlant de grandes huttes souterraines près des mégalithes, théâtres d'horreurs où naissent les grands vents. Puis ces pensées firent place aux images de mes propres rêves, et je sentis des pseudo-souvenirs essayer subrepticement d'attirer l'attention de mon esprit. Quel genre d'endroit se trouvait sous mes pieds ? Quelle source primitive et inconcevable de mythes ancestraux et de cauchemars obsédants étais-je peut-être sur le point de découvrir ?

Je n'eus qu'un instant d'hésitation, car ce n'était pas simplement la curiosité et le zèle scientifique qui me poussaient et m'aidaient à lutter contre ma peur grandissante.

J'avais l'impression de bouger presque automatiquement, comme si j'avais été le jouet d'un destin irrésistible. Je rangeai ma torche dans ma poche puis, tirant avec une force dont je n'aurais jamais cru pouvoir faire preuve, j'écartai un gros bloc de pierre, puis un autre, jusqu'à ce que monte un fort courant d'air dont l'humidité contrastait bizarrement avec la sécheresse de l'air désertique. Une noire crevasse béante apparut et, enfin, une fois repoussés tous les fragments susceptibles d'être déplacés, le clair de lune lépreux révéla une ouverture assez large pour que je m'y glisse.

Je sortis ma torche et braquai son faisceau lumineux à l'intérieur. Je vis en contrebas un chaos de blocs de pierre effondrés qui descendait vivement vers le nord suivant un angle d'environ quarante-cinq degrés, chaos résultant évidemment d'un antique éboulement du niveau supérieur.

Entre la pente et le niveau du sol s'étendait un impénétrable abîme noir au plafond duquel je devinais la présence d'une gigantesque voûte soulevée par la pression. À cet endroit, me semblait-il, le sable du désert reposait directement sur le sol de quelque structure titanesque remontant à la jeunesse de la terre. Comment ladite structure avait survécu à une éternité de convulsions géologiques, je l'ignorais et je l'ignore toujours.

Rétrospectivement, la seule idée de descendre seul et sans attendre dans un abîme aussi douteux – et alors que personne ne savait où je me trouvais – me paraît relever de la démence la plus totale. Mais fou ou pas, cette nuit-là, c'est sans hésiter que je me lançai dans l'aventure.

Une fois de plus, l'attrait et l'emprise de la fatalité, qui, tout du long, avaient semblé diriger mes choix, étaient manifestement à l'œuvre. La torche allumée par intermittence afin d'économiser la pile, j'entamai ma folle descente de la sinistre pente cyclopéenne sous l'ouverture. Par moments, quand je trouvais une bonne prise pour mes mains et mes pieds, je regardais devant moi ; parfois, lorsque la situation se faisait plus précaire, je devais progresser à reculons pour me retenir tant bien que mal aux mégalithes.

En contrebas, le faisceau de ma torche laissait deviner, à bonne distance à droite et à gauche, des murs gravés en triste état. Mais devant, tout n'était que ténèbres.

J'ignore combien de temps dura ma laborieuse descente. Mon esprit débordait tellement d'images et d'impressions troublantes que tout ce qui concernait la réalité objective était repoussé à d'incommensurables distances. Je n'avais plus aucune sensation physique, et la peur elle-même ne pouvait que me lorgner, impuissante, telle une gargouille inerte et intangible.

Enfin, j'atteignis un sol plat jonché de blocs tombés, de morceaux de pierre informes, de sable et de détritus de toutes sortes. De part et d'autre – disons à dix mètres – se dressaient de hauts murs se terminant par d'énormes arêtes. Si je pouvais vaguement deviner qu'ils étaient sculptés, il m'était impossible de distinguer la nature des motifs.

Ce qui retint le plus mon attention, ce fut la voûte au-dessus de moi. Le faisceau de ma torche ne parvenait pas à en éclairer le faîte ; en revanche, le bas des arcs monstrueux était très visible, et ils étaient si parfaitement identiques à ce que j'avais surpris du monde ancien à travers mes innombrables rêves que, pour la première fois, je tremblai vraiment.

Très haut derrière moi, une légère lueur rappelait l'existence du lointain monde extérieur qu'éclairait la lune. Un vague restant de prudence me prévint qu'il valait mieux ne pas la perdre de vue si je voulais avoir un guide pour le retour.

Je m'approchai du mur de gauche, où les vestiges de gravure étaient les plus nets. La traversée du sol encombré s'avéra presque aussi difficile que la descente, mais je parvins tout de même à me frayer un chemin.

Profitant de ce que j'écartais quelques blocs, je repoussai des débris du pied pour voir à quoi ressemblait le dallage. La familiarité totale et fatidique des grandes dalles octogonales, qui gardaient un semblant de cohésion malgré les déformations de la surface, m'arracha un frisson.

Parvenu à distance adéquate du mur, je promenai avec une minutieuse lenteur le faisceau de ma lampe sur les vestiges érodés des gravures. Apparemment, un afflux d'eau avait autrefois attaqué la surface du grès ; toutefois, il était constellé de curieuses incrustations dont l'origine m'échappait.

Par endroits, la maçonnerie était particulièrement branlante et tordue, aussi me demandai-je combien de millénaires encore cet édifice caché depuis la nuit des temps pourrait garder le peu de tenue qui lui restait en dépit des secousses de la terre.

Mais c'étaient surtout les gravures qui me passionnaient. Malgré l'érosion, il était assez facile de suivre leur dessin de là où je me trouvais ; et la familiarité complète, intime, de chaque détail me paralysait presque l'imagination.

Il n'était pas invraisemblable que les principales caractéristiques de cette architecture vénérable me semblent familières.

Elles avaient fortement impressionné les créateurs de certains mythes, qui les avaient intégrées dans un flux de traditions sibyllines ; lorsque je m'étais trouvé, d'une manière ou d'une autre, au contact de ces dernières au cours de ma période d'amnésie, des images frappantes s'étaient imprimées dans mon subconscient.

Mais comment expliquer l'exacte et minutieuse coïncidence de chaque ligne, chaque spirale de ces étranges motifs, avec ceux que je voyais en rêve depuis plus de vingt ans ? Quelle iconographie obscure et oubliée avait pu reproduire dans le moindre détail les ombres et nuances subtiles dont la vision précise, invariable, persistait à me tourmenter nuit après nuit ?

La ressemblance, en effet, n'était ni vague ni fortuite. Il ne faisait strictement aucun doute que la galerie enfouie depuis des millénaires dans laquelle je me trouvais était précisément l'original d'un lieu qui m'était aussi familier dans mon sommeil que ma propre maison de Crane Street, à Arkham. Bien sûr, mes rêves montraient cet endroit avant sa déliquescence, mais l'identité n'en était pas moins réelle pour autant. Ma vie était totalement, effroyablement orientée.

Je connaissais cet édifice, de même que son emplacement dans la vieille cité terrible de mes cauchemars. Je savais avec une certitude hideuse et instinctive que j'aurais pu me rendre sans me perdre à n'importe quel point de ce bâtiment ou de la ville, à condition que l'endroit en question ait survécu à d'innombrables siècles de changements et de destructions. Au nom du ciel ! que signifiait tout cela ? Comment avais-je appris ce que je savais ? Et quelle abominable réalité avait bien pu inspirer ces contes antiques sur les créatures qui avaient habité ce labyrinthe de pierre primordiale ?

Les mots ne sauraient exprimer que très partiellement le fatras d'effroi et de perplexité qui me rongeait l'esprit. Je connaissais cet endroit. Je savais ce qu'il y avait devant moi, et ce qu'il y avait eu au-dessus, avant que les innombrables étages tombent en poussière et en décombres pour céder la place au désert. *Plus besoin,* me dis-je avec un frisson, *de garder l'œil sur cette légère lueur de lune.*

J'étais partagé entre le désir de fuir et celui de me laisser aller à ce mélange fébrile de curiosité brûlante et d'implacable fatalité. Qu'était-il arrivé à cette monstrueuse mégalopole d'antan pendant les millions d'années qui s'étaient écoulés depuis l'époque de mes rêves ? Des dédales qui s'étendaient sous la ville et reliaient toutes ses tours titanesques, combien avaient survécu aux convulsions de l'écorce terrestre ?

Ce monde archaïque et impie était-il tout entier sous la terre? Retrouverais-je la demeure du maître d'écriture, et la tour où S'gg'ha, l'esprit captif d'un végétal carnivore d'Antarctique à tête en forme d'étoile, avait gravé certaines images au ciseau sur les zones vierges des murs?

Le couloir, deux étages plus bas, donnant sur la salle des esprits étrangers était-il encore libre et praticable? C'était là que l'esprit claustré d'une entité incroyable – un être semi-plastique qui, dix-huit millions d'années plus tard, habiterait l'intérieur creux d'une planète transplutonienne inconnue – avait conservé un certain objet en argile modelé par ses soins.

Je fermai les yeux et portai la main au front dans un effort aussi vain que pitoyable pour bouter ces fragments de rêves déments hors de ma conscience. Je remarquai alors pour la première fois et sans hésitation possible un courant d'air frais et humide. Je frissonnai en comprenant qu'une vaste chaîne d'abîmes noirs où la mort régnait depuis des éternités s'ouvrait, béante, quelque part au-delà et en dessous de moi.

Je songeai aux effroyables salles, couloirs et plans inclinés dont le souvenir me restait à travers mes rêves. Les archives centrales étaient-elles encore accessibles? Une fois de plus, l'irrésistible fatalité pesait avec insistance sur mon esprit; je me rappelai les impressionnants documents qui, jadis, avaient été rangés à l'abri dans ces coffres rectangulaires en métal inoxydable.

D'après les rêves et légendes, c'était là que se trouvait toute l'histoire, passée et future, du continuum espace-temps universel, histoire rédigée par les esprits captifs venus de chaque planète, chaque époque du système solaire. Cette idée n'était sans doute que folie... mais le monde caché sur lequel j'étais tombé par hasard n'était-il pas aussi fou que moi?

Je pensai aux casiers de métal verrouillés et aux curieuses combinaisons nécessaires à leur ouverture. La mienne me revint à l'esprit de manière saisissante. Combien de fois avais-je exécuté cette complexe succession de tours et de pressions, dans le département des vertébrés, à l'étage le plus bas! Chaque détail me revenait comme si cela datait du jour même.

S'il existait bien un coffre comme celui de mes rêves, il ne me faudrait qu'un instant pour l'ouvrir. C'est à ce moment que la démence s'empara tout à fait de moi. Une seconde plus tard, bondissant, trébuchant sur les décombres, je courais vers ce plan incliné dont je me souvenais si bien et qui devait me mener dans les profondeurs.

VII

À partir de là, mes impressions ne sont plus très fiables ; en effet, il me reste, contre toute logique, l'unique espoir qu'elles constituent à elles toutes quelque rêve maléfique, ou qu'elles soient le fruit d'un délire hallucinatoire. La fièvre faisait rage dans mon cerveau, si bien que je percevais tout à travers un genre de brouillard, et quelquefois par intermittence seulement.

Les rayons de ma torche avaient du mal à pénétrer les ténèbres qui m'engloutissaient ; ils me révélaient de brèves visions fantasmatiques de ces murs et gravures abominablement familiers et tous rongés par l'action du temps. Je rencontrai un prodigieux amas résultant de l'effondrement d'une partie de la voûte, et dus escalader le monceau de pierres qui montait presque jusqu'au plafond déchiqueté et hérissé d'une quantité ridiculement élevée de stalactites.

C'était le comble du cauchemar, et les pseudo-souvenirs qui me tourmentaient n'arrangeaient rien. La seule chose qui me parût inhabituelle était ma propre taille par rapport au gigantisme de l'architecture. Je me sentais oppressé par une impression de petitesse insolite, comme si voir ces hauts murs depuis le corps d'un simple humain était pour moi totalement nouveau et anormal. Je ne cessais de me détailler ; ce corps d'homme me troublait vaguement.

Avançant dans l'abîme ténébreux, je sautais, plongeais, titubais et tombais même à maintes reprises, ce qui me valut bien des hématomes. Je faillis même casser ma torche. Je connaissais chaque pierre, chaque recoin de ce gouffre démoniaque et m'arrêtais souvent pour braquer le faisceau de ma lampe sur des arcades effondrées et obstruées mais néanmoins familières.

Des salles s'étaient complètement écroulées ; d'autres étaient nues ou pleines de débris. Dans certaines, je vis des masses métalliques – parfois relativement intactes, d'autres fois cassées, écrasées ou cabossées – en lesquelles je reconnus les tables et bureaux colossaux de mes rêves. Mais je n'osais essayer de deviner ce qu'elles étaient en réalité.

Parvenu au plan incliné, je commençai à descendre... mais fus vite arrêté par une crevasse béante et déchiquetée dont le point le plus étroit ne devait pas faire moins d'un mètre vingt de large. En s'effondrant, la maçonnerie avait laissé place à d'insondables profondeurs d'un noir d'encre.

Je savais que ce titanesque édifice comptait encore deux niveaux souterrains. Je tremblai sous l'effet d'un regain de panique en repensant à la trappe bardée de métal qui se trouvait au plus bas des deux. Elle ne pouvait plus être gardée, car ce qui avait attendu, tapi, derrière cette porte, avait depuis longtemps accompli son œuvre effroyable avant de sombrer dans un long déclin. À l'époque de la race coléoptère posthumaine, les créatures des profondeurs seraient toutes mortes. Et pourtant, en pensant aux légendes des autochtones, je fus pris de nouveaux tremblements.

Sauter par-dessus ce gouffre béant me demanda un effort certain, car le sol jonché de décombres ne permettait pas de prendre de l'élan ; mais la folie me porta. Je choisis près du mur de gauche un endroit où la faille était moins large et le point de chute raisonnablement libre de débris dangereux... et après un instant de panique, j'atteignis l'autre bord sain et sauf.

Enfin, arrivé au niveau du dessous, je passai en chancelant devant l'entrée de la salle aux machines, à l'intérieur de laquelle j'aperçus de fantastiques ruines métalliques à demi enfouies sous une partie effondrée de la voûte. Comme tout se trouvait où je le pensais, j'escaladai sans crainte les amas obstruant l'entrée d'un vaste couloir transversal qui, je m'en souvenais, allait me permettre de passer sous la ville pour accéder aux archives centrales.

Pendant ce qui me parut durer une éternité, je longeai ce couloir jonché de décombres, trébuchant, sautant, me traînant tour à tour. Ici et là, je distinguais des gravures sur ces murs tachés par le temps ; certaines m'étaient familières, mais d'autres avaient apparemment été ajoutées depuis la période de mes rêves. Comme il s'agissait d'une grande artère reliant les bâtiments entre eux, il n'y avait de sorties que lorsque le chemin traversait les étages inférieurs des différents immeubles.

Je tournai la tête à certaines de ces intersections le temps de jeter un coup d'œil à ces couloirs et salles dont je me souvenais si bien. Par deux fois seulement je remarquai des changements radicaux par rapport aux lieux dont j'avais rêvé et, dans l'un de ces cas, je reconnus les contours de la porte que j'avais en mémoire et qui avait été condamnée.

Je fus pris d'un violent sursaut et ressentis un curieux accès de faiblesse qui me freina lorsque je traversai à contrecœur – et le plus vite possible – la crypte d'une des grandes tours aveugles et décrépites dont les étranges murs de basalte trahissaient la secrète et haïssable origine.

Cette chambre remontant aux origines était circulaire et mesurait bien soixante-dix mètres de diamètre. Il n'y avait aucune gravure sur les murs sombres, et le sol sans revêtement n'était que poussière et sable. Je vis les ouvertures par lesquelles on montait ou descendait. Il n'y avait ni escaliers, ni plans inclinés ; et en effet, mes rêves m'avaient montré que la fabuleuse Grande Race n'avait jamais touché à ces tours antiques. Ceux qui les avaient bâties n'avaient nul besoin d'escaliers ou de plans inclinés.

Dans mes visions, l'ouverture menant dans les entrailles de la terre était hermétiquement scellée et surveillée de près. Elle était désormais grande ouverte, noire béance d'où s'échappait un courant d'air froid et humide. Je ne m'autorisai pas à songer à ces cavernes sans fin où devait régner une nuit éternelle.

Plus tard, alors que j'avançais laborieusement dans une section particulièrement encombrée du couloir, j'atteignis une zone dont le plafond s'était complètement effondré. Les débris faisaient une montagne, que je dus escalader. En haut, je me retrouvais à traverser un vaste espace vide où la lumière de ma torche ne trouvait ni murs ni voûte à éclairer. Je songeai que cela devait être l'entrepôt du bâtiment des fournisseurs de métal, qui avait sa façade sur la troisième place, non loin des archives. J'étais incapable d'imaginer ce qui avait pu lui arriver.

Je retrouvai le couloir au-delà de la montagne de débris et de pierres mais, très vite, je tombai sur un endroit totalement obstrué où les décombres de la voûte atteignaient presque le plafond dangereusement affaissé. Comment je parvins à écarter assez de blocs pour me frayer un passage, je l'ignore, de même que je ne sais où je trouvai l'audace de déplacer les fragments imbriqués, alors que le moindre déséquilibre risquait de provoquer l'éboulement des couches superposées de maçonnerie dont les innombrables tonnes me réduiraient à néant.

C'est la folie pure qui me poussait et me guidait – si, bien sûr, toute mon aventure souterraine n'a pas été, comme je l'espère, le fruit d'une illusion ou d'un rêve infernal. En tout cas, je me frayai (ou rêvai que je me frayais) un passage suffisant pour pouvoir m'y faufiler. Alors que je rampais sur le monticule de décombres, la torche constamment allumée et calée dans ma bouche, je me sentis déchiré par les fantastiques stalactites du plafond déchiqueté au-dessus de moi.

Je n'étais plus très loin de l'immense structure souterraine d'archivage qui semblait constituer mon objectif. Je dévalai autant que je descendis l'autre côté de la montagne de débris, puis avançais avec prudence, en allumant ma torche par intermittence, dans la dernière portion de couloir. J'arrivai enfin à une crypte circulaire et basse de plafond, ouverte de tous les côtés par des arches en remarquable état de conservation.

Les murs, en tout cas ceux qui étaient à portée de ma torche, étaient couverts de hiéroglyphes et gravés des symboles curvilignes habituels, dont certains étaient postérieurs à l'époque de mes rêves.

Je compris qu'il s'agissait là de la destination que le destin m'avait attribuée. Je me tournai sans attendre sur ma gauche et franchis une arcade familière. Étrangement, je ne doutais pas vraiment que la voie serait dégagée vers le haut comme vers le bas du plan incliné, et que je pourrais atteindre sans encombre tous les niveaux subsistants. Cet immense édifice souterrain qui abritait les archives de tout le système solaire avait été construit avec un savoir-faire et une puissance suprêmes afin de durer aussi longtemps que ledit système.

Des blocs d'une taille époustouflante, posés avec un sens de l'équilibre témoignant du génie mathématique des architectes et assemblés par des ciments d'une dureté incroyable, étaient combinés de manière à former une masse aussi solide que le cœur rocheux de la planète. Au bout d'un temps si prodigieux que je ne pourrais raisonnablement le concevoir, le bâtiment caché sous terre avait pour l'essentiel gardé sa forme originelle; je ne voyais sur les vastes sols, certes parsemés de tas de poussière, que très peu de ces débris omniprésents partout ailleurs.

Ma relative liberté de mouvement me monta curieusement à la tête. L'ardeur frénétique sans cesse avivée par les obstacles se manifesta par une hâte fébrile, et c'est littéralement au pas de course que je remontai ces couloirs bas de plafond dont je me souvenais avec une précision tout bonnement hallucinante.

Je n'en étais plus à m'étonner de reconnaître tout ce que je voyais. De tous côtés se dressaient les monstrueuses portes métalliques des rayonnages; certaines étaient fermées, d'autres ouvertes, et d'autres encore, tordues et faussées à cause d'anciennes secousses géologiques qui n'avaient pas tout à fait suffi à abattre le titanesque édifice.

Çà et là, un monticule poussiéreux sous un compartiment vide et béant semblait indiquer qu'un tremblement de terre avait vidé ce dernier de son contenu. Quelques colonnes étaient ornées de grands symboles ou de lettres annonçant les catégories et sous-catégories des volumes.

Je marquai une pause devant un coffre ouvert dans lequel je vis les habituels étuis métalliques. Ils étaient toujours à leur place au milieu de l'omniprésente poussière graveleuse. Je tendis le bras pour déloger, non sans difficulté, un ouvrage d'épaisseur raisonnable, que je posai au sol pour l'étudier. Si le titre était écrit avec les caractères hiéroglyphiques curvilignes prévalant un peu partout, leur disposition me parut quelque peu insolite.

L'étrange mécanisme du fermoir crochu m'étant parfaitement familier, je soulevai le couvercle – qui ne coinça pas, car il était vierge de rouille – et sortis le livre de l'étui. Comme je m'y attendais, l'ouvrage faisait cinquante centimètres sur trente-cinq, pour cinq d'épaisseur ; sa fine couverture de métal s'ouvrait par le haut.

Ses solides pages de cellulose ne paraissaient pas porter les stigmates des millions d'années qu'elles avaient vécues. J'étudiai le texte, dont les lettres tracées au pinceau avec d'étranges pigments se distinguaient des hiéroglyphes habituels, aussi bien que de n'importe quel alphabet connu des érudits humains. Ces symboles éveillèrent en moi une sensation lancinante, comme un souvenir refusant de se révéler.

Je compris que c'était là la langue d'un esprit captif que j'avais un peu connu dans mes rêves, esprit venu d'un grand astéroïde sur lequel avaient survécu la plupart des formes de vie et traditions archaïques de la planète primitive dont il était un fragment. En même temps, je me rappelai que ce niveau des archives était consacré aux volumes traitant des planètes non terrestres.

Alors que j'allais mettre un terme à l'examen de cet incroyable document, je vis que la lumière de ma torche commençait à faiblir, aussi insérai-je la pile de rechange que je gardais toujours sur moi puis, à l'aide de ce faisceau plus puissant, je repris ma course enfiévrée à travers un interminable dédale d'allées et de couloirs, reconnaissant parfois un rayonnage. J'étais vaguement agacé par les conditions acoustiques qui donnaient à mes pas un écho incongru dans ces catacombes.

Les empreintes même que je laissais derrière moi dans cette poussière que nul n'avait foulée depuis des millénaires me faisaient frissonner. S'il y avait le moindre élément de véracité dans mes rêves déments, jamais encore un pied humain n'avait marché sur ces dalles vénérables.

Du but précis de ma course folle, mon esprit conscient ignorait tout. Cependant, une force maléfique influençait ma volonté hébétée et mes souvenirs enfouis, si bien que je sentais obscurément que je ne courais pas au hasard.

Arrivé à un plan incliné, je m'enfonçai plus bas encore. Les étages défilaient à toute vitesse, mais je ne m'arrêtais pas pour les explorer. Pris de vertiges, mon cerveau avait commencé à émettre une pulsation, et ma main droite s'agitait au même rythme. J'avais un verrou à ouvrir, et j'étais sûr de connaître la série complexe des rotations et des pressions nécessaires. Ce serait comme la serrure à combinaison d'un coffre moderne.

Rêve ou pas, j'avais eu cette connaissance, et c'était toujours le cas. Comment un rêve – ou une parcelle de légende absorbée inconsciemment – avait pu m'enseigner des détails aussi précis, difficiles et complexes, je n'essayai même pas de me l'expliquer. J'avais dépassé le stade de la pensée cohérente. Car cette expérience tout entière – la choquante familiarité que j'éprouvais à la vue de ces ruines inconnues, la monstrueuse coïncidence de tout ce qui m'entourait avec ce que j'avais seulement pu apprendre à travers des rêves et des éléments de mythes – n'était-elle pas une abomination défiant toute raison ?

Sans doute étais-je tout simplement convaincu – comme je le suis maintenant, ayant recouvré un peu de lucidité – que je dormais, et que toute cette ville enfouie n'était qu'un fragment d'hallucination fébrile.

Atteignant enfin le niveau le plus bas, je partis aussitôt vers la droite du plan incliné. Pour quelque obscure raison, je m'efforçais de faire le moins de bruit possible en marchant, quitte à perdre en vitesse. À ce dernier étage enfoui dans les profondeurs de la terre, il y avait un endroit que je redoutais de traverser.

En approchant, je me rappelai ce qui me faisait si peur. C'était tout simplement une de ces trappes bardées de métal et gardées de près. Cette fois, il n'y aurait pas de gardes, et c'est ce qui me faisait trembler et marcher sur la pointe des pieds, comme lorsque j'avais traversé la crypte de basalte noir où béait une ouverture semblable.

De même que dans la tour, je sentis un courant d'air froid et humide. J'aurais voulu que mes pas me mènent dans une autre direction. Pourquoi fallait-il que je passe précisément par là, je l'ignorais.

En arrivant, je vis que la trappe était grande ouverte. Au-delà, les rayonnages reprenaient. Sur le sol, devant l'un d'eux, j'aperçus un tas d'étuis récemment tombés, comme l'attestait la très fine couche de poussière qui les recouvrait. Au même instant, une nouvelle vague d'effroi m'envahit. Tout d'abord, je ne pus en identifier la cause.

Les amas de ce genre n'étaient pas rares, car, au fil des millénaires, ce labyrinthe de ténèbres avait été secoué par les haut-le-cœur de la terre ; entre ses murs avait résonné l'écho assourdissant des objets qui tombaient avec fracas. C'est seulement alors que j'avais presque traversé cet espace que je compris pourquoi je tremblais si violemment.

Ce n'était pas l'amas, mais la couche de poussière qui couvrait le sol de ce niveau. À la lumière de ma torche, elle ne me semblait pas aussi régulière qu'elle aurait dû l'être ; par endroits, elle paraissait plus fine, comme si elle avait été soulevée quelques mois à peine auparavant. Je ne pouvais être sûr de moi, car même là où la couche était moins épaisse, elle restait abondante. Et cependant, la régularité avec laquelle ces inégalités imaginaires semblaient se répéter était hautement inquiétante.

Lorsque j'approchai la lumière de ma torche d'une de ces zones étranges, ce que je vis me déplut, car l'illusion d'irrégularité se fit particulièrement forte. On aurait dit qu'il y avait des lignes d'empreintes également espacées, empreintes composites qui allaient par trois, chacune mesurant un peu plus de trente centimètres carrés et composée de cinq traces à peu près circulaires de neuf centimètres de diamètre, l'une étant positionnée en avant par rapport aux quatre autres.

Ces lignes d'empreintes menaient apparemment dans deux sens, comme si leur auteur était allé quelque part puis revenu. Bien entendu, étant donné leur grand manque de netteté, il aurait aussi bien pu s'agir d'illusions d'optique ou d'ondulations accidentelles ; mais voyant la direction dans laquelle elles me semblaient aller, je fus gagné par un sentiment vague et insidieux de terreur. En effet, à une extrémité de leur trajet se trouvait le tas d'étuis tombés depuis peu, et à l'autre, la trappe d'où montait l'air humide et froid et qui s'ouvrait, menaçante, sans surveillance, sur des abîmes dépassant l'imagination.

VIII

L'étrange compulsion à laquelle j'obéissais était si profonde et irrésistible qu'elle eut raison de ma peur. Aucun motif rationnel n'aurait pu me pousser à continuer mon exploration après que je m'étais mis en tête que ces traces étaient des empreintes de pas, avec tout ce que cela éveillait de souvenirs oniriques. Et pourtant, ma main droite, tout en tremblant d'effroi, continuait à s'agiter rythmiquement tant elle avait hâte d'ouvrir cette serrure qu'elle espérait trouver. Sans m'en rendre compte, j'avais déjà dépassé l'amas d'étuis récemment tombés ; je courais sur la pointe des pieds, foulant la poussière vierge de toute marque, passant d'une allée à l'autre vers une destination selon toute apparence terriblement bien connue de mon esprit morbide.

Mon esprit, d'ailleurs, se posait des questions dont je commençais tout juste à percevoir l'origine et la pertinence. Le rayonnage serait-il accessible à un corps humain ? Ma main d'homme saurait-elle maîtriser tous les mouvements de cette combinaison venue de la nuit des temps ? La serrure serait-elle intacte et utilisable ? Et que ferais-je, qu'oserais-je faire de ce que je semblais à la fois souhaiter et craindre de découvrir ? Serait-ce la preuve éclatante, bouleversante, qu'il existait une réalité dépassant l'entendement normal, ou s'avérerait-il simplement que je rêvais ?

Je m'aperçus que j'avais cessé de me déplacer sur la pointe des pieds. Je contemplais, immobile, une rangée de compartiments ornés de hiéroglyphes, compartiments si familiers que j'aurais pu en perdre la raison. Leur état de conservation était presque parfait, et je ne comptais que trois portes ouvertes dans cette section.

Je ne saurais décrire les sentiments que ces rayonnages éveillèrent en moi, tant j'avais l'impression irrépressible et insistante de me trouver en un lieu que je connaissais depuis longtemps. Je regardais un rayon situé très en hauteur, près du sommet et donc totalement hors de portée, en me demandant quel serait le meilleur moyen de l'atteindre. Une porte ouverte à quatre rangées du bas m'aiderait, et les serrures de celles qui étaient fermées offraient des prises possibles pour les mains et les pieds. Je tiendrais ma lampe entre les dents, comme je l'avais déjà fait quand j'avais eu besoin de mes deux mains. Par-dessus tout, je ne devais faire aucun bruit.

Il me serait difficile de redescendre avec l'ouvrage que je cherchais, mais sans doute pourrais-je fixer son fermoir mobile au col de ma veste afin de le porter comme une musette. Je me demandais une fois de plus si la serrure serait en bon état. Je ne doutais absolument pas que je saurais répéter tous les gestes familiers, mais j'espérais que l'objet ne produirait ni grincement ni craquement, et que ma main pourrait exécuter les mouvements idoines.

Tout en réfléchissant, j'avais pris la lampe dans ma bouche et commencé mon escalade. Si les serrures saillantes ne faisaient pas de très bonnes prises, le coffre ouvert m'aida beaucoup. La porte battante et le rebord du compartiment m'aidèrent dans mon ascension, et je parvins même à ne pas faire trop de bruit.

En me tenant en équilibre sur la porte et en me penchant nettement à droite, j'atteignis de justesse la serrure que je cherchais. Au début, mes doigts à moitié engourdis par l'escalade furent très maladroits ; cependant, je vis bientôt qu'ils étaient anatomiquement adaptés. Quant au rythme mémoriel, ils en étaient fortement imprégnés.

Les gestes secrets et complexes sortis des abîmes insondables du temps avaient réussi à pénétrer mon cerveau avec exactitude, jusque dans le plus petit détail ; au bout de cinq minutes d'efforts retentit un déclic dont la familiarité était d'autant plus étonnante que je ne m'y attendais pas consciemment. Presque aussitôt, la porte métallique s'ouvrit lentement avec guère plus qu'un très léger grincement.

Je promenai mon regard sidéré sur la rangée d'étuis grisâtres ainsi exposés et me sentis gagné par une émotion aussi puissante qu'inexplicable. Juste à portée de ma main droite se trouvait un boîtier dont les hiéroglyphes curvilignes me firent trembler sous l'effet d'un tourment infiniment plus complexe qu'une simple peur. Sans parvenir à me calmer, je réussis à le déloger dans une pluie de flocons poudreux et à le ramener vers moi en douceur, dans un silence relatif.

Comme l'autre ouvrage que j'avais manipulé, celui-ci faisait un peu plus de cinquante centimètres sur trente-cinq et était orné de symboles mathématiques curvilignes en bas-relief. Il mesurait un peu plus de sept centimètres d'épaisseur.

Je le coinçai comme je pus entre ma poitrine et la surface que j'escaladais, puis triturai le fermoir jusqu'à parvenir à en libérer le crochet. Je soulevai ensuite la couverture et fis passer le pesant objet dans mon dos afin qu'il s'accroche à mon col. Les mains désormais libres, je redescendis tant bien que mal jusqu'au sol poussiéreux, et je me préparai à inspecter ma prise.

À genoux dans la poussière granuleuse, je refis passer l'étui devant moi et le posai. Mes mains tremblaient, et je craignais presque autant de sortir le livre que j'en avais envie... et que je m'y sentais contraint. J'en étais très progressivement venu à comprendre ce que j'allais découvrir dans ces pages, et mes facultés s'en trouvaient presque paralysées.

Si la chose était bien là – et si je ne rêvais pas – les implications seraient telles qu'elles dépasseraient de très loin ce que l'esprit humain pouvait supporter. Ce qui me tourmentait le plus, c'était mon incapacité momentanée à sentir que j'étais au beau milieu d'un rêve. Cette impression de réalité était hideuse, et l'est tout autant maintenant que je revis la scène.

Enfin, je sortis le livre de sa boîte en tremblant et contemplai avec fascination les hiéroglyphes bien connus de sa couverture. L'ouvrage semblait en parfait état, et les lettres curvilignes du titre m'hypnotisaient presque autant que si j'avais été capable de les lire. Et d'ailleurs, je ne pourrais jurer que je ne les déchiffrai pas dans un terrible et transitoire sursaut de mémoire anormale.

J'ignore combien de temps il me fallut avant d'oser soulever cette fine couverture de métal. Je temporisai et me cherchai des excuses. Je retirai la torche de ma bouche et l'éteignis pour économiser la pile. Alors, dans le noir, je rassemblai mon courage et finis par tourner la couverture sans pour autant rallumer la lumière. Enfin, je braquai ma torche sur la page découverte, non sans m'être préparé à réprimer toute exclamation, quel que dût être le contenu de la page en question.

À peine avais-je jeté un coup d'œil que je m'effondrai. Toutefois, je serrai les dents pour ne pas faire de bruit. Je me laissai tomber de tout mon long au cœur des ténèbres et portai une main à mon front. Ce que j'avais craint et attendu était là. Soit je rêvais, soit le temps et l'espace n'étaient plus qu'une mascarade.

Sans doute rêvais-je, mais je comptais bien mettre l'horreur à l'épreuve en rapportant cette chose pour la montrer à mon fils, au cas où elle serait réelle. La tête me tournait horriblement, même si les ténèbres compactes m'empêchaient de voir le décor tourbillonner autour de moi. Des idées et images exprimant la plus saisissante des terreurs – et nées des horizons découlant de ce que j'avais entraperçu – commencèrent à m'assaillir et à troubler mes sens.

Je repensai à ce que j'avais pris pour des empreintes dans la poussière et, ce faisant, frissonnai au son de ma propre respiration. Une fois de plus, j'allumai ma torche et regardai la page comme la victime d'un serpent doit regarder les yeux et les crochets de son bourreau.

Puis, de nouveau dans le noir, je refermai le livre de mes doigts gourds et le rangeai dans son étui, dont je rabaissai le couvercle avant de rabattre le singulier fermoir crochu. C'était ce livre qu'il me fallait rapporter dans le monde extérieur, s'il existait vraiment – à supposer d'ailleurs que cet abîme tout entier existe… ou moi, ou même le monde.

Je ne saurais dire avec certitude à quel moment je me relevai, chancelant, pour repartir. Je m'aperçois que je ne consultai pas une seule fois ma montre durant toutes ces effroyables heures passées dans les entrailles de la terre. Fallait-il que je me sente coupé du monde normal !

La torche à la main et l'inquiétant étui sous le bras, je finis par repasser à pas de loup, dans une sorte de panique silencieuse, à côté du trou au courant d'air et de ces vagues suggestions d'empreintes. Je pris moins de précautions pour gravir les interminables plans inclinés, sans pour autant parvenir à me débarrasser d'un soupçon d'angoisse que je n'avais pas ressenti au cours de ma descente.

Je craignais de repasser par cette noire crypte de basalte plus ancienne que la cité elle-même, et où de froides bourrasques montaient des profondeurs sans surveillance. Je pensai à ce qui avait tant effrayé la Grande Race et à l'ennemi qui pouvait encore se trouver tapi là en bas, quand bien même fût-il dans un grand état de faiblesse, voire moribond. Je songeai à ces empreintes composées de cinq traces circulaires et à ce que mes rêves m'avaient appris sur elles, mais aussi aux étranges bourrasques et sifflements qu'on leur associait. Je pensai aux récits des indigènes d'aujourd'hui, où l'on insistait sur l'horreur des grands vents et des innommables ruines souterraines.

Grâce à un symbole gravé sur un mur, je sus à quel étage entrer ; après être passé devant le premier livre que j'avais examiné, je retrouvai le vaste espace circulaire d'où rayonnaient les passages voûtés. Sur ma droite, je reconnus tout de suite l'arche par laquelle j'étais arrivé. Je la franchis, conscient que la suite du parcours allait être plus difficile à cause de l'état de délabrement de la maçonnerie hors du bâtiment des archives. Le fardeau de l'étui métallique me pesait, et j'avais de plus en plus de mal à ne pas faire de bruit, car je trébuchais sur des débris et fragments de toutes sortes.

J'arrivai enfin devant la montagne de décombres qui atteignait le plafond et où je m'étais frayé un passage tout juste suffisant. Je redoutais fort de m'y faufiler à nouveau ; mon premier passage s'était avéré bruyant et, à présent que j'avais vu ces traces qui me faisaient penser à des empreintes, je craignais le bruit par-dessus tout. De plus, l'étui rendait doublement problématique le franchissement de l'étroite crevasse.

Je gravis néanmoins l'obstacle comme je le pus et poussai mon fardeau devant moi dans l'ouverture. Puis, la torche à la bouche, je m'y faufilai à mon tour et, comme à l'aller, je me griffai le dos sur les stalactites.

Alors que j'essayais de saisir le boîtier, il commença à dévaler la pile de débris avec un inquiétant fracas, dont l'écho me donna des sueurs froides. Je me jetai aussitôt sur l'objet et le rattrapai sans bruit... mais un instant plus tard, des blocs, en glissant sous mes pieds, provoquèrent un vacarme soudain et sans précédent.

Cela fut ma perte. Car à tort ou à raison, je crus percevoir une effroyable réponse, loin derrière moi. Je crus entendre un sifflement strident ne ressemblant à aucun autre et défiant toute description verbale. Si c'était une illusion, ce qui suit est empreint d'une sinistre ironie ; car, si je ne m'étais pas affolé à ce bruit, le second incident ne se serait peut-être jamais produit.

En l'occurrence, je fus pris d'une panique absolue, inextinguible. Je pris ma torche en main, empoignai l'étui comme je le pus et détalai tel un possédé, n'ayant d'autre idée en tête qu'un désir irrépressible de fuir ces ruines de cauchemar pour regagner le monde éveillé du désert et du clair de lune, si loin là-haut.

Je m'aperçus à peine que j'avais atteint la montagne de débris culminant dans le vaste vide noir au-delà du plafond effondré. Je me fis plusieurs hématomes et coupures en escaladant la pente raide hérissée de blocs et fragments déchiquetés.

C'est alors que se produisit le désastre. Tandis que je franchissais le sommet à l'aveuglette sans m'attendre à la pente brutale qui suivait, je perdis tout à fait pied et me retrouvai pris dans une dangereuse avalanche de morceaux de mur dont le tumulte, digne d'une canonnade, déchira l'air de la caverne noire de ses échos aussi stupéfiants qu'assourdissants.

Je ne me souviens pas du moment où j'émergeai de ce chaos mais, dans un court instant de conscience, je me revois me ruer dans le couloir, trébuchant au milieu du brouhaha, l'étui et la torche toujours en ma possession.

Soudain, alors que j'approchais de la crypte basaltique primitive tant redoutée, la folie atteignit son comble. Comme cessait l'écho de l'avalanche, j'entendis de nouveau l'effroyable et inexplicable sifflement. Cette fois, le doute n'était pas permis. Pire encore : il ne venait pas de derrière, mais de devant moi.

Sans doute poussai-je un hurlement. Je me revois vaguement traverser à toute vitesse l'infernal caveau basaltique des créatures des temps primordiaux en entendant ce maudit son surnaturel, qui montait d'abîmes infiniment noirs pour jaillir par la trappe béante que nul garde ne surveillait. Du vent en sortit aussi ; l'abominable gouffre d'où venait le sifflement obscène ne se contentait plus d'émettre un simple courant d'air frais et humide, mais vomissait une bise glaciale avec violence, et même avec sauvagerie.

Je me vois ensuite sauter des obstacles de toutes sortes ou faire des embardées pour les éviter, pendant que ce torrent de vent grandissait de minute en minute à l'instar du bruit strident et, jaillissant vicieusement de derrière et d'en bas, semblait s'enrouler et onduler délibérément autour de moi.

Bien que soufflant dans mon dos, cette bise avait une singulière tendance à me ralentir au lieu de me pousser, comme s'il s'était agi d'un nœud coulant ou d'un lasso que l'on aurait lancé pour me capturer. Sans me soucier du bruit que je faisais, je passai avec fracas par-dessus un gros barrage de blocs, puis me retrouvai de nouveau dans la structure qui menait à la surface.

Je me rappelle avoir jeté un coup d'œil à la salle aux machines, et avoir failli crier à la vue du plan incliné menant à l'une de ces trappes maléfiques, probablement béante, deux étages plus bas. Mais au lieu de hurler, je me répétai tout bas que tout cela était un rêve dont je me réveillerais bientôt. Peut-être me trouvais-je au camp... ou même chez moi, à Arkham. Cet espoir m'empêchant de sombrer dans la folie, je commençai à gravir le plan incliné pour gagner l'étage supérieur.

Bien entendu, je savais que j'allais devoir retraverser la faille d'un mètre vingt mais, comme j'étais obnubilé par mes tourments, l'horreur de la situation ne me frappa que lorsque je fus presque arrivé. À l'aller, la pente descendante avait facilité mon saut. Mais serais-je capable de franchir aussi aisément cette crevasse en montée, diminué par l'effroi, l'épuisement, le poids de l'étui métallique... et ce vent démoniaque et contre nature qui me tirait vers l'arrière? Tout cela me vint à l'esprit au dernier moment, de même que l'idée que des entités innommables fussent peut-être tapies dans les noirs abysses, au fond de la faille.

Malgré la lumière incertaine de ma torche faiblissante, quelque souvenir obscur me permit de sentir que j'approchais du précipice. Par chance, les rafales de vent glacial et les écœurants cris stridents qui me poursuivaient m'avaient fait l'effet d'opiacés, et empêché d'imaginer la menace que constituait ce gouffre béant.

Mais tout à coup, je pris conscience que le vent et les sifflements venaient aussi de ce dernier, telles d'abominables vagues montant de profondeurs inconnues et inimaginables.

C'est vraiment là que le cauchemar atteignit son comble. Je perdis la raison. Oubliant tout sauf la pulsion de fuite animale, je m'élançai tout bonnement et gravis comme je le pus le plan incliné jonché de décombres. C'était comme si le gouffre n'existait pas. Soudain, voyant le bord du vide, je bondis frénétiquement, de toutes mes forces, et me trouvai aussitôt englouti dans un vortex démoniaque de bruits détestables et de ténèbres opaques, palpables.

C'est là que mon aventure prend fin, pour autant que je m'en souvienne. Les impressions qui suivirent relèvent du délire fantasmagorique le plus complet. Rêve, folie et souvenir se mélangent follement sous la forme d'une série d'illusions fantastiques mais fragmentaires qui ne peuvent avoir le moindre rapport avec le réel.

Il y eut une abominable chute à travers des lieues et des lieues de ténèbres visqueuses et conscientes, et un vacarme de bruits totalement étrangers à tout ce que nous savons de la terre et de la vie organique qui l'habite. Des sens en sommeil, rudimentaires, semblèrent se réveiller en moi, révélant des puits et des vides peuplés d'horreurs flottantes et menant à des rochers escarpés et des océans sans soleil, à des cités grouillantes dont les tours basaltiques dénuées de fenêtres n'avaient jamais connu la lumière.

Les secrets de la planète primordiale et de ses âges immémoriaux apparurent comme des éclairs dans mon cerveau sans qu'il fût besoin d'images et de sons ; j'appris des choses dont même mes rêves les plus fous n'avaient jamais suggéré l'existence. Et pendant ce temps, une vapeur humide me saisissait dans ses doigts glacés, me pinçait, tandis que l'énigmatique et haïssable sifflement s'élevait, diabolique, au-dessus de l'alternative de brouhaha et de silence, dans les ténèbres tourbillonnantes qui m'entouraient.

Vinrent ensuite des visions de la cité cyclopéenne de mes cauchemars – non pas en ruine, mais dans l'état où elle se trouvait dans mes rêves. J'étais à nouveau dans mon corps conique non humain, au milieu d'une foule d'individus de la Grande Race et d'esprits captifs qui arpentaient les hauts couloirs et les vastes rampes, les bras chargés de livres.

Sur ces images se superposent d'éphémères et effrayantes bribes de conscience non visuelle, impressions de combats désespérés, de contorsions pour échapper aux tentacules du vent strident, d'un vol démentiel à la manière d'une chauve-souris dans l'air à moitié solide, de tâtonnements fébriles dans une obscurité fouettée par le cyclone, de folle ruée trébuchante parmi les décombres de murs.

À un moment s'imposa à moi une brève et curieuse vision, un soupçon diffus et fort léger de rayonnement bleuâtre, loin au-dessus de moi. Puis je rêvai que j'escaladais, fuyais à quatre pattes, poursuivi par le vent... qu'après m'être faufilé dans un fouillis de débris glissants qui s'effondraient derrière moi, emportés par un ouragan morbide, je sortais en rampant sous un clair de lune au flamboiement sardonique. C'est cette lumière maléfique, avec ses exaspérantes pulsations monotones, qui me signala le retour de ce que j'avais jadis considéré comme le monde objectif, éveillé.

Pendant que je rampais, les ongles dans le sable du désert australien, le vent autour de moi poussait des hurlements stridents tels que je n'en avais jamais entendu à la surface de notre planète. Mes vêtements étaient déchirés, et mon corps tout entier n'était plus qu'hématomes et égratignures.

Il me fallut du temps pour reprendre tout à fait conscience, à tel point qu'il m'est impossible de dire quand cesse le rêve délirant et où commencent les vrais souvenirs. Je croyais avoir vu un amoncellement de blocs titanesques, un abîme en dessous, avoir assisté à une monstrueuse révélation du passé se terminant par une horreur cauchemardesque... mais qu'y avait-il eu de réel dans tout cela ?

Ma torche avait disparu, de même que ce fameux étui métallique que je pensais avoir découvert. Avait-il existé ? Et l'abîme ? Et l'amoncellement de blocs ? Je relevai la tête, regardai en arrière, et ne vis que les sables ondulants et stériles du désert.

Le vent maléfique tomba ; la lune enflée sombrait à l'ouest, rougeoyante. Je me levai tant bien que mal et pris en chancelant la direction du sud-ouest, où se trouvait le camp. Que m'était-il arrivé en réalité ? M'étais-je simplement effondré en plein désert pour ensuite traîner ma carcasse torturée par les cauchemars sur des kilomètres de sable et de blocs enfouis ? Si ce n'était pas le cas, comment accepter de vivre plus longtemps ?

Car avec ce nouveau doute, toute la foi que j'avais placée dans l'origine mythique et irréelle de mes visions s'évanouissait, une fois encore, dans mes premières incertitudes infernales. Si cet abîme était réel, alors la Grande Race l'était aussi ; de même, ses incursions et enlèvements blasphématoires dans le vortex cosmique du temps n'étaient ni des contes, ni des cauchemars, mais une réalité terrible, dévastatrice.

Au temps de ma déconcertante amnésie, m'avait-on enlevé et emmené dans un monde préhumain vieux de cent cinquante millions d'années ? Mon corps actuel avait-il servi de réceptacle à une effrayante intelligence extraterrestre venue du fond des âges ? Avais-je vraiment vécu cette abominable expérience ?

En tant qu'esprit captif d'une de ces horreurs, avais-je réellement connu cette maudite cité de pierre de la nuit des temps à son apogée, et avais-je parcouru ces couloirs familiers dans le corps détestable de mon ravisseur ? Ces rêves qui me hantaient depuis plus de vingt ans étaient-ils tout bonnement le fruit de souvenirs effroyables ?

Avais-je un jour vraiment conversé avec des esprits issus du fin fond de l'espace et du temps, appris les secrets passés et futurs de l'univers, et rédigé les annales de mon propre monde pour les dossiers métalliques de ces titanesques archives ? Et les autres créatures, avec leurs folles bourrasques et leurs sifflements démoniaques, ces épouvantables êtres anciens à l'affût dans leurs noirs abîmes tandis que des formes de vie variées vivaient leur règne multimillénaire à la surface vieillie de la planète… représentaient-elles encore une menace, quoique peu à peu faiblissante ?

Je l'ignore. Si cet abîme et ce qu'il renfermait étaient réels, il n'y a aucun espoir. Et alors, ce n'est que trop vrai, sur le monde des hommes plane une ombre moqueuse, inconcevable ; une ombre immémoriale. Mais heureusement, rien ne prouve que tout cela soit autre chose qu'une nouvelle phase de mes rêves inspirés de mythes.

Je n'ai pas rapporté l'étui métallique qui aurait constitué une preuve et, jusqu'à présent, nul n'a retrouvé ces couloirs souterrains.

Si les lois de l'univers sont clémentes, on ne les retrouvera jamais. Mais je dois raconter à mon fils ce que j'ai vu ou ce que je pense avoir vu, et le laisser juger, par son regard de psychologue, de la réalité de mon expérience. À lui de faire connaître ce récit au monde.

J'ai dit que la terrible vérité derrière mes années de torture onirique reposait exclusivement sur la véracité de ce que je pensais avoir vu dans ces ruines cyclopéennes ensevelies. Il m'a été particulièrement pénible de coucher cette révélation cruciale sur le papier ; mais le lecteur n'aura pu manquer de la deviner. Bien sûr, cette révélation se trouvait dans le livre contenu dans l'étui métallique, cet étui que j'ai arraché à son repaire au milieu de la poussière d'un million de siècles.

Nul œil n'avait vu, nulle main n'avait touché ce livre depuis l'avènement de l'homme sur cette planète. Et cependant, lorsque je braquai ma torche sur ses pages, dans cet effroyable abîme, je vis que les caractères aux pigments étranges, sur la cellulose brunie par les millénaires, n'étaient pas d'obscurs hiéroglyphes remontant à la jeunesse de la terre. Non, il s'agissait des lettres de notre alphabet, et elles composaient des mots en anglais écrits de ma main.

LES MONTAGNES DE LA DÉMENCE

I

Si je me vois obligé de parler, c'est parce que des hommes de science refusent de suivre mes conseils sans connaître mes motifs. C'est tout à fait à contrecœur que je vais exposer les raisons pour lesquelles je m'oppose à ce projet d'invasion de l'Antarctique, qui tournerait à la vaste chasse aux fossiles, avec forages à grande échelle et fonte de l'antique calotte glaciaire à la clé. Et je suis d'autant plus réticent que mes avertissements pourraient s'avérer vains.

Étant donné la nature des faits que je m'apprête à révéler, il est inévitable que ceux-ci provoquent l'incrédulité du lecteur ; et cependant, si j'omettais ce qui paraîtra extravagant et incroyable, il ne resterait rien. Les photographies classiques ou aériennes, que, jusqu'ici, je gardais pour moi, témoigneront en ma faveur, car elles sont diablement précises et impressionnantes. Pourtant, on remettra en doute leur véracité, car on peut aller très loin avec des faux habiles. Bien entendu, les gens se riront des dessins à la plume ; ils crieront à l'imposture flagrante en faisant abstraction de la technique singulière qui devrait intéresser et intriguer les experts en histoire de l'art.

En dernier ressort, je dois compter sur le jugement et le prestige des quelques sommités scientifiques qui auront assez d'indépendance d'esprit pour apprécier mes effroyables données sans idées préconçues ou à la lumière de certains cycles mythiques primordiaux et hautement déconcertants, mais seront aussi dotées de l'influence nécessaire pour dissuader l'ensemble des explorateurs du monde de mener tout programme imprudent et trop ambitieux dans la région de ces montagnes de la démence. Il est dommage que des hommes relativement obscurs comme mes associés et moi, qui ne sommes liés qu'à une petite université, aient peu de chances de faire forte impression quand se posent des problèmes par trop bizarres ou polémiques.

Que nous ne soyons pas à proprement parler spécialistes des domaines principalement concernés joue en notre défaveur. Mon objectif, en tant que géologue et chef de l'expédition de l'université Miskatonic, était uniquement de prélever des spécimens de roches et de sol dans les profondeurs de différentes parties de l'Antarctique, avec l'aide de la remarquable foreuse conçue par le professeur Frank H. Pabodie, de notre département d'ingénierie. Je ne désirais aucunement devenir pionnier d'un quelconque autre domaine, mais j'espérais qu'en utilisant cette nouvelle machine pour forer en différents points déjà explorés nous pourrions mettre au jour des matériaux que l'on n'avait encore jamais pu atteindre par des procédés normaux.

L'appareil de Pabodie, comme le public l'a déjà appris à travers nos rapports, était radicalement unique : à la fois léger, portatif, et capable de combiner un petit trépan au principe de forage artésien classique de manière à venir à bout rapidement des couches de dureté variable. Tête d'acier, bras articulés, moteur à essence, derrick pliant en bois, équipement de dynamitage, câblage, foreuse pour le déblayage des déchets, et sections de tuyaux pour forage de cinq pouces de large sur trois cent trente mètres de long en tout, avec les accessoires nécessaires ; trois traîneaux de sept chiens suffisaient à transporter le tout, grâce à l'habile alliage d'aluminium qui composait la plupart des pièces métalliques. Quatre gros avions Dornier, spécialement étudiés pour le vol à très haute altitude qui s'impose sur le plateau antarctique et dotés de dispositifs de réchauffement du carburant et de démarrage rapide de l'invention de Pabodie, purent ainsi emmener notre expédition tout entière depuis une base située au bord de la grande barrière de glace jusqu'à différents points choisis à l'intérieur des terres, d'où nous pourrions continuer avec un contingent suffisant de chiens.

Nous avions prévu de couvrir le maximum de territoire en une saison antarctique – voire plus, si cela s'avérait absolument nécessaire – en nous concentrant sur les chaînes de montagnes et le plateau au sud de la mer de Ross ; des régions plus ou moins explorées par Shakleton, Amundsen, Scott et Byrd. En changeant fréquemment de camp – en avion, afin de parcourir des distances suffisantes pour que les déplacements aient un intérêt sur le plan géologique – nous comptions faire une quantité de prélèvements sans précédent, surtout dans les strates précambriennes où l'on avait jusque-là recueilli des spécimens fort peu variés sur ce continent. Nous souhaitions aussi obtenir la plus grande variété possible de roches fossilifères des couches supérieures, l'histoire de la vie primitive de ce sinistre royaume des glaces étant de la plus haute importance pour la connaissance du passé de la terre. Il est communément admis que le continent antarctique a connu un climat tempéré, voire tropical, et qu'il grouillait de formes de vie végétales et animales dont les lichens, la faune marine, les arachnides et les manchots sont les seuls survivants ; mais nous espérions apporter plus de variété, de précision et de détails sur ce point. Au cas où un simple forage révélerait des signes fossilifères, il était prévu d'élargir l'ouverture à la dynamite afin de prélever des spécimens de taille suffisante et en bon état.

Nos forages, de profondeur variable selon les promesses du sol ou de la roche superficielle, devaient se limiter aux surfaces totalement ou partiellement découvertes ; autrement dit, aux pentes et arêtes, les basses terres étant recouvertes d'un manteau de glace pure d'une épaisseur d'un kilomètre et demi à trois kilomètres. Nous ne pouvions nous permettre de perdre du temps à forer une couche de glace un tant soit peu profonde, même si Pabodie avait élaboré un plan visant à regrouper les sondages puis à enfoncer des électrodes de cuivre dans le manteau afin de faire fondre des zones limitées en faisant passer dans les fils l'électricité produite par une dynamo à essence. C'est ce projet – que nous ne pouvions mettre à exécution dans une expédition comme la nôtre, sinon à titre expérimental – que la future expédition Starkweather-Moore se propose de mettre en œuvre malgré les avertissements que je diffuse depuis notre retour de l'Antarctique.

Le public a entendu parler de l'expédition de l'université Miskatonic grâce aux fréquents communiqués envoyés par TSF à l'*Arkham Advertiser* et à l'Associated Press, mais aussi à travers les articles que Pabodie et moi avons publiés après notre retour. L'expédition était constituée de quatre chercheurs de l'université – Pabodie, Lake du département de biologie, Atwood du département de physique mais aussi météorologue de son état, et moi-même, qui représentais la géologie et assurais le commandement nominal – plus seize assistants : sept étudiants diplômés de l'établissement, et neuf mécaniciens compétents. Sur ces seize personnes, douze étaient qualifiées pour piloter un aéroplane, dix d'entre elles sachant aussi se servir d'une radio. En plus de Pabodie, Atwood et moi, huit assistants s'y entendaient en navigation au compas et au sextant. Et bien sûr, nos deux navires – d'anciens baleiniers de bois renforcés pour affronter les glaces et munis de moteurs auxiliaires à vapeur – possédaient un équipage complet.

La fondation Nathaniel Derby Pickman finança l'expédition avec le concours de quelques contributeurs particuliers ; aussi nos préparatifs furent-ils extrêmement minutieux malgré le manque de publicité. Les chiens, les traîneaux, les machines, le matériel de campement et les pièces détachées de nos cinq avions furent livrés à Boston, où l'on chargea nos navires. Nous étions merveilleusement bien équipés pour nos objectifs spécifiques et, pour tout ce qui concernait l'approvisionnement, le régime de vie, les transports et la construction des camps, nous pouvions suivre l'excellent exemple de nos nombreux et néanmoins exceptionnellement brillants prédécesseurs récents. C'est le nombre étonnant et la renommée desdits prédécesseurs qui firent que notre expédition, si ambitieuse fût-elle, passa presque inaperçue chez le grand public.

Comme le rapportèrent les journaux, nous quittâmes le port de Boston le 2 septembre 1930 puis, tranquillement, nous longeâmes la côte, franchîmes le canal de Panamá, et fîmes escale aux Samoa, puis à Hobart en Tasmanie, où nous chargeâmes nos dernières provisions. Personne parmi nous n'étant encore allé dans les régions polaires, nous nous reposâmes beaucoup sur les capitaines de nos bateaux, tous deux baleiniers vétérans dans les eaux de l'Antarctique : J.-B. Douglas, commandant le brick *Arkham* et responsable de tout ce qui concernait l'équipage et les navires, et Georg Thorfinnssen, à la tête du trois-mâts barque *Miskatonic.*

Tandis que nous laissions derrière nous le monde habité, le soleil s'enfonçait de plus en plus au nord, et restait chaque jour un peu plus longtemps au-dessus de la ligne d'horizon. Vers 62° de latitude sud, nous vîmes nos premiers icebergs – des monstres en forme de plateau avec des parois verticales – et, juste avant d'atteindre le cercle polaire, que nous traversâmes le 20 octobre avec les pittoresques cérémonies de rigueur, nous commençâmes à être sérieusement gênés par la banquise. Je souffrais beaucoup de la chute de température après notre longue traversée des tropiques, mais faisais de mon mieux pour me préparer aux rigueurs à venir, qui seraient pires. J'eus maintes occasions de m'émerveiller devant les effets atmosphériques, notamment un mirage saisissant de réalisme – le premier que j'aie jamais vu – dans lequel les lointains icebergs formaient les remparts d'inimaginables châteaux cosmiques.

Nous nous frayâmes un chemin à travers les glaces qui, heureusement, n'étaient ni étendues ni épaisses, et retrouvâmes les eaux libres par 67° de latitude sud et 175° de longitude est. Le matin du 26 octobre apparut au sud un fort miroitement annonçant la terre ; avant midi, nous ressentîmes tous un frisson d'excitation devant le spectacle d'une vaste chaîne de montagnes élevées et couvertes de neige, chaîne qui se déployait devant nous sur toute la longueur de l'horizon. Nous rencontrions enfin un poste avancé du grand continent inconnu, mystérieux monde de mort glacée. Il s'agissait de toute évidence de la chaîne de l'Amirauté découverte par Ross, et nous allions à présent devoir contourner le cap Adare avant de longer la côte est de la terre Victoria jusqu'à notre future base sur le rivage du détroit de McMurdo, au pied du volcan Erebus, par 77° 9' de latitude sud.

La dernière partie du voyage fut revigorante et stimulante pour l'imagination. De grands pics mystérieux et stériles se dressaient constamment à l'ouest, tandis que le soleil de midi, très bas à l'horizon nord – ou le soleil de minuit, plus bas encore au point qu'il dépassait à peine de l'horizon sud – dardait ses rayons rougeâtres et troubles sur la neige blanche, la glace et les ruisselets bleuâtres, et les taches noires, aux endroits où le granit des pentes n'était pas recouvert. Sur les cimes désolées soufflait, en bourrasques rageuses et intermittentes, le vent terrible de l'Antarctique. Un vent dont les modulations évoquaient parfois vaguement les sifflements mélodieux et presque réfléchis d'une flûte sauvage, un instrument à la tessiture large et dont les notes, par quelque rapprochement mémoriel subconscient, avaient quelque chose d'inquiétant, voire même d'effrayant. Le décor me rappelait les étranges et perturbantes peintures asiatiques de Nicolas Roerich, et les descriptions encore plus étranges et perturbantes du maléfique plateau mythique de Leng qui apparaît dans le redouté *Necronomicon*, de l'Arabe fou Abdul Alhazred. Plus tard, j'aurais l'occasion de regretter d'avoir jamais ouvert ce livre monstrueux à la bibliothèque de l'université.

Le 7 novembre, alors que nous avions momentanément perdu de vue la chaîne de l'ouest, nous dépassâmes l'île Franklin ; le lendemain, nous aperçûmes devant nous les cônes des monts Erebus et Terror, sur l'île de Ross, avec au-delà la longue chaîne des monts de Parry. À partir de là s'étendait vers l'est la basse ligne blanche de la grande barrière de glace, qui se dressait perpendiculairement sur une hauteur de soixante-dix mètres, telles les falaises rocheuses de Québec, et marquait la fin de la navigation vers le sud. Dans l'après-midi, nous entrâmes dans le détroit de McMurdo en restant au large de la rive, du côté sous le vent du mont Erebus fumant. Les scories montaient à trois mille huit cents mètres dans le ciel oriental, vision rappelant une estampe japonaise du Fuji Hama sacré, tandis que, plus loin, se dressait le sommet blanc et fantomatique du mont Terror, volcan éteint de trois mille trois cents mètres.

L'Erebus crachait parfois des bouffées de fumée, et l'un des étudiants qui nous assistaient – un jeune homme brillant du nom de Danforth – indiqua ce qui nous parut être une coulée de lave sur la pente neigeuse, en faisant remarquer que cette montagne, découverte en 1840, avait à n'en point douter inspiré Poe, lorsqu'il écrivit sept ans plus tard la description suivante :

« … les laves impatientes qui déroulent
Leurs flots sulfureux sur l'Yaanek
Dans les climats extrêmes du pôle…
Grondent en dévalant l'Yaanek
Au pays du pôle boréal. »

Danforth, qui était un grand amateur de littérature bizarre, avait beaucoup parlé de Poe. Si je m'y intéressais pour ma part, c'était parce que l'action de la seule histoire longue que Poe ait écrite – *Les aventures d'Arthur Gordon Pym*, un récit inquiétant et énigmatique – se passait en Antarctique. Sur la côte stérile et sur la haute barrière de glace en arrière-plan, des milliers de manchots grotesques piaillaient en agitant leurs nageoires ; pendant ce temps, sur l'eau, l'on voyait nombre de phoques adipeux nager, ou vautrés sur de grands blocs de glace dérivant lentement.

À l'aide de petits canots, nous effectuâmes le difficile débarquement sur l'île de Ross peu après minuit le matin du 9. Nous tirâmes un câble depuis chacun de nos navires et nous préparâmes à décharger le matériel au moyen d'une tyrolienne. En posant le pied pour la première fois sur le sol antarctique, nous ressentîmes un mélange de sensations poignantes et complexes, même si les expéditions Scott et Shakleton étaient déjà passées à cet endroit précis. Le camp que nous établîmes sur la rive gelée, sous la pente du volcan, n'était que provisoire, l'*Arkham* restant notre quartier général. Nous débarquâmes tout notre matériel de forage, les chiens, traîneaux, tentes, provisions, réservoirs d'essence, l'équipement expérimental de fusion des glaces, les appareils photo classiques et pour prises de vue aériennes, pièces détachées d'avions et autres accessoires, dont trois petits postes de TSF portatifs (en plus des radios des avions) qui nous permettraient de communiquer avec la grande installation de l'*Arkham* depuis n'importe quel point du continent que nous serions susceptibles de visiter. Le dispositif installé sur le bateau, en liaison avec le monde extérieur, devait transmettre nos communiqués de presse à la puissante installation TSF de l'*Arkham Advertiser* à Kingsport Head, dans le Massachusetts. Nous espérions terminer notre travail en l'espace d'un seul été antarctique mais, si cela s'avérait impossible, nous hivernerions sur l'*Arkham* en envoyant le *Miskatonic* au nord avant l'extension des glaces afin qu'il aille chercher des provisions pour un second été.

Inutile de répéter ce que les journaux ont déjà publié de nos premiers travaux : notre ascension du mont Erebus ; nos forages couronnés de succès à divers endroits de l'île de Ross, et la rapidité étonnante avec laquelle la machine de Pabodie les avait menés à bien, y compris quand il avait fallu traverser des couches de roches dures ; notre premier essai du petit équipement pour faire fondre la glace ; notre périlleuse ascension de la grande barrière avec nos traîneaux et nos provisions ; et le montage final des cinq énormes aéroplanes, dans le camp, au sommet de ladite barrière. La santé des vingt hommes et cinquante-cinq chiens de traîneau d'Alaska qui composaient notre équipe terrestre était excellente même si, bien entendu, nous n'avions encore affronté ni températures ni tempêtes vraiment destructrices. La plupart du temps, le thermomètre oscillait entre -17 °C et -5 °C, voire zéro, et notre expérience des hivers de Nouvelle-Angleterre nous avait habitués aux rigueurs de ce genre. Le camp sur la barrière était semi-permanent et nous servirait à stocker à l'abri essence, provisions, dynamite et autres réserves.

Quatre avions suffisaient à transporter le matériel d'exploration à proprement parler ; le cinquième resterait à l'entrepôt avec un pilote et deux hommes d'équipage des navires afin que l'*Arkham* puisse nous retrouver, au cas où tous les autres appareils seraient perdus.

Ultérieurement, quand nous n'aurions plus besoin des autres avions pour transporter le matériel, un ou deux d'entre eux feraient la navette entre cet entrepôt et une autre base permanente sur le grand plateau, entre neuf cent cinquante et mille cent kilomètres au sud, au-delà du glacier Beardmore. Malgré les récits quasi unanimes faisant état des vents et tempêtes effroyables balayant le plateau, nous décidâmes de nous passer de bases intermédiaires; c'était un risque à prendre au nom de l'économie et d'une efficacité théoriquement supérieure.

Les comptes-rendus radio ont décrit notre incroyable vol du 21 novembre: quatre heures sans escale au-dessus du haut plateau de glace, avec les gigantesques montagnes qui se dressaient à l'ouest et les silences insondables qui répondaient au bruit de nos moteurs. Le vent ne nous gêna que modérément, et nos radiocompas nous aidèrent à traverser le seul banc de brouillard opaque que nous rencontrâmes. Lorsqu'une vaste masse apparut devant nous, entre 83° et 84° de latitude, nous comprîmes que nous avions atteint le glacier de Beardmore, le plus grand glacier de vallée du monde, et que la mer de glace allait désormais faire place à un littoral montagneux renfrogné. Nous pénétrions enfin dans le monde blanc, mort depuis une éternité, du sud absolu. Alors même que nous en prenions conscience nous aperçûmes, loin à l'est, le titanesque mont Nansen culminant à plus de quatre mille mètres.

Le succès de l'installation de la base sud, au-dessus du glacier, à 86° 7' de latitude et 174° 23' de longitude est, et les forages et minages incroyablement rapides et fructueux que nous effectuâmes en différents points atteints en traîneau ou au terme de courts trajets d'avion relèvent du domaine de l'histoire; tout comme l'ardue mais triomphale ascension du mont Nansen par Pabodie et deux étudiants – Gedney et Carroll – du 13 au 15 décembre. Comme nous étions à quelque deux mille cinq cents mètres au-dessus du niveau de la mer, lorsque des forages expérimentaux révélèrent par endroits la présence de la terre ferme à douze pieds à peine sous la neige et la glace, nous fîmes un abondant usage de notre petit dispositif de fusion, sondant et dynamitant en de nombreux lieux où nul explorateur n'avait seulement envisagé de prélever le moindre spécimen minéral. Les granits précambriens et les grès de Beacon ainsi obtenus confirmèrent notre conviction que ce plateau était de même nature que la grande masse continentale à l'ouest, mais assez différent des régions situées à l'est, sous l'Amérique du Sud, régions dont on pensait à l'époque qu'elles formaient un second continent plus petit, relié à l'autre par un confluent gelé des mers de Ross et de Weddell, hypothèse depuis réfutée par Byrd.

Dans certains grès, dynamités et détachés au ciseau après que les forages eurent révélé leur nature, nous découvrîmes des traces et fragments fossiles d'un très grand intérêt, notamment des fougères, des algues, des trilobites, des crinoïdes, mais aussi des mollusques, par exemple des lingules et des gastéropodes ; autant d'indices qui nous semblèrent d'une importance certaine pour la recherche sur l'histoire primordiale du continent. Nous trouvâmes aussi une drôle de marque striée, formant un triangle dont le plus grand côté mesurait dans les trente centimètres, et que Lake reconstitua à partir de trois fragments d'ardoise que l'on avait extraits d'un profond trou creusé à l'explosif. On avait découvert ces fragments à l'ouest, près de la chaîne de la Reine-Alexandra ; et Lake, en tant que biologiste, sembla trouver leurs curieuses striations particulièrement mystérieuses et excitantes même si, à mes yeux de géologue, elles n'étaient pas très différentes des ondulations que l'on trouve assez souvent dans les roches sédimentaires. L'ardoise n'étant qu'une formation métamorphique résultant de la pression d'une strate sédimentaire, et cette pression imprimant logiquement d'étranges effets de distorsion à des marques préexistantes, je ne voyais rien de bien étonnant dans cette dépression striée.

Le 6 janvier 1931, Lake, Pabodie, Danforth et les six autres étudiants, quatre mécaniciens et moi-même survolâmes le pôle sud à bord de deux de nos gros appareils. À un moment, nous dûmes nous poser à cause d'un vent soudain et violent qui, heureusement, ne tourna pas à la tempête véritable. Ce vol, comme l'ont dit les journaux, était une mission d'observation parmi quelques autres, au cours desquelles nous essayâmes de trouver des éléments topographiques remarquables dans des zones encore inexplorées. De ce point de vue, nos premiers vols furent décevants, mais ils nous permirent de voir de magnifiques exemples de ces mirages propres aux régions polaires, mirages aussi trompeurs que fantastiques dont notre voyage en mer nous avait donné de brefs avant-goûts. De lointaines montagnes flottaient dans le ciel telles des cités enchantées et, souvent, sous l'effet de la magie du soleil de minuit rasant, le monde blanc se dissolvait tout entier pour faire place à un pays or, argent et écarlate digne de rêves dunsaniens et riche de promesses d'aventures. Par temps nuageux, nous avions beaucoup de mal à voler, car la terre neigeuse et le ciel avaient tendance à se confondre pour ne donner qu'un opalescent vide mystique sans ligne d'horizon.

Au bout d'un moment, nous décidâmes de mettre en œuvre notre plan initial et de partir à huit cents kilomètres à l'est avec nos quatre avions d'observation afin d'établir un nouveau camp annexe sur ce que nous pensions à tort être le plus petit des deux continents. Il serait intéressant d'y prélever des spécimens géologiques afin de les comparer aux premiers. Jusque-là, nous étions toujours en excellente forme, le jus de citron vert compensant efficacement le régime exclusivement composé de boîtes de conserve et de mets salés, et les températures, généralement supérieures à -20 °C, nous permettant de nous passer de nos fourrures les plus épaisses. C'était le milieu de l'été et en nous montrant appliqués et diligents, peut-être parviendrions-nous à terminer notre travail avant le mois de mars, ce qui nous épargnerait un fastidieux hivernage pendant toute la longue nuit antarctique. Plusieurs violents ouragans s'étaient abattus sur nous en provenance de l'ouest, mais nous avions évité les dégâts grâce à la compétence d'Atwood, qui savait construire des abris à avions rudimentaires et des brise-vent au moyen de gros blocs de neige, et avait pensé à renforcer les principaux bâtiments du camp avec des remblais. Notre chance et notre efficacité atteignaient vraiment des proportions surnaturelles.

Le monde extérieur connaissait bien sûr notre programme, et eut aussi vent de l'insistance étrange, voire de l'obstination, avec laquelle Lake réclamait un voyage de prospection vers l'ouest – ou plus exactement, vers le nord-ouest – avant notre déplacement définitif vers la nouvelle base. Il semblait avoir beaucoup médité, et avec une audace aussi radicale qu'alarmante, sur cette ardoise à la marque triangulaire striée ; il décelait entre sa nature et la période géologique dont elle était issue certaines contradictions qui excitaient sa curiosité au plus haut point et lui donnaient l'envie irrépressible d'effectuer d'autres forages et dynamitages dans la formation occidentale à laquelle, de toute évidence, appartenaient les fragments que nous avions exhumés. Il était bizarrement convaincu que la trace était l'empreinte d'un organisme massif, inconnu, tout à fait inclassable mais particulièrement évolué, et ce en dépit du fait que la roche qui la portait était si ancienne – cambrienne, voire même précambrienne – qu'elle excluait l'existence non seulement de toute vie très évoluée, mais plus simplement de toute vie dépassant le stade unicellulaire ou, au mieux, du trilobite. Ces fragments avec leurs stries singulières devaient dater de cinq cents millions à un milliard d'années.

II

Je pense que l'imagination populaire réagit activement à nos bulletins radio sur le départ de Lake pour le nord-ouest et les régions que l'homme n'avait jamais foulées du pied ni en imagination, même si nous n'évoquâmes pas son fol espoir de révolutionner les domaines de la biologie et de la géologie. Sa première expédition de forage en traîneau, du 11 au 18 janvier, avec Pabodie et cinq autres – expédition marquée par la perte de deux chiens dans un accident survenu à la traversée d'une grande ride de pression dans la glace – avait exhumé bien d'autres fragments d'ardoise archéenne. Moi-même, je fus intrigué par l'étonnante profusion d'indéniables traces fossiles dans cette strate incroyablement ancienne. Ces marques, cependant, étaient celles de formes de vie très primitives, et n'avaient rien de bien paradoxal sinon le fait que des roches de toute évidence précambriennes portent les traces d'une forme de vie quelconque ; aussi avais-je toujours du mal à percevoir ce qui justifiait la demande de Lake d'ouvrir une parenthèse dans notre programme, étudié de manière à optimiser notre temps – parenthèse pour laquelle il réquisitionnerait nos quatre avions, beaucoup d'hommes et l'ensemble de l'équipement de notre expédition. En fin de compte, je ne m'opposai pas au plan, mais décidai de ne pas accompagner le groupe dans le nord-ouest malgré les suppliques de

Lake, qui voulait mon conseil en matière de géologie. Pendant leur absence, je resterais à la base avec Pabodie et cinq hommes pour finir d'organiser notre relocalisation dans l'est. En vue de ce transfert, l'un des avions avait commencé à remonter du détroit de McMurdo des réserves substantielles d'essence ; mais cela pouvait attendre un peu. Je gardai un traîneau et neuf chiens, car il est imprudent de se retrouver ne serait-ce qu'un instant sans moyen de transport dans un monde inhabité où la mort règne depuis la nuit des temps.

L'expédition de Lake vers l'inconnu, comme tout un chacun se le rappellera, envoyait ses propres comptes-rendus depuis les émetteurs à ondes courtes des avions, comptes-rendus captés simultanément par le dispositif de la base sud et l'*Arkham*, qui mouillait toujours dans le détroit de McMurdo ; de là, nous les transmettions au monde extérieur par grandes ondes d'une longueur atteignant cinquante mètres. Le départ eut lieu le 22 janvier à 4 heures du matin, et nous reçûmes un premier message radio au bout de deux heures seulement. Lake y parlait d'atterrir et de faire fondre la glace sur une petite zone située à cinq cents kilomètres de nous afin d'effectuer un forage. Six heures plus tard, un deuxième message particulièrement enthousiaste nous apprit qu'un travail particulièrement acharné avait permis de creuser un puits peu profond par fusion et de le dynamiter, et que cela s'était terminé par la découverte de fragments d'ardoise porteurs de plusieurs marques ressemblant à celle qui avait tant intrigué Lake.

Trois heures après, un bref bulletin annonçait la reprise du vol malgré le vent violent et glacial ; et lorsque j'envoyai un message dans lequel je m'élevais contre toute nouvelle prise de risque, un Lake expéditif me répondit que les spécimens qu'il venait de découvrir valaient tous les dangers. Son enthousiasme, compris-je, était si fort que Lake irait jusqu'à la mutinerie. Je ne pouvais rien faire pour l'empêcher de foncer tête baissée quitte à compromettre le succès de l'expédition tout entière ; toutefois, il était consternant de l'imaginer s'enfoncer toujours plus avant dans cette traîtresse et sinistre immensité blanche, ce royaume des tempêtes et des mystères insondables qui s'étirait sur quelque deux mille cinq cents kilomètres jusqu'aux côtes méconnues de Knox et de la Reine-Mary.

C'est alors qu'à peu près une heure et demie plus tard arriva, en provenance de l'avion en vol, ce message deux fois plus enthousiaste encore, qui me laissa un sentiment presque diamétralement opposé et me fit regretter de ne pas être parti avec le groupe :

> « 22 h 05. En vol. Après tempête de neige, avons repéré droit devant chaîne de montagnes plus élevée que toutes celles aperçues jusqu'ici. Pourrait égaler l'Himalaya en comptant la hauteur du plateau. Latitude probable, 76° 15' ; longitude 113° 10' E. S'étend à perte de vue à gauche et à droite. Présence possible de deux volcans fumants. Tous sommets noirs et dépouillés de neige. Grand vent soufflant de la chaîne entrave navigation. »

Après ce message, Pabodie, les hommes et moi restâmes suspendus, haletants, au récepteur. Imaginer ce titanesque rempart montagneux à mille cent kilomètres de nous enflammait notre désir d'aventure ; nous nous réjouissions que notre expédition, sinon nous-mêmes, l'ait découvert. Une demi-heure plus tard, Lake rappela :

> « Avion de Moulton forcé d'atterrir sur le plateau au niveau des contreforts, mais pas de blessés et réparations peut-être envisageables. Transférerons l'essentiel dans trois autres avions pour retour ou éventuels déplacements, mais longs trajets inutiles pour l'heure. Montagnes dépassent l'imagination. Vais partir en éclaireur à bord de l'avion déchargé de Carroll.
> Vous ne pouvez rien imaginer de tel. Plus hauts sommets doivent culminer à plus de 10 000 m. Everest hors course. Atwood calculera hauteur au théodolite pendant que Carroll et moi volerons. Me suis sans doute trompé pour les volcans, car formations semblent stratifiées. Peut-être ardoise précambrienne mélangée à autres strates. Curieux découpage des montagnes sur le ciel ; sections régulières de cubes accrochées

aux plus hauts sommets. Ensemble magnifique sous lumière rasante rouge-doré du soleil. Me fait penser à un pays mystérieux dans un rêve, ou à un passage vers un monde interdit aux merveilles inviolées. Aimerais que vous soyez ici pour l'étudier. »

Il était théoriquement l'heure de dormir, mais pas un seul auditeur ne songeait à se retirer. Il devait en être de même dans le détroit de McMurdo où l'entrepôt et l'*Arkham* recevaient aussi les messages, car le capitaine Douglas avait appelé afin de féliciter tout le monde pour cette importante découverte ; quant à Sherman, le responsable de la réserve, il partageait son sentiment. Nous étions bien entendu désolés pour l'avion endommagé, mais espérions qu'il serait facile de le remettre en état. Puis, à 23 heures, arriva un autre appel de Lake :

« Avons survolé les plus hauts contreforts avec Carroll. N'osons pas nous attaquer aux très grands sommets avec ce temps, mais essaierons plus tard. Escalader et se déplacer à pareille altitude sera terriblement difficile, mais ça vaut la peine. Grande chaîne très dense, impossible de voir au-delà. Principaux sommets dépassent Himalaya, et très étranges. Chaîne semble faite d'ardoise précambrienne, avec signes évidents de nombreuses autres strates soulevées. Me suis trompé sur activité volcanique. S'étend à perte de vue des deux côtés. Fin des neiges au-dessus de 7 000 m environ. Formations étranges sur pentes des plus hautes montagnes. Cubes peu élevés mais massifs, aux parois rigoureusement verticales, lignes droites de bas remparts verticaux, comme ces vieux châteaux asiatiques accrochés à des montagnes escarpées dans les tableaux de Roerich. Impressionnant de loin. Nous sommes rapprochés de certains, et Carroll a estimé qu'ils étaient constitués de petits blocs distincts, mais c'est sans doute dû à l'érosion. La plupart des arêtes

effritées et émoussées comme si exposées à des tempêtes et changements climatiques depuis des millions d'années.
Des parties, surtout en haut, semblent faites d'une roche plus claire qu'aucune strate visible sur les versants, d'où origine cristalline évidente. Vol de près montre nombreuses entrées de cavernes, dont certaines de forme exceptionnellement régulière, rectangulaire ou semi-circulaire. Vous devez venir les étudier. Crois avoir vu rempart juché tout droit sur un sommet. Altitude estimée entre 9 000 et 10 500 m. Suis moi-même à 6 500 m par terrible froid mordant. Vent siffle en passant entre les cols et en entrant ou sortant des grottes, mais pas de danger pour l'avion jusqu'ici. »

À partir de là, pendant une demi-heure, Lake nous abreuva de manière ininterrompue de commentaires, et exprima l'intention de gravir certains sommets à pied. Je lui répondis que je le rejoindrais dès qu'il pourrait m'envoyer un avion, et qu'avec l'aide de Pabodie je chercherais le meilleur plan de ravitaillement en carburant ; car, pour s'accommoder aux nouveaux objectifs de l'expédition, il nous fallait décider où et comment concentrer nos réserves. À l'évidence, les forages et reconnaissances en avion de Lake allaient nous obliger à détourner une bonne partie de l'essence sur la nouvelle base qu'il comptait établir au pied des montagnes, si bien que la relocalisation dans l'est risquait en fin de compte d'être reportée à la saison suivante. À ce propos, j'appelai le capitaine Douglas pour lui demander de vider autant que possible les bateaux et de monter leur contenu au sommet de la barrière à l'aide du seul attelage de chiens que nous avions laissé. Il nous fallait absolument établir une route de ravitaillement directe à travers la région inconnue séparant Lake du détroit de McMurdo.

Lake me rappela plus tard pour m'annoncer qu'il avait décidé de monter le camp à l'endroit où l'avion de Moulton avait été forcé d'atterrir, et où les réparations avaient déjà commencé. La couche de glace était si mince qu'elle laissait voir çà et là le sol noir, et

Lake voulait conduire une opération de forage et de minage sur place avant d'entreprendre des sorties en traîneau ou de se lancer dans une quelconque ascension. Il parlait de l'ineffable majesté du paysage tout entier, et des étranges sensations qu'il éprouvait à se trouver à l'ombre de ces immenses pics silencieux touchant le ciel comme une muraille au bord du monde. Les mesures au théodolite d'Atwood avaient donné une hauteur de neuf mille à dix mille mètres pour les cinq pics les plus élevés. L'aspect érodé du terrain inquiétait visiblement Lake, car il prouvait que des vents prodigieux soufflaient parfois sur la région ; des vents d'une violence sans commune mesure avec ceux que nous avions essuyés jusque-là. Son camp était à un peu plus de huit kilomètres de l'endroit où se dressaient abruptement les plus hauts contreforts. Je sentais presque dans ses mots – qui avaient franchi mille cent kilomètres de vide glacial pour m'atteindre – une note d'angoisse inconsciente lorsqu'il nous pressa d'en finir le plus vite possible avec l'exploration de cette nouvelle région insolite. À ce moment, il était sur le point d'aller dormir après une journée de travail ininterrompu où il avait fallu faire preuve d'une célérité et d'une vigueur sans précédent, pour un résultat non moins exceptionnel.

Le lendemain matin, j'eus une conversation radio à trois avec Lake et le capitaine Douglas, chacun dans sa base si éloignée des autres. Nous convînmes que Lake enverrait un avion nous chercher, Pabodie, les cinq hommes et moi-même, ainsi que toute l'essence qu'il pourrait transporter. La question du ravitaillement, qui dépendait de l'éventualité d'un déplacement vers l'est, pourrait attendre quelques jours dans la mesure où Lake avait ce qu'il lui fallait pour chauffer le camp et forer. Il faudrait un jour ou l'autre réapprovisionner l'ancienne base sud mais, si nous reportions le voyage vers l'est, nous n'en aurions pas l'utilité avant l'été suivant ; entre-temps, Lake enverrait un avion chercher une route directe entre ces nouvelles montagnes et le détroit de McMurdo.

Pabodie et moi nous préparâmes à fermer notre base pour une période qui pourrait s'avérer plus ou moins longue. Si nous hivernions en Antarctique, nous retournerions sans doute directement à l'*Arkham* depuis la base de Lake sans repasser par là. Comme certaines de nos tentes coniques étaient déjà renforcées à l'aide de blocs de neige tassée, nous décidâmes d'achever le travail de pérennisation du camp. Grâce à nos très larges réserves de tentes, Lake avait pu emporter de quoi ne pas risquer la pénurie, et ce même après notre arrivée. J'annonçai par radio que Pabodie et moi serions prêts à partir pour le nord-ouest après une journée de travail et une nuit de repos.

Nous ne fûmes cependant pas très assidus à la tâche après 16 heures, car c'est à peu près à ce moment que Lake commença à nous envoyer ses messages les plus extraordinaires et les plus exaltés. Sa journée de travail n'avait pas commencé sous les meilleurs auspices, un survol des surfaces rocheuses presque à nu ayant révélé la quasi-absence des strates archéennes et primordiales qu'il recherchait et qui composaient une si large part des sommets colossaux se dressant à alléchante distance du camp. Pour la plupart, les roches aperçues étaient apparemment des grès jurassiques et comanchéens et des schistes permiens ou triasiques avec, ici et là, des massifs noirs et brillants suggérant du charbon dur et ardoisé. Cela découragea plutôt Lake, dont l'objectif était d'exhumer des spécimens plus vieux d'au moins cinq cents millions d'années. Il lui semblait clair que pour retrouver la veine d'ardoise archéenne porteuse des marques étranges, il allait devoir faire un long voyage en traîneau depuis les contreforts jusqu'aux pentes escarpées des gigantesques montagnes.

Il avait néanmoins décidé d'effectuer des forages locaux dans le cadre du programme général de l'expédition. Il installa donc la foreuse et mit cinq hommes au travail pendant que les autres finissaient de monter le camp et de réparer l'avion endommagé. Il avait choisi la roche visible la plus tendre – du grès, à environ quatre cents mètres du camp – pour le premier prélèvement, et le foret s'était très bien enfoncé sans que l'on ait trop souvent recours à la dynamite. C'est environ trois heures plus tard, juste après les premières grosses explosions de l'opération, que l'on entendit les éclats de voix de l'équipe de forage et que le jeune Gedney, qui faisait office de contremaître, se précipita au camp pour annoncer l'incroyable nouvelle.

Ils avaient découvert une grotte. Vers le début du forage, le grès avait fait place à une veine de calcaire comanchéen regorgeant de minuscules fossiles de céphalopodes, de coraux, d'oursins et de spirifères avec des traces occasionnelles d'éponges siliceuses et d'os de vertébrés marins, ayant sans doute appartenu à des téléostéens, des requins ou des chondrostéens. En soi, la découverte était déjà assez importante, car il s'agissait là des premiers fossiles de vertébrés mis au jour par l'expédition ; mais lorsque, peu après, le foret avait débouché dans un vide apparent, une nouvelle vague d'émotion deux fois plus intense se propagea dans les rangs de l'équipe de forage. Une puissante explosion avait révélé le secret souterrain ; à présent, par l'ouverture irrégulière d'environ un mètre cinquante sur quatre-vingt-dix centimètres s'offrait à la vue des chercheurs avides une section de calcaire peu épaisse creusée plus de cinquante millions d'années auparavant par les eaux d'infiltration d'un monde tropical disparu.

La couche évidée n'était pas profonde de plus de deux mètres ou deux mètres cinquante mais s'étirait indéfiniment dans toutes les directions, l'air qui la parcourait avec indolence suggérait que l'excavation faisait partie d'un réseau souterrain étendu. Son plafond et son sol étaient abondamment dotés de stalactites et stalagmites dont certains se rejoignaient pour former des colonnes ; mais le plus important était le vaste amoncellement de coquillages et d'ossements qui, par endroits, obstruait presque le passage. Charrié depuis des jungles inconnues de fougères arborescentes et de champignons du mésozoïque et des forêts de cycadales, de palmiers éventails et d'angiospermes primitifs de l'ère tertiaire, ce pot-pourri d'ossements contenait plus de spécimens du crétacé, de l'éocène et d'espèces animales diverses que le plus grand des paléontologues n'aurait pu en compter ou en classer en un an. Des mollusques, des carapaces de crustacés, des poissons, des amphibiens, des reptiles, des oiseaux et des représentants des premiers mammifères, petits ou grands, connus ou non. Pas étonnant que Gedney soit revenu au camp au pas de course en poussant des cris, et que tout le monde ait abandonné son poste pour se précipiter bille en tête dans le froid mordant vers le grand derrick qui marquait l'emplacement d'une nouvelle porte ouvrant sur les secrets des entrailles de la terre et d'un passé depuis longtemps disparu.

Une fois satisfaite sa curiosité initiale, Lake griffonna un message dans son carnet et demanda au jeune Moulton de rentrer en toute hâte au camp pour le transmettre par radio. Ce fut la première fois que j'entendais parler de la découverte, et il était question dans ce message de coquillages primitifs, d'os de chondrostéens et de placodermes, de restes de labyrinthodontes et de thécodontes, de fragments crâniens de grands mosasaures, de vertèbres et de cuirasses de dinosaures, de dents et d'os d'ailes de ptérodactyles, de débris d'archéoptéryx, de dents de requins du miocène, de crânes d'oiseaux primitifs et d'autres ossements de mammifères archaïques : paléothériums, xiphodons, eohippi, oréodons et titanothères, entre autres. Il n'y avait rien d'aussi récent qu'un mastodonte, un éléphant, un chameau, un daim ou un quelconque bovin ; Lake en conclut donc que les derniers dépôts remontaient à l'oligocène, et que la strate évidée était sèche, morte et inaccessible depuis au moins trente millions d'années.

D'un autre côté, la prédominance de formes de vie très primitives était on ne peut plus singulière. Même si la formation calcaire, de par la présence de fossiles incrustés typiques comme des ventriculites, datait indéniablement du comanchéen et pas davantage, les fragments libres comprenaient une proportion surprenante d'organismes jusqu'alors considérés comme provenant de périodes beaucoup plus anciennes, dont des poissons, mollusques et coraux remontant carrément au silurien ou à l'ordovicien. On en déduisait inévitablement que dans cette partie du monde, il y avait eu un degré de continuité unique et remarquable entre la vie d'il y a plus de trois cents millions d'années et celle datant de trente millions d'années seulement. Bien entendu, il était impossible de spéculer sur la pérennité de cette continuité après l'oligocène, époque où la caverne s'était refermée. En tout état de cause, l'arrivée des effroyables glaces au pléistocène, soit il y a quelque cinq cent mille ans – autant dire hier, comparé à l'âge de cette grotte –, avait dû provoquer l'extinction de toutes les formes de vie primitives qui avaient localement survécu aux autres représentants de leur espèce dans le monde.

Lake ne s'en tint pas à son premier rapport ; il envoya un nouveau message au camp avant même que Moulton ait eu le temps de revenir. Par la suite, Moulton resta près de la radio dans l'un des avions afin de me transmettre – ainsi qu'à l'*Arkham*, qui diffuserait vers le monde extérieur – les nombreux post-scriptum que Lake lui faisait porter par une succession de messagers. Ceux qui suivaient l'affaire dans les journaux se rappelleront l'enthousiasme que les rapports de cet après-midi-là suscitèrent chez les scientifiques ; d'ailleurs, ils ont finalement abouti, après toutes ces années, à l'organisation de cette fameuse expédition Starkweather-Moore que je désire tant détourner de ses objectifs. Mieux vaut reproduire ici mot pour mot les messages de Lake tels que l'opérateur McTighe nous les lut après les avoir notés en sténo.

> « Fowler a fait découverte de la plus haute importance dans fragments de grès et de calcaire résultant du minage. Plusieurs empreintes triangulaires distinctes, striées comme celles de l'ardoise archéenne, prouvant que leurs propriétaires ont survécu depuis il y a plus de 600 millions d'années jusqu'à l'époque comanchéenne sans changements notables sinon légère décroissance de la taille moyenne. En l'occurrence, les empreintes comanchéennes semblent plutôt plus primitives ou décadentes que les plus anciennes. Souligner importance de la découverte auprès de la presse. Aussi importante pour la biologie qu'Einstein l'est pour les mathématiques et la physique. Rejoint mes travaux précédents et en amplifie les conclusions.
> Semble indiquer, comme je le soupçonnais, que la terre a connu un ou plusieurs cycles entiers de vie organique avant celui que nous connaissons et qui commence avec cellules archéozoïques. Espèce déjà évoluée et spécialisée il y a au moins mille millions d'années, quand la planète était jeune et encore inhabitable pour toute forme de vie ou toute structure protoplasmique normale. Reste à savoir où, quand et comment elle s'est développée. »

« Plus tard. En examinant certains fragments de squelettes de grands sauriens terrestres et marins et de mammifères primitifs, ai trouvé d'étranges blessures locales ou lésions de la structure osseuse ne pouvant être attribuées à aucun carnivore prédateur connu, quelle que soit la période. Blessures de deux sortes : perforations directes et profondes, et incisions apparemment violentes. Un ou deux cas d'os coupés net. Peu de spécimens concernés. Envoie chercher torches électriques au camp. Allons casser stalactites pour étendre zone de recherches souterraines. »

« Plus tard encore. Ai découvert étrange fragment de stéatite de quinze centimètres de long sur cinq d'épaisseur, totalement différent de toute formation visible dans les environs. Couleur verdâtre, mais aucun indice quant à la période. Curieusement lisse et régulier. En forme d'étoile à cinq branches aux pointes cassées avec traces de clivages supplémentaires au niveau des angles intérieurs et au centre. Petite dépression lisse au milieu de la surface intacte. Origine et érosion éveillent notre curiosité. Probablement un accident dû à l'action des eaux. Avec sa loupe, Carroll pense avoir trouvé des marques géologiquement significatives. Groupements de points minuscules suivant des dessins réguliers. Chiens de plus en plus nerveux à mesure que le travail avance. Semblent détester cette stéatite. Dois déterminer si elle a une odeur particulière. Ferai un nouveau rapport quand Mills reviendra avec de la lumière et que nous attaquerons la partie couverte. »

« 22 h 15. Découverte importante. À 21 h 45, Orrendorf et Watkins travaillaient sous terre à la lampe lorsqu'ils ont trouvé un énorme fossile en forme de tonneau de nature totalement inconnue ; sans doute un végétal, ou

un spécimen géant de radiaire marin inconnu. Tissus manifestement conservés par sels minéraux. Dur comme du cuir, mais a gardé une étonnante flexibilité par endroits. Traces de cassures aux extrémités et sur le pourtour. Un mètre quatre-vingts de long, un mètre de diamètre au milieu, s'effilant jusqu'à faire trente centimètres aux deux bouts. Forme de tonneau, avec à la place des douelles cinq arêtes longitudinales en saillie. Appendices maigrelets semblables à des tiges sur les côtés, à l'équateur du corps, à mi-longueur des arêtes. Curieuses excroissances dans les sillons entre ces dernières, comme des crêtes ou des ailes qui se déploient et se replient à la manière d'éventails. Toutes très endommagées sauf une, qui a une envergure de près de deux mètres dix. L'aspect rappelle certains monstres des mythes primitifs, en particulier les légendaires Choses Anciennes du *Necronomicon*.
Les ailes semblent membraneuses, tendues sur une structure de tubes glandulaires. Minuscules orifices apparents dans ces derniers, au niveau du bout des ailes. Extrémités du corps racornies, empêchant de regarder à l'intérieur. Impossible de savoir ce qu'il y avait aux endroits cassés. Devrai procéder à une dissection quand nous serons rentrés au camp. N'arrive pas à trancher entre animal ou végétal. Nombreuses caractéristiques témoignant d'une primitivité presque incroyable. Ai affecté toute l'équipe à la découpe des stalactites et à la recherche d'autres échantillons. Avons trouvé d'autres os endommagés, mais ils devront attendre. Les chiens posent un problème. Ils ne supportent pas le nouveau spécimen et le tailleraient sans doute en pièces si nous ne les tenions pas à distance. »

« 23 h 30. Att. Dyer, Pabodie, Douglas. Événement de la plus haute importance. Le qualifierais même d'exceptionnel. L'*Arkham* doit transmettre sur-le-champ à la station de Kingsport Head. L'étrange chose en forme de tonneau est la créature archéenne qui a laissé les empreintes dans la roche. Mills, Boudreau et Fowler en ont découvert treize autres regroupés sous terre à treize mètres de l'ouverture. Mélangés à des fragments de stéatite bizarrement arrondis et configurés, et plus petits que le premier ; en forme d'étoile, mais pas de cassures, sauf parfois à l'extrémité des pointes.

Sur les spécimens organiques, huit sont apparemment en parfait état, avec tous leurs appendices. Les avons tous remontés à la surface et avons éloigné les chiens. Ils ne les supportent pas. Notez bien la description et répétez-la pour plus de sûreté. Les journaux doivent la reproduire sans erreurs.

Les sujets font en tout deux mètres quarante de long. Torse en tonneau à cinq arêtes, un mètre quatre-vingts de long ; diamètre : un mètre au centre, trente centimètres aux extrémités. Gris foncé, flexible et extrêmement dur. Ailes membraneuses de deux mètres dix, même couleur, sortant des sillons entre les arêtes ; trouvées repliées. Structure tubulaire ou glandulaire, d'un gris plus clair, avec des orifices au bout des ailes. Déployées, elles ont les bords dentelés. Sur le pourtour du diamètre central, du milieu de chacune des cinq saillies longitudinales rappelant les douelles d'une barrique, partent cinq faisceaux flexibles de bras ou tentacules gris clair, trouvés étroitement repliés contre le corps mais extensibles jusqu'à une longueur de plus de quatre-vingt-dix centimètres. Semblables à des bras de crinoïdes. La tige tout d'abord unique, d'une épaisseur de sept centimètres, se scinde au bout de quinze centimètres en cinq branches, dont chacune se sépare à nouveau après vingt centimètres en cinq vrilles ou petits tentacules effilés, soit un total de vingt-cinq par tige.

Au sommet du torse, un épais cou bulbeux d'un gris moins foncé et portant des sortes d'ouïes soutient ce qui

semble être une tête jaunâtre en forme d'étoile de mer à cinq branches, recouverte de cils drus, longs de sept centimètres et diversement colorés.
Tête épaisse et bouffie, d'environ soixante centimètres d'une pointe à l'autre, chaque pointe étant garnie de tubes jaunes flexibles de sept centimètres. Au-dessus et exactement au milieu se trouve une ouverture servant probablement à respirer. Chaque tube se termine par une excroissance sphérique sur laquelle une membrane flavescente se retrousse sous le doigt pour découvrir un globe vitreux à iris rouge ; un œil, de toute évidence.
Cinq tubes rougeâtres légèrement plus longs partent des angles intérieurs de l'étoile et se terminent par des renflements, sortes de sacs de même couleur qui, à la pression, s'ouvrent sur des orifices en forme de cloche de cinq centimètres de diamètre maximum ; sans doute des bouches, car bordés d'excroissances blanches et pointues rappelant des dents. Tous ces tubes, cils et bras d'étoile de mer trouvés étroitement repliés ; tubes et pointes collés au cou bulbeux et au torse. Flexibilité surprenante malgré l'extrême fermeté.
En bas du torse se trouvent les équivalents approximatifs des dispositifs de la tête, mais avec des fonctions différentes. Un pseudo-cou bulbeux gris clair sans ouïes se termine par un organe verdâtre en forme d'étoile de mer à cinq bras.
Bras durs et musculeux, longs d'un mètre vingt, dont le diamètre de dix-huit centimètres à la base diminue pour atteindre six centimètres au bout. À chaque pointe est attaché le petit côté d'un triangle glauque et membraneux, parcouru par cinq nervures, long de vingt centimètres et large de quinze au bout. C'est là la pagaie, la nageoire ou le pseudopode qui a laissé son empreinte sur des roches vieilles d'un milliard à cinquante ou soixante millions d'années.

Des angles intérieurs de l'organe en forme d'étoile de mer partent d'autres tubes rougeâtres, de soixante centimètres ceux-là, dont le diamètre s'effile de sept à deux centimètres de la base à l'extrémité. Des orifices au bout. Tous ces éléments sont extrêmement résistants, avec une texture de cuir, tout en restant particulièrement flexibles. Les membres d'un mètre vingt se terminant par une pagaie servent à n'en point douter à la locomotion, qu'elle soit marine ou autre. Quand on les actionne, suggèrent une puissance musculaire hors norme. Dans l'état, tous ces appendices sont fermement repliés contre le pseudo-cou et le début du torse, comme ceux de l'autre bout.

Encore impossible de trancher entre animal et végétal, mais les probabilités tournent en faveur de l'animal. Sans doute s'agit-il d'une forme incroyablement évoluée de radiaire ayant conservé certains traits primitifs. Des ressemblances sans équivoque avec les échinodermes en dépit d'indices localement contradictoires.

Déconcertante structure des ailes étant donné le probable habitat marin, mais elles ont pu servir à la navigation. Symétrie étrange, rappelant la structure essentiellement haut-bas des plantes, plutôt que celle, avant-arrière, des animaux. Évolution extraordinairement ancienne, précédant même les protozoaires archéens les plus élémentaires connus à ce jour ; impossible de donner une hypothèse quant à son origine.

Idée d'une existence ancienne hors Antarctique désormais inévitable, les spécimens complets présentant une ressemblance étonnante avec les créatures des mythes originels. Dyer et Pabodie, qui ont lu le *Necronomicon* et vu les peintures cauchemardesques de Clark Ashton Smith inspirées du texte, me comprendront si je parle des « Choses Très Anciennes » censées avoir créé toute vie terrestre par erreur ou par jeu. Les chercheurs pensent depuis toujours que le concept est né de la description de radiaires tropicaux très primitifs passés au crible d'une imagination morbide. Rappelle aussi les créatures du folklore préhistorique dont parlait Wilmarth : prolongements du culte de Cthulhu, etc.

Un vaste champ d'étude est ouvert. Dépôts probables de la fin du crétacé ou du début de l'éocène, à en juger par les différents spécimens. D'imposantes stalactites se sont formées au-dessus d'eux. Extraction ardue, mais leur solidité limite les dégâts. État de conservation miraculeux, en raison évidemment de l'action du calcaire. Rien trouvé d'autre pour l'instant, mais reprendrons les fouilles plus tard. Il nous faut maintenant rapporter quatorze énormes spécimens sans l'aide des chiens, qui aboient furieusement et qu'on ne peut laisser approcher.

À neuf – trois hommes sont partis garder les chiens – nous devrions nous en sortir avec les traîneaux malgré le vent contraire. Devons établir liaison aérienne avec détroit de McMurdo pour commencer transfert de nos découvertes. Mais je dois disséquer l'une de ces choses avant de prendre le moindre repos. Si seulement j'avais un vrai laboratoire à ma disposition. J'espère que Dyer s'en veut d'avoir tenté d'empêcher ce voyage dans l'ouest. D'abord les montagnes les plus hautes du monde, et maintenant ça. Si cette découverte n'est pas le clou de l'expédition, je me demande ce qui l'est. La gloire scientifique est à nous. Félicitations, Pabodie, pour la foreuse qui a ouvert la grotte. À présent, l'*Arkham* peut-il répéter la description ? »

Les sentiments que nous éprouvâmes, Pabodie et moi-même, à la réception de ce rapport, dépassent pour ainsi dire toute description ; quant à nos compagnons, ils n'étaient pas en reste d'enthousiasme. McTighe, qui avait traduit à la hâte quelques points essentiels à mesure que le récepteur bourdonnant les émettait, retranscrivit le message entier à partir de sa version sténographiée dès que l'opérateur de Lake mit fin à la communication. Tous appréciaient l'importance historique de la découverte, et j'envoyai mes félicitations à Lake dès que le radio de l'*Arkham* eut répété, comme demandé, les parties descriptives. Sherman et le capitaine Douglas m'imitèrent, le premier depuis le poste TSF de l'entrepôt du détroit de McMurdo, le second depuis l'*Arkham*. Plus tard, en tant que chef de l'expédition, j'envoyai au bateau quelques remarques supplémentaires à transmettre au monde extérieur. Bien sûr, il était illusoire de penser dormir dans l'enthousiasme ambiant. Je ne souhaitais qu'une chose : gagner le camp de Lake aussi vite que possible. Je fus donc déçu lorsqu'il me fit dire qu'un vent de plus en plus violent venant des montagnes rendait pour l'heure tout déplacement aérien impossible.

Mais une heure et demie plus tard, une recrudescence d'intérêt me fit oublier ma déception. Lake envoya de nouveaux messages dans lesquels il racontait le transfert, totalement réussi, des quatorze grands spécimens dans le camp. La tâche n'avait pas été aisée, car ils étaient étonnamment pesants ; mais à neuf, les hommes s'en étaient très bien acquittés. À présent, une partie de l'équipe s'attelait au plus vite à la construction d'un enclos de neige à distance raisonnable du camp, enclos où il serait plus commode de nourrir les chiens. On avait déposé les spécimens sur la neige compacte près du camp, sauf un que Lake s'escrimait à disséquer.

Et cela semblait justement plus compliqué que prévu. En effet, malgré la chaleur du poêle à essence dans la tente laboratoire fraîchement dressée, les tissus trompeusement flexibles du spécimen – que Lake avait choisi intact et vigoureux – ne perdaient rien de leur coriacité. Le biologiste ne savait comment pratiquer les incisions nécessaires sans forcer au risque d'abîmer toutes les subtilités structurelles qu'il cherchait à étudier. Certes, il disposait de sept autres spécimens parfaits, mais c'était tout de même trop peu pour en user à la légère, à moins que la caverne finisse par en fournir un nombre illimité. Il renonça donc à ouvrir celui-ci et en fit apporter un autre auquel il restait des vestiges d'organes en étoile de mer aux deux extrémités, mais qui était fort endommagé et partiellement ouvert le long d'un des grands sillons de son torse.

Les résultats nous parvinrent vite par TSF. Ils étaient à la fois déconcertants et tout à fait passionnants. Il était impossible d'être un tant soit peu délicat ou précis avec des instruments à peine capables de découper ces tissus anormaux, mais le peu qui fut fait nous laissa tous sans voix et perplexes. Il allait falloir reconsidérer tout ce que l'on croyait savoir de la biologie, car cette chose ne pouvait être le produit de la croissance cellulaire telle que la science l'envisage. Il n'y avait pour ainsi dire aucune minéralisation et malgré leur âge – peut-être quarante millions d'années – les organes internes étaient totalement intacts. Le caractère coriace, inaltérable et presque indestructible des tissus était indissociable de la structure de cet organisme, et appartenait à quelque cycle paléogène de l'évolution des invertébrés qui échappait tout à fait à nos capacités spéculatives. Tout d'abord, Lake ne trouva que des parties sèches ; mais lorsque le chauffage ramollit les tissus, un suintement organique à l'odeur âcre et repoussante apparut du côté intact de la chose. Ce n'était pas du sang, mais un épais fluide vert foncé qui avait apparemment la même fonction. Lake en était là quand on emmena les trente-sept chiens dans l'enclos encore inachevé, et, malgré la distance, la puanteur aigre et envahissante déclencha chez les bêtes des salves d'aboiements sauvages entre autres démonstrations de nervosité.

Loin d'aider à identifier l'étrange entité, cette première dissection ne fit qu'approfondir le mystère. Toutes les hypothèses sur ses membres externes se révélèrent correctes et, sur ce fondement, on ne pouvait vraiment hésiter à la ranger dans le règne animal ; cependant, l'inspection interne fit apparaître tant de caractéristiques végétales que Lake dut s'avouer complètement perdu. La chose était capable de digestion, avait un système circulatoire, et éliminait les déchets par les tubes rougeâtres de sa base en forme d'étoile. À première vue, son système respiratoire paraissait filtrer l'oxygène plutôt que le dioxyde de carbone ; il y avait par ailleurs de drôles de chambres pour le stockage de l'air, et de non moins curieux procédés pour déplacer la respiration depuis l'orifice externe jusque dans au moins deux autres systèmes respiratoires parfaitement développés, à savoir des branchies et des pores. Non seulement il s'agissait manifestement d'un amphibien, mais la chose semblait aussi adaptée à de longues périodes d'hibernation sans air. Lake nota la présence d'organes vocaux reliés au système respiratoire principal, mais ils présentaient des anomalies sans solution immédiate. Un langage articulé, c'est-à-dire une prononciation syllabique, paraissait à peine concevable, mais l'émission de sons flûtés couvrant une gamme étendue était hautement probable. Le développement du système musculaire semblait presque anachronique.

Le système nerveux était si complexe et évolué que Lake en resta interdit. Bien qu'excessivement primitive et archaïque par certains aspects, la créature possédait des centres ganglionnaires et des connexions relevant de la plus haute spécialisation. Son cerveau à cinq lobes était étonnamment perfectionné, et l'on constatait la présence d'un équipement sensoriel constitué en partie des épais cils de la tête et présentant des caractéristiques étrangères à tout autre organisme terrestre. La chose avait sans doute plus de cinq sens, de sorte que son comportement était impossible à déduire par comparaison avec les animaux existants. Cette créature, Lake en fit l'hypothèse, avait dû être d'une sensibilité aiguë, avec des fonctions finement différenciées dans son monde primitif, à l'instar des fourmis et des abeilles d'aujourd'hui. Elle se reproduisait à la manière des plantes cryptogames, en particulier des ptéridophytes, avec ses sporanges au bout des ailes. Sans doute se développait-elle à partir d'un thalle ou d'un prothalle.

Lui donner un nom à ce stade eût été pure folie. La chose avait l'apparence d'un radiaire, mais était manifestement plus que cela. Elle était en partie végétale tout en possédant les trois quarts des éléments essentiels à une structure animale. Son origine marine était attestée par sa silhouette symétrique et certains autres attributs ; et cependant, on ne pouvait dire avec précision où s'arrêtaient ses dernières adaptations. Les ailes, après tout, évoquaient avec insistance une vie aérienne. Comment, sur une terre tout juste née, cette créature avait-elle pu connaître une évolution si incroyablement complexe, et si rapide qu'elle avait laissé des empreintes sur des roches archéennes ? Ce problème dépassait l'entendement et, bizarrement, rappela à Lake les mythes primitifs dans lesquels les Grands Anciens, descendus des étoiles, avaient créé la vie par erreur ou plaisanterie, mais aussi les récits extravagants sur des êtres des collines cosmiques d'un autre monde que racontait un collègue folkloriste du département d'anglais de l'université Miskatonic.

Naturellement, Lake envisagea la possibilité que les empreintes précambriennes aient été laissées par un ancêtre moins évolué des spécimens étudiés, mais rejeta bientôt cette théorie trop simple au vu des qualités structurelles avancées des fossiles plus anciens. En l'occurrence, les caractéristiques des spécimens postérieurs donnaient des signes de décadence plutôt que d'évolution. La taille des pseudopodes avait diminué, et la morphologie dans son ensemble paraissait plus fruste et simplifiée. D'ailleurs, les nerfs et autres organes que Lake venait d'examiner suggéraient une singulière régression par rapport à des formes encore plus complexes. Les parties atrophiées et vestigiales étaient étonnamment répandues. Dans l'ensemble, Lake n'avait pas résolu grand-chose ; il dut donc se rabattre sur la mythologie pour trouver un nom provisoire et, comme par plaisanterie, donna aux créatures le sobriquet d'« Anciens ».

Vers 2 h 30, ayant décidé de remettre son travail pour prendre un peu de repos, Lake recouvrit d'une bâche l'organisme disséqué, quitta la tente laboratoire et considéra les spécimens intacts avec un intérêt renouvelé. Le soleil perpétuel de l'Antarctique avait commencé à réchauffer quelque peu leurs tissus, et les pointes et tubes de la tête de deux ou trois d'entre eux semblaient en voie de déploiement. Toutefois, Lake ne croyait pas à un danger de décomposition immédiat étant donné la température. Il rapprocha par contre tous les spécimens non disséqués les uns des autres et jeta sur les corps une toile de tente inutilisée afin de les protéger des rayons directs du soleil. Cela empêcherait peut-être aussi les chiens de sentir leur odeur, la nervosité et l'hostilité des bêtes commençant vraiment à poser un problème malgré la distance et la hauteur sans cesse croissante des murs de neige qu'un contingent d'hommes de plus en plus nombreux se dépêchait de dresser. Lake dut lester les coins de la toile avec de lourds blocs de neige pour la maintenir en place, car le vent soufflait de plus en plus fort, signe que les montagnes allaient bientôt déchaîner une très violente tempête. Nos inquiétudes initiales quant aux brusques rafales antarctiques étaient ravivées, et, sous la supervision d'Atwood, on entreprit de dresser des remblais de neige du côté des montagnes pour protéger les tentes, l'enclos des chiens et les rudimentaires hangars à avions. Lesdits hangars, commencés avec des blocs de neige tassée à des moments perdus, étaient loin d'être assez hauts ; Lake dut mettre l'équipe entière au travail toute affaire cessante pour les finir.

Il était plus de 4 heures quand Lake se déclara enfin prêt à couper la transmission, et nous conseilla de prendre du repos, comme son équipe lorsque les abris seraient un peu plus hauts. Pabodie et lui eurent une discussion amicale sur les ondes, au cours de laquelle le biologiste réitéra ses compliments sur les foreuses véritablement exceptionnelles qui l'avaient aidé dans sa découverte. Atwood envoya aussi ses salutations et ses éloges. J'adressai mes chaleureuses félicitations à Lake, concédai qu'il ne s'était pas trompé pour l'expédition dans l'ouest, puis nous nous mîmes tous d'accord pour reprendre contact par TSF à 10 heures. Si la tempête était terminée, Lake enverrait un avion nous chercher à la base. Juste avant de me retirer, j'envoyai un dernier message à l'*Arkham* dans lequel je donnai pour instruction d'atténuer les nouvelles du jour à l'intention du monde extérieur, car il me semblait nécessaire d'étayer nos dires, les détails complets me semblant assez renversants pour susciter une vague d'incrédulité.

III

Aucun de nous, j'imagine, ne dormit très profondément ni même d'une traite cette nuit-là. L'enthousiasme suscité par la découverte de Lake et la fureur croissante du vent nous en empêchèrent. La tempête était si violente, même où nous nous trouvions, que nous ne pouvions nous empêcher de nous demander ce qu'il en était au camp de Lake, juste sous les vastes sommets inconnus qui avaient engendré et déchaîné l'ouragan. À 10 heures, McTighe, qui était réveillé, essaya comme prévu de joindre Lake par TSF, mais quelque phénomène électrique dans l'air troublé de l'ouest semblait empêcher toute communication. Cependant, nous parvînmes à contacter l'*Arkham*, et Douglas m'informa qu'il n'avait pas non plus réussi à joindre Lake. Il n'était pas au courant pour le vent, car il y en avait très peu dans le détroit de McMurdo malgré la rage avec laquelle il s'obstinait à souffler dans notre secteur.

Tout le monde passa la journée à écouter avec inquiétude, en essayant de contacter Lake à intervalles réguliers mais toujours en vain. Vers midi, un ouragan frénétique déferla de l'ouest, et nous craignîmes pour la sécurité de notre camp ; mais le vent finit par se calmer, à l'exception d'un sursaut modéré à 14 heures. Après 15 heures, c'était le calme plat. Nous redoublâmes nos efforts pour joindre Lake. Comme il disposait de quatre avions, chacun muni d'un excellent dispositif à ondes courtes, nous ne pouvions imaginer qu'un accident ordinaire ait endommagé tout son équipement radio d'un coup. Et pourtant, le silence de mort se prolongeait, et en pensant à la force délirante avec laquelle avait dû souffler le vent dans sa région, nous ne pouvions nous empêcher de faire les conjectures les plus pessimistes.

À 18 heures, nos craintes s'étaient aggravées et précisées. Après avoir consulté Douglas et Thorfinnssen par TSF, je pris la décision d'enquêter. Le cinquième avion, que nous avions laissé à l'entrepôt du détroit de McMurdo avec Sherman et deux marins, était en bon état et prêt à servir sur-le-champ, et il semblait bien que le cas d'urgence pour lequel nous l'avions gardé s'était présenté. Je joignis Sherman par radio et lui ordonnai de me rejoindre avec l'avion et les deux marins à la base sud. Il fallait faire aussi vite que possible, les conditions atmosphériques étant apparemment très favorables. Nous discutâmes ensuite du personnel de la mission d'enquête en préparation, et décidâmes que nous emmènerions tout le monde, ainsi que le traîneau et les chiens que j'avais gardés avec moi. Même une telle charge ne dépasserait pas les capacités de portage d'un de ces énormes appareils construits selon nos spécifications afin de supporter le poids de grosses machines. Je continuais régulièrement d'essayer de joindre Lake, sans résultat.

Sherman, accompagné des marins Gunnarsson et Larsen, décolla à 19 h 30, et nous fit en plein vol plusieurs rapports sur son trajet sans histoires. Ils arrivèrent à notre base à minuit, et nous discutâmes aussitôt de notre action suivante. Il était risqué de survoler l'Antarctique avec un seul avion sans possibilités d'escale, mais nul ne se déroba face à ce qui paraissait être une pure nécessité. Nous allâmes nous coucher à 2 heures du matin non sans avoir commencé à charger l'appareil, mais nous relevâmes après quatre courtes heures de sommeil pour terminer chargement et bagages.

À 7 h 15 le 25 janvier, nous partîmes pour le nord-ouest, McTighe étant aux commandes, avec dix hommes, sept chiens, un traîneau, des réserves de carburant et de nourriture, et diverses choses, dont la radio de bord. Le ciel était dégagé, plutôt calme, et la température relativement douce. Nous ne prévoyions aucun problème particulier pour atteindre la latitude et la longitude indiquées par Lake pour localiser son camp. Ce que nous craignions, c'était plutôt ce que nous risquions de trouver ou de ne pas trouver à la fin de notre voyage, car pour toute réponse aux appels que nous lancions vers la base, nous n'obtenions toujours que du silence.

Chacun des incidents de ce vol de quatre heures et demie est imprimé dans ma mémoire en raison de sa situation cruciale dans ma vie. Il marque la perte, à l'âge de cinquante-quatre ans, de la paix et de l'équilibre que possède l'esprit normal, habitué qu'il est à une certaine conception de la nature qui l'entoure et de ses lois. Les dix hommes de l'équipe de sauvetage – mais l'étudiant Danforth et moi plus que tous les autres – allaient désormais se trouver confrontés à un monde hideusement magnifié où rôdaient des horreurs que rien ne pourrait effacer et que nous nous retiendrions, si possible, de révéler au reste de l'humanité. Les journaux publièrent les bulletins que nous envoyions depuis l'avion, et dans lesquels nous racontions notre vol en continu, les deux batailles que nous menâmes en altitude contre les bourrasques traîtresses, notre aperçu de la surface défoncée où Lake avait creusé son premier puits trois jours plus tôt, et notre rencontre avec un groupe d'étranges cylindres de neige duveteux comme ceux dont Amundsen et Byrd avaient dit qu'ils roulaient dans le vent sur des lieues et des lieues de plateau glacé. Toutefois, vint un moment où nous ne trouvâmes plus les mots pour décrire nos sensations d'une manière que la presse comprendrait, et un autre où nous fûmes forcés d'opter pour une stricte censure.

Le marin Larsen fut le premier à apercevoir devant nous la silhouette déchiquetée des cônes et sommets surnaturels, et ses cris attirèrent tout le monde aux hublots du grand avion compartimenté. Malgré notre vitesse, les montagnes ne grandissaient que très lentement ; nous en déduisîmes qu'elles se trouvaient à une distance considérable, et que seule leur taille anormale nous les rendait visibles. Cependant, petit à petit, elles montaient, menaçantes, dans le ciel occidental, ce qui nous permit de distinguer des pics nus, lugubres, noirâtres, et de percevoir l'étrange sentiment d'imaginaire qu'elles inspiraient, baignées dans la lumière rougeâtre de l'Antarctique, sur la toile de fond provocatrice que formaient les nuages irisés de poussière de glace. La scène tout entière semblait évoquer, de manière tenace et pénétrante, quelque secret formidable, et la possibilité d'une révélation. On aurait dit que ces sinistres flèches de cauchemar étaient les pylônes d'une effroyable porte ouvrant sur les sphères interdites du rêve, sur les abîmes complexes de l'éternité, de l'infini et de l'ultradimensionnalité. Je ne pouvais m'empêcher de penser que ces pics étaient maléfiques ; des montagnes démentes dont l'autre versant était tourné vers un abîme absolu et maudit. Cet arrière-plan de nuages bouillonnants, à demi lumineux, suggérait l'ineffable promesse d'un vague au-delà éthéré dont la spatialité dépassait la dimension terrestre, et constituait un effarant rappel de l'isolement total, de la singularité, de la désolation et de la mort immémoriale de ce monde austral, vierge et insondable.

Ce fut le jeune Danforth qui attira notre attention sur la silhouette curieusement régulière des plus hauts sommets, une silhouette rappelant les fragments agglomérés de cubes parfaits dont Lake avait fait mention dans ses messages, et qui justifiait parfaitement sa comparaison avec les ruines indistinctes, comme rêvées, de temples primitifs juchés sur des sommets nuageux d'Asie dans les peintures si subtiles et insolites de Roerich. Il se dégageait en effet de cet étrange continent aux chaînes mystérieuses l'impression obsédante de se trouver au milieu d'un tableau du maître. Je l'avais ressentie en octobre, alors que nous apercevions pour la première fois la terre Victoria, et je l'éprouvais de nouveau, comme je sentais une nouvelle vague de malaise m'envahir alors que je prenais conscience des ressemblances avec les mythes archéens, des similitudes troublantes entre ce royaume de la mort et le tristement célèbre plateau de Leng des écrits primitifs. Les mythologistes situent Leng en Asie centrale, mais l'espèce humaine et ses prédécesseurs ont la mémoire longue, et il est fort possible que certains récits nous viennent de contrées, montagnes et temples dont l'horreur remonte plus loin que l'Asie et qu'aucun monde humain connu. Quelques mystiques audacieux ont évoqué la possibilité que les fragmentaires *Manuscrits Pnakotiques* aient une origine prépléistocène, et suggéré que les disciples de Tsathoggua étaient aussi étrangers à l'humanité que Tsathoggua lui-même. Leng, où qu'elle se terre dans l'espace et le temps, n'était pas un lieu qui m'attirait le moins du monde, et je ne goûtais pas davantage la proximité d'un monde qui, jadis, avait engendré d'ambiguës monstruosités archéennes comme celles que Lake avait décrites. Sur le moment, je regrettai amèrement d'avoir lu le détestable *Necronomicon* et d'avoir tant discuté à l'université avec Wilmarth, le folkloriste à l'érudition si mal placée.

Cet état d'esprit ne fit probablement qu'accentuer ma réaction à l'étrange mirage qui s'abattit du zénith de plus en plus opalescent alors que nous approchions des monts et commencions à voir s'accumuler les ondulations des contreforts. Au cours des semaines précédentes, j'avais vu des dizaines de mirages polaires, dont certains étaient aussi bizarres et prodigieusement frappants ; mais celui que nous avions sous les yeux avait une touche tout à fait inédite et obscure de symbolisme menaçant, et je ne pus que frissonner en voyant surgir de la vapeur de glace bouillonnante, au-dessus de nos têtes, un inextricable labyrinthe de murs, de tours et de minarets.

On aurait dit une cité cyclopéenne dont l'architecture était inconnue de l'homme ou inaccessible à l'imagination humaine, composée de vastes agrégats de murs noirs comme la nuit, véritables perversions des lois géométriques et dont la sinistre bizarrerie atteignait de grotesques sommets. Il y avait des cônes tronqués, parfois cannelés ou en terrasses, surmontés de hautes cheminées cylindriques, élargies ici et là de formes bulbaires, et souvent surmontées d'empilements de disques peu épais et festonnés ; et aussi d'étranges constructions tabulaires qui dépassaient du reste, évoquant des empilements d'innombrables dalles rectangulaires ou de plateaux circulaires, ou encore d'étoiles à cinq branches, chacune chevauchant la précédente. Il y avait des cônes et pyramides composites, soit isolés, soit surmontant des cylindres, des cubes ou d'autres cônes ou pyramides tronqués et, parfois, des flèches effilées étrangement regroupées par cinq. Toutes ces structures fébriles semblaient reliées par des ponts tubulaires passant de l'une à l'autre à des altitudes diverses mais toujours vertigineuses ; d'ailleurs, la taille implicite de l'ensemble était tout bonnement terrifiante et oppressante de gigantisme. Ce mirage rappelait certaines des formes les plus extravagantes décrites et dessinées en 1 820 par l'explorateur arctique et chasseur de baleines Scoresby mais, en ce lieu et à ce moment, avec ces sombres montagnes inconnues dressées, époustouflantes, devant nous, avec à l'esprit cette antédiluvienne erreur de la nature et la menace du désastre probable pesant sur notre expédition, nous semblions tous y voir le signe d'une malfaisance latente, un présage infiniment funeste.

Je ne fus pas mécontent lorsque le mirage commença à se dissiper, même si, ce faisant, les tourelles et cônes cauchemardesques prirent pour quelques instants un aspect difforme qui les rendit plus hideuses encore. Alors que l'illusion tout entière se dissolvait dans un bouillonnement opalescent, nous tournâmes de nouveau notre regard vers la terre, et vîmes que notre vol touchait à sa fin. Les monts inconnus se dressaient, vertigineux, tel un effroyable rempart bâti par des géants, et il n'y avait pas besoin de jumelles pour voir leurs curieuses régularités, tant elles se découpaient avec une netteté étonnante. Nous survolions à présent les contreforts les plus bas, et distinguions, au milieu de la neige, de la glace et des zones dénudées du plateau principal, deux points plus sombres que nous identifiâmes comme étant le camp de Lake et le chantier de forage. Les contreforts montaient rapidement à huit ou dix kilomètres de nous et formaient presque à eux seuls une chaîne indépendante des terrifiants sommets plus qu'himalayens qui se découpaient derrière eux. Ropes – l'étudiant qui avait remplacé McTighe aux commandes – amorça enfin la descente vers la zone sombre de gauche, dont la taille permettait de supposer qu'il s'agissait du camp. Pendant ce temps, McTighe envoyait le dernier message non censuré que le monde recevrait de la part de notre expédition.

Bien entendu, tout le monde a lu les brefs bulletins décevants sur le reste de notre séjour en Antarctique. Quelques heures après notre atterrissage, nous adressâmes un prudent compte-rendu de la tragédie que nous avions découverte, dans lequel nous annoncions à contrecœur que l'effroyable tempête de la veille ou de l'avant-veille avait anéanti l'équipe de Lake. Onze morts avérés, et le jeune Gedney disparu. Le public nous pardonna le flou et le manque de détails de notre rapport, supposant que nous étions sous le choc de ce triste événement ; on nous crut lorsque nous expliquâmes que les mutilations infligées par le vent avaient rendu les onze corps intransportables. En fait, je me félicite qu'en dépit de la détresse, de l'incompréhension totale et de l'horreur qui s'étaient emparées de nous, nous nous en soyons la plupart du temps tenus à la réserve. L'abominable vérité résidait dans ce que nous n'osions dire ; dans ce que je n'oserais dire aujourd'hui encore s'il ne me fallait mettre d'autres explorateurs en garde contre d'indicibles terreurs.

Le fait est que le vent avait causé d'épouvantables ravages. Nos compagnons auraient-ils pu survivre, même si l'autre événement ne s'était pas produit ? On peut sérieusement en douter. La tempête, avec son déferlement délirant de particules de glace, avait dû dépasser tout ce que l'expédition avait connu jusque-là. L'un des abris d'avions – qui avaient apparemment tous été abandonnés dans un état beaucoup trop fragile et inadapté – était presque pulvérisé ; quant au derrick, au loin, sur le site de forage, il était en mille morceaux. Le métal exposé des avions cloués au sol et des machines de forage était si érodé qu'il étincelait, et deux des petites tentes étaient abattues malgré les remblais. Les surfaces de bois laissées à la merci des rafales étaient piquetées et décapées, et il ne restait plus la moindre empreinte dans la neige. Il est aussi exact que nous ne trouvâmes pas un seul spécimen biologique archéen en assez bon état pour qu'on le transportât. Nous ramassâmes par contre quelques minéraux dans un grand monceau de débris, notamment plusieurs fragments de la fameuse stéatite verdâtre dont la forme en étoile à cinq branches curieusement arrondie et les légers motifs à base de points groupés inspiraient tant de rapprochements douteux, et aussi des os fossilisés parmi lesquels se trouvaient des exemples particulièrement caractéristiques d'échantillons aux curieuses mutilations.

Aucun chien n'avait survécu. L'enclos de neige dressé à la hâte près du camp était presque entièrement détruit. C'était peut-être l'œuvre de la tempête, mais les plus gros dégâts, sur le mur du côté du camp et qui n'était donc pas exposé au vent, suggèrent que les bêtes affolées avaient sauté ou forcé l'obstacle. Les trois traîneaux avaient disparu, et nous nous efforçâmes d'expliquer que le vent les avait emportés dans l'inconnu. Comme les appareils de forage et de fusion des glaces que nous retrouvâmes sur le site des fouilles étaient irréparables, nous les utilisâmes pour combler l'ouverture que Lake avait percée à la dynamite, cette porte vaguement inquiétante ouvrant sur le passé.

Nous laissâmes aussi au camp les deux avions les plus détériorés, car il ne restait que quatre vrais pilotes – Sherman, Danforth, McTighe et Ropes – parmi les survivants de l'expédition ; sans compter que l'état nerveux de Danforth ne lui permettrait pas de naviguer. Nous rapportâmes tous les livres et l'équipement scientifique entre autres accessoires que nous pûmes retrouver, le gros du matériel ayant inexplicablement disparu. Les tentes de réserve et les fourrures étaient soit introuvables, soit en très mauvais état.

C'est vers 16 heures, après un grand vol de reconnaissance qui nous força à considérer Gedney comme définitivement perdu, que nous envoyâmes notre message prudent à l'*Arkham* afin qu'il le retransmette ; nous nous en tînmes à un rapport aussi simple et distancié que possible, et je pense que c'était une bonne chose. La seule agitation que nous évoquâmes fut celle des chiens, plus que nerveux à proximité des spécimens biologiques, comme on pouvait s'y attendre à la lecture des comptes-rendus de ce pauvre Lake. Je ne crois pas que nous ayons fait mention de leur nervosité non moins grande lorsqu'ils flairèrent les fragments étranges de stéatite verdâtre, mais aussi certains objets traînant dans la zone du désastre, entre autres les instruments scientifiques, les avions, les machines, aussi bien au camp que sur le site de forage ; autant d'objets dont les parties avaient été détachées, déplacées, ou faussées par un vent étonnamment curieux et investigateur.

On nous pardonnera d'être restés flous au sujet des quatorze spécimens biologiques. Nous affirmâmes n'en avoir retrouvé que d'endommagés, mais qu'il en restait assez pour prouver l'étonnante et absolue véracité de la description de Lake. Il nous fut difficile de garder nos émotions pour nous ; en tout cas, nous ne donnâmes pas le nombre de nos découvertes et ne parlâmes pas davantage de la manière précise dont nous les avions faites. Nous nous étions déjà mis d'accord pour ne rien dire qui pût suggérer une quelconque folie chez les hommes de Lake ; et pourtant, comment ne pas y penser en découvrant les corps incomplets de six monstruosités soigneusement enfouies debout dans des tombes de neige de trois mètres, sous des tertres à cinq branches percés de trous formant des motifs identiques à ceux des drôles de pierres verdâtres venues des temps mésozoïque ou tertiaire ? Les huit spécimens entiers mentionnés par Lake paraissaient s'être tout bonnement volatilisés.

Comme nous ne voulions pas non plus troubler la tranquillité du public, Danforth et moi ne donnâmes pas de détails sur notre effroyable excursion de l'autre côté des montagnes le lendemain. Le fait est que seul un avion allégé au maximum pouvait franchir une chaîne de cette hauteur, si bien que la mission de reconnaissance – et c'est heureux – se limita à nous deux. À notre retour, à une heure du matin, Danforth était au bord de l'hystérie mais parvenait à garder un flegme admirable. Je n'eus pas à insister pour qu'il me promette de ne montrer ni nos croquis, ni ce que nous avions dans nos poches, de se contenter de donner à nos compagnons les détails que nous étions convenus de communiquer au monde extérieur, et de cacher nos pellicules pour les faire développer ultérieurement à notre seul usage. Ainsi donc, une partie de l'histoire que je vais raconter sera aussi nouvelle pour Pabodie, McTighe, Ropes, Sherman et les autres que pour le public. En vérité, Danforth est encore plus muet que moi : en effet, il a vu – ou pense avoir vu – quelque chose dont il refuse de parler, même à moi.

Comme tout le monde le sait, nous faisions dans notre rapport le récit de notre difficile ascension ; nous y confirmions l'opinion de Lake selon laquelle les hauts sommets étaient faits d'ardoise archéenne et d'autres strates écrasées et très primitives qui n'avaient pas changé depuis le milieu de l'époque comanchéenne au moins ; nous y faisions un commentaire conventionnel sur la régularité des cubes agrégés et des formations en remparts ; nous concluions aussi que les entrées de cavernes indiquaient des veines calcaires dissoutes, et faisions l'hypothèse que certains cols et pentes permettraient à des grimpeurs expérimentés d'escalader et de traverser toute la chaîne, et l'observation que sur l'autre versant mystérieux s'étendait un vaste plateau aussi ancien et immuable que les montagnes elles-mêmes : six mille mètres d'altitude, avec d'extravagantes formations rocheuses dépassant d'une fine couche de glace, et des contreforts bas et progressifs entre le plateau à proprement parler et les à-pics des plus hauts sommets.

Ces données sont véridiques à tout point de vue, même si elles sont partielles, et elles satisfirent totalement les hommes restés au camp. Nous attribuâmes notre absence de seize heures – plus qu'il en fallait pour le vol, l'atterrissage, l'exploration et la collecte de pierres – à une suite aussi longue qu'imaginaire de vents contraires. Nous racontâmes aussi avec fidélité notre atterrissage sur les contreforts de l'autre versant. Notre récit, fort heureusement, paraissait si réaliste et banal que nul ne fut tenté de nous imiter. Si l'un de nos compagnons avait essayé, j'aurais usé de toute ma force de persuasion pour l'en empêcher. Quant à Danforth, qui sait ce qu'il aurait fait ? Pendant notre absence, Pabodie, McTighe et Williamson avaient travaillé d'arrache-pied à remettre les deux meilleurs avions de Lake en état malgré le sabotage totalement inexplicable des commandes.

Nous décidâmes de charger tous les avions le lendemain matin afin de regagner notre base le plus tôt possible. Bien qu'il fût indirect, c'était le chemin le plus sûr pour rejoindre le détroit de McMurdo ; car un survol en ligne droite des étendues les plus absolument inconnues de ce continent mort depuis la nuit des temps impliquerait beaucoup de risques supplémentaires. Il était illusoire d'espérer poursuivre l'exploration après nos pertes tragiques et la destruction du matériel de forage. Avec les doutes et horreurs qui nous entouraient – et que nous gardions pour nous – nous n'avions qu'une envie : nous échapper dès que possible de ce monde austral, royaume de désolation où rôde la folie.

Le public le sait, notre retour au monde se fit sans autres catastrophes. Tous les avions rejoignirent l'ancienne base le lendemain soir – c'était le 27 janvier – après un vol rapide et sans escale. Le 28, nous gagnâmes le détroit de McMurdo en deux étapes ; la défaillance d'un gouvernail par vent violent, alors que nous survolions le banc de glace après avoir quitté le grand plateau, fut responsable de notre unique et très brève pause. Cinq jours plus tard, l'*Arkham* et le *Miskatonic*, avec à leur bord tous les hommes et le matériel, se libéraient de la banquise de plus en plus épaisse et remontaient la mer de Ross, les montagnes moqueuses de la terre Victoria se dressant à l'ouest sur un ciel antarctique menaçant et déformant les gémissements du vent en une large gamme de son flûtés qui me glaçaient le tréfonds de l'âme. Après moins de quinze jours, nous laissions derrière nous la dernière trace de terre polaire en remerciant le ciel d'en avoir fini avec ce royaume hanté et maudit où la vie et la mort, l'espace et le temps avaient passé de sombres alliances blasphématoires, aux temps obscurs suivant les premiers frémissements de la matière sur la croûte terrestre à peine refroidie.

Depuis notre retour, nous nous efforçons tous en permanence de décourager l'exploration antarctique, et gardons pour nous, avec une loyauté aussi magnifique qu'unanime, nos doutes et hypothèses. Le jeune Danforth lui-même, en dépit de sa dépression nerveuse, n'a jamais flanché ni parlé à ses médecins. En réalité, comme je l'ai dit, il y a une chose qu'il est le seul à avoir vue et dont il refuse de parler à quiconque ; et pourtant, s'il s'en ouvrait à moi, je suis sûr que cela améliorerait son état psychologique. Cela pourrait expliquer des choses et lui apporter un grand soulagement, même s'il a peut-être été victime d'une simple illusion consécutive à un choc. C'est l'impression qu'il me donne dans ces rares moments où, ne se contrôlant plus, il me murmure des propos incohérents qu'il renie avec véhémence sitôt qu'il se ressaisit.

Nous aurons du mal à détourner les autres du grand sud blanc, et nos efforts pourront parfois nuire directement à notre cause en attirant l'attention. Nous aurions dû savoir depuis le début que la curiosité humaine est inépuisable, et que nos résultats officiels suffiraient à encourager les hommes dans cette même sempiternelle poursuite de l'inconnu. Les rapports de Lake sur ces monstruosités biologiques avaient suscité un enthousiasme extrême chez les naturalistes et paléontologues, mais nous avons eu la prudence de ne montrer ni les fragments prélevés sur les spécimens enterrés, ni les photographies desdits spécimens en l'état où on les avait trouvés. Nous nous sommes aussi retenus de dévoiler les échantillons les plus déconcertants d'os mutilés et de stéatite verdâtre ; de notre côté, Danforth et moi gardons pour nous les croquis et clichés pris sur le vaste plateau derrière la chaîne, mais aussi les choses fripées que nous avons lissées et examinées dans la terreur avant de les rapporter dans nos poches.

Mais voilà que se monte cette expédition Starkweather-Moore, et avec un sérieux qui dépasse de loin tout ce que nous avons pu tenter. Si l'on ne les dissuade pas, ils atteindront le cœur le plus secret de l'Antarctique puis, à force de forages et de fusions, remonteront à la surface ce qui pourrait bien entraîner la fin du monde. Aussi dois-je me résoudre à passer outre toutes mes réticences, y compris à propos de cette fatidique chose innommable, au-delà des montagnes de la démence.

IV

C'est avec beaucoup d'hésitation et de répugnance que je retourne par la pensée au camp de Lake et à ce que nous y avons vraiment trouvé… ainsi qu'à l'autre chose, derrière les montagnes. Je suis sans cesse tenté d'esquiver les détails et de remplacer les faits et déductions inéluctables par de simples allusions. J'espère en avoir déjà assez dit pour passer rapidement sur le reste ; j'entends par là le reste des horreurs que nous découvrîmes dans le camp. J'ai parlé des ravages du vent sur la zone, des abris endommagés, des machines démontées, des différents degrés de nervosité de nos chiens, des traîneaux et autres objets disparus, de la mort des hommes et des animaux, de la disparition de Gedney et des six spécimens biologiques d'un monde mort depuis quarante millions d'années, dans leurs folles sépultures, avec leur texture étrangement bien conservée malgré leurs blessures structurelles. Je ne me rappelle pas avoir mentionné qu'en examinant les chiens morts, nous nous étions aperçus qu'il en manquait un. Nous n'en fîmes pas grand cas sur le moment ; en l'occurrence, seuls Danforth et moi serions amenés à repenser à cette disparition.

L'essentiel de ce que j'ai omis a trait aux cadavres, et à certains détails qui pourraient ou non apporter une logique hideuse et incroyable au chaos apparent. Sur le moment, j'essayai de détourner l'attention des hommes de ces détails ; car il était tellement plus simple – tellement plus normal – de tout attribuer à une crise de démence de la part de membres de l'équipe de Lake. Selon toute apparence, le vent démoniaque soufflant des montagnes avait dû être assez violent pour rendre fou tout homme perdu en ce haut lieu désertique des mystères terrestres.

La suprême anomalie était bien entendu l'état des cadavres humains et canins. Tous s'étaient trouvés au cœur de quelque terrible altercation. Ils étaient déchirés et mutilés d'horribles et inexplicables manières. La mort, pour autant qu'on pût en juger, avait été systématiquement causée par strangulation ou lacération. À l'évidence, les chiens étaient à l'origine de l'incident, car l'état de leur enclos bâclé montrait que ce dernier avait été enfoncé de l'intérieur. Le corral était à l'écart du camp en raison de l'aversion des bêtes pour ces organismes archéens infernaux, mais la précaution s'était avérée vaine. Abandonnés à eux-mêmes sous un vent monstrueux, derrière des murs fragiles et insuffisamment hauts, les chiens avaient dû se jeter sur l'obstacle. Nul ne saurait dire si c'était la faute des rafales ou de quelque odeur subtile mais de plus en plus forte émanant des spécimens cauchemardesques. Certes, lesdits spécimens étaient recouverts d'une toile de tente, mais le soleil oblique de l'Antarctique avait frappé sans discontinuer sur cette dernière et, comme Lake l'avait écrit, la chaleur avait tendance à détendre et dilater les tissus étrangement intacts et coriaces des créatures. Peut-être le vent avait-il emporté la toile et secoué ces choses, ce qui avait eu pour effet, malgré leur antiquité, de rendre évidentes leurs émissions olfactives les plus âcres.

Mais quoi qu'il se soit produit, le résultat était hideux et révoltant. Peut-être vaudrait-il mieux que je mette mon émotivité de côté pour enfin révéler le pire de cette tragédie ; non sans avoir tout d'abord fait part de mon absolue certitude, fondée sur des observations de première main et les déductions parfaitement rigoureuses de Danforth et moi-même, que Gedney, alors disparu, n'était absolument pas responsable des horreurs que nous trouvâmes. J'ai dit que les corps étaient effroyablement mutilés. Il me faut ajouter que certains avaient été incisés et amputés de la plus singulière, la plus froide et la plus inhumaine des manières. C'était vrai des chiens comme des hommes. Les corps les plus sains, les plus gras, qu'ils soient à quatre pattes ou à deux, étaient amputés de leurs principales masses de chair. On aurait dit l'œuvre d'un boucher consciencieux. Autour des cadavres, on retrouva du sel – pris dans les coffres à provisions fracassés de nos avions –, ce qui, en plus d'être insolite, suggérait les conclusions les plus abominables. L'horreur s'était produite dans l'un des hangars de fortune après que l'on avait traîné l'avion hors de l'abri ; par la suite, le vent avait effacé toute empreinte susceptible de fournir une théorie plausible. Des morceaux dispersés de vêtements arrachés comme à coups de serpe des sujets humains disséqués ne suggéraient aucune piste. Inutile de s'appesantir sur l'impression, fort vague, que j'eus de voir des débuts d'empreintes dans un coin abrité de l'enceinte détruite, car mon sentiment était qu'il ne s'agissait pas d'empreintes humaines, illusion forcément due à tout ce que ce pauvre Lake avait dit sur les traces fossiles au fil des semaines précédentes. Il fallait se méfier de son imagination, à l'ombre de ces montagnes démentes.

Comme je l'ai indiqué, au bout du compte, il s'avéra que Gedney et un chien avaient disparu. À la suite de la découverte de cet abominable hangar, il nous manquait deux hommes et deux chiens ; mais la tente de dissection à peu près intacte dans laquelle nous pénétrâmes après avoir examiné les tombes monstrueuses avait quelque chose à nous apprendre. Elle n'était pas dans l'état où Lake l'avait laissée, car les restes du monstre primitif ne se trouvaient plus, recouverts, sur la table d'opération improvisée. En effet, nous nous étions déjà aperçus qu'une des six choses incomplètes enfouies dans leurs tombes – en l'occurrence, celle qui répandait une odeur légère mais particulièrement détestable – devait être composée des morceaux rassemblés de l'entité que Lake avait essayé d'étudier. La table de laboratoire et son pourtour étaient jonchés d'autres choses, et il ne nous fallut pas longtemps pour comprendre qu'il s'agissait des restes d'un homme et d'un chien disséqués avec minutie mais maladresse. J'épargnerai la sensibilité des survivants en taisant l'identité de la victime humaine. Les instruments d'anatomie de Lake n'étaient plus là, mais certains indices montraient qu'ils avaient été nettoyés avec soin. Le poêle à essence avait aussi disparu mais, autour de son emplacement, le sol était étrangement jonché d'allumettes. Nous enterrâmes les restes de l'homme avec ses dix compagnons d'infortune, et les restes canins avec les trente-cinq chiens. Quant aux traînées bizarres sur la table et au désordre de livres illustrés malmenés avant d'être éparpillés, nous étions trop abasourdis pour faire une quelconque conjecture.

Voilà pour ce que le camp nous réservait de pire, mais d'autres choses, bien que moins horribles, s'avérèrent tout aussi déconcertantes. Impossible de formuler une hypothèse raisonnable sur la disparition de Gedney, du chien, des huit spécimens biologiques intacts, des trois traîneaux, de certains instruments, d'ouvrages techniques et scientifiques illustrés, de matériel d'écriture, de torches électriques et de piles, de nourriture et de carburant, d'appareils de chauffage, de tentes de réserve, de tenues en fourrure et ainsi de suite. De même, inutile de chercher à expliquer les taches d'encre cernées d'éclaboussures sur certaines feuilles de papier, et les curieux signes de manipulation maladroite et d'expérimentation insolite autour des avions et de tous les autres dispositifs mécaniques, dans le camp comme sur le site du forage. Les chiens semblaient avoir en horreur ces appareils étrangement démontés. Il y eut aussi le saccage du garde-manger, la disparition de certaines denrées de base, et le comique discordant d'un tas de boîtes de conserve ouvertes par des moyens improbables et à des endroits qui ne l'étaient pas moins. Le grand nombre d'allumettes disséminées, qu'elles soient intactes, cassées ou brûlées, était une énième énigme mineure, tout comme les deux ou trois toiles de tente et combinaisons en fourrure qui traînaient, tailladées de façon étrange et peu orthodoxe, sans doute suite à des tentatives maladroites pour effectuer d'inconcevables adaptations. Les mauvais traitements infligés aux cadavres humains et canins et les délirantes sépultures des spécimens archéens endommagés étaient cohérents avec cette apparente folie destructrice. En prévision d'une situation comme celle d'aujourd'hui, nous photographiâmes soigneusement toutes les preuves de comportement anormal au camp ; nous nous en servirons pour étayer notre plaidoyer contre le projet de l'expédition Starkweather-Moore.

Nos premières actions, après la découverte des corps dans le hangar, furent de prendre des clichés des incroyables tombes sous leurs tertres de neige à cinq branches, puis de les ouvrir. Nous ne pûmes nous empêcher de remarquer la ressemblance de ces monstrueux monticules percés de points groupés avec les descriptions que le pauvre Lake avait données des étranges fragments de stéatite verdâtre ; et lorsque nous tombâmes sur des échantillons desdites pierres dans le grand tas de minéraux, nous trouvâmes effectivement la ressemblance frappante. Il faut reconnaître que la formation dans son ensemble évoquait de manière abominable la tête en forme d'étoile de mer des entités archéennes ; nous en convînmes, ce rapprochement avait dû exercer une forte influence sur les esprits fragilisés, parce que trop sollicités, de l'équipe de Lake.

Car la folie – en particulier celle de Gedney, seul survivant potentiel – fut l'explication que tous admirent spontanément, du moins à haute voix ; cependant, je n'aurai pas la naïveté de le nier, chacun de nous a pu envisager à brûle-pourpoint des hypothèses que la raison lui interdisait de formuler complètement. Sherman, Pabodie et McTighe survolèrent les environs dans l'après-midi en scrutant l'horizon avec leurs jumelles à la recherche de Gedney ou de l'équipement disparu, mais revinrent bredouilles. Ils rapportèrent que la titanesque chaîne s'étirait à l'infini à droite comme à gauche, sans perte d'altitude ni changements dans sa structure de base. Sur certains sommets, toutefois, les formations régulières de cubes et de remparts étaient plus nettes et plus sobres, et présentaient une ressemblance d'autant plus fantastique avec les ruines des monts asiatiques dans les tableaux de Roerich. Les entrées de cavernes insolites semblaient à peu près régulièrement réparties à perte de vue.

Malgré toutes les horreurs qui nous entouraient, il nous restait assez de ferveur scientifique et d'esprit d'aventure pour nous interroger sur le royaume inconnu qui s'étendait au-delà de ces mystérieuses montagnes. Comme précisé dans nos messages édulcorés, nous allâmes nous reposer à minuit, au terme d'une journée de terreur et de perplexité, mais non sans avoir prévu de tenter, dès le lendemain matin, un ou plusieurs vols en altitude à bord d'un avion allégé pour explorer l'autre côté de la chaîne avec un appareil de photographie aérienne et du matériel de géologie. Il fut décidé que Danforth et moi ferions la première tentative. Nous nous réveillâmes à 7 heures pour un décollage matinal ; néanmoins, des rafales – mentionnées dans le bref bulletin envoyé au monde extérieur – retardèrent notre départ jusqu'à près de 9 heures.

J'ai déjà parlé du récit évasif que nous fîmes en rentrant seize heures plus tard aux hommes restés au camp, et qui fut transmis à l'extérieur. J'ai maintenant le terrible devoir de compléter ce rapport en remplissant les blancs miséricordieux avec des indications sur ce que nous avons vu dans ce monde caché par-delà les montagnes, un aperçu des révélations qui achevèrent de faire basculer Danforth dans la dépression nerveuse. Si seulement il acceptait d'ajouter quelques mots directs sur ce qu'il pense avoir vu – même s'il s'agissait sans doute d'une hallucination due à sa nervosité – et qui fut peut-être la goutte d'eau qui le mena à sa situation actuelle ! Mais il s'y oppose fermement. Je ne puis que répéter les paroles incohérentes qu'il me murmura plus tard sur ce qui lui avait arraché des hurlements alors que l'avion s'élevait pour retraverser le col battu par les vents, à la suite du choc bien réel et tangible que nous avions partagé. Ce sera mon dernier mot. Si les signes évidents de la survivance d'horreurs antédiluviennes que j'aurai divulgués ne suffisent pas à dissuader les autres de toucher au cœur de l'Antarctique – ou à tout le moins de fouiller trop profondément sous la surface de ce suprême désert des secrets interdits où règne une éternelle et inhumaine désolation –, on ne pourra me tenir pour responsable des malheurs innommables et peut-être incommensurables qui s'ensuivront.

En étudiant les notes prises par Pabodie au cours de son vol de l'après-midi précédent et en vérifiant ses données avec un sextant, Danforth et moi calculâmes que le col le plus bas de la chaîne se situait sur notre droite, en vue du camp, et s'élevait à une altitude comprise entre sept mille et sept mille trois cents mètres au-dessus du niveau de la mer. C'est donc vers ce point que nous dirigeâmes d'abord notre avion allégé lorsque nous nous embarquâmes pour ce vol de reconnaissance. Le camp lui-même, perché sur les contreforts en surplomb du haut plateau continental, se trouvait à une hauteur d'environ trois mille cinq cents mètres ; aussi la prise d'altitude ne fut-elle pas aussi grande qu'on peut l'imaginer. Toutefois, au cours de la montée, nous ressentîmes vivement les effets de la raréfaction de l'air et du froid intense, les conditions de visibilité nous obligeant à laisser ouverts les hublots de la cabine. Bien entendu, nous portions nos fourrures les plus chaudes.

En approchant des sommets menaçants qui se dressaient, sombres et sinistres au-dessus de la neige fendue de crevasses et des glaciers interstitiels, nous distinguions de mieux en mieux les formations curieusement régulières agrippées aux pentes ;

cela nous rappela une fois encore les étranges tableaux asiatiques de Nicolas Roerich. Les antiques strates rocheuses érodées par le vent confirmaient pleinement tous les communiqués de Lake, et prouvaient que ces pics vénérables dominaient le paysage de cette manière depuis une époque extrêmement reculée de l'histoire terrestre ; peut-être plus de cinquante millions d'années. Il était vain de se demander quelle taille ils avaient atteinte à leur apogée mais, dans cette drôle de région, tout indiquait l'existence d'obscures particularités atmosphériques opposées au changement et prévues pour retarder le processus climatique normal de désintégration des roches.

Mais ce furent les entrelacs à flanc de montagne de cubes réguliers, de remparts et d'ouvertures de cavernes qui nous fascinèrent et nous troublèrent le plus. Je les étudiais aux jumelles et faisais des photographies aériennes pendant que Danforth pilotait ; par moments, je le remplaçais aux commandes – bien que mes connaissances en la matière ne dépassent pas le niveau de l'amateurisme – afin qu'il puisse prendre les jumelles. Nous vîmes sans mal que, pour l'essentiel, les structures étaient composées de quartzite archéen assez clair, à la différence de toutes les formations visibles sur de larges zones du plateau continental, mais aussi que leur extrême et troublante régularité dépassait largement ce que le pauvre Lake avait observé.

Comme il l'avait dit, les arêtes des cubes étaient effritées et émoussées par une éternité d'intense érosion, mais leur dureté et leur résistance surnaturelles les avaient sauvés de l'anéantissement. De nombreuses parties, en particulier les plus proches des pentes, semblaient faites de la même matière que les surfaces rocheuses environnantes. L'ensemble rappelait les ruines de Machu Picchu dans les Andes, ou les murs de fondation primitifs de Kish que l'expédition du musée d'Oxford-Field a mis au jour en 1929 ; qui plus est, Danforth et moi eûmes tous deux l'impression d'apercevoir ici et là des blocs cyclopéens distincts, impression évoquée par Lake et qu'il avait attribuée à Carroll, son compagnon de vol. La présence de telles structures à cet endroit me dépassait totalement, et le géologue en moi se sentit gagné par une singulière humilité. Les formations ignées présentent souvent d'étranges régularités, comme la célèbre chaussée des Géants en Irlande, mais cette prodigieuse chaîne, de par sa structure et malgré les cônes fumants que Lake avait tout d'abord cru apercevoir, n'était pas de nature volcanique.

Les curieuses ouvertures de cavernes à proximité desquelles les non moins curieuses formations semblaient particulièrement nombreuses constituaient aussi une énigme, bien que mineure, de par leurs formes géométriques. Comme l'avait précisé Lake dans son communiqué, elles étaient souvent carrées ou en demi-cercle, comme si quelque main magique avait façonné les orifices naturels pour les rendre plus symétriques. Elles étaient aussi remarquables par leur grand nombre et leur large répartition, qui suggéraient que la région tout entière était percée de tunnels résultant de la dissolution des strates calcaires. Nous ne parvînmes pas à voir très loin à l'intérieur des cavernes, mais suffisamment pour remarquer l'absence apparente de stalactites et de stalagmites. À l'extérieur, les pentes autour des ouvertures paraissaient systématiquement lisses et régulières ; Danforth trouvait même que les légères fissures et piqûres dues à l'érosion avaient tendance à former des motifs insolites. Marqué comme il l'était par les horreurs et les bizarreries découvertes au camp, il insinua que les trous ressemblaient vaguement à ces groupements troublants de points disséminés sur les pierres primitives verdâtres, si hideusement imités sur les tertres de forme démente sous lesquels étaient enterrées les six abominations.

Nous étions progressivement montés en survolant les plus hauts contreforts, puis en longeant la chaîne en direction du col relativement bas que nous avions repéré. Ce faisant, nous jetions parfois des coups d'œil en contrebas au chemin enneigé et glacé que nous aurions emprunté à pied, en nous demandant si l'aventure aurait été possible avec l'équipement plus rudimentaire d'antan. Non sans une certaine surprise, nous vîmes que le terrain était loin d'être aussi accidenté qu'on aurait pu s'y attendre, et qu'en dépit des crevasses et autres difficultés il en aurait fallu davantage pour arrêter les traîneaux d'un Scott, d'un Shakleton ou d'un Amundsen. Certains glaciers permettaient apparemment de gravir le versant d'une manière étonnamment directe jusqu'aux cols mis à nu par le vent. En atteignant la passe que nous avions choisie, nous nous aperçûmes qu'elle ne faisait pas exception.

Difficile de coucher sur le papier le sentiment d'attente teintée d'inquiétude qui montait en nous comme nous nous préparions à contourner la crête et à découvrir un monde vierge, quand bien même nous n'avions guère de raisons de croire que les régions au-delà de la chaîne étaient fondamentalement différentes de celles que nous avions déjà vues et traversées. Le soupçon de mystère maléfique émanant de cette barrière montagneuse et du ciel, véritable mer opalescente, qui nous faisait signe chaque fois que nous l'apercevions entre deux sommets, était extrêmement subtil et ténu, au point d'être impossible à décrire littéralement avec de simples mots. Cette sensation relevait plutôt d'un vague symbolisme psychologique, ou du rapprochement esthétique ; c'était un mélange de poésie et de peinture exotiques, mais aussi de mythes archaïques tapis dans des livres redoutés et interdits. Jusqu'au refrain du vent qui prenait un accent particulier de malignité consciente ; l'espace d'une seconde, le son composite parut incorporer une note étrangement musicale, tenant du sifflet ou de la flûte, et qui couvrait une large gamme selon que les bourrasques entraient ou sortaient par la bouche des cavernes omniprésentes et sonores. Il y avait dans ce son quelque chose qui évoquait une répulsion trouble, et semblait aussi complexe et déconcertant que les autres impressions obscures dont je parlais précédemment.

Après une lente ascension, nous nous trouvions à présent à une altitude de sept mille cent quatre-vingts mètres selon le baromètre anéroïde ; la région des neiges persistantes était désormais loin en dessous de nous. À notre hauteur, il n'y avait que des pentes sombres, dénudées, et le début de glaciers grossièrement striés ; sans oublier ces cubes, ces remparts et ces cavernes sonores, autant d'éléments provocateurs qui ajoutaient au décor un côté surnaturel, fantastique et onirique. Suivant du regard l'alignement de hauts pics, j'eus l'impression d'apercevoir celui que le pauvre Lake avait mentionné et dont le sommet était surmonté d'un rempart. Il semblait à moitié perdu dans une drôle de brume antarctique ; d'ailleurs, c'était peut-être une brume de ce genre qui avait tout d'abord convaincu Lake du volcanisme de la chaîne. Le col s'ouvrait droit devant nous, lisse et battu par les vents, entre ses pylônes déchiquetés au froncement hostile. Au-delà, on voyait un ciel marbré de vapeurs tourbillonnantes et éclairé par le soleil polaire rasant… le ciel de ce mystérieux royaume du lointain sur lequel, nous le sentions, aucun humain n'avait jamais posé les yeux.

Encore un peu d'altitude, et nous contemplerions ce territoire. Dans l'incapacité de parler sinon en criant, à cause des hurlements flûtés que produisait le vent en se ruant dans le col et qui s'ajoutaient au grondement des moteurs, Danforth et moi échangeâmes des regards éloquents. Quand enfin nous gagnâmes les quelques pieds qui nous manquaient, nous pûmes contempler, par-delà la formidable barrière, les secrets inviolés d'une terre antique et totalement étrangère.

V

Je crois que nous criâmes à l'unisson sous les effets conjugués de la stupeur, de l'émerveillement, de la terreur et de l'incrédulité envers nos propres sens lorsque, sortant finalement de la passe, nous vîmes ce qui se cachait derrière. Bien entendu, sur le moment, nous imaginâmes probablement quelque théorie naturelle nous permettant de ne pas perdre notre sang-froid. Nous fîmes sans doute des rapprochements avec les pierres grotesquement érodées du Jardin des dieux, dans le Colorado, ou l'incroyable symétrie des rochers sculptés par le vent du désert d'Arizona. Peut-être même envisageâmes-nous plus ou moins inconsciemment qu'il pût s'agir d'un mirage comme celui du matin de la veille, alors que nous approchions pour la première fois de ces folles montagnes. Oui, nous nous rabattîmes sans doute sur ce genre de notions rassurantes lorsque nos yeux balayèrent ce plateau infini, ravagé par les tempêtes, et que nous embrassâmes du regard ce labyrinthe presque sans limites de masses de pierres colossales, régulières et à la géométrie eurythmique, masses qui dressaient leurs crêtes effritées et piquetées au-dessus d'une nappe de glace tout au plus épaisse de douze à quinze mètres mais manifestement plus fine par endroits.

L'effet de ce monstrueux spectacle était indescriptible, car nous perçûmes aussitôt quelque démoniaque violation des lois naturelles connues. Là, sur ce plateau épouvantablement ancien perché à six mille mètres d'altitude au moins, sous un climat radicalement inhabitable depuis un âge préhumain remontant au bas mot à cinq cent mille ans, s'étendait, à perte de vue ou presque, un dédale ordonné de pierre auquel seul un esprit désespéré cherchant à se défendre aurait osé attribuer une cause autre que consciente et artificielle. Par sérieux intellectuel nous avions auparavant écarté toute théorie suivant laquelle les cubes et remparts des flancs montagneux n'avaient pas une origine naturelle. Comment aurait-il pu en être autrement sachant que l'homme ne devait pas être bien différent des grands singes à l'époque où cette région succomba au règne, ininterrompu jusqu'à présent, de la mort glaciale ?

Cependant, l'empire de la raison, désormais, semblait indéniablement ébranlé, car les caractéristiques de ce labyrinthe cyclopéen de blocs carrés, courbes et obliques interdisaient de se réfugier derrière une explication confortable. Nous avions très clairement devant nous la cité impie du mirage dans toute sa réalité nue, objective, inéluctable. Ce maudit présage avait donc eu une base matérielle ; une couche horizontale de poussière de glace en suspension dans l'atmosphère avait tout simplement projeté, conformément aux lois élémentaires de la physique, le reflet de cette révoltante survivance de pierre. Bien entendu, l'apparition était une version déformée et amplifiée de l'original, et contenait des éléments qui n'étaient pas dans ce dernier ; pourtant, en voyant la source réelle, nous la trouvâmes encore plus horrible et menaçante que son image lointaine.

Seule la démesure incroyable, inhumaine, de ces gigantesques tours et remparts de pierre avait sauvé ce lieu effroyable de l'anéantissement au long des centaines de milliers, voire des millions d'années qu'il avait passées à ruminer au milieu des rafales balayant ce plateau désolé. « *Corona Mundi*… Toit du Monde… » Toutes sortes de formules fantastiques nous vinrent aux lèvres tandis que nous contemplions, depuis notre point d'observation vertigineux, l'incroyable spectacle. Je repensai aux mystérieux mythes primitifs qui me hantaient avec tant d'insistance depuis la première fois que j'avais vu ce monde antarctique mort : le plateau démoniaque de Leng, les Mi-Go ou abominables hommes des neiges de l'Himalaya, les *Manuscrits Pnakotiques* qui suggéraient l'existence de civilisations préhumaines, le culte de Cthulhu, le *Necronomicon* et les légendes hyperboréennes sur l'informe Tsathoggua et le pire qu'informe rejeton stellaire associé à cette semi-entité.

La chose s'étendait dans toutes les directions sur d'innombrables kilomètres sans jamais vraiment perdre en densité ; et en réalité, en promenant le regard vers la gauche et la droite le long des premiers contreforts étagés qui séparaient la cité du début véritable de la montagne, nous conclûmes qu'il n'y avait pas la moindre perte visible de densité, hormis une interruption à gauche du col par lequel nous étions arrivés. Nous étions tombés par hasard sur une partie limitée d'un ensemble aux dimensions incalculables. Sur les contreforts, les insolites constructions étaient plus clairsemées, mais faisaient le lien entre la terrible cité et les cubes et remparts qui nous étaient déjà familiers et formaient, de toute évidence, ses avant-postes sur les montagnes. Ces derniers, de même que les entrées de cavernes, étaient aussi nombreux de ce côté de la chaîne que de l'autre.

L'indicible labyrinthe de pierre était pour l'essentiel fait de murs de trois à quarante-cinq mètres de hauteur hors glace et d'une épaisseur variable, comprise entre un mètre cinquante et trois mètres. Il était surtout composé de prodigieux blocs d'ardoise primitive sombre, de schiste et de grès, blocs atteignant une taille d'un mètre vingt par un mètre quatre-vingts sur deux mètres quarante, mais semblait en certains endroits taillé à même un soubassement massif et irrégulier d'ardoise précambrienne. Les bâtiments étaient de tailles très inégales ; il y avait d'innombrables structures en nid-d'abeilles aux dimensions énormes, mais aussi de plus petites constructions séparées. Leur forme générale était plutôt conique, pyramidale ou en terrasses, même s'il y avait aussi un grand nombre de cylindres parfaits, de cubes isolés ou agrégés non moins parfaits et de formes rectangulaires variées, ainsi que des édifices obliques curieusement disséminés, dont le plan au sol, en forme d'étoile à cinq branches, rappelait vaguement les fortifications modernes. Les constructeurs avaient fait un usage constant et habile du principe de l'arc, ce qui suggérait que la cité, à son apogée, avait dû être constellée de dômes.

Tous ces bâtiments enchevêtrés étaient terriblement érodés, et la surface de glace sur laquelle se dressaient les tours était jonchée de blocs et autres débris tombés depuis une éternité. Aux endroits où la couche de glace était transparente, on apercevait les parties basses des gigantesques piles, et nous remarquâmes même, préservés sous la glace, les ponts de pierre reliant les tours à des altitudes variées. Sur les murs à l'air libre, nous repérâmes des cicatrices indiquant que des ponts semblables avaient existé aux niveaux supérieurs. En y regardant de plus près, nous vîmes d'innombrables fenêtres de bonne taille, dont certaines étaient fermées par des volets faits de bois désormais pétrifié, même si la plupart béaient de façon sinistre et menaçante. Nombre de ruines, bien sûr, n'avaient pas de toit, et leurs arêtes supérieures étaient irrégulières bien qu'émoussées par le vent, tandis que d'autres, d'un type conique ou pyramidal plus effilé, ou encore protégées par les structures environnantes plus hautes, conservaient une silhouette intacte malgré l'effritement et les trous omniprésents. Malgré nos jumelles, nous avions du mal à distinguer ce qui ressemblait à des bandes horizontales de décorations sculptées, décorations comprenant les mêmes groupes de points curieux dont la présence sur les fragments de stéatite prenait désormais un sens infiniment plus vaste.

En de nombreux endroits, les édifices étaient totalement en ruine, et la nappe de glace, profondément fendue par divers phénomènes géologiques. Ailleurs, la maçonnerie était rongée jusqu'au ras de la glace. Une large bande s'étendant de l'intérieur du plateau jusqu'à une fissure dans les contreforts, environ un kilomètre et demi à gauche du col que nous avions franchi, était entièrement libre de toute construction. Nous en conclûmes qu'il devait s'agir du cours de quelque grande rivière qui, aux temps tertiaires, soit à des millions d'années de nous, avait traversé la cité pour se déverser dans un prodigieux abîme sous la grande chaîne. À n'en point douter, c'était avant tout une région de cavernes, de gouffres et de souterrains secrets et inaccessibles à l'homme.

En repensant à nos sensations et à notre hébétude à la vue de cette monstrueuse survivance d'un temps que nous avions cru antérieur à l'homme, je ne puis que m'étonner que nous ayons réussi à garder un semblant d'équilibre mental. Bien entendu, nous savions que quelque chose – la chronologie, la théorie scientifique ou notre propre conscience – allait sérieusement de travers ; et cependant, nous gardâmes assez de sang-froid pour piloter l'avion, observer bien des menus détails et prendre une série de photographies soignées qui pourraient être fort utiles non seulement à nous, mais aussi au monde. En ce qui me concerne, je fus peut-être aidé par les habitudes scientifiques tenaces ; car malgré toute ma perplexité et le sentiment de menace qui m'avait envahi, je sentais brûler en moi une curiosité plus forte encore me poussant à sonder plus avant ce secret du fond des âges, à découvrir quel genre d'êtres avaient bâti et habité ces lieux d'un gigantisme sans bornes, et quelles relations avait pu entretenir avec le monde de son temps ou d'autres temps une concentration de vie si incroyable.

Car il ne pouvait s'agir d'une ville ordinaire. Elle avait dû constituer le noyau principal et central de quelque chapitre archaïque et incroyable de l'histoire de la planète, chapitre dont les ramifications, qui ne furent que vaguement évoquées dans les mythes les plus obscurs et déformés, avaient totalement disparu dans le chaos des convulsions terrestres bien avant que les premiers ancêtres connus de l'espèce humaine s'extraient du règne simiesque en traînant les pieds. Devant nous s'étendait une mégalopole paléogène à côté de laquelle les fabuleuses Atlantide et Lémurie, Commoriom et Uzuldaroum, et Olothoë dans le pays de Lomar, ne datent même pas d'hier mais d'aujourd'hui ; une mégalopole à la hauteur de ces blasphèmes préhumains dont on murmure les noms, telles la Valusia, R'lyeh, Ib dans le pays de Mnar, et la Cité sans Nom de l'Arabie déserte. Tandis que nous survolions cet enchevêtrement désolé de tours titanesques, mon imagination échappait parfois à toute limite pour vagabonder sans but au royaume des rapprochements fantastiques, et allait jusqu'à tisser des liens entre ce monde perdu et certains de mes rêves les plus fous concernant l'horreur insensée du camp.

Afin d'alléger l'avion, on n'avait pas rempli le réservoir d'essence ; aussi devions-nous rester prudents dans nos explorations. Mais malgré cela, nous couvrîmes une étendue considérable de terrain – ou plutôt d'air – après être descendus à une altitude où le vent devenait pour ainsi dire négligeable. La chaîne semblait ne jamais devoir s'arrêter, tout comme l'effroyable cité de pierre bordant les contreforts de ce côté. En quatre-vingts kilomètres de vol dans chaque direction, nous ne décelâmes aucun changement majeur dans le labyrinthe de roche et de maçonnerie dont les griffes de cadavre dépassaient de la glace éternelle. Toutefois, il y avait des variations d'un extrême intérêt ; telles les sculptures dans le canyon jadis creusé par cette rivière dans les contreforts, non loin de l'endroit où elle s'abîmait au cœur de la grande chaîne. On avait hardiment sculpté des colonnes cyclopéennes dans les promontoires entourant l'entrée du cours d'eau, et quelque chose, dans leur forme de tonneau et leurs cannelures, éveilla chez Danforth et moi de vagues souvenirs, aussi détestables que déroutants.

Nous tombâmes aussi sur plusieurs espaces ouverts en forme d'étoile, à l'évidence des places publiques, et remarquâmes diverses ondulations dans le terrain. Quand se dressait une colline abrupte, elle était généralement évidée, ce qui donnait un édifice rocheux de forme irrégulière. Cependant, nous vîmes au moins deux exceptions ; la première était trop érodée pour révéler ce qui s'était trouvé au sommet de l'éminence, mais la seconde était toujours surmontée d'un fantastique monument conique taillé à même la roche dure et rappelant un peu des monuments comme le Tombeau du Serpent, dans l'antique vallée de Pétra.

En nous éloignant des montagnes, nous découvrîmes que la cité n'était pas infinie en largeur, même si elle longeait les contreforts à perte de vue. Au bout d'environ cinquante kilomètres, les insolites bâtiments de pierre commençaient à se disperser et, quinze kilomètres plus loin, nous atteignîmes un désert ininterrompu sans traces appréciables d'activité intelligente. Au-delà de la ville, le cours de la rivière semblait marqué par un large tracé creusé, en même temps que le sol devenait un peu plus accidenté et semblait monter légèrement en allant se perdre dans l'atmosphère voilée de l'ouest.

Nous n'avions pas encore atterri, mais il eût été inconcevable de quitter ce plateau sans avoir tenté d'entrer dans certaines de ces monstrueuses structures. Aussi, nous décidâmes de chercher sur les contreforts, non loin du col praticable, un endroit plat pour nous poser et nous préparer à une exploration à pied. Les pentes en gradins étaient en partie couvertes de ruines éparses mais, en volant bas, nous trouvâmes bon nombre de zones d'atterrissage possibles. Comme le vol suivant nous verrait retraverser la chaîne pour rentrer au camp, nous choisîmes la plus proche du col ; vers 12 h 30, nous parvînmes à nous poser sur un champ de neige plat et dur, totalement dénué d'obstacles et propice à un décollage ultérieur rapide et facile.

Il ne nous sembla pas nécessaire de bâtir un remblai de neige pour protéger l'avion, car nous ne resterions pas longtemps et, à cette hauteur, nous étions confortablement à l'abri des grands vents ; aussi veillâmes-nous simplement à ce que les patins d'atterrissage soient bien rangés, et que les parties vitales de la machine soient préservées du froid. Pour notre excursion à pied, nous nous débarrassâmes de nos plus grosses fourrures et emportâmes un équipement léger composé d'une boussole de poche, d'un appareil photo, de légères provisions, de gros carnets de notes, de papier, d'un marteau et d'un ciseau de géologue, de sacs à échantillons, d'un rouleau de corde pour l'escalade et de puissantes lampes électriques avec des piles de rechange. Nous avions apporté tout ce matériel au cas où nous pourrions nous poser, prendre des clichés au sol, faire des dessins et des croquis topographiques, ou prélever des spécimens de roche sur une pente dénudée, un affleurement, ou dans une des cavernes de la chaîne. Fort heureusement, nous disposions aussi d'une réserve de papier à déchirer ; les morceaux, rangés dans un sac, serviraient suivant le vieux principe du jeu de piste à jalonner notre parcours dans tout labyrinthe où nous parviendrions à pénétrer. Nous avions prévu ce système simple et rapide afin d'explorer d'éventuelles cavernes où l'air serait assez calme pour permettre sa mise en œuvre, en lieu et place de l'habituel procédé des pionniers consistant à tailler des marques dans la roche.

Descendant prudemment la pente de neige gelée en direction du prodigieux dédale qui se dressait dans l'ouest opalescent, nous éprouvions un sentiment presque aussi aigu d'émerveillement imminent que quatre heures plus tôt, à l'approche du col inexploré. Certes, nous nous étions habitués à la vue de cet incroyable secret caché derrière la barrière montagneuse ; mais la perspective d'entrer pour de vrai dans ces édifices primitifs, peut-être érigés des millions d'années plus tôt par des êtres conscients – soit avant l'existence d'aucune race humaine connue –, avait à la fois quelque chose d'effarant et de potentiellement terrible, ces structures ne pouvant être que des anomalies cosmiques. La rareté de l'air à cette prodigieuse altitude rendait toute activité physique un peu plus ardue qu'à l'habitude, mais Danforth et moi étions en forme, et nous sentions prêts à presque tout affronter. Il ne nous fallait que quelques pas pour atteindre une ruine informe et rasée jusqu'au niveau de la neige, alors que cinquante ou soixante-quinze mètres plus loin se dressait un énorme rempart sans toit mais dont la gigantesque silhouette en forme d'étoile à cinq branches et d'une hauteur variant entre deux mètres quarante et trois mètres ou trois mètres cinquante était encore intacte. Nous nous dirigeâmes vers ce rempart ; et lorsque nous fûmes enfin à portée de main de ses blocs cyclopéens érodés, nous sentîmes que nous avions établi un lien sans précédent et presque blasphématoire avec des temps oubliés et normalement inaccessibles à notre espèce.

Ce rempart en forme d'étoile et mesurant peut-être quatre-vingt-dix mètres d'une extrémité à l'autre était bâti avec des blocs irréguliers de grès jurassique d'une surface moyenne d'un mètre quatre-vingts sur deux mètres quarante. Des ouvertures ou des fenêtres voûtées d'environ un mètre vingt de large sur un mètre cinquante de haut s'espaçaient très symétriquement le long des branches de l'étoile et à ses angles intérieurs, à peu près à un mètre vingt de la couche de glace. En regardant à l'intérieur, nous vîmes que le mur avait au moins un mètre cinquante d'épaisseur, qu'il ne subsistait aucune cloison, mais qu'il restait des traces de frises ou de bas-reliefs sur la face intérieure des parois ; autant de faits que nous avions déjà soupçonnés, en volant en rase-mottes au-dessus de ce rempart et d'autres semblables. Des parties inférieures avaient dû exister à l'origine, mais elles n'étaient désormais plus du tout visibles du fait de la profonde couche de glace et de neige.

Nous nous glissâmes par une des fenêtres et essayâmes en vain de déchiffrer les frises presque effacées, mais nous ne prîmes pas le risque de nous attaquer au sol glacé. Nos vols de reconnaissance nous avaient montré que nombre d'édifices dans la ville même étaient moins engorgés de glace, et qu'en entrant dans des bâtiments ayant conservé leur toit nous pourrions peut-être en trouver dont l'intérieur serait totalement libre jusqu'au sol véritable. Avant de sortir de l'édifice, nous prîmes soin de le photographier, mais aussi d'étudier sa maçonnerie cyclopéenne sans mortier, ce qui ne laissa pas de susciter notre plus totale perplexité. Nous regrettions que Pabodie ne nous ait pas accompagnés, car ses connaissances en ingénierie nous auraient bien aidés à comprendre comment on avait pu manipuler des blocs si titanesques aux temps incroyablement reculés où la ville et ses faubourgs avaient été bâtis.

Des huit cents mètres de descente vers la ville à proprement parler, avec ce vent sauvage mais impuissant qui hurlait en altitude en passant entre les pics abrupts, au loin, je me souviens dans les moindres détails, et ce souvenir restera à jamais gravé dans ma mémoire. Aucun autre humain que nous ne pourrait concevoir pareil spectacle hormis dans ses cauchemars les plus fantastiques. Entre les vapeurs bouillonnantes de l'ouest et nous s'étendait ce monstrueux dédale de tours sombres, avec ses silhouettes incroyablement outrancières qui ne cessaient de nous impressionner où que nous regardions. Nous nous trouvions au cœur d'un mirage de pierre et, sans les photographies, j'aurais toujours du mal à croire à la réalité d'un tel endroit. La maçonnerie était d'un type général identique à celui du rempart que nous avions examiné, mais les mots ne sauraient décrire les formes extravagantes qu'elle prenait à l'intérieur de la ville.

Les clichés eux-mêmes n'illustrent qu'un ou deux aspects de son infinie variété, de sa taille surnaturelle et de son exotisme radicalement étranger. Il y avait là des formes géométriques qu'Euclide lui-même aurait eu du mal à nommer : des cônes très diversement irréguliers et tronqués, des terrasses dotées de toutes sortes de disproportions provocatrices, des cheminées aux singuliers renflements bulbeux, d'étranges groupements de colonnes brisées, et des structures à cinq pointes ou cinq arêtes d'un grotesque parfaitement délirant. En approchant, nous distinguâmes, à travers certaines zones transparentes de la couche de glace, quelques-uns des ponts de pierre tubulaires reliant, à diverses hauteurs, les édifices bizarrement éparpillés. Il ne semblait pas y avoir de rues ordonnées, la seule voie large, un kilomètre et demi à gauche, étant celle par laquelle avait coulé la rivière qui, à l'origine, traversait probablement la ville pour aller se jeter sous les montagnes.

Grâce à nos jumelles, nous vîmes qu'en extérieur les frises horizontales aux sculptures et groupes de points presque effacés étaient très répandues, et l'on pouvait deviner en partie l'apparence qu'avait pu avoir la cité, même si la plupart des faîtes de tours avaient logiquement disparu. Dans l'ensemble, la ville avait dû être un enchevêtrement complexe de voies et de ruelles, sortes de profonds canyons, parfois à peine différents d'un tunnel à cause des encorbellements et des ponts qui les enjambaient. Et voilà que, déployée sous nos pieds, elle surgissait comme un fantasme onirique au cœur de la brume de l'ouest, à l'extrémité nord de laquelle le soleil rasant et rougeâtre de cet après-midi d'Antarctique s'efforçait de percer ; et lorsque, l'espace d'un instant, l'astre se heurta à un obstacle plus dense et plongea la scène dans une pénombre temporaire, cela eut un effet subtilement menaçant que je n'oserais essayer de décrire. Même la lointaine plainte flûtée de ce vent que nous ne sentions pas – car il soufflait dans les cols de la grande chaîne, derrière nous – prit une note plus farouche évoquant une malignité consciente. La dernière partie de notre descente vers la ville était inhabituellement raide, et un rocher affleurant là où la pente s'accentuait nous fit penser qu'il y avait jadis eu à cet endroit une terrasse artificielle. Sous la glace, nous semblait-il, il devait y avoir une volée de marches, ou l'équivalent.

Lorsque enfin nous nous enfonçâmes dans la ville labyrinthique même, escaladant les débris de murs, recroquevillés sous l'oppressante proximité, l'omniprésence et l'écrasante hauteur des murs effrités et piquetés, nous fûmes à nouveau assaillis de sensations telles que je m'étonne du sang-froid que nous parvînmes à garder. Danforth, franchement nerveux, se lança dans des spéculations déplaisamment hors de propos sur l'horreur du camp ; elles m'insupportèrent d'autant plus que je ne pouvais m'empêcher de partager certaines conclusions que nous imposait, à bien des égards, cette morbide survivance d'une cauchemardesque antiquité. Ces hypothèses influaient aussi sur son imagination ; car à un endroit – où une ruelle jonchée de décombres prenait un virage serré – il affirmait avoir vu sur le sol de légères empreintes qui lui avaient déplu. Ailleurs, il s'arrêta pour écouter un petit bruit imaginaire venu d'on ne savait où, un son flûté et musical qui, paraît-il, lui parvenait étouffé, et lui rappelait celui du vent dans les cavernes de la chaîne, mais avec des différences troublantes. Impossible d'échapper au pouvoir évocateur quelque peu sinistre de l'architecture environnante et des quelques arabesques murales encore lisibles, tout cela étant invariablement en forme d'étoile à cinq branches ; de manière subconsciente, nous avions la terrible certitude de savoir quelles entités primitives avaient bâti et habité cette cité profane.

Néanmoins, comme notre curiosité scientifique et notre esprit d'aventure n'étaient pas tout à fait morts, nous poursuivions machinalement notre programme de collecte d'échantillons de tous les types de roches présents dans la maçonnerie. Nous souhaitions réunir un ensemble assez complet pour affiner nos conclusions sur l'âge de ce lieu. Rien dans les grandes murailles extérieures ne semblait postérieur au jurassique ou au comanchéen, et pas une pierre dans toute cette ville n'était beaucoup plus récente que le pliocène. C'était absolument certain, nous errions dans une cité où la mort régnait depuis cinq cent mille ans au moins, et même davantage selon toute probabilité.

Au cours de notre exploration de ce labyrinthe où à la pénombre crépusculaire s'ajoutait l'ombre des édifices, nous nous arrêtions à toutes les ouvertures afin d'étudier l'intérieur des bâtiments et de voir s'il était possible d'entrer. Certaines étaient trop hautes pour nous, tandis que d'autres n'ouvraient que sur des ruines engorgées de glace, aussi nues et dépourvues de toit que le rempart sur la colline. Une fenêtre qui nous sembla grande et tentante donnait sur un abîme sans fond apparent, ni le moindre moyen visible pour descendre. Ici et là, nous eûmes l'occasion d'examiner le bois pétrifié d'un volet qui avait survécu ; nous fûmes impressionnés par la fabuleuse antiquité qu'évoquaient les textures encore perceptibles. Ces bois provenaient de gymnospermes et de conifères du mésozoïque – en particulier de cycadales du crétacé – mais aussi de palmiers et d'angiospermes primitifs remontant de toute évidence au tertiaire. Nous ne découvrîmes rien de bien plus récent que le pliocène. Quant à la disposition des volets, dont les bords révélaient l'ancienne présence de drôles de charnières depuis longtemps disparues, l'usage semblait variable ; ils étaient parfois du côté intérieur des profondes ouvertures, et parfois à l'extérieur. Ils paraissaient être restés coincés en position fermée, ce qui leur avait permis de ne pas tomber quand leurs gonds et fixations probablement métalliques avaient rouillé.

Au bout d'un moment, nous nous trouvâmes devant une rangée de fenêtres – dans les renflements d'un colossal cône à cinq arêtes et au sommet intact – donnant sur une vaste salle bien conservée au dallage de pierre ; cependant, elles étaient placées trop haut dans la pièce pour nous permettre d'atteindre le sol sans corde. Certes nous en avions une, mais nous ne voulions pas prendre la peine de descendre ces sept mètres à moins d'y être forcés, surtout avec l'atmosphère raréfiée du plateau qui mettait le cœur à rude épreuve. Cette immense salle devait être une sorte de hall. Nos torches électriques révélèrent des sculptures audacieuses, originales et potentiellement saisissantes, disposées autour des murs en larges frises horizontales séparées par des bandes d'arabesques stylisées tout aussi larges. Nous notâmes soigneusement la localisation de cet endroit, prévoyant d'y entrer si nous ne trouvions rien de plus accessible.

Et en fin de compte, nous trouvâmes exactement ce que nous cherchions ; un passage voûté d'un mètre quatre-vingts de large sur trois mètres de haut marquant l'ancienne extrémité d'un pont aérien enjambant une ruelle, à environ un mètre cinquante au-dessus du niveau actuel de la glace. Les voûtes, bien entendu, arrivaient à hauteur des planchers de l'étage supérieur et, en l'occurrence, l'un de ces planchers existait encore. Le bâtiment ainsi accessible, sur notre gauche en faisant face à l'ouest, était composé d'une série de terrasses rectangulaires. Celui de l'autre côté de la ruelle, où béait la voûte opposée, était un cylindre décrépit sans fenêtres et doté d'un étrange renflement à environ trois mètres au-dessus de l'ouverture. Il faisait noir à l'intérieur, et la voûte semblait donner sur un vide sans bornes.

Les décombres entassés rendaient deux fois plus facile l'accès au grand édifice de gauche ; et pourtant, nous hésitâmes quelques instants avant de saisir cette chance tant attendue. Car même après avoir pénétré dans ce mystérieux labyrinthe archaïque, il nous fallut trouver la force d'entrer dans cet édifice intact, survivant d'un temps formidablement ancien dont la nature nous apparaissait de plus en plus hideusement évidente. Toutefois, nous finîmes par nous lancer. Nous escaladâmes les décombres et franchîmes l'ouverture béante. Au-delà, le sol était fait de grandes dalles en ardoise ; dans la pièce débouchait ce qui paraissait être un long couloir haut de plafond et aux murs sculptés.

Voyant les nombreux passages qui partaient de cette salle, nous comprîmes que la structure abritait sans doute un dédale de logements, et décidâmes qu'il était temps de mettre en œuvre notre système inspiré des jeux de piste. Jusque-là, nos boussoles – ainsi que de fréquents coups d'œil en arrière, vers la vaste chaîne visible entre les tours – avaient suffi pour éviter de nous perdre ; mais à présent, ce substitut artificiel allait s'avérer nécessaire. Nous réduisîmes donc notre réserve de papier en morceaux de la taille qui convenait, puis rangeâmes ces derniers dans un sac, que Danforth se chargea de porter. Nous les utiliserions aussi parcimonieusement que possible sans nous mettre en danger. Cette méthode nous épargnerait sans doute de nous perdre, puisqu'il ne semblait pas y avoir de forts courants d'air à l'intérieur de l'antique édifice. Si le vent devait se lever ou si notre réserve venait à s'épuiser, nous pourrions toujours nous rabattre sur l'autre méthode, plus sûre mais aussi plus longue et fatigante, consistant à faire des marques dans la pierre.

Sans explorer, impossible de deviner l'étendue du territoire auquel nous venions d'accéder. Étant donné la proximité et le grand nombre de communications entre les différents bâtiments, mais aussi le peu de glace qui semblait être entré dans ces gigantesques constructions, il était probable que nous passions de l'une à l'autre en empruntant le genre de ponts aperçus sous la couche gelée, sauf si le chemin se révélait obstrué par un effondrement local ou coupé par une crevasse géologique. Presque toutes les zones où la surface était transparente avaient montré que les volets des fenêtres submergées étaient restés bien fermés, comme si la ville entière avait été abandonnée dans cet état jusqu'à ce que la couverture de glace cristallise ses parties basses pour l'éternité. En réalité, nous avions la curieuse impression que cet endroit avait été délibérément claquemuré et abandonné dans un passé aussi obscur que lointain, plutôt qu'englouti par quelque cataclysme soudain ou même gagné par une dégradation progressive. Avait-on prévu la glaciation ? Cette civilisation inconnue était-elle partie en masse à la recherche d'un lieu moins menacé ? Les conditions physiographiques précises de la formation de la nappe de glace allaient devoir attendre pour être élucidées. De toute évidence, il ne s'était pas produit de poussée dévastatrice. Peut-être la pression des neiges accumulées était-elle responsable ; ou peut-être une crue de la rivière ou la rupture d'un antique barrage de glace dans la grande chaîne avaient-elles contribué à provoquer la situation que nous observions à présent. On pouvait presque tout imaginer au sujet de cette cité.

VI

Inutile de s'encombrer d'un compte-rendu détaillé des allées et venues qui suivirent dans ce labyrinthe caverneux et primitif où la mort régnait depuis des millénaires, ce monstrueux repaire d'antiques secrets dans lequel résonnait, pour la première fois depuis une éternité, le bruit de pas humains ; d'autant plus que c'est tout simplement l'étude des gravures murales omniprésentes qui nous fit connaître l'horrible tragédie et nous apporta la révélation finale. Les photographies au flash que nous avons prises de ces sculptures prouveront plus efficacement la véracité de ce que nous divulguons à présent, et il est fort regrettable que nous n'ayons pas emporté plus de pellicules. En l'occurrence, une fois arrivés au bout de nos réserves, nous griffonnâmes des croquis rudimentaires des particularités frappantes.

L'édifice dans lequel nous étions entrés était aussi grand qu'élaboré, et nous donna un aperçu impressionnant de l'architecture de ce passé géologique inconnu. Les cloisons étaient moins épaisses que les murs extérieurs mais, dans les étages inférieurs, elles étaient exceptionnellement bien conservées. L'ensemble se caractérisait par une complexité labyrinthique, avec notamment de singulières différences de niveau dans les sols ; nous nous serions certainement perdus dès le début si nous n'avions laissé une piste de morceaux de papier derrière nous. Ayant décidé de commencer l'exploration par les niveaux supérieurs, plus décrépits, nous montâmes d'une trentaine de mètres dans le dédale, jusqu'à déboucher sur le dernier étage dont les pièces, ouvertes sous le ciel polaire, étaient enneigées et en ruine. L'ascension se fit par les rampes de pierre abruptes à stries transversales ou les plans inclinés qui partout servaient d'escaliers. Nous rencontrâmes des salles de toutes les formes et proportions imaginables, de l'étoile à cinq branches au triangle en passant par le cube parfait. On peut affirmer sans trop se tromper qu'en moyenne, elles mesuraient quatre-vingts mètres carrés au sol pour une hauteur sous plafond de six mètres, mais beaucoup étaient plus grandes. Après une exploration consciencieuse des niveaux supérieurs et de celui où arrivait la glace, nous descendîmes étage par étage dans la partie submergée où nous eûmes vite la confirmation que nous nous trouvions au cœur d'un labyrinthe ininterrompu de salles reliées entre elles et de passages menant sans doute à une infinité d'endroits en dehors de ce bâtiment. La taille massive, cyclopéenne, de tout ce qui nous entourait devenait étrangement oppressante ; de plus, il y avait quelque chose de vaguement mais profondément inhumain dans les silhouettes, dimensions, proportions, décorations et subtilités architecturales de cette maçonnerie d'un archaïsme impie. Les gravures ne tardèrent pas à nous révéler que cette cité monstrueuse était vieille de millions et de millions d'années.

Nous ne sommes pas encore en mesure d'expliquer les principes techniques à l'œuvre dans l'équilibrage et l'ajustement insolites de ces énormes masses rocheuses, mais il ne fait aucun doute que les bâtisseurs ont fait un usage abondant de l'arc. Il n'y avait pas le moindre mobilier dans les pièces que nous visitâmes, ce qui nous conforta dans l'idée que la ville avait été délibérément abandonnée. La principale caractéristique décorative résidait dans l'usage quasi universel de la sculpture murale, qui courait en frises horizontales continues d'une largeur de quatre-vingt-dix centimètres, alternant du sol au plafond avec des bandes de même largeur consacrées aux arabesques géométriques. Cette règle de répartition admettait des exceptions mais était d'une prépondérance écrasante. En revanche, des cartouches lisses comportant des points bizarrement groupés se glissaient souvent le long d'une des frises d'arabesques.

La technique, comme nous le constatâmes bien vite, était mûre, accomplie, et son esthétique raffinée évoquait le plus haut degré de civilisation, même si elle était étrangère jusque dans les moindres détails à toutes les traditions artistiques connues du genre humain. Jamais je n'ai vu sculpture à l'exécution aussi fine. Les plus infimes détails dans la représentation de la végétation élaborée ou de la vie animale étaient rendus avec un réalisme saisissant malgré l'échelle audacieuse ; les motifs stylisés, quant à eux, étaient des merveilles de complexité et de maîtrise. Les arabesques démontraient une profonde connaissance des principes mathématiques, et étaient composées de courbes obscurément symétriques et d'angles construits sur le chiffre cinq. Les frises suivaient une tradition extrêmement standardisée, avec un traitement singulier de la perspective, mais leur force artistique nous émut profondément, et ce en dépit de l'éternité qui nous séparait de leur conception. Leur construction reposait sur une étonnante juxtaposition de la coupe transversale et de la silhouette en deux dimensions du sujet, et témoignaient d'une analyse psychologique dépassant tout ce dont les peuples antiques connus étaient capables. Il serait vain d'essayer de comparer cet art avec aucun de ceux représentés dans nos musées. Ceux qui verront les photographies penseront sans doute pouvoir le rapprocher de certaines visions des futuristes les plus audacieux.

Les entrelacs d'arabesques étaient uniquement en lignes creuses dont la profondeur, sur les murs non érodés, variait entre deux et cinq centimètres. Quant aux cartouches à points groupés – à l'évidence des inscriptions dans quelque langue et quelque alphabet primitifs et inconnus –, leur surface lisse faisait une dépression d'environ trois centimètres, les points étant plus profonds d'à peu près un centimètre. Les frises étaient en bas-relief, l'arrière-plan enfoncé d'environ cinq centimètres par rapport à la surface d'origine du mur. Dans certains cas, on discernait les traces d'une ancienne coloration mais, dans l'ensemble, le passage de l'éternité avait dégradé et fait disparaître tous les pigments que l'on avait pu appliquer. Plus on étudiait cette merveilleuse technique, plus on était gagné par l'admiration. Sous des dehors de strict respect des conventions, on percevait le sens aigu de l'observation et la minutie du métier des artistes ; et en l'occurrence, lesdites conventions symbolisaient et soulignaient l'essence véritable ou les particularités vitales de tous les sujets représentés. Nous sentions aussi, parallèlement à ces qualités identifiables, qu'il y en avait d'autres, cachées, qui échappaient à nos perceptions. Certaines touches, ici et là, évoquaient vaguement des symboles et *stimuli* latents qui, dans un autre contexte mental et émotionnel et avec un équipement sensoriel différent ou plus complet, auraient pu avoir pour nous une signification profonde et poignante.

Le thème des sculptures, à l'évidence, avait trait à la vie de cette époque oubliée, une grande proportion étant consacrée à son histoire. C'est d'ailleurs le penchant historique anormal de cette race primitive – un hasard miraculeux jouant en notre faveur – qui rendit les frises si instructives pour nous, et nous incita à faire passer les photographies et transcriptions de ces sculptures avant toute autre considération. Dans certaines pièces, la disposition généralement observée était modifiée par la présence de cartes géographiques et astronomiques, et autres dessins scientifiques de grande taille ; autant de réalisations qui apportaient une naïve et terrible confirmation de ce que nous avions appris en étudiant les frises et cimaises. En évoquant ce que tout cela révélait, j'espère ne pas susciter plus de curiosité que de saine prudence chez ceux qui me croiront. Il serait tragique que quelqu'un soit attiré dans ce royaume de la mort et de l'horreur par l'avertissement même censé l'en détourner.

De hautes fenêtres et d'énormes passages de trois mètres cinquante coupaient les murs sculptés ; les uns comme les autres avaient parfois conservé les panneaux de bois pétrifié, vestiges minutieusement gravés et polis d'anciens volets et portes. Si toutes les fixations métalliques avaient depuis longtemps disparu, certaines portes étaient restées dans leur chambranle, nous obligeant à les pousser de côté pour passer d'une pièce à l'autre. Il restait ici et là des cadres de fenêtre avec de drôles de carreaux transparents, pour la plupart en forme d'ellipse, mais leur nombre était très réduit. Il y avait aussi beaucoup de niches de grande taille, généralement vides, mais contenant parfois quelque objet étrange sculpté dans de la stéatite verte, objet soit cassé, soit jugé trop insignifiant pour être emporté. D'autres ouvertures avaient sans aucun doute abrité des machines pour le chauffage, l'éclairage, etc. ; si elles n'y étaient plus, nombre de sculptures les évoquaient. Les plafonds étaient en général nus mais, quelquefois, on les avait incrustés de carreaux, notamment de stéatite verte, pour la plupart tombés. Les sols étaient également pavés de carreaux semblables, même si la pierre nue dominait.

Comme je l'ai dit, il n'y avait ni mobilier, ni rien de transportable ; cependant, les sculptures donnaient une idée claire du genre d'appareils bizarres qui s'étaient autrefois trouvés dans ces salles pareilles à des tombeaux remplis d'échos. Au-dessus du niveau des glaces, les sols étaient souvent jonchés de détritus, de décombres et autres débris, mais en descendant, cela se raréfiait. Dans certaines salles et couloirs des niveaux inférieurs, il n'y avait guère plus que de la poussière graveleuse et des vestiges d'incrustations ; certains endroits étaient d'une netteté troublante, comme s'ils avaient été récemment balayés. Bien entendu, là où s'étaient ouvertes des failles ou produits des effondrements, ces étages étaient aussi jonchés de décombres que ceux du haut. Une cour centrale – comme dans d'autres édifices que nous avions survolés – sauvait les parties proches du centre de l'immeuble d'une obscurité totale ; aussi, nous n'eûmes que rarement à utiliser nos torches électriques aux étages supérieurs, sinon pour étudier les détails d'une frise. Sous la glace, au contraire, la pénombre s'accentuait et, au rez-de-chaussée encombré, on touchait au noir absolu.

Pour se faire ne serait-ce qu'une vague idée de nos pensées et sentiments alors que nous nous enfoncions dans ce dédale de murs inhumains où régnait un silence éternel, il faut mettre en corrélation un chaos indémêlable d'humeurs, d'impressions et de souvenirs fugitifs. L'antiquité proprement épouvantable et la mortelle désolation de cet endroit auraient suffi à écraser toute personne sensible mais, à ces éléments, s'ajoutaient la récente horreur inexpliquée du camp et les révélations prématurées tirées des effroyables sculptures murales qui nous entouraient. Dès que nous tombâmes sur une section de frise intacte et ne présentant aucune ambiguïté d'interprétation, il ne nous fallut qu'un bref examen pour découvrir la hideuse vérité, une vérité dont il serait naïf de dire que Danforth et moi ne l'avions pas soupçonnée chacun de notre côté, même si nous avions soigneusement évité d'y faire allusion entre nous. Il n'y avait plus désormais de place pour un doute rassurant quant à la nature des êtres qui avaient édifié et habité cette ville monstrueuse, des millions d'années plus tôt, alors que les ancêtres de l'homme étaient des mammifères primitifs archaïques, et que de gigantesques dinosaures erraient de par les steppes tropicales d'Europe et d'Asie.

Nous nous étions jusque-là raccrochés à une alternative désespérée en arguant – chacun pour soi-même – que l'omniprésence du motif à cinq points était simplement le fruit de l'exaltation culturelle ou religieuse de l'objet naturel archéen qui avait, de manière si évidente, incarné ce concept de l'étoile à cinq branches, tout comme les ornements de la Crète minoenne exaltaient le taureau sacré, ceux de l'Égypte le scarabée, ceux de Rome la louve et l'aigle, et ceux des différentes tribus sauvages leur animal totem de prédilection. Mais nous fûmes privés de ce refuge salutaire et obligés de faire face, sans ambages, à la délirante vérité que le lecteur de ces pages aura, j'en suis sûr, depuis longtemps subodorée. Maintenant encore, je supporte mal l'idée de l'écrire noir sur blanc, mais peut-être n'aurai-je pas à le faire.

Les êtres qui avaient bâti et habité cette effrayante cité à l'époque des dinosaures, en réalité, n'étaient pas des dinosaures, mais bien pire. Ces derniers étaient de simples animaux, récents et sans cervelle ; mais les bâtisseurs de la cité, eux, étaient vieux et sages, et avaient laissé des traces dans ces roches qui, déjà à l'époque, dataient de mille millions d'années, d'avant que la véritable vie terrestre dépasse le stade du groupement malléable de cellules, et même d'avant son apparition. Ces êtres étaient les créateurs et asservisseurs de cette vie et, sans le moindre doute, avaient inspiré les vieux mythes diaboliques que des ouvrages comme les *Manuscrits Pnakotiques* et le *Necronomicon* évoquaient avec effroi. C'étaient les grands « Anciens » venus des étoiles alors que la terre était encore jeune, des créatures dont une évolution extraterrestre avait façonné la substance et dont les pouvoirs dépassaient tout ce que la planète avait pu engendrer. Et dire que la veille seulement Danforth et moi avions tout bonnement posé les yeux sur des fragments de cette substance fossilisée par les millénaires… et que le pauvre Lake et ses hommes avaient vu des corps complets de ces créatures.

Il m'est bien sûr impossible de rapporter dans l'ordre les étapes suivant lesquelles nous recueillîmes ce que nous savons sur ce monstrueux chapitre de l'histoire préhumaine. Après le choc initial de la fameuse révélation, nous dûmes prendre le temps de récupérer, et il était bien 3 heures lorsque nous entreprîmes l'étude méthodique des sculptures du bâtiment. Elles étaient relativement tardives, datant peut-être de deux millions d'années comme l'ont confirmé des éléments géologiques, biologiques et astronomiques, et évoquaient un art que l'on pourrait qualifier de décadent comparé aux spécimens découverts dans d'autres édifices plus vieux, une fois franchis des ponts sous la couche de glace. Un bâtiment taillé à même la roche semblant remonter à quarante, voire même cinquante millions d'années – au bas éocène ou au haut crétacé – présentait des bas-reliefs dépassant artistiquement tout ce que nous trouvâmes, à une incroyable exception près. Ce fut, nous en convînmes par la suite, la plus ancienne construction domestique que nous traversâmes.

S'il ne fallait pas justifier les clichés sur le point d'être rendus publics, je m'abstiendrais de raconter ce que je trouvai et ce que j'en conclus, de peur d'être enfermé chez les fous. Bien entendu, les premiers épisodes infiniment anciens de ce récit reconstitué – épisodes portant sur la vie préterrestre de ces êtres à tête d'étoile sur d'autres planètes, dans d'autres galaxies et d'autres univers – pourraient aisément n'être que le fruit de la mythologie fantastique de ces êtres eux-mêmes ; toutefois, certains de ces épisodes étaient parfois agrémentés de dessins et schémas si étrangement proches des dernières découvertes en mathématiques et astrophysique que je ne sais pas vraiment qu'en penser. Les autres jugeront en voyant les photographies que je publierai.

Naturellement, pas une seule des séries de gravures que nous trouvâmes ne dévoilait davantage qu'une fraction d'un épisode donné, et jamais nous ne tombâmes sur deux chapitres correctement enchaînés. Alors que les frises de certaines salles immenses contaient une histoire indépendante, dans d'autres cas, une chronique pouvait se poursuivre sur plusieurs salles et couloirs. Les meilleurs cartes et schémas se trouvaient sur les murs d'un effroyable abîme situé encore plus bas que le rez-de-chaussée originel, une caverne mesurant peut-être soixante mètres carrés sur vingt de haut et qui avait presque certainement été une sorte de centre éducatif. Le même thème était souvent répété *ad nauseam* dans différentes pièces, différents édifices, les décorateurs ou les habitants ayant de tout évidence eu des préférences pour certains chapitres, résumés ou phases de l'histoire de cette espèce. Cependant, il y avait parfois des variations sur le même thème, ce qui nous fut utile pour régler des points discutables ou remplir des blancs.

Je m'étonne encore que nous ayons réussi à faire tant de déductions dans le peu de temps dont nous disposions. Certes, encore maintenant, nous n'avons qu'une vision très schématique de la chronologie, et elle résulte en grande partie des études que nous avons par la suite menées sur nos croquis et photographies. Peut-être ces études – les souvenirs ravivés et les impressions vagues agissant de conserve sur sa sensibilité générale, ainsi que cette prétendue ultime vision d'horreur dont il refuse de révéler la nature, même à moi – sont-elles la cause directe de la dépression actuelle de Danforth. Mais nous n'avions pas le choix ; car il nous est impossible de publier une mise en garde pertinente sans nous être renseignés au mieux, et la diffusion de cette mise en garde est une absolue nécessité. Certaines influences subsistant dans ce mystérieux monde antarctique au temps déréglé et aux lois naturelles d'ailleurs font qu'il est impératif de décourager toute nouvelle exploration.

VII

L'histoire complète, ou du moins ce qui en aura été déchiffré, finira par paraître dans un bulletin officiel de l'université Miskatonic. Dans ces pages, je me contenterai de retracer les points marquants de façon sommaire et décousue. Qu'il s'agisse ou non d'un mythe, les sculptures racontaient l'arrivée sur la terre naissante et sans vie de ces créatures à tête en forme d'étoile venues du fin fond du cosmos ; non seulement leur venue, mais celle de nombreuses autres entités extraterrestres telles qu'il s'en embarque parfois dans une expédition de conquête spatiale. Leurs grandes ailes membraneuses leur permettaient apparemment de traverser le vide interstellaire, ce qui confirmait étrangement le singulier folklore des collines que m'avait autrefois narré un collègue archéologue. Elles avaient longtemps vécu sous les mers, où elles avaient bâti des cités fantastiques et mené de terribles batailles contre d'indicibles adversaires au moyen de machines complexes usant de principes énergétiques inconnus. À l'évidence, leurs connaissances scientifiques et mécaniques surpassaient nettement celles de l'homme moderne, mais elles ne se servaient des formes les plus étendues et poussées de ce savoir qu'en cas de nécessité. Certaines sculptures suggéraient que les créatures avaient connu une phase de vie mécanisée sur d'autres planètes, mais s'étaient ravisées, car elles avaient jugé les effets d'une telle existence décevants sur le plan émotionnel. L'extraordinaire résistance de leur organisme et la simplicité de leurs besoins naturels les rendaient particulièrement adaptées à un haut niveau de vie sans les fruits spécialisés d'une production artificielle, et même sans vêtements sauf, à l'occasion, pour se protéger des éléments.

C'est sous la mer, d'abord pour se nourrir puis pour d'autres raisons, qu'elles créèrent la vie terrestre en se servant des substances disponibles suivant des procédés connus de longue date. Les expériences les plus complexes survinrent après l'anéantissement de divers ennemis cosmiques. Les créatures avaient fait de même sur d'autres planètes en fabriquant non seulement les nourritures nécessaires, mais aussi certaines masses protoplasmiques multicellulaires capables, sous influence hypnotique, de façonner leurs tissus en toutes sortes d'organes provisoires et constituant par là même les esclaves parfaits pour effectuer les travaux difficiles de la communauté. Ces masses visqueuses étaient certainement les créatures qu'Abdul Alhazred avait, bien qu'à demi-mot, évoquées dans son effrayant *Necronomicon* sous le nom de « Shoggoths » ; cependant, rien dans les écrits de l'Arabe fou lui-même ne sous-entendait que ces créatures aient pu exister sur terre, hormis dans les rêves des consommateurs d'une certaine herbe alcaloïde. Quand les Anciens à tête en étoile de notre planète eurent synthétisé leurs nourritures simples et élevé suffisamment de Shoggoths, ils permirent à d'autres groupements cellulaires de se développer pour donner d'autres formes de vie animale ou végétale à des fins diverses et variées, tout en éliminant celles dont l'existence devenait problématique.

Avec l'aide des Shoggoths, dont les excroissances extensibles pouvaient porter des poids prodigieux, les petites et modestes cités sous-marines devinrent de vastes et imposants labyrinthes de pierre, assez semblables à ceux qui se dresseraient un jour à la surface. En vérité, les Anciens, doués de grandes qualités d'adaptation, avaient beaucoup vécu hors des mers sur les planètes qu'ils avaient visitées dans les différentes parties de l'univers, et conservaient sans doute bien des traditions de la construction en surface. En étudiant l'architecture de toutes ces villes paléogènes sculptées, y compris celle dont nous parcourions les couloirs depuis si longtemps morts, nous fûmes frappés par une curieuse coïncidence que nous n'avons encore jamais tenté d'expliquer, y compris pour nous-mêmes. Les toits d'immeubles qui, dans la vraie ville qui nous entourait, s'étaient évidemment érodés une éternité plus tôt jusqu'à ne laisser que des ruines informes, figuraient clairement dans les bas-reliefs, où l'on voyait de gigantesques bouquets de flèches en forme d'aiguille, de délicats fleurons au sommet de certains cônes et pyramides, et des étagements horizontaux de minces disques festonnés coiffant des cheminées cylindriques. C'était précisément ce que nous avions vu dans ce mirage funeste et monstrueux, projeté par une cité morte dont l'horizon avait perdu ses toits depuis des milliers, voire des dizaines de milliers d'années, et qui avait surgi sous nos yeux innocents, par-dessus ces montagnes démentes, comme nous approchions pour la première fois du camp maudit de ce pauvre Lake.

Sur la vie des Anciens, aussi bien sous la mer qu'après la migration d'une partie d'entre eux vers les terres, on pourrait écrire des pages et des pages. Ceux qui vivaient en eaux peu profondes avaient conservé tout l'usage de leurs yeux, situés au bout des cinq principaux tentacules de la tête, et pratiquaient de la manière habituelle les arts de la sculpture et de l'écriture, cette dernière avec un stylet sur des tablettes de cire à l'épreuve de l'eau. Leurs semblables du fond des océans, bien qu'usant de curieux organes phosphorescents pour produire de la lumière, complétaient leur vision par d'étranges sens spéciaux liés aux cils prismatiques de leur tête, sens qui, en cas d'urgence, permettaient à tous les Anciens d'évoluer dans une obscurité quasi complète. Leur manière d'écrire et de sculpter avait subi de curieux changements au fil de leur descente, intégrant l'ajout de couches apparemment chimiques – sans doute pour produire la phosphorescence –, procédé que les bas-reliefs ne parvinrent pas à nous faire comprendre. Pour se déplacer sous l'eau, les créatures nageaient à l'aide de leurs bras latéraux de crinoïdes, ou en faisant onduler leurs tentacules inférieurs, parmi lesquels se trouvaient les pseudopodes. De temps à autre, elles se propulsaient en s'aidant de deux jeux ou plus d'ailes repliables en éventail. À terre, elles utilisaient localement leurs pseudopodes, mais volaient parfois à de hautes altitudes ou sur de longues distances avec leurs ailes. Les nombreux tentacules par lesquels se terminaient les bras de crinoïdes étaient infiniment délicats, flexibles, puissants et précis au niveau de la coordination musculo-nerveuse, assurant une habileté et une dextérité extrêmes pour toutes les activités artistiques ou plus généralement manuelles.

Leur résistance était presque incroyable. Même la pression terrible des abysses sous-marins les plus profonds semblait ne pas suffire à les blesser. Apparemment, très peu mouraient sinon de mort violente, si bien que leurs sépultures étaient très rares. Lorsque les sculptures nous apprirent qu'elles recouvraient leurs morts, inhumés à la verticale, d'un tertre à cinq pointes gravées, les pensées qui nous assaillirent Danforth et moi rendirent nécessaire une nouvelle pause. Les créatures se reproduisaient au moyen de spores (comme les plantes ptéridophytes, ainsi que Lake l'avait soupçonné) mais, étant donné leur prodigieuse résistance et leur longévité non moins impressionnante, rendant inutile le renouvellement de la population, elles n'encourageaient pas le développement à grande échelle de nouveaux prothalles, sauf quand elles avaient de nouveaux territoires à coloniser. Les jeunes mûrissaient vite, et recevaient une éducation dépassant tout ce que l'on peut imaginer. La vie intellectuelle et esthétique prédominante, hautement évoluée, produisit un ensemble particulièrement durable de coutumes et institutions que je décrirai plus en détail dans ma monographie à venir. Elles variaient légèrement selon que les créatures vivaient sur terre ou sous la mer, mais les fondements et principes restaient les mêmes.

Bien que capables, comme les végétaux, de se nourrir de substances inorganiques, ces êtres préféraient largement les nourritures organiques, et surtout animales. Ceux des fonds marins mangeaient la faune aquatique crue, mais ceux de la surface faisaient cuire leur viande. Ils chassaient du gibier et élevaient du bétail, qu'ils abattaient avec des armes acérées dont notre expédition avait trouvé les marques caractéristiques sur certains os fossiles. Ils supportaient extrêmement bien toutes les températures ordinaires et, à l'état naturel, pouvaient vivre dans l'eau jusqu'au point de congélation. Cependant, lorsqu'une glaciation du pléistocène se prolongea, il y a près d'un million d'années, les habitants de la surface durent recourir à des mesures exceptionnelles, et notamment au chauffage artificiel, jusqu'à ce que le froid mortel finisse apparemment par les repousser dans la mer. Pour leurs vols préhistoriques à travers l'espace cosmique, raconte la légende, les créatures absorbaient certains produits chimiques les rendant presque indépendantes de la nourriture, de l'air ou des conditions de température ; mais à l'époque de la grande glaciation, elles avaient oublié cette technique. Quoi qu'il en soit, elles n'auraient pas pu prolonger indéfiniment cet état artificiel sans que cela ait de conséquences pour elles.

Comme ils ne s'accouplaient pas et étaient semi-végétaux par nature, les Anciens n'avaient pas de base biologique pour la phase familiale de la vie mammifère ; ils semblaient s'organiser en grands foyers fondés sur les principes d'une distribution confortable de l'espace et, comme nous le déduisîmes de la représentation des activités et loisirs des habitants, d'une association par affinité d'esprit. Ils installaient leurs meubles au centre de leurs grandes pièces afin de laisser les murs libres pour la décoration. L'éclairage, pour ceux de la surface, était assuré par un système de nature probablement électrochimique. Sur terre et sous l'eau, ils utilisaient de drôles de tables, de chaises et de divans semblables à des cadres cylindriques – car ils se reposaient et dormaient debout, tentacules repliés – et des râteliers pour les ensembles de surfaces pointillées, articulés par des charnières, qui faisaient office de livres.

Le système de gouvernement, forcément complexe, était sans doute de type socialiste, bien que rien dans les sculptures ne nous permette de l'affirmer. Le commerce, à la fois au niveau local et entre les cités, était très développé, des sortes de jetons plats à cinq branches et gravés servant de devise. Les plus petits fragments de stéatite verdâtre retrouvés par notre expédition devaient être l'équivalent de notre monnaie. Même si la culture de ce peuple était essentiellement urbaine, il pratiquait un peu l'agriculture, beaucoup l'élevage, exploitait des mines et avait une industrie, quoique limitée. Les Anciens voyageaient très souvent, mais les migrations permanentes semblaient relativement rares, sauf dans les cas des grands mouvements de colonisation par lesquels l'espèce s'étendait. Pour leurs déplacements personnels, ils n'avaient besoin d'aucune aide extérieure, car, sur terre, dans les airs comme sous la mer, ils étaient semble-t-il doués d'une vitesse de locomotion absolument incroyable. Cependant, les charges étaient tirées par des bêtes de somme ; des Shoggoths sous la mer et, plus tard, une fois conquise la surface, une singulière variété de vertébrés primitifs.

Ces vertébrés, ainsi qu'une infinité d'autres formes de vie – animales, végétales, marines, terrestres et aériennes –, étaient les produits de l'évolution incontrôlée des cellules vivantes créées par les Anciens, mais ayant échappé à leur surveillance. On les avait laissés se développer librement parce qu'ils n'étaient pas entrés en conflit avec l'espèce dominante. Les formes encombrantes, bien sûr, avaient été méthodiquement exterminées. Dans certaines des sculptures les plus récentes et décadentes, nous découvrîmes avec intérêt la présence d'un mammifère primitif et gauche servant tantôt de nourriture, tantôt de bouffon aux habitants de la surface, et présentant de vagues mais incontestables caractères simiesques et humains. Pour l'édification des villes terrestres, les énormes blocs de pierre des hautes tours étaient en général portés par des ptérodactyles aux ailes gigantesques, et dont l'espèce est pour l'instant inconnue des paléontologues.

L'obstination que les Anciens mirent à survivre aux divers changements et convulsions géologiques ayant affecté la croûte terrestre tenait pour ainsi dire du miracle. Bien que peu de leurs premières villes, voire aucune, semblent avoir subsisté après l'éon archéen, il n'y eut pas de coupure dans leur civilisation, ni dans la transmission de leurs archives. À l'origine, ils s'étaient installés dans l'océan Antarctique, probablement peu de temps après que la matière qui forme la lune avait été arrachée au Pacifique sud, tout proche. D'après l'une des cartes sculptées, la planète entière était alors sous l'eau et, au fil des âges, les cités de pierre s'étaient éparpillées de plus en plus loin de l'Antarctique. Une autre carte montre une vaste masse de terres émergées autour du pôle sud, masse sur laquelle, de toute évidence, certains Anciens installèrent des colonies à titre d'expérience, même si leurs principaux centres étaient transférés au fond de la mer voisine. Des cartes plus tardives, où l'on voit la masse continentale se fissurer et dériver, certains fragments se déplaçant vers le nord, corroborent de façon frappante les théories de la dérive des continents de Taylor, Wegener et Joly.

Avec le soulèvement d'une nouvelle terre dans le Pacifique Sud survinrent de terribles événements. Plusieurs villes marines furent irrémédiablement détruites, mais le pire n'était pas là. Une autre espèce, des créatures terrestres en forme de pieuvre et correspondant sans doute aux légendaires rejetons préhumains de Cthulhu, commença bientôt à arriver de l'univers infini. Elle déclencha une guerre monstrueuse qui, pour un temps, vit tous les Anciens repoussés dans la mer. C'était un coup terrible pour ces derniers, dont la colonisation des terres avait bien progressé. Plus tard, les deux espèces firent la paix, et les nouveaux territoires furent attribués aux rejetons de Cthulhu, tandis que les Anciens conservaient les mers et les vieilles terres. Ils fondèrent de nouvelles cités à la surface, dont la plus grande se trouvait en Antarctique, cette région étant sacrée pour avoir vu leur arrivée originelle. Dès lors, elle redevint et resta le cœur de la civilisation des Anciens, et toutes les cités que les rejetons de Cthulhu y avaient bâties furent anéanties. Puis soudain, les terres du Pacifique s'enfoncèrent de nouveau en emportant l'abominable ville de pierre de R'lyeh, ainsi que toutes les pieuvres cosmiques, si bien que les Anciens redevinrent les maîtres incontestés de la planète. Ils n'avaient plus en tête qu'une seule menace dont ils n'aimaient pas parler. À une époque plus récente, leurs villes constellaient toutes les zones terrestres et maritimes du globe ; c'est pourquoi dans ma future monographie je recommande aux archéologues de faire des forages systématiques à l'aide d'une machine semblable à celle de Pabodie dans certaines régions diversement réparties.

Le mouvement migratoire de la mer vers la terre, mouvement encouragé par l'émersion de nouveaux territoires, se confirma au fil du temps, même si les océans ne furent jamais totalement abandonnés. Il y avait une autre raison pour cette migration : les Anciens rencontraient des difficultés inédites dans l'élevage et le contrôle des Shoggoths, créatures indispensables à une vie sous-marine prospère. Avec le temps, comme les sculptures nous l'apprirent à contrecœur, ils oublièrent l'art consistant à créer la vie à partir de la matière inorganique, et durent donc se contenter de façonner des formes préexistantes. À la surface, les grands reptiles s'avérèrent fort dociles ; mais sous la mer, les Shoggoths, qui se reproduisaient par division et dont les progrès en matière d'intelligence prenaient un tour dangereux, posèrent pour un temps un problème de très grande ampleur.

Les Anciens les avaient toujours contrôlés par suggestion hypnotique ; ils leur ordonnaient de faire apparaître provisoirement divers membres et organes utiles sur leur corps robuste et flexible. Mais leurs pouvoirs de modelage de leur propre corps avaient commencé à s'exercer indépendamment, en créant par imitation diverses formes inspirées de suggestions passées. Ils avaient semble-t-il développé un cerveau semi-permanent dont la volonté indépendante et parfois obstinée réagissait aux ordres de leurs maîtres sans toujours y obéir. Les représentations sculptées de ces Shoggoths nous remplirent, Danforth et moi, d'horreur et de dégoût. Ces êtres normalement informes étaient composés d'une gelée visqueuse et ressemblaient à des agglutinations de bulles. Sous leur forme sphérique, ils atteignaient environ quatre mètres cinquante de diamètre ; cependant, ils changeaient constamment de silhouette et de volume, projetant des appendices provisoires ou des organes apparents de la vue, de l'ouïe ou de la parole, imitant l'image de leurs maîtres soit spontanément, soit sur suggestion de ces derniers.

Apparemment, les Shoggoths étaient devenus particulièrement indociles vers le milieu de la période permienne, il y a peut-être cent cinquante millions d'années de cela, jusqu'à ce que les Anciens des mers leur fassent une guerre en règle pour les forcer à se soumettre de nouveau. Les images de cette guerre et de l'habitude qu'avaient les Shoggoths d'abandonner leurs victimes décapitées et couvertes de bave avaient quelque chose d'incroyablement effrayant, malgré l'éternité qui nous séparait des événements. Les Anciens avaient utilisé contre les rebelles d'étranges armes de désintégration moléculaire et atomique. La guerre s'était soldée par leur victoire totale. Comme le montraient les sculptures, au cours de la période qui s'était ensuivie, des Anciens armés avaient dressé et maté les Shoggoths comme les *cow-boys* de l'Ouest américain le firent avec les chevaux sauvages. À l'occasion de leur rébellion, les bêtes de somme avaient prouvé leur capacité à vivre hors de l'eau, mais leurs maîtres n'encouragèrent pas cette évolution, car l'utilité des Shoggoths sur terre n'aurait pas été à la hauteur des difficultés liées à leur indocilité.

Pendant la période jurassique, les Anciens firent face à une nouvelle menace, à savoir une autre invasion de créatures de l'espace, en l'occurrence des êtres moitié champignons, moitié crustacés venus d'une planète que l'on peut assimiler à la lointaine Pluton, récemment découverte ; sans doute les mêmes créatures que celles évoquées dans certaines légendes secrètes des collines du nord et auxquelles la tradition himalayenne donne le nom de Mi-Go, ou abominables hommes des neiges. Pour les combattre, les Anciens tentèrent leur première sortie dans l'espace depuis leur installation sur terre ; toutefois, ils s'aperçurent qu'en dépit de tous leurs préparatifs traditionnels, il ne leur était plus possible de quitter l'atmosphère de la planète. Quel qu'ait été le secret du voyage interstellaire, l'espèce l'avait oublié à jamais. Finalement, les Mi-Go chassèrent les Anciens de toutes les terres du nord, sans rien pouvoir faire cependant contre ceux de la mer. Petit à petit commença la lente retraite de l'espèce vers son habitat antarctique des origines.

Dans les batailles représentées, nous observâmes avec curiosité que les rejetons de Cthulhu aussi bien que les Mi-Go paraissaient faits d'une matière encore plus étrange que celle composant les Anciens. Ils étaient capables de métamorphoses et de réintégrations, contrairement à leurs adversaires, et semblent donc être venus d'un espace cosmique encore plus lointain. Les Anciens, hormis leur résistance anormale et leurs caractéristiques vitales particulières, étaient de nature strictement matérielle et devaient donc avoir leur origine dans le continuum espace-temps connu ; quant à la naissance des autres, on ne peut faire mieux que des suppositions hasardeuses en retenant son souffle. Tout cela, bien entendu, si l'on part du principe que les liens non terrestres et anomalies attribués aux envahisseurs ennemis ne sont pas que pure mythologie. Il n'est pas impossible que les Anciens aient inventé une toile de fond cosmique pour expliquer leurs défaites occasionnelles, leur intérêt pour l'histoire et leur orgueil étant manifestement les moteurs essentiels de leur psychologie. Il est significatif que leurs annales aient passé sous silence bien des espèces évoluées et puissantes dont la culture remarquable et les impressionnantes cités ont durablement figuré dans certaines légendes mystérieuses.

Les changements du monde au fil des longues périodes géologiques figuraient de façon frappante dans nombre de scènes et de cartes sculptées. Dans certains cas, il faudra réviser la science actuelle ; dans d'autres, ses audacieuses déductions se verront magnifiquement confirmées. Comme je l'ai déjà dit, l'hypothèse de Taylor, Wegener et Joly suivant laquelle tous les continents sont des fragments d'une masse continentale située à l'origine en Antarctique et qui se serait fissurée sous l'effet de la force centrifuge pour ensuite dériver en flottant sur une surface théoriquement visqueuse – hypothèse suggérée par certains indices, comme les silhouettes complémentaires de l'Afrique et de l'Amérique du Sud et la manière dont les grandes chaînes montagneuses sont roulées et remontées – reçoit un soutien frappant de cette source inattendue.

Des cartes sur lesquelles figurait clairement le monde carbonifère d'il y a cent millions d'années ou plus montraient d'importants gouffres et crevasses qui finiraient par séparer l'Afrique des territoires autrefois continus de l'Europe (alors la Valusia des infernales légendes primitives), de l'Asie, des Amériques et du continent antarctique. D'autres cartes – et plus particulièrement l'une d'elles portant sur la fondation, il y a cinquante millions d'années, de la gigantesque cité morte au cœur de laquelle nous nous trouvions – montraient tous les continents actuels bien distincts les uns des autres. Et, dans les spécimens les plus récents remontant peut-être au pliocène, apparaissait très nettement un monde proche de celui que nous connaissons, à ceci près que l'Alaska était reliée à la Sibérie, l'Europe à l'Amérique du Nord par le Groenland, et l'Amérique du Sud au continent antarctique par la terre de Graham. Sur la carte du carbonifère, le globe entier – plancher océanique et masses continentales fissurées – portait les symboles des immenses cités de pierre des Anciens, mais dans les autres, plus tardives, le recul progressif vers l'Antarctique ne faisait plus de doute. La carte finale du pliocène ne comportait plus aucune ville terrestre, à part en Antarctique et à la pointe de l'Amérique du Sud, ni de cités sous-marines au nord du cinquantième parallèle de latitude sud. Logiquement, les Anciens ne savaient plus rien du monde septentrional et avaient perdu tout intérêt pour lui, se contentant d'étudier ses tracés côtiers, sans doute observés aux cours de longs vols d'exploration avec leurs ailes membraneuses en forme d'éventail.

Les Anciens répertoriaient tout simplement la destruction des cités résultant du soulèvement des montagnes, de la déchirure des continents sous l'effet de la force centrifuge, des convulsions sismiques à la surface comme au fond des mers, entre autres causes naturelles. Nous remarquâmes d'ailleurs avec curiosité qu'au fil du temps, les villes dévastées avaient été de moins en moins remplacées. La vaste mégalopole qui gisait, morte, autour de nous semblait avoir constitué le dernier grand centre urbain de l'espèce ; les Anciens l'avaient édifiée au début du crétacé, après qu'un titanesque effondrement eut anéanti une autre ville, plus vaste encore, non loin de là. Cette région était apparemment la plus sacrée de toutes, car, d'après la légende, c'était là que les Anciens s'étaient installés en premier, alors que le continent était encore au fond des mers originelles. Dans la nouvelle cité – que nous reconnûmes à bien des détails dans les sculptures mais qui s'étendait sur au moins cent soixante kilomètres dans les deux sens le long de la chaîne, soit au-delà des limites extrêmes de notre vol de reconnaissance – étaient prétendument conservées certaines pierres sacrées ayant fait partie de la première ville du fond des mers, et qui étaient remontées à la lumière après de longues périodes de formation des strates.

VIII

Naturellement, Danforth et moi étudiâmes avec un intérêt tout particulier et une stupeur étonnamment personnelle tout ce qui se rapportait aux environs immédiats. Il y avait évidemment abondance de détails locaux ; au niveau pris dans les glaces, nous eûmes la chance de trouver une maison d'édification très tardive, et dont les murs, bien qu'assez abîmés par la proximité d'une faille, arboraient des sculptures au style décadent. Celles-ci racontaient un pan de l'histoire de la région allant bien au-delà de la période de la carte pliocène qui nous avait donné notre dernier aperçu du monde préhumain. Ce fut le dernier endroit que nous examinâmes en détail ; en effet, ce que nous y trouvâmes nous donna un nouvel objectif immédiat.

Nous nous trouvions certainement dans l'un des lieux les plus étranges, déconcertants et terribles que l'on puisse trouver aux quatre coins du globe. De toutes les terres existantes, c'était la plus ancienne, et de très loin. Nous étions de plus en plus convaincus que cette hideuse région était en réalité le fabuleux et cauchemardesque plateau de Leng, dont l'auteur fou du *Necronomicon* lui-même hésitait à parler. La grande chaîne montagneuse était démesurément longue ; elle commençait par des montagnes peu élevées en terre de Luitpold, au bord de la mer de Weddell, et traversait pour ainsi dire tout le continent. La partie vraiment haute faisait un immense arc de cercle commençant et finissant à peu près à 82° de latitude, 60° de longitude est, et 70° de latitude, 115° de longitude est, respectivement, notre camp étant sur le côté concave, et l'extrémité en direction de la mer, dans la région de cette longue côte bloquée par les glaces dont Wilkes et Mawson aperçurent les collines sur le cercle polaire antarctique.

Mais la nature était allée encore plus loin dans ses monstrueux excès, et leur proximité avait quelque chose d'inquiétant. J'ai dit que ces sommets étaient plus hauts que ceux de l'Himalaya mais, au vu des sculptures, je n'ai pas le droit d'affirmer qu'ils sont les plus élevés du monde. Ce sinistre honneur revient sans le moindre doute à ce que la moitié des frises n'osaient seulement évoquer, l'autre moitié n'abordant la question qu'avec une répugnance et une appréhension évidentes. Il semblerait qu'une partie de la terre antique – celle qui émergea la première des eaux après que la planète eut rejeté la lune et que les Anciens furent arrivés des étoiles – était évitée, car assimilée à un mal indéfini et inconnu. Les cités que les Anciens avaient bâties dans cette région-là étaient tombées en ruine avant leur temps et avaient été retrouvées subitement désertes. Puis, quand la première grande secousse avait bouleversé la région à l'époque comanchéenne, une effroyable rangée de pics avait brusquement surgi dans le fracas et le chaos les plus épouvantables. La terre avait désormais ses montagnes les plus élevées et les plus terribles.

Si l'échelle des sculptures était correcte, ces horreurs devaient mesurer bien plus de douze mille mètres, ce qui les plaçait encore nettement plus haut que les épouvantables montagnes aberrantes dont nous avions traversé la chaîne. Elles semblaient s'étendre approximativement de 77° de latitude, 70° de longitude est, à 70° de latitude, 100° de longitude est, soit à moins de cinq cents kilomètres de la cité morte, si bien que sans cette vague brume opalescente, nous aurions pu apercevoir leurs redoutables sommets indistincts dans l'ouest lointain. De même, l'extrémité nord de la chaîne devait être visible depuis la côte de la Reine-Mary qui, sur une longue distance, se confondait avec le cercle antarctique.

Certains Anciens, au temps de la décadence, avaient adressé d'étranges prières à ces montagnes ; mais nul ne les avait jamais approchées, ni n'avait osé formuler une quelconque hypothèse quant à ce qui se trouvait au-delà. L'homme n'avait jamais posé les yeux sur ces pics et, en étudiant les émotions transmises par ces sculptures, je priai moi-même pour que cela n'arrive pas. Derrière, le long de la côte de la Reine-Mary et de celle de la terre Guillaume-II, des collines empêchent de les voir. Je remercie le ciel que personne n'ait réussi à débarquer et à escalader ces collines. Je ne suis plus aussi sceptique que je l'étais quant aux vieilles superstitions et aux contes antiques, et je ne me ris pas de la vision du sculpteur préhumain, qui montrait la foudre marquant, l'espace de quelques instants, des arrêts délibérés sur chacune des crêtes menaçantes, et une lumière inexplicable brillant, tout au long de l'interminable nuit polaire, au sommet d'une de ces terribles montagnes. L'idée est tout à fait monstrueuse, mais il y a peut-être du vrai dans les vieilles rumeurs pnakotiques sur Kadath dans le Désert Glacé.

Toutefois, la région où nous nous trouvions n'était pas moins étrange, même si elle ne faisait pas l'objet d'une malédiction indescriptible. Peu après la fondation de la cité, la grande chaîne devint le siège des principaux temples, et nombre de sculptures montraient le genre de tours fantastiques et insolites qui s'étaient dressées dans le ciel, là où il n'y avait désormais plus que des remparts et des cubes bizarrement agglomérés. Les cavernes étaient apparues au fil du temps ; on les avait aménagées de manière à en faire des annexes des temples. Au cours des époques qui suivirent, les eaux souterraines creusèrent toutes les veines calcaires de la région, de sorte que les montagnes, les contreforts et les plaines qui s'étendaient à leur pied étaient parcourus par un véritable réseau de grottes et galeries reliées entre elles. De nombreuses sculptures racontaient de façon pittoresque l'exploration des profondeurs de la terre et la découverte finale de la ténébreuse mer stygienne cachée dans les entrailles de la terre.

Ce vaste gouffre noir, sans nul doute creusé par le grand cours d'eau qui s'écoulait des montagnes inconnues dans l'ouest et qui, à l'origine, tournait au pied de la chaîne des Anciens, puis la longeait pour aller se jeter dans l'océan Indien, entre les côtes de Budd et Totten, sur le littoral de la terre de Wilkes. Petit à petit, le fleuve avait creusé la base calcaire des contreforts à l'endroit où son lit changeait de direction, jusqu'à ce que son travail de sape atteigne les cavernes des eaux souterraines, auxquelles le fleuve s'allia pour en approfondir l'abîme. Enfin, toute son eau se déversa dans les collines creuses, et l'ancien lit partant vers l'océan s'assécha. La ville telle que nous l'avions trouvée avait été en grande partie édifiée sur ce lit. Les Anciens, comprenant ce qui s'était passé et forts de leur sens artistique toujours aussi aigu, avaient sculpté des pylônes ornementés dans les avancées des contreforts, là où le grand cours d'eau entamait sa descente dans les ténèbres éternelles.

Ce fleuve, jadis enjambé par quantités de nobles ponts de pierre, était de toute évidence celui dont nous avions vu le cours disparu depuis notre avion. Sa position sur certaines frises de la cité nous aida à nous retrouver dans ce paysage qui avait changé à chaque phase de cette longue histoire depuis longtemps terminée. Nous pûmes donc dessiner une carte sommaire mais précise des lieux remarquables – places, édifices importants… – afin d'aider à l'orientation de futures explorations. Nous parvînmes bientôt à recréer en imagination ce prodigieux ensemble tel qu'il avait existé un, dix ou cinquante millions d'années plus tôt, les sculptures nous informant précisément sur l'apparence de ces bâtiments, montagnes, places, faubourgs, paysages, mais aussi de la végétation luxuriante du tertiaire. Tout cela avait dû être d'une beauté merveilleuse et magique ; en y pensant, je faillis oublier le sinistre sentiment d'oppression qui accablait mon esprit sous l'emprise de cette ville inhumaine, aussi bien par son âge, sa taille, sa torpeur et son isolement que par son crépuscule glacial. Cependant, selon certains bas-reliefs, ses habitants avaient eux-mêmes été en proie à une terreur oppressante ; car dans des scènes lugubres revenant avec insistance, on voyait les Anciens épouvantés reculer devant quelque chose que les artistes ne s'autorisaient jamais à montrer mais que l'on avait découvert dans le grand fleuve et que les eaux, cela apparaissait sur les sculptures, avaient charrié à travers les forêts ondoyantes de cycadales drapées de vignes, et ce depuis les horribles montagnes de l'ouest.

C'est seulement sur les frises décadentes de la maison d'édification tardive que nous décelâmes des signes avant-coureurs de la catastrophe finale qui avait conduit à l'abandon de la ville. Il y avait forcément ailleurs beaucoup de sculptures contemporaines de celles-ci, même en tenant compte du relâchement des énergies et aspirations en cette époque de tension et d'incertitude ; et d'ailleurs, la preuve incontestable de leur existence nous fut bientôt donnée. Mais les frises de cette maison furent les premières et les seules que nous vîmes de nos yeux. Nous avions l'intention de poursuivre les recherches par la suite ; cependant, comme je l'ai dit, les circonstances immédiates nous firent poursuivre un objectif plus urgent. Nous nous serions cependant heurtés à une limite dans notre enquête, car, après avoir perdu tout espoir d'occuper encore longtemps ces lieux, les Anciens n'avaient pu qu'abandonner complètement les décorations murales. Le coup décisif fut bien entendu le début de la grande glaciation qui, pour un temps, tint presque toute la planète sous sa coupe et ne quitta plus jamais les pôles condamnés ; cette même glaciation qui, de l'autre côté du monde, précipita la fin des terres légendaires de Lomar et d'Hyperborée.

Il serait difficile de dire avec précision quand démarra cette tendance en Antarctique. Aujourd'hui, nous fixons le début de la série de périodes glaciaires à environ cinq cent mille ans dans le passé mais, aux pôles, le terrible fléau avait dû commencer beaucoup plus tôt. Toute estimation chiffrée est en partie conjecturale, mais il est très probable que les sculptures décadentes remontent à beaucoup moins d'un million d'années, et que l'abandon de la ville ait été consommé bien avant la date admise pour le début du pléistocène à l'échelle de la planète, il y a cinq cent mille ans.

Les bas-reliefs décadents montraient l'éclaircissage généralisé de la végétation et le déclin de la vie paysanne de l'espèce. On voyait des dispositifs de chauffage dans les foyers, et les Anciens voyageant en hiver étaient représentés emmitouflés dans des étoffes protectrices. Nous découvrîmes alors une série de cartouches – car les frises étaient fréquemment interrompues dans ces exemples tardifs – représentant une migration sans cesse croissante vers les refuges les plus proches où régnait une relative chaleur. Certains fuyaient vers les villes sous-marines, au large de la côte lointaine, et d'autres descendaient sous les collines creuses et traversaient le dédale des cavernes calcaires pour rejoindre l'abîme noir des eaux souterraines.

En fin de compte, il semblerait que la plupart des Anciens aient choisi de coloniser l'abîme proche. Sans nul doute, c'était en partie dû au caractère sacré qu'avait traditionnellement cette région ; mais aussi et peut-être surtout, au fait que cela permettait aux colons de continuer d'utiliser les grands temples juchés sur les montagnes percées de galeries, et de garder la gigantesque cité comme résidence d'été et base de communication avec différentes mines. Le passage entre ancienne et nouvelle colonie fut facilité par le nivellement et l'amélioration des voies de communication, et notamment le creusage de nouveaux tunnels permettant de relier directement l'antique métropole au noir abîme ; des tunnels en pente raide dont nous indiquâmes soigneusement les entrées, selon nos estimations mûrement réfléchies, sur le plan que nous préparions. À l'évidence, deux d'entre eux au moins se trouvaient à distance raisonnable de là où nous étions. Les deux entrées étaient côté montagnes, au bord de la ville ; l'une se trouvait même à moins de quatre cents mètres en direction de l'ancien lit du fleuve, et l'autre, environ deux fois plus loin dans le sens opposé.

L'abîme avait apparemment par endroits des rivages secs en pente douce, mais les Anciens avaient construit leur cité sous l'eau, sans doute parce que la température y resterait vraisemblablement plus chaude. La mer cachée paraissait fort profonde, et la chaleur interne de la planète la rendrait donc indéfiniment habitable. Les Anciens, qui n'avaient jamais laissé leurs branchies s'atrophier, semblaient n'avoir eu aucun mal à s'adapter à une vie sous-marine – tout d'abord partielle puis, bien sûr, permanente. De nombreuses sculptures montraient qu'ils avaient toujours rendu de fréquentes visites à leurs frères vivant sous l'eau, et qu'ils avaient pour habitude de se baigner dans les profondeurs de leur grand fleuve. De même, l'obscurité des entrailles de la terre ne pouvait pas représenter un obstacle pour une espèce habituée aux longues nuits antarctiques.

Malgré l'indéniable décadence de leur style, ces bas-reliefs tardifs donnaient vraiment une tonalité grandiose à l'édification de la nouvelle cité des profondeurs. Les Anciens s'y étaient pris en scientifiques, extrayant du cœur des montagnes creuses des blocs de roche inaltérable, et employant des ouvriers spécialisés des villes sous-marines les plus proches pour réaliser l'opération suivant les meilleures méthodes. Ces ouvriers apportèrent tout le nécessaire pour mener à bien cette nouvelle entreprise : du tissu organique de Shoggoth pour créer des porteurs de pierres, puis des bêtes de somme pour la cité de l'abîme, mais aussi des échantillons de matière protoplasmique que l'on façonnerait en organismes phosphorescents à des fins d'éclairage.

Enfin, une impressionnante métropole se dressa au fond de la mer stygienne ; son architecture était très proche de celle de la ville de la surface, et sa construction ne montrait que peu de signes de décadence en raison de la précision mathématique inhérente à ce genre de travaux. Les jeunes Shoggoths, d'une taille colossale et d'une intelligence étonnante, étaient représentés recevant et exécutant les ordres avec une merveilleuse célérité. Ils semblaient converser avec les Anciens en imitant leur voix – une sorte de son flûté et musical à la tessiture étendue, si le pauvre Lake avait vu juste dans les conclusions de sa dissection – et obéir à des instructions orales plutôt qu'à des suggestions hypnotiques comme par le passé. Ils étaient néanmoins d'une docilité admirable. Les organismes phosphorescents fournissaient la lumière avec une redoutable efficacité, et compensaient à coup sûr la perte des aurores boréales si habituelles aux nuits de la surface.

Bien entendu, l'art et la décoration existaient toujours, mais étaient empreints d'une certaine décadence. Les Anciens semblaient avoir eux-mêmes remarqué cette dégradation et, dans de nombreux cas, anticipèrent la politique de Constantin le Grand en faisant venir de leur cité terrestre de beaux échantillons de bas-reliefs, tout comme l'empereur, dans un âge de déclin comparable, dépouilla la Grèce et l'Asie de leurs plus belles œuvres afin d'offrir à sa nouvelle capitale byzantine les splendeurs que son peuple n'était plus en mesure de produire par lui-même. Si le transfert des blocs sculptés ne fut pas plus massif, c'est sans doute parce que la ville de la surface, au début, n'était pas totalement abandonnée. Lorsque enfin ses derniers habitants la désertèrent – et le pléistocène polaire ne devait pas être très avancé lorsque cela se produisit – peut-être les Anciens s'étaient-ils habitués à leur art décadent… ou avaient-ils cessé de reconnaître les mérites supérieurs des sculptures plus anciennes. Quoi qu'il en soit, les ruines depuis si longtemps silencieuses qui nous entouraient n'avaient pas subi de dépouillement systématique, même si toutes les meilleures statues isolées avaient disparu, à l'instar du mobilier.

Les cartouches et cimaises décadents qui racontaient cette histoire furent, comme je l'ai déjà dit, les derniers que nous trouvâmes au cours de notre courte enquête. Ils nous laissèrent l'image d'Anciens faisant des allers et retours entre la ville de la surface en été, et la mer souterraine en hiver, et qui, à l'occasion, commerçaient avec les cités sous-marines, au large du littoral antarctique. À cette époque, ils devaient considérer la métropole terrestre comme perdue, car les bas-reliefs montraient de nombreux signes des néfastes ingressions du froid. La végétation déclinait, et les terribles neiges de l'hiver ne fondaient plus complètement, pas même au cœur de l'été. Le cheptel de sauriens était presque décimé, et les mammifères ne se portaient guère mieux. Afin de continuer le travail en surface, il devint nécessaire d'adapter à la vie extérieure certains de ces Shoggoths amorphes et étrangement résistants au froid, ce que les Anciens avaient toujours hésité à faire. Le grand fleuve était désormais sans vie, et la mer de la surface avait perdu la plupart de ses habitants, à l'exception des phoques et des baleines. Tous les oiseaux s'étaient envolés, à part les grands manchots grotesques.

Ce qui s'était passé ensuite, nous ne pûmes que le supposer. Combien de temps avait survécu la nouvelle cité dans sa mer souterraine ? Y était-elle encore, tel un cadavre de pierre enveloppé d'obscurité éternelle ? Les eaux souterraines avaient-elles fini par geler ? Quel avait été le destin des villes sous-marines du monde extérieur ? Des Anciens avaient-ils migré vers le nord avant d'être rattrapés par la calotte glaciaire ? La géologie actuelle ne révèle aucune trace de leur présence. Les effrayants Mi-Go étaient-ils restés une menace pour le monde extérieur du nord ? Pouvait-on savoir avec certitude ce qui se terrait ou non, aujourd'hui encore, dans les noirs abysses insondables des eaux les plus profondes de la terre ? Ces choses pouvaient manifestement supporter n'importe quelle pression, et les marins remontent souvent de curieux objets. Et l'hypothèse de la baleine tueuse suffit-elle vraiment à expliquer les mystérieuses et violentes blessures observées une génération plus tôt par Borchgrevink sur les phoques de l'Antarctique ?

Les spécimens retrouvés par ce pauvre Lake n'entraient pas dans le cadre de ces hypothèses, car leur environnement géologique prouvait qu'ils avaient sans doute vécu à une époque très reculée de l'histoire de la cité terrestre. D'après l'endroit où on les avait retrouvés, ils ne pouvaient pas avoir moins de trente millions d'années ; nous nous fîmes la réflexion qu'à ladite époque, la ville de la mer souterraine n'existait pas davantage que la caverne elle-même. Les créatures se seraient rappelé un décor plus ancien, où pullulait une luxuriante végétation tertiaire, se seraient vues au cœur d'une ville plus jeune, à son apogée artistique, avec un grand fleuve longeant la base des impressionnantes montagnes en direction d'un lointain océan tropical, au nord.

Et cependant, nous ne pouvions nous empêcher de penser à ces spécimens, en particulier aux huit intacts qui avaient disparu du camp horriblement ravagé de Lake. Il y avait quelque chose d'anormal dans toute cette affaire. Les bizarreries que nous nous étions tant escrimés à attribuer à un dément, ces effroyables tombes, la quantité et la nature du matériel manquant, Gedney, la résistance surnaturelle de ces monstres d'un autre temps, et ce que les sculptures nous avaient révélé de leurs drôles de particularités physiques... Danforth et moi en avions tellement vu, au cours des quelques dernières heures, que nous étions prêts à croire et à taire bien des secrets de la Nature originelle, si incroyables et épouvantables fussent-ils.

IX

J'ai dit que notre examen des sculptures décadentes nous avait fait changer d'objectif immédiat. Bien entendu, ce revirement était lié aux chemins creusés par les Anciens pour rejoindre le monde des noires profondeurs, chemins dont nous n'avions pas eu connaissance jusqu'alors mais que nous avions désormais hâte de trouver et d'emprunter. Nous déduisîmes de l'échelle apparente des bas-reliefs qu'en entrant par un tunnel ou par l'autre, au bout d'environ un kilomètre et demi de descente en pente raide, nous nous trouverions au bord des vertigineuses falaises du grand abîme sans soleil ; de là, des sentiers aménagés par les Anciens menaient à la rive rocheuse du secret océan ténébreux. Dès que nous apprîmes son existence, l'idée de contempler de nos yeux ce gouffre légendaire nous sembla irrésistible ; toutefois, nous savions que nous devions nous lancer sans tarder dans cette quête si nous voulions la mener à bien au cours de cette mission.

Il était 20 heures, et nous n'avions pas assez de piles de rechange pour laisser nos torches indéfiniment allumées. Nous avions passé tellement de temps à étudier et copier les frises sous le niveau des glaces que nos lampes servaient de manière presque ininterrompue depuis cinq heures et, malgré le système spécial de piles sèches, il ne nous restait plus que quatre heures d'autonomie environ. Toutefois, en gardant une torche éteinte, sauf pour les endroits difficiles ou d'un intérêt exceptionnel, peut-être parviendrions-nous à grappiller une marge de sécurité supplémentaire. Pas question de se retrouver sans lumière dans ces catacombes cyclopéennes ; aussi, pour parvenir jusqu'à l'abîme et en revenir, nous allions devoir mettre un terme à nos déchiffrages de frises. Bien entendu, la curiosité l'ayant depuis longtemps emporté sur l'horreur, nous avions l'intention de revenir faire de l'exploration intensive et photographier cette cité au cours des jours et, peut-être, des semaines qui suivraient ; mais dans l'immédiat, il nous fallait faire vite.

Notre réserve de morceaux de papier était loin d'être inépuisable, et nous hésitions à sacrifier nos carnets et notre papier à dessin pour l'alimenter ; cependant, nous taillâmes un gros cahier en pièces. Si les choses se gâtaient, nous pourrions toujours faire des marques dans la roche. Et bien sûr, même si nous nous perdions, il resterait la possibilité de remonter à la lumière du jour par une galerie ou une autre ; y arriver ne serait qu'une question de temps, même à tâtons. Impatients, nous nous décidâmes donc à prendre la direction supposée du tunnel le plus proche.

D'après les bas-reliefs dont nous avions tiré notre carte, le tunnel en question ne pouvait pas se trouver à beaucoup plus de quatre cents mètres de nous ; les bâtiments d'aspect massif qui nous en séparaient s'avéreraient sans doute encore traversables sous le niveau des glaces. L'entrée elle-même devait être au sous-sol, dans l'angle le plus proche des contreforts, d'un grand édifice à cinq branches à usage manifestement public, voire cérémoniel. Nous essayâmes de l'identifier d'après la vue aérienne que nous avions eue des ruines.

En repensant à notre vol, nous ne nous rappelâmes aucune structure de ce genre, et en déduisîmes que ses parties hautes étaient très endommagées ; peut-être même le bâtiment s'était-il effondré dans une crevasse de glace que nous avions remarquée. Dans ce cas, le tunnel serait probablement bouché, et nous serions obligés d'essayer le deuxième plus proche, à environ un kilomètre et demi au nord. Le lit du fleuve qui nous barrait la route nous empêcherait de tenter les galeries plus au sud au cours de cette mission ; en l'occurrence, si les deux tunnels des environs étaient bloqués, il était peu probable que nos piles nous permettent d'essayer le suivant, plus au nord, à près d'un kilomètre et demi de notre second choix.

Tandis que nous nous faufilions dans la pénombre du labyrinthe à l'aide de notre carte et de notre boussole – parcourant salles et couloirs dans divers états de ruine ou de conservation, escaladant des rampes, traversant les étages supérieurs et les ponts pour ensuite redescendre par d'autres rampes, rencontrant portes obstruées et piles de décombres, pressant à l'occasion le pas lorsqu'une zone bien conservée et étrangement nette le permettait, faisant fausse route et revenant sur nos pas (auquel cas nous récupérions les morceaux de papier qui marquaient la fausse piste), et tombant de temps en temps sur le bas d'un puits ouvert laissant entrer la lumière à flots ou petits filets – notre œil était sans cesse attiré par les murs aux frises tentantes. Beaucoup d'entre elles devaient narrer des récits d'une immense importance historique, et c'est seulement la perspective de revenir plus tard qui nous fit accepter la nécessité de passer devant sans les étudier. Pourtant, nous ralentissions de temps en temps, et allumions même notre seconde torche. Si nous avions disposé d'assez de pellicules, sans doute aurions-nous fait de courtes pauses pour photographier certains bas-reliefs. Cependant, il était hors de question d'en faire des croquis ; c'eût été trop long.

J'en arrive une fois de plus à un moment de mon récit où la tentation est forte de renâcler ou de remplacer les faits par de simples allusions. Toutefois, il m'est nécessaire de révéler le reste de l'histoire pour expliquer ma démarche visant à décourager toute exploration de la région. À force de pérégrinations, nous étions arrivés très près du lieu supposé de l'entrée du tunnel – après avoir franchi un pont du premier étage menant à ce qui nous semblait bien être l'extrémité d'un mur pointu, puis être descendus dans un couloir en ruine mais particulièrement riche en sculptures décadentes mais complexes et, apparemment, rituelles, de manière tardive – lorsque, peu avant 20 h 30, l'odorat de Danforth, encore jeune et donc affûté, nous signala pour la première fois quelque chose d'anormal. Si nous avions eu un chien, je suppose qu'il nous aurait avertis plus tôt. Tout d'abord, nous ne pûmes dire avec précision ce qui clochait dans l'air jusqu'alors pur comme du cristal mais, au bout de quelques secondes, notre mémoire réagit sans laisser de place au doute. Je vais essayer de le dire sans flancher. Il y avait une odeur ; une odeur vaguement, subtilement mais indubitablement proche de celle qui nous avait soulevé le cœur lorsque nous avions ouvert l'absurde sépulture de l'horreur dont ce pauvre Lake avait fait la dissection.

La révélation, cela va de soi, ne fut pas aussi nette qu'il y paraît à présent. On pouvait envisager plusieurs explications, et nous échangeâmes d'ailleurs bien des murmures indécis. Mais le plus important est que nous n'ayons pas battu en retraite sans pousser l'enquête ; après avoir fait tout ce chemin, il aurait fallu rien de moins que la certitude d'un désastre pour nous décourager. En tout cas, ce que nous avions soupçonné était beaucoup trop incroyable. Ce genre de choses ne pouvaient se produire dans un monde normal. C'est probablement par pure réaction de notre instinct irrationnel que nous baissâmes la lumière de notre unique lampe (car ces sinistres sculptures décadentes qui nous lorgnaient, menaçantes, depuis leurs murs écrasants, ne nous tentaient plus), et que nous commençâmes à marcher prudemment, sur la pointe des pieds voire à quatre pattes, entre les tas de débris, le sol étant de plus en plus encombré.

En plus de son nez, Danforth avait de meilleurs yeux que moi. En effet, c'est encore lui qui remarqua en premier l'aspect étrange des fragments, après que nous avions franchi beaucoup de passages voûtés à moitié bouchés menant aux salles et couloirs du rez-de-chaussée. Les lieux n'avaient pas tout à fait l'apparence qu'ils auraient dû avoir après des milliers et des milliers d'années d'abandon, et quand, prudemment, nous fîmes un peu plus de lumière, nous vîmes une sorte de traînée récente. L'irrégularité de la couche de débris excluait les traces précises, mais aux endroits plus réguliers, on devinait qu'on avait traîné des objets lourds. À un moment, nous crûmes même distinguer deux marques parallèles évoquant des patins. Cela nous arrêta une fois de plus.

C'est pendant cette pause que nous perçûmes – en même temps, cette fois – l'autre odeur, devant nous. Paradoxalement, elle était à la fois moins effrayante et davantage ; moins horrible intrinsèquement, mais infiniment abominable dans l'endroit et les circonstances où nous nous trouvions… À moins bien sûr que Gedney… car cette odeur familière était tout simplement celle du pétrole. De l'essence de tous les jours.

Je laisserai le soin aux psychologues d'expliquer ce qui nous motiva ensuite. Nous savions désormais que quelque effroyable prolongement des horreurs du camp devait s'être glissé dans cette noire sépulture des temps anciens, et ne pouvions plus douter qu'une situation abominable – présente ou, pour le moins, récente – nous attendait un peu plus loin. Pourtant, nous nous laissâmes finalement entraîner par notre ardente curiosité… ou notre angoisse… ou encore une forme d'autohypnose, une vague impression de responsabilité envers Gedney, ou que sais-je encore. Danforth reparla à voix basse de l'empreinte qu'il pensait avoir vue, dans le virage d'une ruelle, au cœur des ruines de la surface ; et du léger son musical flûté – potentiellement d'une importance capitale au vu du compte-rendu de dissection de Lake, malgré sa grande ressemblance avec l'écho dans les cavernes des sommets venteux – que le jeune homme pensait avoir vaguement entendu peu de temps après, montant de profondeurs inconnues. En retour, je parlai à mi-voix de l'état dans lequel nous avions trouvé le camp, de ce qui avait disparu, de ce qu'un unique survivant ayant perdu la tête avait pu concevoir l'inconcevable : une folle traversée des montagnes monstrueuses, suivie d'une descente dans les profondeurs de ces constructions archaïques et inconnues…

Mais aucun de nous deux ne put convaincre l'autre, et pas davantage soi-même, de quoi que ce soit de précis. Immobiles, lampe éteinte, nous remarquâmes un vague filet de lumière du jour très diluée qui empêchait l'obscurité d'être totale. Ayant recommencé à avancer machinalement, nous nous repérions de temps à autre en allumant brièvement notre torche. Les débris déplacés nous laissaient une impression dont nous ne parvenions pas à faire abstraction. L'odeur d'essence, quant à elle, était plus forte. Nous voyions de plus en plus de ruines qui nous gênaient dans notre progression et, très vite, nous comprîmes que la voie allait bientôt être obstruée. Nous ne nous étions malheureusement pas trompés dans notre évaluation pessimiste de la fissure aperçue au cours de notre survol. Nous nous étions lancés dans une quête aveugle ; nous ne parviendrions même pas à atteindre le sous-sol où s'ouvrait la voie de l'abysse.

La torche, en éclairant par intermittence les sculptures grotesques sur les murs du couloir dans lequel nous nous trouvions, révéla l'existence de plusieurs portes obstruées à divers degrés ; et l'odeur d'essence – submergeant tout à fait l'autre – émanait plus particulièrement de l'une d'elles. En y regardant mieux, nous vîmes que l'entrée en question avait récemment été déblayée d'une partie des décombres bloquant le passage. Quelle que fût la nature de l'horreur tapie, nous pensions que cette porte y mènerait tout droit. Je ne crois pas que quiconque nous en voudra d'avoir attendu un certain temps avant de nous lancer.

Et pourtant, quand enfin nous nous aventurâmes sous la voûte noire, nous eûmes tout d'abord une impression de déception. Car au milieu du sol jonché de débris de cette crypte aux murs sculptés – un cube parfait d'environ six mètres de côté – il ne restait pas un seul objet récent de taille immédiatement perceptible, si bien que nous cherchâmes une autre entrée, en vain. Toutefois, quelques instants plus tard, le regard acéré de Danforth repéra une zone du sol où les débris avaient été déplacés. Aussitôt, nous allumâmes à fond nos deux lampes. Même si ce que nous vîmes à leur lumière était en réalité aussi simple qu'insignifiant, j'hésite à en parler à cause de ce que cela signifiait. Sur les fragments grossièrement aplanis étaient disséminés plusieurs petits objets. Dans un coin de la zone nivelée, on avait déversé une bonne quantité d'essence, et cela si récemment que l'odeur restait forte malgré l'altitude extrême du plateau. Autrement dit, il ne pouvait s'agir que d'une sorte de campement, dressé par des explorateurs qui, comme nous, avaient rebroussé chemin en trouvant la route de l'abîme inopinément obstruée.

Je serai direct. Les objets disséminés, en substance, venaient tous du camp de Lake : il y avait des boîtes de conserve aussi bizarrement ouvertes que celles que nous avions vues sur les lieux du drame, de nombreuses allumettes brûlées, trois livres illustrés plus ou moins couverts de taches étranges, un flacon d'encre vide avec sa boîte sur laquelle figuraient images et instructions d'utilisation, un stylo plume cassé, des fragments singulièrement découpés de fourrure et de toile de tente, une pile usagée avec mode d'emploi, une brochure pour l'appareil qui nous servait à chauffer les tentes, et divers papiers froissés. Comme si cela ne suffisait pas, lorsque nous défroissâmes les papiers pour voir ce qu'il y avait dessus, nous comprîmes que nous étions à présent devant le plus terrible de tout. Au camp, nous avions trouvé des documents inexplicablement tachés qui auraient dû nous y préparer, mais la même vision dans les cryptes préhumaines d'une cité cauchemardesque était presque insupportable.

Un Gedney pris de démence avait pu tracer les points groupés pour imiter ceux des stéatites verdâtres, tout comme il pouvait être l'auteur des mêmes marques sur les folles sépultures à cinq branches ; on pouvait aussi imaginer qu'il ait fait à la hâte ces croquis peu soignés et d'une précision variable, esquissant les quartiers environnants de la ville et traçant l'itinéraire depuis un lieu représenté par un cercle – lieu que nous n'avions pas prévu de visiter mais que nous identifiâmes comme étant une grande tour cylindrique d'après les bas-reliefs, et qui nous était apparu comme un vaste gouffre rond au cours de notre survol – jusqu'à la structure à cinq branches abritant l'entrée du tunnel.

Il aurait pu, je le répète, être l'auteur de croquis de ce genre ; car ceux que nous avions sous les yeux étaient très manifestement inspirés, comme les nôtres, des bas-reliefs tardifs du labyrinthe glacé (mais pas de ceux que nous avions nous-mêmes vus et dessinés).

Cependant, cet empoté, étranger à toute notion artistique, ne pouvait être à l'origine de ces esquisses dont la technique, étrange et assurée, était peut-être supérieure – et ce malgré la précipitation et le manque de soin – à n'importe laquelle des œuvres décadentes d'où elles étaient tirées. C'était là la manière caractéristique et reconnaissable des Anciens ayant vécu à l'apogée de la cité morte.

D'aucuns diront que Danforth et moi devions être complètement fous de ne pas nous enfuir sur-le-champ alors que nos conclusions, d'une nature qu'il m'est inutile de préciser à ceux qui m'ont lu jusqu'ici, ne laissaient désormais, et malgré leur extravagance, plus la moindre place au doute. Oui, peut-être était-ce de la folie ; et n'ai-je d'ailleurs pas qualifié ces montagnes de « démentes » ? Mais je pense percevoir un état d'esprit assez semblable – encore que sous une forme moins extrême – chez les chasseurs qui traquent de dangereux fauves à travers les jungles africaines dans le seul dessein de les photographier ou d'étudier leurs habitudes. Malgré la terreur qui nous paralysait à moitié, la flamme ardente de la fascination et de la curiosité, à force d'être attisée, finit par triompher de nos hésitations.

Bien entendu, nous n'avions pas l'intention d'affronter la ou les créatures qui avaient à coup sûr occupé ces lieux. Toutefois, nous étions à peu près certains qu'elles étaient parties. Elles devaient déjà avoir trouvé l'autre entrée, non loin de là, et y avoir pénétré, en quête des vestiges noirs comme la nuit d'un passé qui, peut-être, les attendait au fond de l'ultime abysse, de ce gouffre qu'elles n'avaient jamais vu. Et si cette entrée était elle aussi obstruée, elles avaient sans doute poussé vers le nord pour en chercher une autre. Nous nous en souvenions, elles étaient en partie indépendantes de la lumière.

En repensant à ce moment, je ne me rappelle pas vraiment les émotions précises qui s'emparèrent de nous, mais seulement le changement d'objectif immédiat qui aviva tant notre sentiment d'impatience. Nous n'avions certes pas l'intention de nous retrouver nez à nez avec ce que nous redoutions tant mais, je ne peux le nier, il n'est pas impossible que nous ayons eu, de manière secrète et inconsciente, le désir de surprendre certaines choses depuis une cachette quelconque. Nous n'avions probablement pas perdu l'envie de jeter un coup d'œil à l'abysse, mais nous avions un nouveau but plus urgent : nous rendre en ce lieu représenté par un grand cercle sur les croquis chiffonnés. Nous avions tout de suite reconnu la monstrueuse tour cylindrique figurant dans les tout premiers bas-reliefs, mais qui, vue du dessus, avait l'apparence d'une gigantesque béance ronde. Ses représentations, y compris dans ces schémas réalisés à la hâte, avaient un je ne sais quoi d'impressionnant qui nous donnait à penser que les niveaux sous la glace avaient dû conserver une importance particulière. Peut-être renfermaient-ils des merveilles architecturales telles que nous n'en avions jamais vu. L'édifice ne pouvait être qu'incroyablement ancien, si l'on en croyait les sculptures dans lesquelles il apparaissait ; il comptait même parmi les premières constructions de la cité. Ses frises, si elles étaient encore en bon état, étaient forcément d'une importance primordiale. De plus, la tour offrirait peut-être un lien immédiat avec le monde de la surface, un chemin plus court que celui que nous avions si prudemment suivi et, probablement, que celui par lequel étaient descendues les créatures.

Quoi qu'il en soit, nous étudiâmes les effroyables croquis – qui confirmèrent tout à fait notre propre plan – puis rebroussâmes chemin pour rejoindre l'édifice circulaire par l'itinéraire indiqué, cet itinéraire que nos prédécesseurs inconnus avaient dû traverser deux fois avant nous. L'accès le plus proche à l'abysse devait se trouver au-delà. Je n'ai pas besoin de vous parler du trajet, que nous jalonnâmes parcimonieusement de morceaux de papier, car il était pour ainsi dire identique à celui qui nous avait menés au cul-de-sac à ceci près que ce chemin restait davantage au niveau du rez-de-chaussée et descendait même dans les couloirs du sous-sol. Ici et là, nous repérions une marque inquiétante dans la couche de débris sous nos pieds et, une fois sortis de la zone qui empestait l'essence, nous sentîmes de nouveau – faiblement, par intermittence – l'autre odeur, plus hideuse et tenace. Après que le chemin se fut écarté de notre premier itinéraire, nous braquâmes ici et là, furtivement, le faisceau d'une de nos lampes sur les murs, et nous remarquâmes presque chaque fois la quasi-omniprésence des sculptures, qui semblaient bien avoir été l'une des principales formes d'expression esthétique des Anciens.

Vers 21 h 30, alors que nous traversions un couloir voûté dont le sol, de plus en plus glacé, paraissait se trouver un peu en dessous du niveau de la terre, et dont le plafond baissait à mesure que nous avancions, nous commençâmes à voir la forte lumière du jour droit devant, ce qui nous permit d'éteindre notre torche. Nous arrivions au vaste espace circulaire, et la distance qui nous séparait de l'air libre ne pouvait plus être bien grande. Le couloir se termina sur une voûte étonnamment basse pour ces ruines mégalithiques, mais qui ne nous empêcha pas d'avoir un bon aperçu du dehors avant même d'être sortis. Au-delà s'étalait un prodigieux espace circulaire d'au moins soixante mètres de diamètre, jonché de décombres et entouré de nombreux passages voûtés semblables à celui par lequel nous allions déboucher, à ceci près qu'ils étaient obstrués. Les murs, sur les surfaces utilisables, étaient hardiment sculptés en une frise formant une spirale aux proportions inhumaines ; l'ensemble, malgré les dégâts dus aux intempéries dans ce lieu ouvert aux quatre vents, était d'une splendeur artistique dépassant tout ce que nous avions vu jusque-là. Le sol jonché de décombres était couvert d'une très épaisse couche de glace, et nous estimâmes que le fond véritable devait se trouver beaucoup plus bas.

Mais le plus remarquable était la titanesque rampe de pierre qui, évitant les voûtes par un brusque virage au-dessus de la place, s'élevait en spirale le long de l'incroyable paroi cylindrique, telle une réplique intérieure de celles qui, jadis, tournaient autour des gigantesques tours ou ziggourats de l'antique Babylone. Seules la rapidité de notre vol et la perspective, qui confondait la descente avec le mur intérieur de la tour, nous avaient empêchés de remarquer cette particularité depuis le ciel, ce qui nous avait conduits à chercher un autre moyen d'accéder aux niveaux situés sous la glace. Pabodie aurait peut-être su dire par quelle technique elle tenait en place, mais Danforth et moi ne pûmes qu'admirer et nous émerveiller. Nous vîmes d'énormes piliers et encorbellements, mais pas un élément ne semblait adapté à sa fonction. L'édifice était formidablement bien conservé jusqu'au sommet actuel de la tour – fait particulièrement remarquable étant donné son exposition – et avait abrité les étranges et inquiétantes sculptures cosmiques sur les murs.

En débouchant dans la pénombre impressionnante qui régnait au fond de ce monstrueux cylindre – vieux de cinquante millions d'années et donc, à coup sûr, l'édifice le plus primitif sur lequel nous ayons jamais posé les yeux – nous vîmes que les parois vertigineuses traversées par la rampe faisaient près de vingt mètres de haut. D'après nos observations en vol, cela signifiait une couche de glace extérieure d'une bonne douzaine de mètres ; puisque le gouffre béant que nous avions vu de l'avion se trouvait au sommet d'une butte de blocs effondrés d'une hauteur approximative de six mètres, relativement protégée, sur les trois quarts de son pourtour, par les gigantesques murs courbes d'une enfilade de ruines plus élevées. D'après les bas-reliefs, la tour, à l'origine, se dressait au milieu d'une immense place circulaire et mesurait peut-être cent cinquante ou cent quatre-vingts mètres de haut ; elle comportait des disques horizontaux superposés près de son sommet, et des flèches très effilées le long de la bordure supérieure. Pour l'essentiel, les murs s'étaient plutôt effondrés vers l'extérieur ; un heureux hasard, car, autrement, la rampe aurait pu être détruite et l'intérieur totalement obstrué. En l'occurrence, ladite rampe avait subi d'importants dégâts, et l'accumulation de gravats était telle que toutes les voûtes semblaient avoir été récemment déblayées en partie.

Il ne nous fallut pas plus de quelques instants pour conclure que c'était bien par là que les autres étaient descendus et qu'il nous faudrait remonter, selon toute logique et malgré la longue piste de morceaux de papier que nous avions laissée ailleurs. Le sommet béant de la tour n'était pas plus éloigné des contreforts et de l'endroit où attendait notre avion que le grand édifice en terrasses dans lequel nous avions pénétré et, de toute façon, si nous reprenions notre exploration sous la glace au cours de cette mission, cela ne pourrait se faire que dans les environs. Étrangement, nous envisagions encore la possibilité de revenir, et ce en dépit de tout ce que nous avions vu et deviné. Mais alors que nous nous frayions prudemment un chemin parmi les décombres jonchant la grande esplanade, quelque chose occulta pour un temps toute autre préoccupation.

C'étaient trois traîneaux rangés bien proprement les uns contre les autres dans l'angle le plus éloigné de la section la plus basse de la rampe, à l'endroit où elle sortait perpendiculairement du mur, section qui jusque-là avait échappé à notre regard. Ils étaient donc là, les trois traîneaux disparus du camp de Lake, éprouvés par un rude traitement ; car on avait dû les traîner longuement et avec force sur les dalles et décombres sans neige, de même qu'il avait sans doute fallu les porter pour franchir des zones totalement impraticables. Ils étaient soigneusement et intelligemment chargés et sanglés, et contenaient des objets que nous aurions eu du mal à ne pas reconnaître : le poêle à essence, les bidons de carburant, étuis d'instruments, boîtes de conserve, des bâches manifestement bourrées de livres, et d'autres renflées sous l'effet d'un contenu moins évident. Tout cela provenait de l'équipement de Lake.

Après ce que nous avions trouvé dans la salle souterraine, nous nous étions, dans une certaine mesure, préparés à cette découverte. Le véritable choc se produisit lorsque nous nous approchâmes et défîmes une bâche dont la forme nous avait paru particulièrement inquiétante. Apparemment, Lake n'avait pas été le seul à s'intéresser à la collecte de spécimens typiques ; car nous en avions deux sous les yeux, raidis par le froid, parfaitement conservés, avec des morceaux de sparadrap aux endroits du cou où ils avaient été blessés, et soigneusement enveloppés de manière à prévenir tout autre dégât. C'étaient les cadavres du jeune Gedney et du chien disparu.

X

Nombreux seront ceux qui, probablement, nous jugeront insensibles et fous d'avoir pensé au tunnel nord et à l'abysse si peu de temps après avoir fait cette macabre découverte, et je ne jurerais pas que nous serions revenus immédiatement à cette idée sans la circonstance particulière qui survint et déclencha une toute nouvelle série de conjectures. Nous avions replacé la bâche sur le pauvre Gedney et nous trouvions dans un état de muette stupéfaction lorsque des bruits parvinrent jusqu'à notre conscience ; les premiers que nous entendions depuis que nous avions quitté la surface, où le vent gémissait faiblement du haut des sommets formidablement élevés. Bien qu'ils fussent familiers et banals, entendre de tels bruits dans ce lointain royaume de la mort était plus inattendu et démoralisant que n'aurait pu l'être n'importe quel son insolite ou surnaturel, car ils venaient bousculer une fois encore notre conception de l'harmonie cosmique.

S'ils avaient un tant soit peu ressemblé à cet étrange son flûté à large tessiture que le rapport de dissection de Lake nous avait conduits à attribuer par avance aux créatures – et qu'en réalité nos imaginations à bout avaient cru reconnaître dans chaque plainte du vent depuis notre arrivée au camp dévasté – ils auraient au moins présenté une sorte de conformité infernale avec cette région morte depuis des millénaires, une voix d'un autre temps étant à sa place dans un cimetière d'un autre temps. Mais en l'occurrence, ce bruit réduisait à néant tous nos réglages profondément établis, notre tacite acceptation de l'Antarctique comme un désert aussi absolument et irrévocablement vide de tout vestige de vie normale que le disque stérile de la lune. Ce que nous entendions n'était pas la voix légendaire d'un quelconque blasphème enfoui sous une terre antique et surnaturellement dure de laquelle un soleil polaire hors du temps aurait arraché quelque monstrueuse réaction. Non, c'était une chose si ridiculement normale et immanquablement familière – depuis notre séjour en mer au large des côtes de la terre Victoria et l'époque où nous campions dans le détroit de McMurdo – que nous tremblâmes de l'entendre en ce lieu où elle n'aurait pas dû être possible. En un mot, c'était un cri rauque de manchot.

Le son étouffé montait de renfoncements sous la glace, presque en face du couloir par lequel nous étions arrivés, c'est-à-dire exactement dans la direction de l'autre tunnel menant au vaste abîme. La présence d'un oiseau marin vivant de ce côté – dans un monde dont la surface était uniformément dénuée de vie, et ce depuis des temps immémoriaux – ne pouvait mener qu'à une conclusion ; aussi notre première idée fut-elle de vérifier la réalité objective de ce son. En effet, il se répétait, et semblait même parfois provenir de plus d'un gosier. Partant à la recherche de son origine, nous franchîmes une voûte presque entièrement déblayée et reprîmes notre exploration – non sans avoir prélevé, avec une drôle de répugnance, une réserve de papier supplémentaire dans l'un des chargements bâchés sur les traîneaux – en laissant derrière nous la lumière du soleil.

Le sol glacé faisant place à une jonchée de détritus, nous distinguâmes clairement de curieuses traînées ; Danforth trouva même une empreinte nette qu'il m'est inutile de vous décrire. La direction des cris de manchot correspondait précisément à celle qu'indiquaient notre plan et notre boussole pour rejoindre l'entrée du tunnel nord. Nous découvrîmes avec satisfaction, au rez-de-chaussée et au sous-sol, un passage sans pont qui nous parut dégagé. D'après le plan, le tunnel devait partir du sous-sol d'un grand édifice pyramidal dont nous nous souvenions vaguement pour avoir remarqué, lors de notre vol de reconnaissance, qu'il était remarquablement bien conservé. En chemin, notre lampe révéla l'habituelle profusion de sculptures, mais nous ne prîmes pas le temps d'en regarder une seule.

Tout à coup, une imposante forme blanche surgit devant nous. Nous allumâmes la seconde torche. Étrangement, cette nouvelle quête avait totalement détourné nos esprits de leurs craintes initiales quant à ce qui pouvait se tapir non loin. Les créatures, ayant laissé leur matériel sur la grande place circulaire, avaient probablement prévu de revenir après leur excursion vers ou dans l'abysse ; et pourtant, nous avions oublié toute prudence les concernant, comme si elles n'avaient jamais existé. Cette chose blanche qui se dandinait devant nous mesurait bien un mètre quatre-vingts, mais nous comprîmes aussitôt qu'il ne s'agissait pas d'une de ces créatures. Elles étaient plus grandes, plus sombres et, d'après les bas-reliefs, se déplaçaient vite et avec assurance à la surface, malgré les étranges tentacules marins dont elles étaient équipées. Mais il serait futile de prétendre que la chose blanche ne nous effraya pas profondément. En effet, nous fûmes un instant saisis d'une terreur primitive presque plus intense que la pire de nos peurs raisonnées à l'égard des autres créatures. Puis la tension redescendit subitement lorsque la forme laiteuse se faufila dans un passage latéral sur notre gauche pour aller rejoindre deux de ses congénères qui l'avaient appelée de leur voix rauque. Car ce n'était qu'un manchot, quoique d'une race énorme et inconnue, bien plus grande que les plus grands manchots royaux, et monstrueuse en ceci que la bête était à la fois albinos et quasiment sans yeux.

Nous la suivîmes dans le tunnel voûté et braquâmes nos deux torches sur les trois animaux indifférents et insouciants, ce qui nous permit de voir que tous étaient albinos et aveugles et appartenaient à la même espèce inconnue et gigantesque. Leur taille nous rappela certains manchots archaïques représentés dans les bas-reliefs des Anciens, et il ne nous fallut pas longtemps pour en conclure qu'ils en descendaient. Sans doute la lignée avait-elle survécu en se repliant dans quelque région souterraine plus chaude, dont l'obscurité perpétuelle avait détruit leur pigmentation et réduit leurs yeux à de simples fentes inutiles. On ne pouvait douter que leur habitat actuel fût le grand gouffre que nous cherchions ; et cette preuve qu'il demeurait habitable et à température constante nous emplit d'idées tout à fait singulières et vaguement inquiétantes.

Nous nous demandions aussi ce qui avait pu pousser ces trois oiseaux à s'aventurer hors de leur domaine habituel. L'état et le silence de la grande ville morte montraient clairement qu'elle n'avait jamais servi de colonie estivale récurrente ; quant à l'indifférence manifeste des trois animaux pour notre présence, elle rendait improbable l'hypothèse suivant laquelle les autres auraient pu leur faire peur en passant. Était-il possible que les créatures se soient montrées agressives, ou qu'elles aient voulu augmenter leurs réserves de viande ? Nous doutions que l'odeur âcre qui avait tant dérangé les chiens eût éveillé le même genre d'antipathie chez les manchots, car leurs ancêtres avaient manifestement vécu en excellents termes avec les Anciens, une relation amicale qui devait se poursuivre dans l'abîme, pour autant qu'il reste des Anciens. Regrettant – dans un sursaut de notre vieil esprit purement scientifique – de ne pouvoir prendre de clichés de ces anomalies de la nature, nous les abandonnâmes bientôt à leurs jabotages et poussâmes vers le gouffre que, désormais, nous savions ouvert, et dont les empreintes occasionnelles des manchots nous indiquaient la direction.

Peu après, nous descendions un long couloir bas en pente raide, sans porte, et étrangement dénué de sculptures, qui nous fit penser que nous approchions enfin de l'entrée du tunnel. Nous avions encore croisé deux manchots, et en avions entendu d'autres droit devant nous. Puis le couloir déboucha sur un espace ouvert si vaste que nous ne pûmes que retenir notre souffle en le voyant. Il s'agissait d'une parfaite demi-sphère inversée, à l'évidence très profondément enfouie, de trente mètres de diamètre pour quinze de haut, dotée de basses portes voûtées ouvrant de tous côtés de sa circonférence sauf un, où béait une noire ouverture caverneuse en arc, qui venait casser la symétrie de la salle à une hauteur de près de quatre mètres cinquante. C'était l'entrée du grand abysse.

Dans cet immense hémisphère, dont le plafond concave était sculpté de manière impressionnante bien que décadente pour ressembler à la voûte céleste primordiale, se dandinaient quelques manchots albinos. Ils n'y étaient pas à leur place, mais n'en avaient cure, dans leur aveugle indifférence. Le tunnel noir ouvrait à perte de vue sur une descente raide ; des montants et un linteau étaient grotesquement ciselés sur le pourtour de son entrée. Nous eûmes l'impression qu'un courant d'air un peu moins froid et peut-être même une légère vapeur sortaient de cette gueule mystérieuse ; et nous nous demandâmes quels êtres vivants autres que ces manchots pouvaient bien se cacher dans les profondeurs du vide infini, mais aussi dans les galeries attenantes, sous le plateau et les montagnes titanesques. Nous nous demandâmes aussi si les traces de fumée que le pauvre Lake avait cru voir au sommet des montagnes, ainsi que l'étrange brume que nous avions nous-mêmes perçue autour du pic couronné de remparts, ne résultaient pas de la remontée par des chemins tortueux du même genre de vapeur issue des entrailles insondables de la terre.

En pénétrant dans le tunnel, nous vîmes qu'il mesurait – du moins au départ – à peu près quatre mètres cinquante de haut et de large, les murs, le sol et le plafond voûté étant bâtis selon l'habituelle maçonnerie mégalithique. Les côtés étaient sommairement décorés de cartouches à la stylisation tardive et décadente ; l'ensemble de la construction et des sculptures était merveilleusement bien conservé. Le sol était dégagé, exception faite d'une légère couche de débris portant les traces du passage des manchots en direction de la sortie, et des autres vers l'intérieur. Plus nous nous enfoncions, plus il faisait chaud, si bien que nous ne tardâmes pas à déboutonner nos lourds vêtements. Nous nous demandâmes s'il y avait là en bas quelque phénomène igné en jeu, et si les eaux de cette mer sans soleil étaient chaudes. Après une courte distance, la maçonnerie fit place à la roche massive, même si le tunnel conservait les mêmes proportions et présentait le même aspect de sculpture régulière. Par endroits la pente variable devenait si forte qu'on avait creusé des rainures dans le sol. À plusieurs reprises, nous remarquâmes les ouvertures de petites galeries latérales qui ne figuraient pas sur notre plan, mais aucune n'était de nature à compliquer notre retour, et toutes offriraient des possibilités de refuge au cas où nous rencontrerions des créatures importunes revenant de l'abysse. L'odeur indéfinissable de ces êtres était très perceptible. Étant donné les circonstances, se risquer dans ce tunnel tenait sans aucun doute de la folie suicidaire mais, chez certains, l'attrait de l'inconnu est plus fort qu'on ne le croit en général ; d'ailleurs, c'était précisément un tel attrait qui nous avait amenés à explorer cet étrange désert polaire. Nous vîmes plusieurs manchots au passage, et fîmes des hypothèses quant à la distance qui nous restait à couvrir. Sur la foi des bas-reliefs, nous nous attendions à une descente abrupte d'environ un kilomètre et demi jusqu'à l'abysse, mais nos précédentes pérégrinations nous avaient montré que l'on ne pouvait se fier tout à fait à ce genre d'estimations.

Au bout de quatre cents mètres, l'indéfinissable odeur se fit beaucoup plus nette, et nous notâmes soigneusement l'emplacement des différentes ouvertures latérales que nous dépassions. Contrairement à l'entrée, on n'y décelait aucune vapeur. La température grimpait vite, et nous ne fumes pas surpris de tomber sur un tas désordonné dont le contenu nous était effroyablement familier. Il se composait de fourrures et de toiles de tente provenant du camp de Lake ; nous ne nous arrêtâmes pas pour étudier les formes étranges qu'on leur avait données en les tailladant. Légèrement plus loin, nous remarquâmes une nette augmentation de la taille et du nombre des galeries latérales, et décidâmes que nous avions atteint le sous-sol des contreforts les plus élevés, où le réseau de tunnels était le plus dense. L'odeur indescriptible se mélangeait curieusement à une autre, à peine moins écœurante, dont nous ne pûmes déterminer la nature, mais qui nous fit penser à des organismes en décomposition et, peut-être, à des champignons inconnus à la surface. Puis le tunnel s'élargit d'une façon d'autant plus surprenante que les bas-reliefs ne nous avaient pas préparés à un tel changement ; il prit de la largeur et de la hauteur pour se transformer en une impressionnante caverne en forme d'ellipse et d'aspect naturel dont le sol mesurait plus de vingt mètres de long pour quinze de large, et dont les côtés étaient percés de nombreux passages immenses s'enfonçant dans les ténèbres mystérieuses.

Bien que cette caverne fût apparemment naturelle, une inspection à l'aide de nos deux torches révéla qu'elle s'était formée à la suite de la destruction artificielle de plusieurs parois séparant des galeries adjacentes. Les parois étaient rugueuses, la haute voûte couverte de stalactites. Mais le sol de roche brute avait été aplani, et était si vierge de décombres, de débris ou même de poussière que c'en était anormal. À part le chemin par lequel nous étions arrivés, c'était vrai du sol de tous les grands tunnels qui partaient de la caverne, et cette particularité était si frappante que nous nous interrogeâmes en vain. La curieuse odeur fétide qui s'était ajoutée à l'innommable puanteur initiale était excessivement âcre, au point même d'éclipser totalement l'autre. Ce lieu, avec son sol poli, voire presque luisant, nous sembla plus obscurément déroutant et horrible que n'importe laquelle des monstruosités que nous avions rencontrées jusque-là.

La régularité du passage juste devant nous ainsi que l'abondance de fientes de manchots nous dispensèrent d'hésiter sur le chemin à suivre, malgré la pléthore d'entrées d'égale grandeur. Cependant, nous décidâmes de reprendre notre piste de papier au cas où surviendrait une nouvelle complication ; car bien entendu, en l'absence de poussière, nous ne pouvions plus compter sur les empreintes. Reprenant notre marche, nous braquâmes notre torche sur les murs du tunnel… et nous nous arrêtâmes net, estomaqués par le changement radical des sculptures dans cette partie du passage. Bien sûr, nous étions conscients de la grande décadence de l'art des Anciens à l'époque où le tunnel avait été creusé, et nous avions bien remarqué le travail inférieur des arabesques dans les sections que nous venions de traverser. Mais dans cette zone plus profonde après la caverne, nous vîmes une brusque différence qui ne pouvait s'expliquer ; une différence fondamentale de nature aussi bien que de qualité, supposant une régression si profonde et désastreuse du savoir-faire des artistes que rien, dans les signes de déclin observés jusque-là, n'aurait pu la laisser prévoir.

Ces nouvelles œuvres dégénérées étaient grossières, prétentieuses, et leurs détails manquaient totalement de finesse. Elles étaient creusées en bandes excessivement profondes suivant la même ligne générale que les cartouches disséminés dans les sections précédentes, et les reliefs n'atteignaient pas le niveau de la surface. Danforth était d'avis qu'il s'agissait d'une seconde gravure, une sorte de palimpseste obtenu après oblitération du motif d'origine. Elles étaient de nature purement décorative et conventionnelle, et étaient composées de spirales et d'angles grossiers suivant à peu près la tradition mathématique du quintile, si chère aux Anciens ; toutefois, cela ressemblait davantage à une parodie qu'à une perpétuation de ladite tradition. Nous ne pouvions nous ôter de l'esprit qu'au-delà de la technique, quelque élément subtil mais profondément étranger s'était ajouté au style esthétique, élément étranger qui, d'après Danforth, était responsable de cette laborieuse substitution. Ces œuvres étaient proches et, cependant, bizarrement différentes de ce que nous avions appris à reconnaître pour l'art des Anciens ; je ne pouvais m'empêcher de penser à des œuvres hybrides, comme les disgracieuses sculptures palmyréniennes inspirées du style romain. La présence d'une pile de lampe usagée, sur le sol, devant l'un des cartouches les plus caractéristiques, nous révéla que d'autres avaient récemment examiné cette ceinture de bas-reliefs.

Puisque nous n'avions pas de temps à perdre en études scientifiques, nous reprîmes notre route après un rapide coup d'œil ; cependant, nous ne manquâmes pas d'éclairer fréquemment les murs pour voir d'autres changements éventuels dans la décoration. Nous ne remarquâmes rien de tel, sinon que, par endroits, les bas-reliefs étaient assez clairsemés à cause des nombreuses entrées de tunnels latéraux au sol lisse. Nous croisions et entendions moins de manchots, mais il nous sembla vaguement en percevoir tout un chœur, très loin, dans les entrailles de la terre. La nouvelle odeur inexplicable était horriblement forte, si bien que nous percevions à peine l'autre puanteur indescriptible. Vers l'avant, des bouffées visibles de vapeur annonçaient des contrastes thermiques plus accentués, et la relative proximité des falaises sans soleil du grand abysse. Tout à coup, nous vîmes devant nous des obstacles sur le sol luisant, et à coup sûr, il ne s'agissait pas de manchots. Nous allumâmes notre seconde torche après nous être assurés qu'ils étaient parfaitement immobiles.

XI

Une fois encore, me voici parvenu à un point où il m'est très difficile de poursuivre mon récit. À force, je devrais être endurci mais, certaines expériences, certains signes, laissent des cicatrices trop profondes pour qu'on en guérisse, et ne font qu'exacerber la sensibilité de sorte que la mémoire réinsuffle toute l'horreur initiale dans nos souvenirs. Comme je l'ai dit, nous vîmes des obstacles sur le sol poli ; et, je dois le préciser, nos narines furent presque aussitôt assaillies par une très curieuse aggravation de la non moins étrange puanteur dominante, désormais tout à fait mêlée à l'odeur indéfinissable de ceux qui nous avaient précédés. La lumière de la seconde lampe ne laissa aucun doute sur la nature des obstacles, et si nous osâmes les approcher, c'est uniquement parce que même à cette distance, il était évident qu'ils étaient devenus aussi inoffensifs que leurs six congénères exhumés des monstrueuses tombes surmontées de tertres en forme d'étoile, au camp du pauvre Lake.

En effet, ils étaient aussi incomplets que la plupart des spécimens enterrés même si, à voir la flaque d'épais liquide vert sombre qui se répandait autour d'eux, il ne faisait aucun doute que leurs mutilations étaient infiniment plus récentes. Ils n'étaient que quatre alors que, d'après les comptes-rendus de Lake, le groupe qui nous précédait ne comptait pas moins de huit individus. Nous ne nous étions pas du tout attendus à les trouver dans cet état, et nous nous demandâmes quel genre de bataille monstrueuse avait pu se produire là, dans les ténèbres.

Quand on s'en prend à un groupe de manchots, les oiseaux ripostent sauvagement à coups de bec ; et nos oreilles nous confirmaient l'existence d'une colonie, loin vers l'avant. Les autres créatures l'avaient-elles dérangée, provoquant une poursuite meurtrière ? Les obstacles ne suggéraient rien de tel, car, étant donné la résistance des tissus que Lake avait disséqués, des becs de manchots pouvaient difficilement être responsables des terribles blessures que nous commencions à distinguer en approchant. Par ailleurs, les énormes oiseaux aveugles que nous avions croisés nous semblaient singulièrement pacifiques.

Y avait-il eu échauffourée entre les créatures, et les quatre absents étaient-ils responsables ? Si oui, où étaient-ils passés ? Étaient-ils tout proches, et constituaient-ils donc une menace immédiate pour nous ? Nous jetâmes des coups d'œil inquiets vers certains passages latéraux au sol lisse tout en continuant notre approche, lentement, avec une franche réticence. Quelle qu'ait été la raison du conflit, c'était manifestement celui-ci qui avait effrayé les manchots et les avait poussés à errer, ce qui n'était pas dans leurs habitudes. La rixe avait donc dû éclater près de la colonie dont nous percevions vaguement l'écho venant de ce gouffre incommensurable ; en effet, rien ne montrait que les oiseaux aient pu avoir leur habitat à l'endroit où nous nous trouvions. Peut-être la funeste bataille avait-elle tourné à la poursuite, les vaincus battant en retraite vers les traîneaux cachés lorsque leurs poursuivants les avaient achevés. On imaginait ces créatures d'une horreur sans bornes, opposées dans une infernale bataille, surgir de l'abysse noir parmi une nuée de manchots affolés jabotant et fuyant devant elles.

Comme je l'ai dit, nous approchions des corps étendus et mutilés avec lenteur et réticence. Si seulement nous étions ressortis à toutes jambes de ce maudit tunnel, avec son sol lisse et luisant et ses bas-reliefs dégénérés singeant et tournant en ridicule les œuvres qui les avaient précédés… ressortis avant de voir ce que nous vîmes, et avant que nos esprits ne soient marqués à vie, de sorte que jamais plus nous ne serions en mesure de respirer normalement !

Les deux torches braquées sur les corps allongés, nous perçûmes vite un facteur récurrent dans leurs blessures. Tout mutilés, écrasés, tordus et sectionnés qu'ils fussent, la pire lésion commune à tous les cadavres était leur décapitation totale. On avait coupé à chacun sa tête en étoile de mer garnie de tentacules ; et une fois à proximité, nous vîmes qu'il n'y avait pas simplement eu décollation, mais quelque répugnant arrachage ou succion. Une grande flaque de sanie verte se répandait autour, mais sa puanteur était à moitié masquée par la seconde odeur, plus étrange encore, et plus agressive que jamais. C'est seulement une fois arrivés très près des obstacles étendus que nous repérâmes la source de cette dernière odeur inexplicable ; et Danforth, se rappelant certaines sculptures particulièrement frappantes sur l'histoire des Anciens à la période permienne, il y a cent cinquante millions d'années, laissa échapper un cri d'angoisse dont l'écho se répercuta frénétiquement le long de l'archaïque passage voûté aux palimpsestes maléfiques.

Je ne fus pas loin de l'imiter, car j'avais moi aussi vu ces sculptures primitives, et admiré en frémissant la manière dont l'artiste anonyme avait suggéré la repoussante couche de bave visqueuse découverte sur certains Anciens gisant mutilés, à savoir ceux que les effroyables Shoggoths, au cours de la grande guerre de reconquête, avaient massacrés d'atroce manière, et dont ils avaient aspiré la tête jusqu'à l'arracher. Ces sculptures étaient infâmes, cauchemardesques, même quand elles parlaient de temps révolus, vieux comme le monde ; car les Shoggoths et leurs travaux ne devraient jamais être ni vus des hommes, ni représentés par aucun être. L'auteur fou du *Necronomicon* s'était risqué à jurer, non sans appréhension, que nul Shoggoth n'avait été engendré sur cette planète, et que seuls des rêveurs drogués avaient pu ne fût-ce que concevoir leur existence. Des protoplasmes amorphes capables d'imiter et de refléter toutes les formes, tous les organes et actions…

visqueuses agglutinations de cellules bouillonnantes... sphéroïdes élastiques de quatre mètres cinquante, infiniment malléables et ductiles... esclaves sous hypnose, bâtisseurs de cités... toujours plus renfrognés, toujours plus intelligents, toujours plus amphibies, toujours plus imitateurs ! Grands dieux ! Quelle folie avait poussé ces maudits Anciens à employer et sculpter pareilles créatures ?

Alors quand Danforth et moi vîmes la bave noire, luisante de fraîcheur, avec ses reflets irisés, collant en couche épaisse à ces corps sans tête, empestant affreusement cette seconde odeur indéfinissable dont seul un esprit malade aurait pu imaginer la source, collant à ces cadavres et parsemant en couches plus fines une partie lisse du mur aux terribles palimpsestes de façon à former une série de points groupés, nous saisîmes l'essence de la peur cosmique jusque dans ses ultimes profondeurs. Ce n'était pas la peur des quatre autres manquants, non, car nous soupçonnions fort qu'ils ne feraient plus de mal à personne. Les pauvres diables ! En fin de compte, ils n'étaient pas mauvais dans leur genre. C'étaient les hommes d'un autre âge, d'un autre ordre d'existence. La Nature leur avait joué un bien vilain tour, et recommencera pour chacun de ceux que les humains, par folie, insensibilité ou cruauté, déterreront encore dans cet horrible désert polaire mort ou endormi. Cette tragédie était tout ce qu'ils avaient gagné à rentrer chez eux.

Ces créatures n'étaient même pas sauvages ; car qu'avaient-elle fait, en réalité ? Ce terrible réveil dans le froid d'une époque inconnue... peut-être avaient-elles été attaquées par des quadrupèdes à fourrure aboyant frénétiquement, et s'étaient-elles défendues malgré leur hébétude, de même que contre les simiens blancs tout aussi frénétiques, avec leur drôle d'enveloppe et leur attirail... Pauvre Lake, pauvre Gedney... et pauvres Anciens ! Scientifiques jusqu'au bout... Qu'avaient-ils fait que nous n'aurions fait à leur place ? Dieu, quelle intelligence et quelle persévérance ! Quelle incroyable confrontation, comparable à celles, à peine plus crédibles, qu'avaient vécues leurs frères et ancêtres des bas-reliefs ! Radiaires, végétaux, monstres, rejetons des étoiles... quoi qu'ils aient été, c'étaient des hommes !

Ils avaient franchi les pics glacés dont les pentes parsemées de temples avaient jadis été leurs lieux de culte, et dans lesquels ils avaient erré parmi les fougères arborescentes. Ils avaient trouvé leur cité morte ruminant sous sa malédiction, et appris comme nous les derniers chapitres de son histoire dans les bas-reliefs. Puis ils avaient essayé de rejoindre leurs semblables vivants dans les fabuleux abîmes de ténèbres qu'ils ne connaissaient pas… et qu'avaient-ils trouvé ? Tout cela défila en accéléré dans nos esprits, alors que nos regards passaient de ces silhouettes sans têtes et couvertes de bave aux haïssables palimpsestes sculptés et aux diaboliques groupes de points de bave fraîche, à côté, sur le mur ; et que tout en regardant, nous comprenions ce qui avait dû triompher et survivre là en bas, dans la ville marine cyclopéenne, au fond de cet abysse noir aux rivages envahis de manchots, et d'où une sinistre brume ondulante et blafarde avait commencé à jaillir, comme en réaction au cri hystérique de Danforth.

Le choc que nous avions éprouvé en reconnaissant cette bave et cette décapitation monstrueuses nous avait laissés pétrifiés et muets, et c'est seulement plus tard, au fil de nos conversations, que nous découvrîmes la parfaite identité de nos pensées à cet instant-là. Nous avions l'impression d'être là depuis une éternité, alors qu'il ne pouvait pas s'être passé plus de dix ou quinze secondes. Cette horrible brume blême s'avançait en ondulant, comme poussée par quelque masse plus lointaine, et alors retentit un bruit qui bouleversa presque tout le plan d'action que nous venions d'établir et, ce faisant, rompit le sortilège, ce qui nous permit de nous lancer dans une course folle qui nous vit repasser devant les manchots qui jabotaient, désorientés, remonter le chemin nous ramenant vers la cité au fil de couloirs mégalithiques enfoncés sous les glaces, déboucher dans la grande cour circulaire, puis gravir l'archaïque rampe en spirale dans une ruée machinale et frénétique vers l'air sain du dehors et la lumière du jour.

Ce nouveau bruit, comme je l'ai indiqué, bouleversa presque tous nos plans ; car c'était le son que la dissection de Lake nous avait conduits à attribuer à ceux qu'un instant plus tôt nous estimions morts. Danforth m'avoua plus tard qu'il s'agissait précisément de ce qu'il avait entendu, extrêmement étouffé, après le virage d'une ruelle, au-dessus de la surface des glaces ; et ce son présentait certainement une ressemblance frappante avec les hurlements flûtés du vent que nous avions tous deux entendus autour des hautes cavernes montagneuses. Au risque de paraître puéril, j'ajouterai une dernière chose, ne serait-ce que parce que l'impression de Danforth, étonnamment, rejoignit la mienne. Bien sûr, c'étaient nos lectures communes qui nous avaient amenés à une telle interprétation, bien que Danforth ait évoqué d'étranges théories selon lesquelles Poe aurait pu avoir accès à des sources insoupçonnées et interdites pendant l'écriture de son *Arthur Gordon Pym*, il y a un siècle de cela. On se rappellera que dans ce récit fantastique se trouve un mot à la signification inconnue mais terrible et prodigieuse, liée à l'Antarctique, et que crient encore et toujours les oiseaux géants et à la blancheur spectrale au cœur de cette région maléfique : « *Tekeli-li ! Tekeli-li !* » Je dois le reconnaître, c'est exactement ce que nous crûmes avoir distingué dans ce bruit soudain derrière la brume blanche qui roulait vers nous, cet insidieux sifflement musical à la tessiture étonnamment étendue.

Nous avions pris nos jambes à notre cou avant même que la troisième note ou syllabe eût retenti. Certes, nous savions que la rapidité des Anciens permettrait à un poursuivant ayant survécu au massacre, attiré par le cri, de nous rattraper en un instant si l'envie lui en prenait vraiment, mais nous avions le vague espoir qu'un comportement pacifique et la démonstration de facultés parentes pourraient pousser un être comme celui-là à nous épargner en cas de capture, ne serait-ce que par curiosité scientifique. Après tout, s'il n'avait rien à craindre pour lui-même, il n'aurait aucune raison de nous faire du mal. La discrétion étant futile dans de telles circonstances, nous nous servîmes de notre torche pour jeter un coup d'œil en arrière tout en continuant de courir. Nous remarquâmes que la brume s'éclaircissait. Allions-nous enfin voir un spécimen intact et vivant de ces fameuses créatures ? À nouveau retentit l'insidieux son musical flûté : « *Tekeli-li ! Tekeli-li !* »

Alors, remarquant que nous distancions notre poursuivant, nous comprîmes que l'entité était peut-être blessée. Cependant, nous ne pouvions prendre le moindre risque, car il était tout à fait évident qu'elle approchait en réponse au cri de Danforth, et non pour fuir une autre créature. Les choses s'enchaînaient trop vite pour qu'il s'agisse d'une coïncidence. Quant à savoir où se trouvait ce cauchemar plus inconcevable et indéfinissable encore – cette montagne fétide encore invisible de protoplasme cracheur de bave dont l'espèce avait conquis l'abysse et envoyé des pionniers resculpter les galeries de la montagne et s'y contorsionner –, nous n'en avions pas la moindre idée ; et nous ressentions un véritable serrement de cœur à abandonner cet Ancien probablement infirme, peut-être l'unique survivant de son groupe, au danger d'une nouvelle capture et à un sort innommable.

Dieu merci, nous ne ralentîmes pas notre course. Les volutes de brume avaient retrouvé leur épaisseur, et avançaient de plus en plus vite ; pendant ce temps, derrière nous, les manchots errants jabotaient, criaillaient et montraient les signes d'une panique vraiment surprenante étant donné leur relatif manque de réaction quand nous étions passés devant eux. Le sinistre son flûté à large tessiture retentit une fois de plus : « *Tekeli-li ! Tekeli-li !* » Nous nous étions trompés. La chose n'était pas blessée, mais avait simplement fait halte en croisant les corps de ses semblables tombés, et la diabolique inscription à la bave, au-dessus d'eux. Nous ne connaîtrions jamais le sens de ce message démoniaque mais les tombes, au camp de Lake, nous avaient montré l'importance que ces êtres accordaient à leurs morts. Notre torche, dont nous usions sans retenue, révéla devant nous la vaste caverne ouverte dans laquelle convergeaient différents tunnels, et nous fûmes heureux de laisser derrière nous ces morbides sculptures palimpsestiques, dont nous sentions encore presque la présence quand bien même nous ne les distinguions quasiment plus.

L'approche de la caverne nous fit aussi penser à la possibilité de semer notre poursuivant dans ce carrefour déconcertant de galeries. Il y avait plusieurs manchots aveugles et albinos dans le grand espace et, à l'évidence, leur peur de l'entité qui approchait était si extrême qu'elle confinait à l'inexplicable. À partir de là, si nous réduisions le faisceau de notre torche au strict minimum pour nous déplacer et tenions cette dernière braquée droit devant nous, l'agitation et les cris rauques des énormes oiseaux épouvantés dans la brume atténueraient peut-être le bruit de nos pas tout en cachant la direction que nous suivions, ce qui aurait pour effet de brouiller les pistes. Dans le brouillard bouillonnant, le sol jonché et rugueux du tunnel principal au-delà de ce point, à la différence des autres galeries, maladivement polies, se distinguait à peine ; pas même, pour autant que nous puissions le dire, pour ces fameux sens spéciaux rendant les Anciens partiellement, bien qu'imparfaitement, indépendants de la lumière en cas d'urgence. En réalité, nous avions nous-mêmes un peu peur de nous égarer dans notre hâte. Car bien entendu, nous avions décidé de nous diriger tout droit vers la cité morte ; en effet, se perdre dans ces galeries inconnues sous les contreforts aurait des conséquences inimaginables.

Le fait que nous ayons survécu et soyons ressortis suffit à prouver que la chose a bien emprunté la mauvaise galerie pendant que la providence nous faisait prendre la bonne. Les manchots à eux seuls n'auraient pu nous sauver, mais il semblerait qu'ils y soient parvenus avec l'aide de la brume. Un destin bienveillant avait voulu que les volutes de vapeur gagnent en épaisseur au moment opportun, car elles se déplaçaient et menaçaient en permanence de disparaître. C'est d'ailleurs ce qui se produisit l'espace d'une seconde, juste avant que nous émergions du tunnel aux écœurants bas-reliefs palimpsestiques pour déboucher dans la caverne, ce qui nous permit d'avoir un premier aperçu, quoique partiel, de notre poursuivant, en jetant un ultime coup d'œil de terreur et de désespoir en arrière avant de baisser la lumière de notre lampe et de nous mêler aux manchots en espérant échapper à la créature. Si le destin se montra bienveillant en nous dissimulant, il fit preuve d'une infinie cruauté en nous accordant cet aperçu ; car ce que nous entraperçûmes en un éclair fut en grande partie responsable de l'horreur qui n'a plus jamais cessé de nous hanter.

Peut-être est-ce simplement l'instinct immémorial poussant le fugitif à évaluer la nature et le chemin suivi par son poursuivant qui nous fit jeter ce coup d'œil, ou peut-être était-ce un réflexe répondant à une question subconsciente soulevée par l'un de nos sens. En pleine fuite, toutes nos facultés étant focalisées sur le problème de notre salut, nous n'étions pas en état d'observer et d'analyser les détails ; et pourtant, même comme cela, nos cellules cérébrales latentes durent s'interroger sur le message que leur envoyaient nos narines. Après coup, nous comprîmes de quoi il s'agissait ; que notre retraite devant la bave fétide recouvrant les obstacles décapités et l'approche simultanée de l'entité qui nous pourchassait ne nous avait pas apporté l'échange de puanteurs qu'exigeait la logique. À proximité des cadavres, la plus récente des deux odeurs fétides, encore inexplicable, avait largement prédominé ; mais à cette distance, elle aurait dû presque disparaître au profit de l'indicible relent associé aux « autres ». Ce n'était pas le cas ; à la place, la seconde odeur, moins supportable, était désormais pratiquement pure, et paraissait à chaque seconde un peu plus présente et toxique.

Nous nous retournâmes donc ; en même temps, semble-t-il, bien que l'amorce du mouvement de l'un ait sans doute encouragé l'autre à l'imiter. Ce faisant, nous braquâmes nos deux torches à pleine puissance sur la brume momentanément moins dense, soit par simple besoin instinctif de voir tout ce que nous pouvions, soit, de façon moins primitive mais tout aussi inconsciente, pour éblouir la créature avant d'éteindre à nouveau les lampes et de nous faufiler parmi les manchots une fois parvenus au centre du labyrinthe. Grand mal nous en prit ! Ni Orphée lui-même, ni la femme de Loth ne payèrent beaucoup plus cher un regard en arrière. Et une fois de plus revint cet odieux sifflement à large tessiture : « *Tekeli-li ! Tekeli-li !* »

Autant décrire franchement ce que nous vîmes, même si je ne puis supporter d'être tout à fait direct, et bien que sur le moment, nous eûmes tous deux l'impression qu'il ne fallait pas l'admettre, même entre nous. Les mots qui parviendront au lecteur ne pourront jamais rendre compte, même de loin, de l'horrible vision qui s'offrit à nous. Notre conscience se figea complètement, et je m'étonne d'ailleurs que nous ayons gardé assez de bon sens pour baisser nos lumières comme prévu et emprunter le bon tunnel pour regagner la cité morte. L'instinct seul dut nous guider, mieux peut-être que ne l'aurait fait la raison ; quoi qu'il en soit, nous payâmes notre salut au prix fort, car, de raison, nous n'en avions plus guère. Danforth était totalement accablé, et la première chose que je me rappelle du reste du voyage, c'est l'avoir entendu psalmodier d'un air absent une litanie hystérique dans laquelle j'aurais été le seul au monde à voir autre chose que les divagations d'un fou. L'écho de sa voix de fausset se répercutait parmi les jabotages de manchots ; à travers les voûtes devant nous et, Dieu merci, à travers celles de derrière, désormais vides. Il n'en fit pas davantage, sinon nous n'aurions pas été en vie à courir tête baissée comme nous le faisions. Je tremble d'imaginer les conséquences si ses réactions nerveuses avaient été un tant soit peu différentes.

« South Station Under… Washington Under… Park Street Under… Kendall… Central… Harvard… » Le pauvre garçon scandait le nom des stations familières de la ligne de métro Boston-Cambridge dont le tunnel traversait notre paisible terre natale, à des milliers de kilomètres de là, en Nouvelle-Angleterre ; mais ce rituel n'éveilla chez moi ni perplexité, ni nostalgie. Seulement de l'horreur. Car je savais de façon certaine quelle monstrueuse et indicible analogie l'avait inspiré. En nous retournant, nous nous étions attendus, à condition que les vapeurs fussent assez légères, à voir une créature de cauchemar se déplaçant de manière incroyable ; mais nous nous étions fait une idée précise de son apparence. Ce que nous vîmes en l'occurrence – la brume n'étant effectivement que trop malignement transparente – était tout à fait différent, et incommensurablement plus hideux et détestable. C'était l'incarnation parfaite, concrète, de ce que le romancier fantastique nomme « la chose qui ne devrait pas être » ; et son équivalent le plus proche et compréhensible est un énorme métro lancé à toute vitesse, que l'on verrait arriver depuis le quai d'une station, son grand avant noir surgissant tel un colosse des infinies profondeurs souterraines, constellé de lumières étrangement colorées et remplissant la prodigieuse galerie comme un piston remplit un cylindre.

Mais nous n'étions pas sur le quai. Nous étions sur la voie, devant la cauchemardesque colonne élastique de noire iridescence fétide qui avançait en suintant, serrée dans le boyau de quatre mètres cinquante de diamètre, gagnant une vitesse invraisemblable et poussant devant elle un nuage spiralé, redevenu épais, de pâle vapeur d'abysse. Cette indescriptible horreur était plus grande qu'aucun métro ; c'était un amas informe et légèrement luminescent de bulles protoplasmiques sur lesquelles des yeux éphémères apparaissaient par myriades puis disparaissaient, comme autant de pustules de lumière verdâtre sur tout l'avant qui remplissait le tunnel et fondait sur nous en écrasant les manchots affolés et en glissant sur le sol luisant que ses congénères et elle avaient si férocement récuré. Et encore et toujours ce cri surnaturel et narquois : « *Tekeli-li ! Tekeli-li !* » Enfin, nous nous rappelâmes que les démoniaques Shoggoths, qui tenaient uniquement leur vie, leur pensée, et leurs organes malléables des Anciens et sans autre langage que celui des groupes de points, avaient pour toute voix les accents imités sur ceux de leurs maîtres disparus.

XII

Danforth et moi nous rappelons avoir débouché dans le grand hémisphère sculpté, et aussi nous être faufilés de salles en couloirs cyclopéens de la cité morte sur le chemin du retour ; cependant, il s'agit de simples bribes de rêves, sans que nous ayons souvenir d'un quelconque acte volontaire, d'une action physique précise, ni du moindre détail. C'était comme si nous avions flotté dans un monde nébuleux, quelque dimension où ni le temps, ni l'orientation, ni les relations de causalité n'existaient. Si le demi-jour gris de la vaste cour circulaire nous calma un peu, nous n'approchâmes pas des traîneaux cachés, et ne revîmes donc ni le pauvre Gedney, ni le chien. Ils ont là un étrange et titanesque mausolée, et j'espère qu'ils reposeront en paix jusqu'à ce que cette planète ne soit plus.

C'est en gravissant la spirale de la rampe colossale que nous ressentîmes pour la première fois la terrible fatigue et l'essoufflement résultant de notre course dans l'air raréfié du plateau ; mais pas même la peur de l'effondrement ne put nous forcer à faire une pause avant d'avoir atteint le monde extérieur normal, celui du ciel et du soleil. Nous quittâmes ces époques ensevelies dans un contexte assez opportun, car, à mesure que nous montions en haletant les vingt mètres du cylindre de maçonnerie primitive, nous apercevions sur le côté une succession ininterrompue de bas-reliefs héroïques sculptés dans le style ancien et intact de la race morte. Un adieu des Anciens, écrit il y a cinquante millions d'années.

Lorsque enfin nous surgîmes du sommet, nous nous retrouvâmes en haut d'une véritable montagne de blocs effondrés ; les murs courbes de l'édifice plus élevé se dressaient à l'ouest, et les pics menaçants de la grande chaîne dépassaient derrière les structures plus dégradées, à l'est. Au ras de l'horizon sud, le soleil de minuit rougeoyant de l'Antarctique jetait des coups d'œil par les fractures des ruines déchiquetées, et l'âge et la torpeur inconcevables de la cité cauchemardesque semblaient d'autant plus extrêmes quand on les comparait à des choses relativement connues et familières, comme les traits du paysage polaire. Au-dessus, le ciel n'était que bouillonnement opalescent de légères vapeurs glacées. Le froid nous saisit littéralement. Nous déposâmes avec lassitude les sacs de matériel auxquels nous nous étions accrochés par réflexe tout au long de notre fuite désespérée et reboutonnâmes nos gros manteaux avant de descendre tant bien que mal la montagne de décombres et de traverser l'immémorial labyrinthe de pierre jusqu'aux contreforts où nous attendait notre avion. Nous ne parlâmes pas du tout de ce qui nous avait poussés à fuir ces ténèbres, domaine des secrets de la terre et des gouffres archaïques.

En moins d'un quart d'heure, nous avions regagné la pente abrupte montant aux contreforts – celle qui était probablement une ancienne terrasse – par laquelle nous étions descendus. Nous apercevions la masse sombre de notre grand avion entre les ruines éparses de la montée, devant nous. Parvenus à mi-hauteur, nous fîmes une pause pour reprendre notre souffle, et nous nous retournâmes afin de jeter encore un regard en contrebas au fantastique dédale paléogène de pierres aux formes incroyables, dédale qui à nouveau se découpait surnaturellement sur l'ouest inconnu. Ce faisant, nous vîmes que le ciel au-delà avait perdu sa brume matinale ; les vapeurs de glace instables étant montées jusqu'au zénith, où leurs contours moqueurs semblaient sur le point d'adopter quelque forme bizarre qu'ils craignaient de rendre de façon plus précise ou concluante.

Apparaissait maintenant sur l'ultime horizon blanc, derrière la cité insolite, une lointaine ligne féerique de pitons violets dont les sommets en aiguilles surgissaient, tel un rêve, sur le rose attirant du ciel occidental. L'antique plateau montait vers cette chatoyante bordure, le lit creux de l'ancien fleuve le traversant à la manière d'un ruban d'ombre irrégulier. Pendant un instant, nous restâmes bouche bée d'admiration face à l'hallucinante beauté cosmique de la scène, mais une vague horreur commença à s'insinuer dans nos âmes. Car cette lointaine ligne violette ne pouvait être que la terrible chaîne de montagnes des terres interdites ; les plus hauts sommets de la terre, concentrant toute sa malveillance ; théâtre d'indicibles horreurs et foyer de secrets archéens ; des pics à la fois fuis et adorés par ceux qui craignaient d'en découvrir la nature ; des pics que nul être vivant sur la planète n'avait jamais foulés, mais sur lesquels se déchaînaient de sinistres éclairs et qui, dans la nuit polaire, projetaient d'étranges rais de lumière au-dessus des plaines. Sans le moindre doute, c'était là l'archétype inconnu de la redoutable Kadath dans le Désert Glacé, au-delà de l'odieuse Leng à laquelle les légendes primitives font de vagues allusions. Nous étions les premiers êtres humains à voir ces montagnes... et plaise au Ciel que nous soyons les derniers.

Si les cartes et images sculptées dans cette cité préhumaine avaient dit vrai, ces mystérieuses montagnes violettes ne pouvaient pas se trouver à beaucoup moins de cinq cents kilomètres ; et cependant, leur lointaine substance féerique ne se détachait pas moins nettement au-dessus de l'horizon distant et neigeux, tel le bord en dents de scie d'une monstrueuse planète étrangère sur le point de monter vers des cieux extravagants. Leur hauteur devait donc dépasser l'imagination ; sans doute atteignaient-elles des couches atmosphériques où l'oxygène était rare, couches peuplées de spectres gazeux dont certains aviateurs imprudents ont à peine pu murmurer l'existence après une chute inexplicable. En les contemplant, je repensais nerveusement aux bas-reliefs racontant par allusions ce que le grand fleuve défunt avait charrié jusqu'à la cité depuis leurs versants maudits… et me demandais quelle était la part de bon sens et de folie dans les craintes des Anciens qui les sculptaient avec tant de réticences. Je me rappelai que leur extrémité nord devait être proche de la côte de la Reine-Mary où, à ce moment précis, devait œuvrer l'expédition de sir Douglas Mawson, sans doute à moins de mille six cents kilomètres de là, ce qui me conduisit à espérer qu'aucun sort néfaste ne ferait apercevoir à sir Douglas et à ses hommes ce qui pouvait se cacher derrière le mur protecteur de la chaîne côtière. Ces pensées témoignent de l'état d'épuisement dans lequel je me trouvais ; quant à Danforth, il paraissait plus éprouvé encore.

Pourtant, bien avant d'avoir dépassé la grande ruine en forme d'étoile et regagné notre avion, nos peurs s'étaient reportées sur la chaîne, moins élevée mais bien assez gigantesque, que nous allions devoir retraverser. Depuis les contreforts, ses pentes noires couvertes de ruines se dressaient, mornes et hideuses, devant l'orient, ce qui nous rappela une fois encore les étranges peintures asiatiques de Nicolas Roerich ; et lorsque nous pensâmes aux terrifiants dédales qu'elles recélaient et aux effrayantes entités amorphes et fétides qui avaient pu se glisser jusqu'aux galeries des plus hautes cimes creuses, nous ne pouvions que paniquer à l'idée de voler une fois de plus à proximité de ces inquiétantes cavernes bâillant vers le ciel, et dont la gueule émettait des sons rappelant des sifflements musicaux à large tessiture. Pour ne rien arranger, nous vîmes autour de plusieurs sommets de légers mais nets panaches de brume – comme sans doute le pauvre Lake lorsqu'il avait tout d'abord cru la chaîne d'origine volcanique – et pensâmes en frissonnant à la brume semblable à laquelle nous venions d'échapper, mais aussi au maudit abysse d'horreurs d'où provenaient toutes ces vapeurs.

L'appareil étant en parfait état de fonctionnement, nous enfilâmes maladroitement nos grosses fourrures de vol, Danforth démarra le moteur sans problème, et nous fîmes un décollage parfait au-dessus de la cité cauchemardesque. En bas, les primitives constructions cyclopéennes s'étendaient comme la première fois que nous les avions vues – dans un passé à la fois si proche et si infiniment lointain –, et nous commençâmes notre ascension en tournoyant pour tester le vent avant de franchir le col. Il devait y avoir de grandes perturbations à très haute altitude, car, au zénith, les nuages de poussière de glace formaient toutes sortes de silhouettes fantastiques ; mais à sept mille trois cents mètres, la hauteur nécessaire pour franchir le col, la navigation nous parut tout à fait abordable. À l'approche des pics proéminents, le vent refit entendre sa complainte flûtée, et je vis les mains de Danforth trembler sur les commandes. Bien que simple amateur, je pensai alors que je négocierais mieux que lui la dangereuse traversée entre les pics ; et lorsque je fis mine de changer de siège pour me charger du pilotage, il ne protesta pas. Tâchant de garder ma maîtrise et mon sang-froid, je rivai le regard sur le lointain ciel rougeoyant, entre les parois du col, et refusai obstinément de prêter attention aux bouffées de vapeur entourant les sommets. Je regrettais de ne pas avoir les oreilles bouchées à la cire, comme les matelots d'Ulysse au large de la côte des sirènes, afin d'empêcher la complainte aiguë du vent de hanter mes pensées conscientes.

Mais Danforth, dispensé du pilotage et au comble de la tension, était incapable de se tenir tranquille. Je le sentais tourner et virer en regardant derrière nous s'éloigner l'effroyable cité ; devant, les pics rongés par les cavernes et constellés de temples accrochés comme des bernaches ; sur les côtés la morne étendue des contreforts neigeux et parsemés de remparts et, au-dessus, le ciel bouillonnant de nuages grotesques. C'est à ce moment, alors que je m'efforçais de franchir le col sans heurt, que son cri de dément nous fit frôler la catastrophe en réduisant à néant ma concentration et en me faisant l'espace de quelques instants tâtonner, impuissant, sur les commandes. Une seconde plus tard, ma volonté triompha, si bien que nous ressortîmes vivants de la passe. Cependant, j'ai bien peur que Danforth ne soit plus jamais le même.

J'ai dit que Danforth refusait de me révéler quelle ultime horreur lui avait arraché ce hurlement de fou, une horreur qui, j'en suis malheureusement sûr, est la principale responsable de son actuelle dépression. Alors que nous atteignions le bon côté de la chaîne et entamions notre lente descente vers le camp, nous échangeâmes des bribes de conversation en criant pour couvrir les sifflements du vent et le vrombissement du moteur, mais elles portaient surtout sur les promesses de silence que nous nous étions faites alors que nous nous apprêtions à quitter la cité de cauchemar. Il est des choses, étions-nous convenus, que les gens ne doivent pas savoir, ni traiter à la légère, et je n'en parlerais pas maintenant s'il ne me fallait décourager à tout prix l'expédition Starkweather-Moore, entre autres. Il est absolument nécessaire pour la paix et la sécurité de l'humanité que l'on ne touche pas à certains des recoins sombres et morts, certaines profondeurs inviolées de la terre, de peur que des monstres endormis reprennent vie, et que des cauchemars dont la survivance tient du blasphème remontent en se tortillant de leurs noires tanières et surgissent à la surface, attirés par la soif de nouvelles et plus grandes conquêtes.

Tout ce que Danforth a jamais suggéré, c'est que l'horreur finale était un mirage. Cela n'avait rien à voir, affirme-t-il, avec les cubes et cavernes de ces montagnes de la démence, ces sommets sonores nimbés de vapeurs, creusés d'innombrables galeries, que nous avions survolés ; c'était plutôt une unique vision démoniaque, parmi les nuages bouillonnants au zénith, de ce qui, dans l'ouest, se trouvait derrière ces autres montagnes violettes que les Anciens avaient fuies et redoutées. Il est très probable qu'il se soit agi d'une simple hallucination née des épreuves que nous venions de traverser, mais aussi du mirage véritable bien que non identifié de la veille, près du camp de Lake, figurant la cité morte par-delà la chaîne ; toutefois, cela parut si réel à Danforth qu'il en souffre encore.

En de rares occasions, il lui arrive de murmurer des propos incohérents et déraisonnables à propos d'un « puits noir », d'une « bordure sculptée », de « proto-Shoggoths », des « solides à cinq dimensions », de l'« indicible cylindre », de l'« antique Pharos », de « Yog-Sothoth », de la « gelée blanche primordiale », de la « couleur venue d'ailleurs », des « ailes », des « yeux dans le noir », de l'« échelle vers la lune », de l'« originel, l'éternel, l'impérissable », entre autres concepts bizarres ; mais quand il redevient lui-même, il rejette tout cela en l'attribuant aux lectures curieuses et macabres des années précédentes. En effet, Danforth est connu pour être l'un des rares à avoir osé lire dans son intégralité l'exemplaire rongé par les vers du *Necronomicon* que la bibliothèque de l'université garde sous clé.

Les hauteurs du ciel, tandis que nous franchissions le col, étaient certainement vaporeuses et assez perturbées ; et même si je ne voyais pas le zénith, j'imagine sans mal les tourbillons de poussière y prendre d'étranges formes. Sachant avec quel réalisme les décors lointains peuvent être reflétés, réfractés et agrandis par de telles couches de nuages mobiles, l'imagination avait aisément pu combler les blancs. D'autant, bien sûr, que Danforth n'a évoqué ces horreurs-là qu'après que sa mémoire a eu l'occasion de s'inspirer de ses lectures passées. Il est tout à fait impossible qu'il en ait tant vu en un seul regard.

Sur le moment, ses cris se limitèrent à la répétition d'un unique mot dément dont l'origine n'est que trop évidente : « *Tekeli-li ! Tekeli-li !* »

Aubin
IMPRIMEUR

Achevé d'imprimer en septembre 2015
N° d'impression 1508.0025
Dépôt légal, octobre 2015
Imprimé en France
35294897-1